Stephanie Grace Whitson

Die Kinder des Windes

Roman

Stephanie Grace Whitson

Die Kinder des Windes

ROMAN

Die amerikanische Originalausgabe erschien im Verlag
Thomas Nelson, Inc., Nashville, Tennessee,
unter dem Titel „Soaring Eagle".
© 1996 by Stephanie Grace Whitson
© der deutschen Ausgabe 1997, 2005 Gerth Medien, Asslar
Aus dem Amerikanischen übersetzt von Karoline Kuhn

Best.-Nr. 815 069
ISBN 3-89437-069-6
1. Taschenbuchauflage 2005
Umschlaggestaltung: Richmond & Williams / I. Grapentin
Satz: Die Feder GmbH, Wetzlar
Druck und Verarbeitung: Ebner & Spiegel, Ulm
Printed in Germany

Prolog

Das Schlachtfeld war totenstill. Nur hin und wieder fiel weiter unten im Tal noch ein Schuß. Es herrschte eine fast ehrfürchtige Stille, die nur gelegentlich beim Fund eines würdigen Andenkens bei einem der vielen Gefallenen vom Triumphschrei eines Kriegers jäh unterbrochen wurde.

Wilder Adler stand schweigend da und überblickte das Schlachtfeld. Zu seinen Füßen lag die Leiche eines Soldaten, und der Gestank des Todes erfüllte die Luft. Wilder Adler schloß die Augen und zwang sich dazu, tief einzuatmen und sich den Geruch dieses Sieges für immer einzuprägen.

Dann nahm er sein Messer, ging in die Hocke und ergriff mit einer Hand das glänzende schwarze Haar des Soldaten, um ihn zu skalpieren. Doch ein Glitzern am Hals des Mannes ließ ihn innehalten. Wilder Adler riß dem Soldaten die dünne Goldkette vom Hals und sah sich den Anhänger genau an. Er hatte so etwas noch nie gesehen. Es schien eine Art Amulett zu sein. Als er es umdrehte, öffnete es sich und gab das Bildnis einer jungen Frau preis. Wilder Adler holte scharf Luft und starrte das Bild auf der Rückseite des Amuletts an – nicht das des Mädchens, sondern das einer älteren Frau, deren graue Augen ihn auf eine seltsam vertraute Weise anblickten.

Sie war älter, viel älter, aber der Mund hatte noch immer den gleichen ernsthaften Zug. Wilder Adler erinnerte sich. Das Haar war in der Art der Weißen hochgesteckt, aber noch immer umrahmten ungebändigte Locken ihr Gesicht. Wilder Adler tauchte tiefer in seine Erinnerungen ein. Und als er wieder in diese Augen sah, wußte er es. Dies war Die durchs Feuer geht – seine Mutter.

Er hatte die Goldkette zerrissen, deshalb zog er nun ein Stück Büffelsehne aus dem kleinen Lederbeutel an seinem Gürtel. Er fädelte das Amulett darauf, knotete die Enden der Sehne zusammen und hängte es sich um den Hals, wo schon ein kleines Goldkreuz hing, das bisher die einzige Erinnerung an seine Mutter gewesen war.

Ein Zuruf von einem seiner Mitkrieger riß Wilder Adler aus seinen Gedanken heraus. Er erhob sich, sprang auf sein Pony und jagte davon.

*

Die Schlacht war vorüber. Langhaar und seine Männer waren tot. Es würde zehn Tage dauern, bis die Neuigkeiten nach Lincoln in Nebraska durchgedrungen waren, wo Die durchs Feuer geht davon hören und um das Leben ihres Schwiegersohnes bangen würde – und sie sich unweigerlich auch fragen würde, was aus ihrem Sohn Wilder Adler geworden war. Und es würde noch viel länger dauern, bis die Wahrheit ans Licht kam.

Ken Baird, der Schwiegersohn von Die durchs Feuer geht, lag tot am Fuß des Little Big Horn, während ihr Adoptivsohn Wilder Adler, ein Lakota-Krieger, mit einem goldenen Medaillon um den Hals anstelle eines schimmernden schwarzen Skalps davonritt.

Kapitel 1

"Sind alle getötet worden?" fragte Sitting Bull.

Wilder Adler stieg von seinem Pony und trat vor den Großen Häuptling. "Wicunkasotapelo! Wir haben sie alle getötet!"

Sitting Bull nickte. "Dann laßt uns jetzt zum Lager zurückkehren."

Wilder Adler hielt sein tänzelndes Pony hinter dem von Sitting Bull, als sie ins Lager einritten, wo die Frauen damit beschäftigt waren, die Wunden der Verletzten zu versorgen und Bahren für die Toten zu errichten.

Ein leiser Aufschrei ertönte, als Wilder Adler an einer Gruppe Frauen vorbeiritt. Eine junge Squaw eilte auf sein Pony zu. "Du bist verletzt!" rief sie und berührte vorsichtig das blutige Rinnsal an seinem Arm.

Wilder Adler zog den Arm heftig zurück. Doch seine Stimme war sanft, als er sagte: "Es ist nichts."

Die Squaw verzog das Gesicht. "Die Luft riecht nach Tod."

Wilder Adler nickte und drehte sich zu dem Hügel um, der übersät war mit blau uniformierten Körpern. "Wir müssen das Lager abbrechen." Er drängte sein Pony weiter.

Die junge Squaw streckte wieder die Hand aus und berührte sein Knie. Sie flüsterte: "Ich werde heute abend kochen, Wilder Adler. Vielleicht willst du ja am Feuer meines Vaters sitzen und uns von den Ereignissen dieses großen Tages berichten." Ihre Augen leuchteten, als sie zu ihm aufsah. "Du hast heute viele Federn errungen. Ich habe Rennender Bär und Grauer Wolf sagen gehört, daß du nicht weniger als vier Soldaten getötet hast!"

Wilder Adler hätte das Gespräch gern schnell beendet, aber er war sich bewußt, daß die anderen jungen Frauen zu ihm und Winona herübersahen. Also riß er sich zusammen und lächelte Winona freundlich an, während er in Gedanken nach einer passenden Antwort suchte. Es war nicht das, was Winona hatte hören wollen. „Ich werde heute nacht keine Siegeslieder singen." Entfernt fallende Gewehrschüsse gaben ihm die ersehnte Entschuldigung. „Es sind noch immer Soldaten dort oben." Er wendete sein Pony und trieb es scharf an. Winona blieb in einer Staubwolke zurück.

„Nun, wird er heute abend an dein Lagerfeuer kommen?" wollte eine der anderen Squaws sofort wissen. „Er hatte etwas Goldenes um den Hals hängen. Wieso hat er es dir nicht angeboten?" Ihre Stimme klang schrill in Winonas Ohren. „Wilder Adler ist sowieso zu alt für dich, Kind. Du solltest auf einen jüngeren Mann hoffen!"

Winona lief zu den Frauen hinüber und zischte: „Wilder Adler ist der beste Jäger des Stammes. Er ist der tapferste Krieger, und kein anderer Mann würde es auch nur wagen, eins seiner Ponys zu einem Rennen herauszufordern!" Während Winona die Qualitäten von Wilder Adler aufführte, trat eine Frau mittleren Alters auf sie zu.

Prärieblume schimpfte: „Still, ihr Klatschmäuler! Jetzt ist nicht die Zeit, dumme Mädchengeschichten auszutauschen! Es gibt viel zu tun!" Sie scheuchte die jungen Frauen auseinander und nahm Winona zur Seite.

„Du weißt doch, daß sie diese Sachen nur sagen, um dich zu ärgern."

Winona stieß ihre Mokassinspitze in den Staub. „Sie sind solche Kinder!"

Prärieblume lächelte und tätschelte den Arm des jungen Mädchens. „Sie sind so alt wie du, wenn ich mich nicht irre." Dann fuhr sie in warmem Ton fort: „Wilder Adler ist ein guter Mann. Aber er ist viel älter als du."

Winona schüttelte Prärieblumes Hand ab und verteidigte sich: „Die jüngeren Männer sind alle so dumm. Sie zetteln Kriege an, um ihren Mut zu beweisen oder ihren Familien Ehre zu machen oder um Ponys zu gewinnen. Ich will keinen Krieg mehr. Ich will, daß es überhaupt keinen Krieg mehr gibt."

Prärieblume dachte einen Moment über diesen Ausbruch nach, bevor sie antwortete: „Ich glaube nicht, daß das jemals geschehen wird. Unser Volk ist wie eine kleine Sandbank inmitten eines wilden Flusses. Von allen Seiten zerren die Weißen wie Flutwellen an uns und nehmen uns das bißchen Boden weg, das uns noch geblieben ist."

In einiger Entfernung erscholl Gewehrfeuer. Der kleine Trupp überlebender Soldaten hatte hinter dem Hügelkamm Deckung genommen, und Prärieblume konnte von ihrem Standpunkt aus die Ponys der Krieger vor dem Kamm hin- und hergaloppieren sehen. Sie murmelte: „Ich habe gehört, wie sie davon redeten, den Soldaten nach Osten hin einen Fluchtweg offenzulassen."

„Gut!" war Winonas Kommentar. „Ich hoffe, sie verschwinden und lassen uns in Ruhe." Ihr junges Gesicht hellte sich auf. „Vielleicht kommt Wilder Adler dann doch an unser Feuer, und –"

„– und vielleicht wickelt er dich eines Tages in seinen Büffelumhang?" setzte Prärieblume die Gedanken des Mädchens fort.

Winona lächelte scheu, als Prärieblume sie umarmte und dann in Richtung auf das Tipi ihres Vaters zuschob. „Und jetzt geh! Es ist noch viel zu erledigen. Wilder Adler hat gesagt, das Lager müßte versetzt werden, und ich denke, er hat recht. Deine Mutter wird deine Hilfe brauchen."

*

Den ganzen Tag und bis in die Nacht hinein ertönten die Schüsse, während im Lager die Klagegesänge der Trauernden die Luft erfüllten. Die Soldaten auf dem Hügelkamm waren mit ihren Kräften am Ende: Sie hielten die Totenklage für Siegeslieder.

Doch die Sioux feierten nicht. Zu viele ihrer eigenen Krieger hatten an diesem Tag ihr Leben gelassen.

Als Sitting Bull bei Anbruch der Dunkelheit ins Lager zurückkehrte, rief er seine jungen Krieger zu sich und stellte befriedigt fest, daß sie seine Warnung beachtet hatten. Zwei Wochen bevor sie das Lager an dieser Stelle errichtet hatten, hatte Sitting Bull die Vision von einem großen Sieg gehabt. Als er sie den anderen mitgeteilt hatte, hatte er sie gewarnt: „Der Sieg wird ein Geschenk von Wakan Tanka sein. Tötet die Soldaten, aber macht keine Beute. Wenn ihr eure Herzen auf die Reichtümer des weißen Mannes richtet, wird sich ein Fluch auf unser Volk richten."

Sitting Bull betrachtete seine jungen Gefolgsmänner im Schein des Feuers, und er war froh. „Ihr habt gut gekämpft. Aber mein Herz ist schwer von dem, was ich um mich herum sehe." Der Große Häuptling zeigte mit anklagender Geste auf Wilder Adler, der sich gerade am Feuer niederließ. Das goldene Medaillon funkelte im Licht der Flammen. „Du hast Beute gemacht. Jetzt bist du der Gnade des weißen Mannes ausgeliefert. Du wirst in seiner Hand verhungern, und er wird dich vernichten."

Wilder Adler antwortete rauh: „Ich habe deine Warnung respektiert, Sitting Bull. Sie schien mir richtig zu sein. Aber ich habe dies hier nicht als Beute genommen, sondern weil ich es nehmen mußte. Der Soldat, der es trug, ist meinem Herzen jetzt nahe, und ich bedaure seinen Tod." Während er sprach, hatte Wilder Adler das Medaillon von seinem Hals genommen und geöffnet. „Ich weiß nicht, was das bedeutet, aber dies hier ist die Squaw, die wir Die durchs Feuer geht nannten, als sie unter uns lebte. Es ist viele Monde her, aber ich habe sie Ina genannt, und sie war die Frau meines Vaters Der den Wind reitet. Ich denke, daß diese andere Squaw hier meine Schwester ist, von der Prärieblume mir erzählt hat, als sie aus dem Fort zurückkehrte."

Wilder Adler brach ab. Am Feuer war es sehr still geworden. Alle Augen ruhten auf ihm, als er Sitting Bull das Medaillon reichte. Der Große Häuptling nahm es und drehte es in seinen Händen. Immer wieder wanderte sein Blick abschätzend zwischen den darin Abgebildeten und dem Gesicht von Wilder Adler hin und her. Schließlich verschloß er das Medaillon wieder und gab es Wilder Adler zurück. „Vielleicht wird Wakan Tanka die Wahrheit in deinen Worten hören und dich vor Strafe bewahren."

*

Nach dem Treffen am Feuer kehrten die Lakota zu ihren Totenfeiern zurück. Am nächsten Morgen sammelten sich die Krieger, um eine letzte Attacke gegen die versprengten Überlebenden der Schlacht zu reiten. Die vielen eroberten Gewehre hatten ihren Blutdurst angestachelt. Doch Sitting Bull hatte anderes im Sinn. Er galoppierte mit seinem Pony die lange Reihe der Krieger rauf und runter und rief: „Es ist genug! Sie haben uns angegriffen, und wir haben die meisten von ihnen getötet. Wenn wir sie alle umbringen, werden sie eine größere Armee schicken, um sich zu rächen!"

Wilder Adler zügelte sein Pony und folgte Sitting Bull zurück ins Lager. Prärieblume hatte das Tipi bereits abgebaut und wartete nur noch auf die Rückkehr ihres Sohnes, der zwar nicht ihr eigener war, den sie jedoch vor vielen Jahren bei sich aufgenommen hatte, um in Richtung der Big Horn Berge aufzubrechen. Als Wilder Adler herangeritten kam und seinen üblichen Platz an der Spitze der Prozession von Indianern, Ponys, Hunden und Transportbahren einnahm, rief sie ihm ermutigend zu. „Es war eine große Schlacht, mein Sohn. Heute abend werden wir tanzen!"

Winona trat an Prärieblumes Seite, und als Wilder Adler zu ihr hinübersah, erhellte sich ihr Gesicht zu einem hoffnungsvollen Lächeln.

Doch Wilder Adler nahm an diesem Abend nicht an den Siegesfeiern teil. Während seine Freunde feierten, zog er sich in das Tipi zurück, das er einst mit Die durchs Feuer geht geteilt hatte, seiner verwitweten Mutter, und mit Die alt an Jahren ist, seiner Großmutter. Die durchs Feuer geht war vor vielen Monden von Heulender Wolf entführt worden. Der haßerfüllte Krieger war in demselben Schneesturm umgekommen, der jede Spur von Die durchs Feuer geht ausgelöscht hatte, und mit ihr jede Hoffnung, sie je wiederzufinden. Die alt an Jahren ist war nicht lange danach in das nächste Leben hinübergegangen. Jetzt gab es nur noch ihn und Prärieblume, die seitdem seine Mutter war.

Während die Schatten der Feiernden im Widerschein des Feuers an den Wänden des Tipis tanzten, saß Wilder Adler allein da und starrte die Fotos in dem Medaillon an.

Kapitel 2

Das Zimmer lag im Dunkeln. Noch immer bedeckte die geliebte Flickendecke von Elisabeths Mutter das Bett, und auf dem kleinen Nachttisch lag noch immer die Bibel, in der sie so oft gelesen hatte. Auf der Kommode stand ein kleines gerahmtes Bild – das Hochzeitsfoto von Elisabeth und Ken Baird.

Im Zwielicht ging Elisabeth zur Kommode und nahm das Foto in die Hände. Tränen traten ihr in die Augen, als sie mit dem Finger dem verschlungenen Rosenmuster folgte, mit dem der Rahmen verziert war. Sie ging zum Fenster hinüber und schob die schweren Vorhänge zur Seite. Trübes Nachmittagslicht fiel in den Raum.

Im Flur erklangen leise Schritte. Joseph blieb zögernd im Türrahmen stehen, und Elisabeth drehte sich schnell herum, ihn durch einen Tränenschleier hindurch anlächelnd. Sie drehte das Foto in ihren Händen und wußte nichts zu sagen. Joseph setzte schweigend den Koffer ab, den er heraufgebracht hatte, und verschwand nach unten, um den Rest ihres Gepäcks zu holen.

Als er zurückkam, flüsterte Elisabeth: „Danke, Joseph. Du warst schon immer ein echter Freund."

Joseph räusperte sich. „Brauchst du noch irgend etwas, Elisabeth?"

Elisabeth schüttelte den Kopf. Schweigen füllte den Raum und ließ eine beklemmende Atmosphäre entstehen. Elisabeth versuchte das Schweigen zu brechen. „Ich weiß einfach nicht, was ich sagen soll, Joseph." Ihre Stimme wurde brüchig, und sie mußte tief einatmen, um weitersprechen zu können. „Ich habe mich die ganze Zeit an den Gedanken geklammert, daß ich heimkommen würde ins Hathaway-Hotel, und daß Mama hier sein würde und . . ." Sie konnte das Schluchzen nicht mehr unterdrücken.

Josephs sonst so volltönende Stimme war sanft, als er versuchte, sie in ihrem Schmerz zu trösten. „Es ist schon gut, Elisabeth. Es gibt nichts, was du sagen oder tun solltest. Pack einfach deine Sachen aus und erhol dich ein bißchen. Ich bin für dich da. Und Miss Augusta – sie ist zwar nicht deine Mama, aber sie liebt dich wie ihr eigenes Kind. Du hast alle Zeit der Welt, um über alles nachzudenken. Der Herr wird dir helfen."

Elisabeth schniefte und warf einen Blick auf die Bibel ihrer Mutter. „Oh Joseph, ich will das gerne glauben, wirklich. Aber irgendwie ist Gott so weit weg von mir, und ich weiß nicht, wie ich diesen Abstand überstehen soll. Als ich noch klein war, hat Mama immer gewußt, welche Bibelstelle sie lesen mußte und was sie sagen konnte, wenn ich ein Problem hatte. Als man mir mitgeteilt hatte, daß Ken tot war, hatte ich nur einen Gedanken: ‚Ich fahre nach Hause, und Mama wird wissen, was zu tun ist. Sie wird mir genau das Richtige sagen, und alles wird gut.' Und dann stieg ich aus dem Zug, und sie war nicht da . . .“ Elisabeth brach ab und biß sich auf die Unterlippe. „Es ist wirklich schwer, Joseph", flüsterte sie. „Sehr schwer."

Elisabeths Hände umklammerten das Hochzeitsfoto so fest, daß die Knöchel ihrer Hand sich weiß abzeichneten und ihr ganzer Körper zitterte. Gerade als Joseph beschlossen hatte, Hilfe zu holen, betrat Augusta das Zimmer.

Augusta Hathaway sprach von sich selbst gern als „dem alten stacheligen Kaktus", doch die Frau, die jetzt durch den Raum eilte, um die Tochter ihrer verstorbenen Freundin zu trösten, zeigte keinerlei Stacheln. Sie nahm Elisabeth das Foto aus den Händen und stellte es auf die Kommode zurück. Dann führte sie das Mädchen zum Bett hinüber und preßte sie sanft auf die Bettkante. „So, mein Liebes, du bleibst jetzt schön hier sitzen, während ich dir ein Glas heiße Milch mache. Dann helfe ich dir, dich fertigzumachen, und du kannst dich richtig ausruhen."

Elisabeth gestattete Augusta und auch sich selbst, sie zu bemuttern. Gehorsam trank sie ihre Milch und saß still da, während Augusta ihr die Haarnadeln aus dem glänzenden schwarzen Haar zog und es liebevoll bürstete. Benommen sah Elisabeth zu, wie Augusta ihre Sachen auspackte und in die Kommodenschubladen verstaute.

Wo sind eigentlich Mamas Sachen? fragte sich Elisabeth, doch sie war zu erschöpft, um danach zu fragen. Augusta breitete ihr Nachthemd auf dem Bett aus und setzte sich dann neben Elisabeth. „Elisabeth, ich weiß, daß du eine erwachsene Frau bist, und ich will dir nichts vorschreiben. Aber ich denke, du brauchst jetzt erstmal Ruhe. Du hast viel durchgemacht, und gerade mußtest du noch einen großen Schock erleben. Jetzt ruh dich schön aus, und wenn du aufwachst, sind Joseph und ich da, um dir alles zu erzählen, ja?"

Augustas blaue Augen leuchteten warm, als sie Elisabeth aufmunternd zulächelte. Bevor sie hinausging, fügte sie noch hinzu: „Oh Elisabeth, wenn du nur das Gesicht deiner Mama gesehen hättest, als wir sie gefunden haben! Ich weiß nicht, was sie als letztes gesehen hat, aber es war etwas, was sie sehr, sehr glücklich gemacht hat. Ich habe noch nie einen Gesichtsausdruck gesehen, der so voller Frieden und Liebe war."

Augusta entfernte sich festen Schrittes in Richtung Küche, und Elisabeth saß eine lange Weile reglos auf der Bettkante. *Ich bin diese ganze Strecke hierhergefahren ... ich wußte einfach, daß Mama mir helfen könnte ... mir sagen würde, was zu tun ist ...*

Elisabeth konnte es nicht mehr zurückhalten. Sie vergrub das Gesicht in die Kissen und weinte hemmungslos. *Der Herr ist mein Hirte; mir wird nichts mangeln.* Es war Mamas Stimme, die diese Worte sagte. Mama hatte diesen Psalm wieder und wieder gelesen und aufgesagt. Immer, wenn es ein Problem gegeben hatte, hatte sie diese Worte wiederholt. Doch nun brachten sie Elisabeth wenig Trost. *Aber Mama ... es mangelt mir doch an so vielem! Ich will Ken zurückhaben, und ... ich will das Leben zurückhaben, das wir uns zusammen erträumt haben ... und ich will dich!* rebellierte sie innerlich. Tränen der Wut und der Verzweiflung benetzten die Kissen, als alles aus Elisabeth hervorbrach, was sie auf der langen Zugfahrt mühsam zurückgehalten hatte.

Als sie nicht mehr weinen konnte, wurden die Tränen in Elisabeths Herzen durch etwas anderes ersetzt. Ohne daß sie es recht bemerkte, hatte Elisabeth einer kleinen Wurzel der Bitterkeit in ihrem Inneren Raum gegeben.

Kapitel 3

Als Elisabeth erwachte, fühlte sie sich müder als zuvor. Sie quälte sich aus dem Bett und ließ sich in den Schaukelstuhl am Fenster fallen. Sie starrte auf die Häuser von Lincoln und erinnerte sich daran, daß dort draußen nur Gras gewesen war, als sie und Mama vor vielen Jahren hierher gekommen waren. Damals hatte Lincoln aus nicht viel mehr als ein paar jämmerlichen Erdhütten bestanden. Das einzige richtige Haus war die Pension von Augusta Hathaway gewesen, die Jessie King und ihre Tochter liebevoll bei sich aufgenommen hatte. Sie hatte die beiden praktisch adoptiert und ganz in ihre Pläne mit einbezogen, als sie begann, die kleine Pension zu einem stattlichen Hotel auszubauen.

Jetzt hatte Lincoln sogar ein fast fertiggestelltes Opernhaus, und zwei Dutzend schmucke Häuschen waren allein in den wenigen Monaten der Abwesenheit von Elisabeth neu entstanden. Ein weißer Holzzaun hielt unerwünschte Wildtiere aus Lincoln fern. Elisabeth mußte bei der Erinnerung lächeln, daß ihre Mama sie früher nie allein zur Schule gelassen hatte, aus Angst, Elisabeth könnte unterwegs einem Raubtier zum Opfer fallen.

Doch das Lächeln wich von ihrem Gesicht, als erneut eine Woge des Kummers sie überflutete. Sie stand abrupt auf, zog die Vorhänge vor dem Fenster zu und packte die restlichen Kleidungsstücke aus, während die vertrauten Geräusche des Hotelbetriebes durch den Flur zu ihr herüberschallten. Augusta bereitete das Abendessen für die Gäste zu. Elisabeth holte tief Luft und machte sich dann auf den Weg in die Küche.

An der Küchentür hielt sie inne und beobachtete die 15jährige Sarah Biddle und ihren kleinen Bruder Tom, die gemeinsam in der Küche arbeiteten. Sie schienen ein eingespieltes Team zu sein.

Auf einmal schauten beide auf und erblickten Elisabeth. Sarah wischte sich die Hände an ihrer Küchenschürze ab und eilte auf Elisabeth zu.

„Oh, das mit Ihrem Mann tut mir so leid, Mrs. Baird! Und das mit Ihrer Mama auch", sagte sie voll ehrlichem Mitgefühl und streckte Elisabeth beide Hände entgegen.

„Mir tut's auch leid", fügte der kleine Tom hinzu.

Das war beinahe zuviel Mitgefühl für einen Tag. Elisabeth würgte das Bedürfnis hinunter, wieder in Tränen auszubrechen. Sie ergriff Sarahs Hände und drückte sie einen Moment. „Ja . . . danke."

Eine ungemütliche Stille folgte, doch dann kam Augusta herein. Sie nahm Elisabeths Hand und führte sie zu einem der Tische im Speisesaal hinüber, auf dem aufgeschlagen die Tageszeitung vom 12. Juli lag.

„Ich dachte, das würdest du gern lesen", erklärte Augusta.

„Charles Gere hat es geschrieben. Ich finde, er hat es gut gemacht."

Elisabeth las den Nachruf auf ihre Mutter:

„Am 10. Juli wurde Mrs. Jessie King nach einem Erdenleben von 54 Jahren in die himmlische Ewigkeit abberufen.

Sie kam 1822 in Clair County in Illinois zur Welt und trat 1841 in den Ehestand mit Homer King, der frühzeitig von ihr genommen wurde. Sie war die Mutter einer Tochter, Elisabeth, und eines Sohnes, Jakob, der aber schon als Kleinkind in die Gegenwart des Herrn trat, wo seine Mutter ihn nun wiedersehen wird.

Mrs. King war eine aufrichtige Christin und ein treues Mitglied der Gemeinde. Sie führte ein Leben voller Güte und selbstloser Liebe und ging ihrer Tochter mit gutem Beispiel voran. Getragen von ihrem tiefen Gottvertrauen und der Hoffnung auf ewiges Leben in seiner Herrlichkeit entschlief sie in ihrem eigenen Bett und wurde am Dienstag von Pastor W. E. Copland im Beisein ihrer Freunde und Mitbürger zur letzten Ruhe gebettet."

Während Elisabeth das las, kam Joseph mit einem Stapel Feuerholz herein. Er warf Augusta einen besorgten Blick zu und nahm sich ungewöhnlich viel Zeit, das Holz aufzustapeln. Als er aus Versehen einen Scheit fallenließ, schrak Elisabeth hoch. Sie schneuzte sich und schaute Augusta an.

„Ich möchte zum Friedhof hinausfahren, Augusta. Früher kam es mir komisch vor, daß alle so einen Aufwand mit der Wahl der richtigen Stelle betrieben haben. Damals habe ich nicht daran gedacht, wie es ist, wenn man jemanden verliert. Ich wünschte, Ken hätte auch eine Ruhestätte wie Wyuka . . ."

Joseph versuchte, Elisabeth vor einem erneuten Tränenschwall zu bewahren. „Sag mir einfach, wann du soweit bist, Elisabeth, dann spanne ich sofort an, und wir können losfahren."

Augusta murmelte etwas davon, daß das doch noch Zeit habe, aber Elisabeth erhob sich und sagte. „Ich glaube, ich möchte jetzt gleich hinausfahren, Joseph." Ihr Hals schnürte sich zu. „Vielleicht . . . vielleicht hilft das."

Joseph war schon aus der Tür verschwunden.

Elisabeth zog sich in Jessies Zimmer zurück und betrachtete ihr

Gesicht in dem kleinen Spiegel auf der Kommode. Ihre dunklen Augen waren gerötet und geschwollen, und in den Augenwinkeln waren feine Linien entstanden, die vor ein paar Wochen noch nicht dagewesen waren. Ihre Haut, die sonst einen warmen Goldton besaß, wirkte nun farblos, ja beinahe durchsichtig. Sie hatte abgenommen. Ihre hohen Wangenknochen stachen nun noch mehr hervor, und auch das Grübchen auf ihrer linken Wange zeichnete sich deutlicher ab.

Elisabeth erinnerte sich an einen Abend vor nicht ganz einem Jahr, als ihre Mutter gedankenverloren zu ihr gesagt hatte: „Weißt du, dieses Grübchen hast du von deinem Vater, Elisabeth. Überhaupt siehst du ihm sehr ähnlich. Du hast seine Augen, seine Haut, sein Lächeln. Sei froh!" Sie blinzelte Elisabeth zu und legte ihre sommersprossige Hand auf die ihrer Tochter. „Er war ein ganz besonders gutaussehender Mann. Das haben alle gesagt." Sie seufzte und fügte leise hinzu: „Ich wünschte, du hättest ihn gekannt, Liebes."

Elisabeth hatte die Hände ihrer Mutter ergriffen. „Wünschst du dir manchmal, du würdest noch immer bei den Lakota leben, Mama?"

Ihre Mutter hatte sorgfältig nachgedacht, bevor sie antwortete. „Nein, Elisabeth. Der Herr hat uns hierher geführt. So sehe ich es jedenfalls. Nachdem dein Vater tot war, ist es nicht leicht für mich gewesen. Und es wäre immer schwieriger geworden. Ich war Die durchs Feuer geht, aber ich war keine echte Lakota. Außer Prärieblume hatte ich keine richtigen Freunde." Sie lächelte wieder. „Wir gehören hierher, Elisabeth. Was ich mir allerdings oft wünsche, ist Wilder Adler wiederzusehen. Ich wünschte auch, du würdest ihn kennenlernen. Aber das steht in Gottes Hand. Er tut immer, was das Beste für uns ist. Wenn es sein soll, wird es auch geschehen."

Die Erinnerung an Jessie verblaßte, und Elisabeth überfiel ein so tiefgreifendes Gefühl der Einsamkeit und Verlassenheit, daß es ihr körperlich Schmerzen bereitete.

Plötzlich klopfte es an der Tür. Sarah stand im Türrahmen, die Hände nervös ineinander verschlungen und verlegen blinzelnd. „Mrs. Baird, ich bin so traurig wegen dem, was Ihnen geschehen ist. Ich weiß, Sie kennen mich kaum, Madam, aber . . ."

Nur zu gern wollte sich Elisabeth von ihren schmerzlichen Erinnerungen ablenken lassen. „Komm doch herein, Sarah, und setz dich hier in den Schaukelstuhl."

Unsicher ließ sich Sarah auf der äußersten Kante der Sitzfläche nieder, und Elisabeth sagte: „Meine Mutter hat mir alles über dich und Tom geschrieben, Sarah. Sie hat immer wieder geschildert, wie zuverlässig und fleißig du bist und wie klug Tom ist. Sie hatte große Pläne für seine Zukunft."

„Ja, Madam. Tom ist immer schon der Klügere von uns beiden gewesen", sagte Sarah voller neidlosem Stolz. Doch dann kam sie auf ihr ursprüngliches Thema zurück. „Was ich sagen wollte, Mrs. Baird, ich komme mir irgendwie schlecht vor, weil ich in Ihrem Zimmer wohne, jetzt, wo Sie zurück sind und all das. Ich muß da wirklich nicht bleiben. Vielleicht kann Mrs. Hathaway uns ja ein anderes Zimmer geben –"

Elisabeth unterbrach sie. „Unsinn, Sarah." Mit den nächsten Worten gewann sie unwissentlich und ohne Absicht Sarahs Herz. „Meine Mutter hat dich und Tom sehr liebgehabt, Sarah. Und ich habe mir schon immer Geschwister gewünscht. Ich habe zwei Brüder gehabt, weißt du, aber ich habe sie beide nie kennengelernt. Der kleine Jakob ist schon als Kind gestorben, lange bevor ich geboren wurde. Und der andere Bruder . . . nun ja, sagen wir, ungünstige Umstände haben uns auseinandergebracht . . ." Elisabeth brach ab und ergriff Sarahs Hände. „Bitte, Sarah, laß uns Freunde sein, ja? Und denk nicht mehr an die Sache mit dem Zimmer. Es ist jetzt deins, nicht mehr meins."

Sarah drückte Elisabeths Hände, und ihre Augen leuchteten dankbar auf. Ein Jahr mit Augusta und Jessie hatten Sarah dazu bereitgemacht, sich für die Freundschaft eines anderen Menschen zu öffnen. Nun drückte sie die Tür zu ihrem Herzen ganz auf und sagte: „Elisabeth, ich weiß, wie es ist, wenn man . . . jemanden verliert, den man liebhat. Ich weiß, daß es jetzt im Moment ganz furchtbar ist. Aber es bleibt nicht so. Es wird besser."

Irgend etwas sagte Elisabeth, besser zu schweigen und Sarah einfach reden zu lassen. Das Mädchen fuhr fort: „Ich hatte mal eine Schwester. Sie hieß Emma." Sarah zog ihre Hände weg und begann nervös ihre Schürze zu kneten. „Mama wurde krank, und Pa wollte den Arzt nicht holen. Er sagte, wir hätten kein Geld, um den Arzt zu bezahlen. Und eines Tages kam diese Frau und sagte, sie würde Emma mitnehmen und für sie sorgen, und Tom und ich könnten sie jederzeit besuchen, und wenn es Mama besser ginge, würde sie Emma wieder zurückbringen." Sarah schaute auf und sah Elisabeth mit tränenerfüllten Augen an. „Ich habe Emma also dieser Frau mitgegeben. Sie sagte, sobald es Mama wieder gut geht, könnten wir Emma wiederhaben. Aber Mama ging es nicht besser. Sie starb, Elisabeth. Und Pa brachte Tom und mich ins Kinderheim. Er sagte, er würde uns bald wieder nach Hause holen. Aber er ist nie zurückgekommen." Bewegt von der Erinnerung daran, holte Sarah zittrig tief Luft, ehe sie weitersprach. „Und noch schlimmer war, daß Emma einfach weg war. Irgend jemand hat sie uns weggenommen und einfach behalten."

Elisabeth hörte schweigend zu und hoffte, daß die Geschichte bald vorüber war. Aber Sarah war noch nicht fertig. „Natürlich wollte niemand Tom und mich haben. Ich hatte Emma weggegeben, und sie hatten sie weggebracht. Deshalb schwor ich mir, daß ich Tom niemals verlassen würde. Eine Menge Leute wollten, daß ich für sie arbeitete. Aber keiner wollte Tom. Also blieben wir in dem Heim. Und dann haben sie uns in diesen Zug gesetzt. Aber in all den Städten, wo der Zug hielt, wollte uns auch keiner haben. Sie sahen Toms Bein, drehten sich einfach um und gingen weg. Und wir stiegen wieder in den Zug und fuhren weiter. Am Ende sind Tom und ich einfach weggerannt. Ich dachte, wir würden uns allein schon irgendwie durchschlagen. Und dann hat Mrs. King uns gefunden und mit nach Hause genommen." Sarah unterbrach sich und lief dunkelrot an. „Meine Güte, da rede und rede ich, als ob du nicht selbst genug Sorgen hättest! Ich darf doch du sagen, oder? – Dabei wollte ich nur sagen, daß ich ganz genau weiß, was du jetzt fühlst und wie weh es tut. Aber es wird besser, ganz bestimmt. Du kommst wieder in Ordnung. Du hast Joseph und Tante Augusta. Und du hast die Liebe von deiner Mama innen in dir drin. Und die von Mr. Baird auch. Und wenn du willst, dann hast du mich als Freundin." Sarah war überrascht, wie leicht ihr das von den Lippen ging. Irgendwie fühlte sie sich erfrischt, als ob die letzten Spuren der Bitterkeit in ihr bereinigt worden wären, weil sie Elisabeth von ihrem Schmerz erzählt hatte.

Spontan nahm Elisabeth das scheue Freundschaftsangebot an. Als sie Sarah in die Arme schloß, stiegen ihr Tränen in die Augen.

Von unten rief Augusta: „Elisabeth, Joseph hat das Gespann fertig!"

*

Joseph hatte geduldig draußen gewartet, als Elisabeth endlich aus der Tür kam und neben ihn auf den Kutschbock stieg. Er hatte sein bestes Gespann ausgewählt. Während er die Pferde zu einem zügigen Trab antrieb, kam von Westen her Wind auf. Es war ein heißer, trockener Wüstenwind, und ehe sie noch eine Meile zurückgelegt hatten, wünschte Elisabeth, sie hätte Augustas Rat befolgt und wäre erst am nächsten Morgen zum Friedhof aufgebrochen. Sie fühlte, wie der Schweiß ihr den Rücken hinunterlief.

„Warum haben sie den Friedhof bloß so weit vom Ort weg angelegt?" stöhnte sie.

„Ein Friedhof verbreitet schlechte Luft. Jedenfalls denken die Weißen das", erklärte Joseph. „Deshalb konnten sie ihn gar nicht weit genug draußen haben."

„Na, das ist ihnen auch gelungen", sagte Elisabeth.

„Willst du lieber wieder umkehren? Wir können morgen früh hinausfahren, wenn es kühler ist."

Elisabeth schüttelte den Kopf. „Nein, Joseph. Ich muß jetzt zu Mamas Grab. Die ganze Zeit fürchte ich mich schon davor, und ich muß es jetzt hinter mich bringen. Oh! Siehst du diese Blumen da drüben? Mama hat diese Sorte so geliebt. Halt bitte kurz mal an, ja?" Noch ehe der Wagen richtig stand, war sie vom Bock gesprungen und eilte zu der Stelle hin, um einen großen Strauß Blumen mit kleinen orangefarbenen Blüten zu pflücken. Dann kletterte sie wieder neben Joseph auf den Kutschbock.

„Weißt du noch, als diese Männer aus Omaha nach Lincoln kamen und Mama und Augusta alles drangesetzt haben, sie gehörig zu beeindrucken?" sagte Elisabeth gedankenverloren.

Joseph mußte bei der Erinnerung an diesen Tag breit grinsen. „Oh, und ob ich das noch weiß! Deine Mama hat ein erstklassiges Menü aus wilden Kräutern hingezaubert, und diese feinen Herren waren hin und weg vor Begeisterung. Und dann die Sache mit dem Hundefleisch-Eintopf! Da hat deine Mama die Kerle aber gewaltig hereingelegt!"

Elisabeth lachte leise in sich hinein. „Wir haben die Suppe aus den Wurzeln dieser Blumen hier gemacht, und –" sie brach ab, und das Lächeln verschwand von ihrem Gesicht. Sie hatten den Eingang des Friedhofs erreicht.

Joseph versuchte, die Stimmung ein wenig aufzulockern. „Sie haben vor, hier einige schön geschwungene Kieswege zu legen, hab' ich gehört, genau wie in einem richtigen Stadtpark. Und Bäume und so was wollen sie auch pflanzen. Das wird ein richtig schöner Platz, um zur letzten Ruhe gebettet zu werden, würde ich sagen."

Elisabeth schaute sich um. „Wo ist es?"

Joseph brauchte nicht zu antworten. Sie hatten den kleinen Hügel in der Mitte des Friedhofs umrundet, und man konnte deutlich das frische Grab erkennen, an dessen Kopfende ein schneeweißer Grabstein stand. Elisabeth mußte sich schützend ihre Hände über die Augen halten, um die Schrift auf dem gleißenden Weiß zu erkennen. Unter zwei schlichten Palmzweigen stand da zu lesen:

Jessie King
geboren am 26. Januar 1822
gestorben am 10 Juli 1876
54 Jahre, 5 Monate und 14 Tage alt
Sie ist heimgegangen

Joseph half Elisabeth vom Kutschbock und fuhr den Wagen dann ein Stück weiter zu einem kleinen Bächlein am Rand des Friedhofs.

Elisabeth stand eine ganze Weile einfach nur da und starrte den weißen Grabstein an, bevor sie sich schließlich bückte und den Blumenstrauß auf das Grab legte.

„Du warst erst 54 Jahre alt, Mama", flüsterte Elisabeth. „Ich dachte, du würdest immer da sein." Ihre junge Stimme schwankte, und Elisabeth begann zu weinen, während sie weiterredete. „Ken hat mich auch verlassen, Mama. Mein geliebter Ken ist tot. Er war doch noch so jung und so lebendig. Ich hatte gerade erst richtig angefangen, ihn zu lieben. Wie hast du das nur ausgehalten, Mama? Wie hast du es ertragen, als mein Vater gestorben ist?" Elisabeth schniefte laut und putzte sich die Nase. Dann ließ sie sich einfach ins Gras sinken und schloß die Augen. „Jeden Tag frage ich mich, wie es wohl für dich gewesen ist, Mama. Du hast einen Lakota-Krieger geliebt, und dann ist er gestorben. Du hast seinen Sohn aufgezogen, und dann mußtest du ihn verlassen. Du hast soviel Schweres erlebt. Aber wenn ich an dich denke, sehe ich dich lächeln. Wie hast du das gemacht? – Ich werde hier einen Baum für dich pflanzen, Mama. Weißt du, was für einen? Eine Pinie. Du hast mir einmal erzählt, daß mein Vater die höchste Pinie weit und breit gefällt hat, weil du das größte Tipi des ganzen Lagers haben solltest. Und jetzt sollst du wieder unter einem Pinienstamm ruhen." In den wenigen Augenblicken unter der heißen Sonne hatte der leuchtende Blumenstrauß bereits angefangen zu verwelken. „Ich vermisse dich so, Mama. Ohne dich und ohne Ken weiß ich gar nicht mehr, wo mein Platz in dieser Welt ist. Als ich Jessie Kings Tochter und dann Ken Bairds Frau war, da hat es mir nicht viel ausgemacht, daß ich halb Indianerin und halb Weiße war. Aber jetzt . . . ich weiß nicht mehr, wo ich hingehöre, wer ich eigentlich bin." Elisabeth erhob sich müde und wischte sich die Grashalme vom Rock. Der Wind zerrte an ihr, und sie flüsterte: „Es gibt so vieles, was ich nicht verstehe, Mama. Ich wünschte, du wärst noch da. Du würdest schon wissen, was zu tun ist."

Elisabeth schaute noch ein paar Augenblicke auf das frische Grab herab, dann drehte sie sich herum und eilte zu Joseph und der Kutsche hinüber.

Auf dem Weg zurück nach Lincoln versuchten sie ein paarmal, eine Unterhaltung in Gang zu bringen, aber es wollte ihnen einfach nicht gelingen. Schließlich verfielen sie in Schweigen und lauschten dem Wind, der über die offene Prärie jagte.

Als sie vor dem Hathaway-Hotel vorfuhren, sprang Elisabeth vom Kutschbock, ehe Joseph ihr behilflich sein konnte. Sie warf ihm einen dankbaren Blick zu, doch die Stimme versagte ihr. Hastig betrat sie das Haus, eilte ohne ein Wort an Augusta und Sarah, die in der Küchentür stand, vorbei und warf sich im Zimmer ihrer Mutter aufs Bett, wo sie lange Zeit dalag und an die Decke starrte.

Sie besaß keine Tränen mehr, und in ihrem Inneren schrie alles nach einem Trost, den ihr niemand spenden konnte.

Als sie schließlich eingeschlafen war, drangen Lakota-Krieger und Armeesoldaten in ihre Träume. Sie begegneten sich in einer tödlichen Schlacht, und am Ende blieben nur ein Soldat und ein Lakota übrig. Als die beiden sich ins Gesicht starrten, bemerkte Elisabeth, daß der Indianer genauso aussah wie sie.

Elisabeth erwachte und setzte sich benommen auf. Zittrig erhob sie sich vom Bett und tastete sich zur Waschschüssel hinüber, um sich mit etwas Wasser zu erfrischen. Dann ging sie wieder zurück und kehrte dem einen den Rücken, der ihr durch sein Wort als einziger den Trost spenden konnte, den sie so dringend brauchte. In ihrer Reichweite auf Jessies Nachttisch lag die kleine, zerlesene Bibel, und in ihr standen all die Worte und all die Hilfe, die Jessie ihrer trauernden Tochter mitgeteilt hätte, wenn sie noch dagewesen wäre. Aber das Buch blieb ungeöffnet. Und Elisabeths Trauer wurde nicht gelindert.

Kapitel 4

Am Ende waren es die Kinder, die den Ausschlag gaben. Unendliche Fußmärsche in über 40° Grad Hitze hatten ihm nichts anhaben können. Auch die elenden Sümpfe, in denen sie sich Meter für Meter durch knietiefen Schlamm hatten kämpfen müssen, hatten ihn nicht mürbe gemacht. Und auch, als sein geliebtes Pferd unter ihm zusammengebrochen war, geschlachtet und verzehrt wurde, hatte er sich zusammengerissen. Andere Männer hatten sich unter dieser Belastung einfach in den Schlamm fallen lassen und wie Babys geheult.

Aber nicht er. Corporal James Callaway war nicht zusammengebrochen. Er hatte nicht aufgegeben. Er war für das Soldatenleben geschaffen, und er liebte es. Er hatte fraglos alles getan, was ihm aufgetragen worden war, sogar die Sprache des Feindes gelernt.

Bis er diese Kinder gesehen hatte.

Er war geschickt worden, um mit in einer Schlucht eingekreisten Indianern über die Bedingungen ihrer Unterwerfung zu verhandeln. Er hatte seine Waffe fest umklammert gehalten und war durch den Bach watend in die enge Schlucht vorgedrungen, als sich ihm plötzlich eine bis auf die Haut durchnäßte Frau in den Weg warf und ihn hysterisch jammernd um Gnade anflehte. Mit seiner freien Hand hatte James die Frau am Arm gepackt und sie wieder auf die Füße gezwungen. Als er nicht auf sie schoß, drängten andere Frauen aus dem hinteren Teil der Schlucht nach vorne, umklammerten seine Hände und Beine und baten ihn um seinen Beistand. Eine von ihnen preßte den leblosen Körper eines Säuglings an ihre Brust und rief immer wieder: „Wir sind keine Krieger! Wir haben keine Waffen! Warum tötet ihr uns?"

Und dann kamen die Kinder. Sie taumelten aus der Schlucht, ließen sich entkräftet einfach an Ort und Stelle in den Staub sinken und warteten schweigend. Manche von ihnen hatten schreckliche Verletzungen. Sie starrten James an, und in ihren Augen standen Fragen, auf die er keine Antwort hatte. Sie bluteten und sie litten, das Leben entwich ihren kleinen Körpern, und niemanden schien das zu kümmern. Keiner krümmte auch nur einen Finger, um ihnen zu helfen.

Ein junger Soldat zog sein Messer und packte eine Squaw, um sie zu töten oder zu vergewaltigen oder was auch immer. Ein kleines Mädchen, vielleicht vier Jahre alt, rannte zu ihr hinüber, zerrte an der Hand des Soldaten und bettelte, die Frau in Ruhe zu lassen. Die Verzweiflung hatte ihr jede Angst genommen und jenen Todesmut gegeben.

Und das war der Moment, in dem etwas in James Callaway zerbrach, der Augenblick, in dem er vom Rand der Klippe in das bodenlose Loch des Wahnsinns sprang, wo es keine Fragen und keine Verantwortung mehr gab.

Plötzlich stürmten die Krieger, die im hinteren Teil der Schlucht gewartet hatten, hervor. Sie waren den Soldaten hoffnungslos unterlegen, und sie wußten es. Furchtlos stimmten sie ihr letztes Lied an und gingen in den Tod.

Im Schutze des entstandenen Tumultes entkam James in die Schlucht und folgte ihren Windungen in Richtung Südwesten. Er fragte sich einmal kurz, ob er wohl verfolgt werden würde, aber ein Blick zurück verriet ihm, daß das nicht der Fall war. Vermutlich würden die anderen annehmen, er wäre irgendwie den Feinden zum Opfer gefallen.

Tatsächlich war James Callaway einem übermächtigen Feind zum Opfer gefallen. Er konnte den dunklen Widersacher in sich selbst spüren, und sein Herz und sein Geist waren zerbrochen. Kilometer um Kilometer taumelte er vorwärts, getrieben von der Schuld und den schrecklichen Bildern, die ihn verfolgten. Der Kampfeslärm war längst verstummt, doch die Augen der Kinder waren noch da. Ihre stummen, anklagenden, unendlich traurigen Blicke durchbohrten seine Schädeldecke, gruben sich in seine Nerven, hämmerten in seinen Schläfen, bis er es nicht mehr aushielt, den Kopf in beide Hände nahm und schrie, sie sollten aufhören. Dann rief er schluchzend: „Ich habe das nicht gewußt ... ich dachte, ich würde gegen erwachsene Krieger kämpfen. Ich wußte doch nicht, daß es Frauen und Kinder waren ... ich habe es nicht gewußt ..."

*

James Callaway war in Fort Kearney in Nebraska geboren, und die Armee war von Anfang an sein ganzer Lebensinhalt gewesen. Sein Vater war Soldat gewesen, und mit jeder Beförderung wuchs sein Stolz darauf, seinem Land zu dienen. Als Jim noch ein kleiner Junge gewesen war, waren zwei Gefangene vom Stamm der Lakota ins Fort gebracht worden. Die beiden Indianer waren aber nicht eingesperrt worden, sondern hatten sich kooperativ gezeigt und der Armee als Scouts gedient. James war von ihnen fasziniert gewesen, und sie hatten ihn mit Respekt und Interesse behandelt. Damals hatte er festgestellt, daß es gute und schlechte Indianer gab, ebenso wie es gute und schlechte Männer unter den Weißen gab.

So bald wie möglich hatte er sich wie sein Vater der Armee angeschlossen, und das Leben als Soldat hatte ihm gefallen. Die polierten Stiefel und die Paraden, das erstklassige Pferd, das er unter dem Sattel hatte, und die ehrenvolle Aufgabe, seinem Vaterland zu dienen, hatten ihm tiefe Befriedigung verschafft. Es war einfach großartig gewesen . . . ein paar Jahre lang.

Doch dann war das „Indianerproblem" zu einer alltäglichen Realität geworden. James' Vater hatte sich in der Nähe des Forts zur Ruhe gesetzt, und James wurde nach Norden versetzt. Überall begannen Siedler sich auf dem Land breitzumachen, das seit Menschengedenken den Indianern gehört hatte. Und als in den Schwarzen Hügeln Gold gefunden wurde, wußte James, daß das der Anfang vom Ende der Lakota darstellte.

Mit der Ankunft der ersten Siedler in Dakota nahm die Rolle des Militärs eine Richtung, die James nicht gefiel. In Fort Kearney waren sie durchreisenden Siedlern behilflich gewesen, hatten ihnen einen sicheren Hafen geboten, wo sie ausruhen konnten. Doch hier unterstützten sie die Siedler aktiv bei der Landnahme, und das bedeutete unausweichliche Konflikte.

James war dem Schwur treu geblieben, den er abgelegt hatte, als er gerade 18 Jahre alt gewesen war. Sechs Jahre lang hatte er den Drahtseilakt des Gewissens durchgehalten und entschlossene Siedler und ebenso entschlossene Indianer bei einem verbissenen Kampf beobachtet, in dem die Lakota die Verlierer sein würden.

Er hatte den Befehlen gehorcht, auch wenn er es verabscheut hatte.

Doch er hatte nicht damit gerechnet, Frauen und Kinder umzubringen.

Bedächtig riß er sich die fünf glänzenden, mit Adlerköpfen verzierten Knöpfe von der Uniformjacke und schleuderte sie so weit weg, wie er konnte. Er entfernte das Armeeabzeichen von seiner Mütze und die Streifen von den Ärmeln und stampfte sie mit seinen Stiefeln in den Staub. Am liebsten hätte er sich von allen Erinnerungen an die Armee befreit, doch den Colt-Revolver mußte er behalten. Er würde ihn brauchen, um Nahrung schießen zu können. Ein Griff an seinen Munitionsgürtel sagte ihm, daß er noch 24 Schuß hatte. Wenn er Glück hatte, würde er damit etwa einen Monat überleben können, bis . . .

James lächelte bitter. Niemand würde nach ihm suchen. Sie würden alle viel zu sehr damit beschäftigt sein, ihre neuen Gefangenen zu quälen und die Toten zu begraben, als daß sie sich Gedanken um einen fehlenden Infanteristen machen würden. Wenn Charlie Blake noch am Leben gewesen wäre, hätte James sich vielleicht Sorgen machen müssen, denn Charlie war sein Freund gewesen. Doch Charlie war vor zwei Tagen bei einem sinnlosen Streit um die Essensrationen getötet worden. Von den anderen Männern in seiner Kompanie hatte sich James schon vor langer Zeit zurückgezogen. Gefangen im inneren Zwiespalt seiner Einstellung den Indianern gegenüber und seiner Aufgabe als Soldat, war er immer mürrischer und sonderbarer geworden. Ein paar seiner Kompaniegenossen hatten versucht, ihn aus der selbstgewählten Isolation herauszuholen, doch schließlich hatten sie es aufgegeben und ihn sich selbst und seinem bohrenden Gewissenskonflikt, von dem niemand etwas wußte, überlassen.

Er würde wohl als vermißt gemeldet werden, doch im Grunde würde es niemanden interessieren, was mit ihm passiert war. Und für seine Angehörigen wäre es sicher besser, wenn sie glaubten, er sei „in Ausübung seiner Pflicht" gestorben, als wenn sie erfuhren, daß er ein Deserteur war. „In Ausübung seiner Pflicht". . . das Wort hinterließ bei ihm einen bitteren Nachgeschmack.

Bis zum Einbruch der Dunkelheit taumelte er weiter in Richtung Süden, bis er schließlich einen Platz zum Rasten fand, sich niederließ und sofort in einen unruhigen Schlaf fiel.

Es dauerte Tage, bis James bemerkte, daß Schuhnägel in der Sohle seiner Stiefel sich durch das Leder gebohrt und seine Füße wundgescheuert hatten. Gleichgültig betrachtete er die riesigen Blasen und stolperte dann barfuß weiter. Als er sich zum Trinken an ein schlammiges Flußbett beugte, zerriß seine Armeehose über den Knien. Sein roter Haarschopf bleichte in der Sonne aus, und der Bart, der ihm allmählich wuchs, war schneeweiß.

Der Versuch, mit dem Revolver ein Stück Wild zu erlegen, erwies sich als hoffnungslos. Rasender Hunger trieb ihn schließlich dazu, Baumrinde, Gras und alle möglichen Sorten von Beeren zu verschlingen. Doch irgendwann streikte sein Körper in Anbetracht dieser kargen Nahrung, und er brach entkräftet zusammen. Er lag einfach da und führte im Fieber wirre Selbstgespräche, in denen er versuchte, die in seiner Seele brennenden Augen der Indianerkinder zu vertreiben. Doch sie wollten nicht weichen. Tag und Nacht starrten sie ihm ins Gesicht, traurig, verständnislos und ohne Hoffnung. Es machte keinen Unterschied, ob er heulte oder schrie oder bettelte. Sie starrten ihn einfach aus dunklen Höhlen an wie brennende Fackeln.

Schließlich beschloß James zu sterben. Bei dem Gedanken mußte er sogar ein wenig lächeln. Er rollte sich auf die Seite, umklammerte die Knie mit seinen Armen und wartete auf den Tod. Er wartete eine sehr lange Zeit, bis die dunklen Augen schließlich nach und nach verschwanden. In seinem Fieberwahn dachte James, daß sie seinen Tod als Opfer angenommen hätten. Schließlich waren sie alle fort, bis auf ein Augenpaar. Und es war gut, daß sie fort waren. Wenn nur einer von ihnen zuschaute, konnte er endlich sterben.

Aber dieser eine redete auf James ein, packte ihn am Arm und rüttelte ihn unsanft. James versuchte, die Hand abzuschütteln und sich wieder umzudrehen, doch die Hand riß ihn hoch.

In einem lichten Moment registrierte James, daß die Kinderaugen verschwunden waren und er statt dessen von echten Indianern umgeben war. Aber diese waren nicht solche zerlumpten, verhungerten Gestalten wie die in der Schlucht. Diese hier waren Krieger in ihrer ganzen Pracht. Sie saßen stolz auf ihren Ponys wie die Herren der Prärie, für die sie sich selbst noch immer hielten, und diskutierten leise über ihren Fund. Woher sollten sie auch wissen, daß er jedes Wort verstand?

Halb betäubt hörte James zu, was sie sagten. Eigentlich erwartete er, daß sie ihn töten würden . . . und zwar langsam. Die Aussicht war zwar nicht erfreulich, aber besonders belasten konnte sie ihn auch nicht. Er wollte sterben. Er verdiente es zu sterben, für all die Sünden, die er im Namen der Pflicht begangen hatte.

„Dieser Mann trägt ein blaues Hemd", stellte Wilder Adler fest. „Und die Waffe und der Gürtel sehen auch aus wie die eines Soldaten. Solange wir nichts Genaueres über ihn wissen, sollten wir ihn besser nicht töten. Seine Kameraden werden nach ihm suchen."

„Dann sollen sie kommen!" rief Donnervogel herausfordernd. „Wir werden gegen sie kämpfen und ihre Skalpe und ihr Gold an uns nehmen!"

Wilder Adler schaute auf James herab. „Dieser hier hat nichts, was sich zu besitzen lohnt. Und es liegt keine Ehre darin, einen solchen Mann zu töten. Ich sage, wir nehmen ihn mit ins Lager. Wir werden ihm zu essen und zu trinken geben und warten, bis er sich erholt hat und uns erzählen kann, was er weiß. Dann können wir ihn immer noch töten", beschloß Wilder Adler.

Die anderen Krieger stimmten zögernd zu. Sie wußten, daß Sitting Bull gern mit diesem Soldaten sprechen würde, und danach hatten sie wirklich noch genug Zeit, um ihn zu töten.

„Er sieht nicht so aus, als könnte er laufen", schnarrte einer der Krieger. „Und ich möchte nicht mein bestes Pony überanstrengen, weil es einen halbtoten Weißen ins Lager schaffen muß."

Wilder Adler stieg schweigend von seinem Pony ab. Er band James' Hand- und Fußgelenke zusammen und warf ihn wie einen toten Hirschen über den Rücken des Ponys. Dann schwang er sich hinter ihm auf. „Die Ponys, die mein Vater gezüchtet hat, sind stark. Es wird ihnen nichts schaden, einen zweiten Mann zu tragen."

Mit einem Seitenblick auf den Krieger trieb Wilder Adler sein Pony zum Galopp an und ritt den anderen voraus.

Kapitel 5

Als Wilder Adler mit James Callaway im Schlepptau ins Lager ritt, versammelte sich im Nu eine größere Gruppe von Lakota, die den wild aussehenden weißen Mann neugierig anstarrten.

James kam keuchend und hustend wieder zu Bewußtsein, als Wilder Adler ihn losband und ihm Wasser ins Gesicht spritzte. Er blickte sich verwirrt um und sah in fremde, indianische Gesichter, und dann tat er instinktiv das Richtige: Er stand auf, schaute Wilder Adler mit furchtlosem Blick geradewegs in die Augen und wartete auf den Tod.

Hätte er sich ängstlich am Boden gekauert, hätten die Lakota ihn ohne Zweifel sofort getötet. Das gesamte Lager hätte seinen Zorn auf die Weißen an diesem einen Gefangenen ausgelassen. Aber als James sich mit mannhafter Tapferkeit erhob und dem Blick von Wilder Adler standhielt, zögerten sie. Dieser Moment rettete James das Leben, denn er ermöglichte es Wilder Adler, seinen Gefangenen die wenigen Meter zum Ratstipi hinüberzuzerren. Und nachdem Sitting Bull sein Interesse an dem Soldaten bekundet hatte, wagte es niemand mehr, ihn anzugreifen.

James gab sich alle Mühe, auch vor Sitting Bull auf den Beinen zu bleiben, aber sein geschwächter Körper ließ ihn im Stich. Er fiel mitten in der Befragung um wie ein gefällter Baum und war nicht mehr zu Bewußtsein zu bringen. Wilder Adler schleifte den Gefangenen in sein eigenes Tipi.

Prärieblume tat, was sie konnte, um den weißen Mann körperlich wiederzubeleben, doch sie konnte nichts für seinen kranken Geist tun. Wie schlimm es um ihn stand, wurde offensichtlich, als die Dunkelheit hereinbrach und der Soldat das ganze Lager damit wachhielt, laut in unverständlichen Worten gegen die Dämonen in seinem Kopf anzuheulen.

Voller Abscheu schlug Wilder Adler dem Mann ins Gesicht und schrie ihn an: „Schweig! Wir werden dir nichts tun. Wir wollen nur wissen, wo die Soldaten jetzt hingehen!"

Während Wilder Adler sich noch selbst verfluchte, weil er Lakota mit einem weißen Mann sprach, hörte er eine leise Antwort, mehr ein Stöhnen: „Ich will, daß ihr mich tötet. Bringt mich um, damit ich Frieden finde!"

Wilder Adler hockte sich neben den Gefangenen, packte den roten Haarschopf mit einer Hand und zwang den Kranken, sich aufzusetzen. Er riß seinen Kopf zurück und starrte in die graugrünen Augen des Fremden. Einen Moment lang begegneten sich ihre Blicke, ehe Wilder Adler zischte: „Du sprichst Lakota, also weißt du, was wir wollen. Morgen wirst du es uns sagen. Dann wird Sitting Bull dich freilassen."

James lächelte bitter. „Ich weiß nichts über die Soldaten. Ich habe keinen Ort, wo ich hingehen kann."

Wilder Adler richtete sich wieder auf, während James kopfschüttelnd versuchte, richtig wach zu werden.

„Warum hast du die Soldaten verlassen?"

James schüttelte weiter den Kopf und antwortete nicht.

Wilder Adler rüttelte ihn unsanft und fragte wieder: „Warum hast du die Soldaten verlassen?"

Im flackernden Licht des Feuers blitzte etwas Goldenes am Hals des Indianers auf und erregte die Aufmerksamkeit von James. Als er erkannte, daß es ein goldenes Kreuz war, sah er den Indianer das erste Mal richtig an. Die breite Stirn, das kräftige Kinn, die gerade Nase und der Mund, den ein leicht melancholischer Zug umspielte, formten ein markantes, gutaussehendes Gesicht. Eine lange, halbmondförmige Narbe zog sich von unterhalb des rechten Auges über die Wange bis zum Hals, entstellte das Aussehen des Kriegers jedoch in keinster Weise. Wie alt magst du sein? fragte sich James. Und welche Verbrechen hat meinesgleichen dir angetan? Er verzog das Gesicht bei dem Gedanken.

Wilder Adler wurde langsam ungeduldig. „Warum hast du die Soldaten verlassen?"

Doch James antwortete noch immer nicht. Jetzt dachte er allerdings über diese Frage nach. Irgendwo im Lager bellte ein Hund. James wurde klar, daß es keinen Unterschied machte, was er sagte. Sie würden ihn ohnehin töten, sobald sie erfahren hatten, was sie wissen wollten. Er richtete seinen Blick auf das goldene Kreuz und sprudelte seine Geschichte hervor.

„Ich war ein guter Soldat. Ich wollte nur mein Volk beschützen. Und dann fingen sie an, mir Dinge aufzutragen, die ich nicht tun wollte. Ich sah, wie sie Land in Besitz nahmen, das sie den Lakota versprochen hatten. Trotzdem sagte ich nichts. Ich kämpfte weiter. Ich war ein guter Soldat. Aber –" James schauderte. Er senkte den Kopf und fuhr murmelnd fort: „Aber dann habe ich Frauen und Kinder getötet. Ich wußte nicht, daß sie in der Schlucht waren, als ich dem Befehl zu feuern folgte. Ich dachte, ich würde gegen Krieger kämpfen. Aber dann haben sie angefangen zu schreien, und ich sah, was ich getan hatte."

James brach ab. Der Hund hatte aufgehört zu bellen. Wilder Adler saß schweigend da und wartete. Scharf einatmend hob James den Kopf und sah den Krieger an. Auf dem gutaussehenden Gesicht zeigte sich keine Regung, doch die Wut war aus den dunklen Augen gewichen. James brachte sein Geständnis zu Ende:

„Ich werde nicht mehr töten. Ich habe genug vom Töten. Ihr könnt mit mir machen, was ihr wollt. Es ist mir völlig egal. Ich kann euch auch nicht sagen, was ihr wissen wollt, weil ich die letzten Tage damit verbracht habe, vor den Soldaten wegzulaufen. Ich habe auf den Tod gewartet, als ihr mich gefunden habt."

Als James fertig war, erhob sich Wilder Adler und ging zu seinem Büffelfell hinüber, um über die Worte des weißen Mannes nachzudenken. In der Stille konnte er den Mann gleichmäßig atmen hören und wußte, daß er wieder eingeschlafen war. Ab und zu stöhnte er leise, aber wenigstens schrie er nicht mehr.

*

Als die Sonne aufging, wachte James auf und stellte fest, daß er nicht mehr gefesselt war und sich frei im Tipi bewegen konnte. Die Frau, die ihm Wilder Adler gestern als Prärieblume vorgestellt hatte, bot ihm einen dünnen Brei zum Frühstück an. Während er aß, betrachteten sie einander neugierig. Die Frau schien um die 50 Jahre oder älter zu sein. Eine tiefe Narbe quer über ihrem Nasenrücken entstellte ihr früher sicher einmal wunderschönes Gesicht. Ihre Augen und ihre Stimme strahlten Wärme und Freundlichkeit aus, als sie sagte: „Es ist nicht weit zum Wasser. Ich zeige dir den Weg."

James nickte stumm und folgte der Frau nach draußen zu einem langsam fließenden Bach. Für ihr Alter bewegte sie sich sehr anmutig und leicht. James ließ sich in das flache Wasser sinken und wusch sich den Schmutz von Gesicht und Händen. Er war noch dabei, sich zu säubern, als Wilder Adler kam, um ihn zu holen. Zusammen gingen sie zum Ratstipi in der Mitte des Lagers, wo Sitting Bull auf die Fortsetzung der Befragung wartete.

Als James den Kreis betrat und in die Mitte der Wartenden geschubst wurde, verlor er das Gleichgewicht und fiel in den Staub. Beifällige Rufe erklangen aus den Reihen der jüngeren Krieger, doch Sitting Bull gebot sofort Ruhe. James schaute auf und war überrascht, so etwas wie Freundlichkeit in den Augen des Großen Häuptlings zu erkennen. Er trug keine Kriegsbemalung. Seine dicken Zöpfe reichten ihm beinahe bis zum Gürtel, und eine einsame Adlerfeder zierte sein Haupt.

James richtete sich wieder auf und setzte sich mit gekreuzten Beinen dem Häuptling gegenüber. Sitting Bull betrachtete seinen Gefangenen eine lange Weile, bevor er das Wort ergriff. Als er schließlich sprach, stellte er keine Frage.

„Ich war nie gegen den weißen Mann", sagte er bedächtig. „Jeder weiße Mann, der in mein Land kommt, ist willkommen. Ich möchte keinen Kampf beginnen, doch der weiße Mann ist bis nach He Sapa vorgedrungen und hat seine Forts errichtet, obwohl der Weiße Vater gesagt hat, daß dieses Land den Lakota gehören soll. Ich will nicht kämpfen, ich will nur Nahrung für mein Volk. Trotzdem sammeln sich die Soldaten, um uns zu töten." Sitting Bull unterbrach sich. „Sag mir, Soldat, wie man dich nennt."

„James Callaway."

„James Callaway, siehst du dieses Land?" Mit großer Geste wies Sitting Bull zum Horizont. „Ehe der weiße Mann kam, konnte ich mein schnellstes Pony eine Woche lang reiten und habe trotzdem nicht das Ende des Gebietes erreicht, in dem mein Volk jagen und leben konnte. Jetzt sind die Weißen da, und sie wollen, daß ich zum Weißen Vater gehe, wenn ich hungrig bin."

Ärgerliches Gemurmel erhob sich aus den Reihen der Krieger. Sitting Bull fuhr fort: „Als die weißen Männer gekommen sind, wollten sie nur einen Platz, um ihre Tipis zu bauen. Aber jetzt ist ihnen nichts mehr genug. Sie wollen unsere Jagdgründe von dem Ort, wo die Sonne aufgeht, bis dahin, wo sie untergeht. Sie wollen unsere Krieger töten, und sogar unsere Frauen und Kinder. Sie wollen uns nicht in Frieden leben lassen. Also nehmen wir unsere Waffen auf. Meine Krieger sind sehr tapfer, aber die Weißen sind in der Überzahl. Sie umgeben uns wie das Netz der Spinne, und wir können ihnen nicht entfliehen. Doch wir werden uns nicht kampflos ergeben. Deshalb, James Callaway, mußt du mir sagen, von wo die Soldaten kommen werden, um gegen uns zu kämpfen."

Während seines langen Monologs hatte James Sitting Bull aufmerksam beobachtet. Als er nun die unausweichliche Frage stellte, schüttelte James abwehrend den Kopf. „Ich kann es dir nicht sagen. Sie werden kommen, um gegen euch zu kämpfen, aber ich weiß nicht, von wo sie kommen werden. Deine Krieger haben mich so gefunden" – er zupfte an seiner zerschlissenen

Kleidung herum – „als ich auf den Tod wartete. Die Sonne ist viele Male auf- und untergegangen, seit ich die Soldaten verlassen habe."

„Wir werden dich töten, wenn du uns nicht sagst, was wir wissen müssen." Die Worte erklangen hinter James, und er erkannte die Stimme von Wilder Adler.

James antwortete fest und ohne sich umzusehen: „Ich habe dir schon heute nacht gesagt, daß ich mit den Soldaten nichts mehr zu tun habe. Tötet mich. Der Gedanke hat nichts Schreckliches für mich, und ich kann euch nicht helfen."

Sitting Bull und Wilder Adler berieten sich kurz, so als ob James gar nicht da wäre. Wilder Adler berichtete von ihrer nächtlichen Unterhaltung, und einige der anderen Krieger steckten ebenfalls die Köpfe zusammen. Besonders die jüngeren Männer waren nur zu gern bereit, den weißen Eindringling zu töten.

Nachdem er über den Bericht von Wilder Adler nachgedacht hatte, teilte Sitting Bull den anderen seine Entscheidung mit: „Dieser Mann hat nichts, was es wert wäre, ihn zu töten. Er hat kein Pferd, kein Gewehr, und er war dabei, unser Land zu verlassen. Wir werden ihn ziehen lassen. Doch zuerst werden wir ihm zu essen und ein Pferd geben." Damit hatte Sitting Bull einmal mehr seine legendäre Großzügigkeit bewiesen.

Wilder Adler hatte James Callaway als Gefangenen ins Lager gebracht, doch Sitting Bulls Ratschluß hatte ihn zu einem hilfsbedürftigen Gast gemacht. Wilder Adler ergriff die Gelegenheit, Gastfreundschaft zu üben. „Prärieblume hat eine Suppe aufgesetzt. Wir werden dem weißen Mann zu essen geben. Und wenn er bereit ist weiterzuziehen, werde ich ihm eins von meinen Ponys geben."

Sitting Bull nickte zufrieden. „Gut. Du wirst eines Tages ein guter Häuptling sein, Wilder Adler."

Keiner der jüngeren Krieger lehnte sich gegen Sitting Bulls Entscheidung auf. Sie wußten, daß Großzügigkeit das Privileg des Starken war, nicht des Schwachen. Manche von ihnen ärgerten sich, daß sie nicht schneller reagiert hatten als Wilder Adler.

Wilder Adler war überrascht, wie erleichtert er sich fühlte, James Callaway nicht umbringen zu müssen. Verletzte Tiere zu töten, hatte ihm noch nie Vergnügen bereitet.

Als Wilder Adler den weißen Mann wieder in sein Tipi brachte – diesmal als Gast und nicht als Gefangenen –, hieß Prärieblume ihn herzlich willkommen und fing an, angeregt auf ihn einzuplaudern.

„Ich wußte, daß sie dich am Leben lassen würden", sagte sie. „Er verbirgt es gut, aber in seinem Herzen ist Wilder Adler freundlich."

Irgendwie brachte es James eine gewisse Erleichterung, hier mitten unter den Menschen zu sein, denen er so großes Leid zugefügt hatte und die ihn dennoch nicht zu hassen schienen. Er hörte aufmerksam zu, als Prärieblume von Wilder Adler erzählte. Schließlich sagte er: „Dein Sohn hat mir das Leben gerettet." Doch in seinen Worten klang keine Dankbarkeit mit.

„Sohn?" fragte Prärieblume. „Oh nein, Wilder Adler ist nicht mein Sohn. Seine erste Mutter, Tanzende Wasser, ist gestorben. Dann hatte er eine zweite Mutter. Sie war aus deinem Volk." Prärieblumes Stimme wurde weich, als sie weitersprach. „Sie war meine Freundin. Kennst du sie? Ihr Name war Die durchs Feuer geht, aber in deinem Volk hieß sie Jessieking."

Der Name kam James irgendwie vertraut vor, doch er schüttelte den Kopf. Er wollte sich nicht an die Vergangenheit erinnern.

„Sie war eine gute Frau", fuhr Prärieblume fort. Sie schien die Anwesenheit von James nicht mehr wahrzunehmen. „Sie lebte unter uns und nahm Wilder Adler an ihr Herz, als er noch ein kleiner *papoose* war. Sie hat viele Jahre bei den Lakota gelebt. Und nachdem sie von uns genommen wurde, ist Wilder Adler mein Sohn geworden. Aber er trägt Die durchs Feuer geht noch immer in seinem Herzen."

Wilder Adler stand vor dem Tipi und hörte voller Ärger, wie leichthin Prärieblume diesem Fremden seine Vergangenheit mitteilte. Er riß den Vorhang des Eingangs zur Seite und sagte harsch: „Wir werden ihn nicht töten, aber das bedeutet nicht, daß wir Freundschaft mit ihm schließen. Wir werden ihm Nahrung geben, bis er weiterziehen kann. Das ist alles."

Prärieblumes freundliches Gesicht wirkte verletzt, und im selben Augenblick bedauerte Wilder Adler seinen Zornesausbruch. „Sie sind nicht alle so wie Die durchs Feuer geht, Unci."

Nun war es an Prärieblume, zornig zu sein. „Und du denkst, daß ich das nicht weiß? Ich bin doch dabeigewesen, als wir durch das Lager gekommen sind, das die Soldaten angegriffen hatten. Ich habe geholfen, die Toten aufzubahren. Ich habe neue Tipis für die Waisen gefunden!" Während sie sprach, wurde sie immer aufgeregter, bis sie schließlich ganz dicht vor Wilder Adler stand und mit ihrer Faust wütend in der Luft gestikulierte. „Ich weiß, daß sie nicht alle wie Die durchs Feuer geht sind. Aber dieser Mann hier", Prärieblume wies mit der Hand in die Richtung von James, „dieser hier ist vor Trauer über das, was er getan hat, fast wahnsinnig geworden. Du hast gesagt, daß er sterben wollte, als du ihn gefunden hast. Ich sage, er hat genug gelitten. Ich sage, er ist ein guter Mann und soll leben. Und wenn er in meinem Tipi lebt, dann rede ich mit ihm, wie es mir gefällt!"

Aufgebracht riß Prärieblume einen Wasserschlauch vom mittleren Stützpfosten des Tipis. „Ich gehe jetzt Wasser holen", teilte sie ihm wütend mit. „Und wenn ich zurückkomme und James Callaway dann etwas über die Lakota wissen möchte, werde ich es ihm sagen!"

Sie stürmte aus dem Tipi, und Wilder Adler stand eine Weile stumm da und dachte über ihre Worte nach. Dann ließ er sich am Feuer nieder und sagte, ohne James anzusehen: „Ihr seid ein rätselhaftes Volk, James Callaway."

„Ihr seid ein rätselhaftes Volk, Wilder Adler", echote James.

Und zum ersten Mal betrachteten sich die beiden nicht als Gefangener und Krieger, nicht als Weißer und Indianer, sondern einfach als Männer.

Kapitel 6

Es waren nur zwei. Er war in der Dunkelheit über sie gestolpert, hatte mit den Händen die kalte Steinoberfläche befühlt und sich dann schaudernd zurückgezogen.

Jetzt, im hellen Tageslicht, betrachtete er die Gräber genauer. Gras hatte sie überwuchert, und eine Spinne hatte ein großes Netz zwischen den beiden Grabsteinen gesponnen.

Die beiden Grabsteine waren im Grunde nur zwei einfache große, rötliche Felsbrocken, die vermutlich von einem der umliegenden Felder stammten. Die Inschriften lauteten lediglich „Mama" und „Papa", und die Buchstaben waren groß aus der Mitte des jeweiligen Steines herausgehauen. „Mama" war offenbar eine Weile vor „Papa" gestorben, denn der Zedernschößling hinter ihrem Grabstein war ein gutes Stück höher als der hinter dem anderen.

James erhob sich und ging zum Brunnen hinüber. Er entwirrte das Seil und band einen Eimer daran, den er in der Scheune gefunden hatte. Dann schöpfte er damit Wasser und goß die Bäumchen, die bereits halb vertrocknet waren.

Danach begann er, Gras und Unkraut von den Gräbern zu rupfen. Erst als er mit dem Ergebnis zufrieden war, wandte er seine Aufmerksamkeit dem Haus und den Nebengebäuden zu. Warum war ein so vielversprechendes Anwesen verlassen worden? Das Haus war einfach, aber sehr solide. An der Nordseite gab es eine Veranda. Die Tür ins Haus hing lose in den Angeln. Hier wohnte scheinbar schon eine ganze Weile niemand mehr. Das Dach sah jedoch dicht aus, und auch die Seitenwände waren in Ordnung. Allerdings hätte das Haus einen Anstrich brauchen können.

James ging hinüber, um die massive Scheune zu inspizieren. Der Besitzer dieser Farm hatte große Pläne gehabt, das war offensichtlich. In der Scheune gab es acht Pferdeboxen, die je eine eigene Tür hatten, die hinaus auf die Koppel führte. An der Wand gegenüber hingen mehrere gute Arbeitsgeschirre, die mit Staub und Spinnweben bedeckt waren. Auf der anderen Seite befanden sich zwei größere Boxen, die vielleicht für Schafe oder Ziegen gedacht waren. Eine Leiter führte zum Heuboden hinauf.

James stieg die stabile Leiter empor. In einer Ecke des großen Heubodens steckte eine Mistgabel im Heu, gerade so, als ob der Besitzer nur eben zum Essen ins Haus gegangen war. James ließ seine Hände anerkennend über Pfosten und Bretter gleiten und bewunderte die Arbeit und das handwerkliche Können, mit der sie verarbeitet worden waren. Was auch immer hier passiert war –

der Mann, der diese Scheune gebaut hatte, hatte nicht vorgehabt, diesen Ort wieder zu verlassen.

Eine Maus huschte über den Heuboden, und James sprang erschrocken zur Seite, als eine große rote Katze aus einer Ecke hervorschoß, um die Jagd auf das kleine Tier aufzunehmen. Wenige Augenblicke später erschien die Katze wieder oben auf dem Heuhaufen, die Beute triumphierend zwischen den Zähnen haltend. James stieg die Leiter wieder hinunter und ging um die Scheune herum zur Koppel, umgefallenen Zaunpfosten und wuchernden Disteln ausweichend. Gedankenverloren öffnete er alle Boxentüren, und Tageslicht fiel in die Scheune ein.

Die Boxen mußten ausgemistet werden. James holte die Mistgabel vom Heuboden und begann mit der Arbeit. Danach durchsuchte er die Scheune nach Werkzeug und fand schließlich unter einer halb verrotteten Satteldecke eine Holzkiste, in der sich ein ganzes Sortiment sorgfältig gepflegter Werkzeuge befand. James nahm sich Zange, Hammer und ein paar Nägel und machte sich daran, den Koppelzaun zu reparieren.

Eigentlich hatte er keinen Grund, dies alles zu tun, doch es brachte ihm ein seltsames Gefühl inneren Friedens, all diese Dinge zu reinigen und in Ordnung zu bringen. Inzwischen wurde es draußen dunkel, und mit der Dunkelheit machte sich nagender Hunger bemerkbar. Nun, das war nicht die erste Nacht, in der James Callaway sich hungrig zum Schlafen legte. Er schöpfte einen Eimer klares Wasser aus dem Brunnen, trank in tiefen Zügen und erklomm dann die Leiter zum Heuboden.

*

James erwachte beim ersten Tageslicht und setzte sich auf bei der plötzlichen Erkenntnis, daß die Augen der Indianerkinder ihn diese Nacht zum ersten Mal seit langer Zeit nicht heimgesucht hatten. Er hatte tief und fest geschlafen, und der Übergang zum Wachwerden war seltsam friedvoll gewesen. Irgend etwas an diesem Ort schien ihn willkommen zu heißen. Er hatte es nicht eilig mit dem Aufstehen, doch der bohrende Schmerz in seinem Magen erinnerte ihn daran, daß er etwas zu essen besorgen mußte, und zwar bald.

Seine Pläne, unten am Fluß angeln zu gehen, wurden von den ratternden Geräuschen eines herannahenden Wagens unterbrochen. James ließ sich flach auf den Bauch fallen und kroch zum Rand des Heubodens hinüber, um durch die Luke nach draußen zu schauen. Er erblickte einen etwas älter aussehenden Schwarzen, der von seinem Wagen stieg und dann kopfschüttelnd neben den Gräbern stehenblieb.

Der Neuankömmling kratzte sich ratlos am Kopf, schaute sich um und sprach laut: „Meine Güte, nun sieh sich einer das an! Irgendwer hat die Gräber in Ordnung gebracht." Er ließ den Blick über das Farmgelände schweifen. Die offenstehende Scheunentür gab ihm einen Hinweis auf den Eindringling.

James hatte sich gerade der Hoffnung hingegeben, daß er nicht entdeckt werden würde, als plötzlich ein kleiner grauer Hund unter dem Kutschbock hervorgeschossen kam, in die Scheune raste und kläffend unter der Heubodenleiter stehenblieb. Der Schwarze drückte sich den Hut fester auf den Kopf, nahm sein Gewehr aus dem Wagen und betrat das Innere der Scheune.

„Wer auch immer Sie sind, Sie kommen jetzt besser auf der Stelle da raus!" rief er mit fester Stimme.

James erhob sich und klopfte sich das Heu von den Kleidern. Beschwichtigend rief er hinunter: „Ganz ruhig, Mister. Ich will Ihnen nichts Böses. Ich bin gestern nacht hierhergekommen und habe bloß einen Platz zum Schlafen gebraucht."

„Wenn Sie nichts zu verbergen haben, dann kommen Sie jetzt runter da." Joseph brachte den kleinen Hund zum Schweigen und zielte mit seinem Gewehr auf den Rücken des Mannes, der jetzt die Leiter hinunterstieg. Als sich der junge Mann herumdrehte, erfaßte Joseph mit einem Blick die zerschlissene Kleidung, das ungekämmte rote Haar und den schneeweißen Bart.

Er hatte so etwas schon einmal gesehen. Damals hatte er geholfen, einen Brand zu löschen. Eine junge Frau und ihre beiden Kinder waren bei dem Feuer ums Leben gekommen, und der hilflose Familienvater hatte nichts tun können, um seine Angehörigen zu retten. Bei diesem jungen Mann war danach ebenfalls der Bart schneeweiß nachgewachsen, obwohl er eigentlich schwarzes Haar gehabt hatte.

Dieser Junge hatte offenbar Schreckliches durchgemacht. Trotz der abgerissenen Knöpfe erkannte Joseph die Uniform. Er kniff die Augen zusammen und sagte: „Würdest du mir wohl erklären, was du hier auf der Baird-Farm zu suchen hast, Junge? Und wenn ich deine Geschichte glaube, dann nehm' ich das Gewehr hier runter, und wir unterhalten uns ein bißchen, okay?"

James Callaway begegnete Josephs prüfendem Blick ganz ruhig. Er straffte die Schultern und antwortete ehrlich: „Ich bin schon eine ganze Weile unterwegs, Mister. Letzte nacht bin ich hier hereingestolpert. Alles war dunkel. Ich habe gedacht, die Bewohner haben sicher nichts dagegen, wenn ich auf dem Heuboden übernachte. Ich wollte ihnen heute morgen irgendeine Gegenleistung anbieten, aber dann habe ich festgestellt, daß hier offenbar niemand mehr lebt." Er warf einen Blick auf die Gräber.

„Warum warst du denn unterwegs? Wo wolltest du hin?" wollte Joseph wissen.

James schaute weg und blinzelte ein paarmal nervös. Dann schluckte er hart und sagte: „Sehen Sie, Mister, ich würde es Ihnen sagen, wenn ich es selber wüßte. Aber ich kann Ihnen versprechen, daß . . . daß ich kein Verbrecher oder so was bin . . . ich kann bloß nicht . . ."

„Du bist Soldat", stellte Joseph fest, und James wand sich sichtbar bei dieser Bemerkung. Seine graugrünen Augen begegneten Josephs bohrendem Blick, und er schaute zur Seite. Joseph kannte diesen Blick, denn er hatte ihn schon viele Male gesehen. Jeder entflohene Sklave, dem er in seinem Leben begegnet war, hatte genau diesen Ausdruck in den Augen gehabt. Dieser Junge – und für Joseph war er bloß ein Junge – war auf der Flucht vor einer Vergangenheit, die zu schrecklich war, als daß er darüber reden konnte. Irgend etwas an seiner angestrengt aufrechten Haltung, den zusammengebissenen Zähnen und der ehrlichen Antwort berührte Joseph. Dieser Blick sagte: „Ich habe viel erlebt, aber wag es nicht, danach zu fragen. Wenn ich nicht darüber rede, kann ich vielleicht ganz von vorne anfangen."

„Ich verschwinde sofort, wenn Sie das Gewehr runternehmen." James bemühte sich, die Worte so ruhig wie möglich auszusprechen, doch seine Augen flehten um Gnade.

Langsam ließ Joseph das Gewehr sinken. „Warum hast du die Gräber gesäubert?"

Die breiten Schultern zuckten. „Es schien mir einfach notwendig."

„Und die Ställe, und der Koppelzaun?"

Als er James' überraschten Gesichtsausdruck bemerkte, sagte Joseph: „Ich kenne jeden Kieselstein auf dieser Farm. Seit Jahren sehe ich hier nach dem Rechten. Also, warum hast du die Ställe ausgemistet und den Zaun repariert?"

James wiederholte: „Ich weiß nicht genau. Es schien eben notwendig."

Das Schweigen, das daraufhin zwischen den beiden Männern entstand, wurde von einem lauten Magenknurren unterbrochen. Joseph brach in tiefes, lautes Gelächter aus, das die Scheune bis in den letzten Winkel ausfüllte.

„Ich schätze, bevor ich weiter versuche rauszufinden, was für ein komischer Vogel du nun eigentlich bist, verfüttere ich wohl besser ein paar von Miss Hathaways berühmten Haferplätzchen an dich. Ich will nämlich ganz sicher keinen toten komischen Vogel am Hals haben!"

Im Schatten von Josephs Wagen verschlang James drei große Haferkekse, bevor Joseph ihn weiter ausfragte.

„Also, jetzt hör mir mal zu, junger Mann. Du brauchst mir nicht deine ganze Lebensgeschichte zu erzählen, wenn du das nicht willst, aber ein paar Sachen muß ich schon wissen. Du bist so dürr wie ein Zaunpfahl, und Schuhe hast du auch keine an. Bist du auf der Flucht vor dem Gesetz?" Joseph schaute tief in die graugrünen Augen und fügte hinzu: „Und versuch nicht, mich anzulügen. Wenn es stimmt, dann ist das deine Sache, aber ich muß die Wahrheit kennen."

Standhaft erwiderte James dem forschenden Blick von Joseph. „Nein, Sir. Ich laufe nicht vor dem Gesetz davon."

„Und wo willst du hin?"

James dachte eine Weile über diese Frage nach, bevor er antwortete: „Ich weiß es nicht, Sir. Ich will einfach nur weg von . . ." Er zögerte und sprach dann mit tieferer Stimme weiter „. . . von da, wo ich herkomme."

„Und bist du jetzt weit genug weg von dort, um mit dem Fortlaufen aufzuhören?"

James nickte langsam. „Ich denke schon."

Joseph stand auf und schob sein Gewehr wieder unter den Kutschbock. „Dann komm, steig auf den Wagen, und wir fahren zusammen in die Stadt. Mrs. Hathaway wird dir was besseres als Plätzchen vorsetzen. Wir suchen dir ein paar anständige Klamotten, und –"

Bei dem Wort „Stadt" war James aufgesprungen und zur Seite gewichen. „Nein!" Er schrie es fast. Dann fuhr er, peinlich berührt, leiser fort: „Nein, Sir. Ich danke Ihnen, aber ich . . . ich habe keinen Grund, in die Stadt zu fahren. Ich . . . ich will bloß in Ruhe gelassen werden, Sir." Er geriet ins Taumeln und mußte sich am Wagen festhalten, um seine zitternden Knie wieder in seine Gewalt zu bekommen.

Tiefes Mitgefühl schwang in Josephs Stimme mit, als er im gleichen beruhigenden Tonfall auf den Jungen einsprach, den er auch bei nervösen Jungpferden anwandte. „Jetzt reg dich mal nicht auf, mein Sohn. Niemand will dich gegen deinen Willen irgendwohin bringen. Wenn du nicht in die Stadt willst, dann ist das völlig in Ordnung. Jeder Mensch braucht ab und zu ein bißchen Zeit für sich allein . . ." Eine Idee kam ihm in den Kopf, und Joseph sprach sie aus, bevor er noch richtig darüber nachgedacht hatte. „Du hattest recht mit dem, was du über die Farm hier gesagt hast. Die Leute, die hier gelebt haben, sind nicht mehr da. Ihr Sohn hat mich gebeten, ein Auge auf das Anwesen zu haben, und das habe ich auch zwei Jahre lang getan. Jetzt ist der arme Junge auch tot, Gott sei seiner Seele gnädig, und seiner Witwe ist es egal, was hier passiert. Und so rottet das Ganze jetzt einfach vor sich hin." Joseph seufzte. „Das ist eine echte Schande, findest du nicht? Es könnte eine wirklich ansehnliche Farm sein."

Während Joseph redete, hörte James langsam auf zu zittern. Joseph sprach weiter, bis der Junge sich offensichtlich ganz beruhigt hatte, ehe er dann sagte: „Mir gefällt's, daß du die Gräber gesäubert hast. Das zeigt deinen Respekt vor den Toten. Und du hast das mit den Ställen auch sehr ordentlich gemacht. Warum bleibst du nicht einfach noch ein Weilchen hier, während ich in die Stadt fahre, ein paar Klamotten und etwas zu essen für dich besorge und dann wieder hier rauskomme?"

James erwog das Angebot mißtrauisch. „Ich habe kein Geld, um Klamotten oder Essen zu bezahlen, Mister."

Joseph zeigte über die Schulter auf die Gräber und den Koppelzaun. „Mir scheint, du hast dir schon ein bißchen Anerkennung verdient."

Er versuchte, dem jungen Mann ermutigend eine Hand auf die Schulter zu legen, doch James wich zur Seite. Aus den Augenwinkeln starrte er Joseph an wie ein geprügelter Hund.

Joseph streckte ihm die Hand hin. „Du kannst mir vertrauen, Sohn. Ich bring' dir etwas zum Anziehen und ein gutes Abendessen. Du bleibst nur so lange hier, bis du was Anständiges im Magen hast, und dann machst du, was du willst. Komm, gib mir die Hand drauf!"

James schaute die ausgestreckte Hand an. Dann wischte er seine eigene Rechte an seiner Hose ab und ergriff ganz langsam Josephs Hand. Dieser lächelte zufrieden. Der junge Fremde war bis in die Grundfesten seiner Seele erschüttert und verwirrt, aber er hatte einen guten Handschlag und einen festen Blick. Er würde wieder in Ordnung kommen.

Joseph kletterte auf den Bock, schnalzte seinem Gespann zu und im Wegfahren wandte er sich noch einmal um und sagte: „Die Haustür hängt ziemlich traurig in den Angeln. Wenn du die reparieren kannst, hast du was bei mir gut!"

Der Wagen ratterte davon, und James zog sich ins kühle Innere der Scheune zurück. Sein Blick fiel auf die verstaubten Zuggeschirre, und statt sich an die Reparatur der Tür zu machen, nahm er das erste Geschirr vom Haken und betrachtete es gedankenvoll. Die Holzkiste mit dem Werkzeug enthielt alles, was er brauchte, und er verbrachte den Nachmittag damit, das Geschirr zu säubern und einzufetten, bis es glänzte.

Er war so in seine Arbeit vertieft, daß er zusammenschrak, als er das Rattern des zurückkehrenden Wagens hörte. Joseph sprang vom Bock und betrat die Scheune gerade in dem Moment, als James das Geschirr wieder an seinen Platz hängte.

Der junge Mann lächelte verlegen. „Ich bin gar nicht bis zu der Tür gekommen."

Joseph hob die Schultern. „Macht nichts. Das kannst du ja irgendwann anders machen . . . äh, bevor du weiterziehst, meine ich. Ich muß gleich wieder zurück. Hier sind die Sachen und das Abendessen."

James ergriff dankbar Josephs Hand. „Ich weiß nicht, wie ich Ihnen danken soll, Sir."

Joseph lächelte ihn herzlich an. „Das brauchst du auch nicht, mein Sohn. Leb wohl." Er kletterte wieder auf den Kutschbock und fügte hinzu: „Ich werde für dich beten."

*

„Ich weiß nicht, wie er heißt, Elisabeth", sagte Joseph ruhig, „aber ich weiß, daß es ganz in deinem Sinne sein wird, wenn du ihm eine Chance gibst. Du hättest sehen sollen, wie er die Farm in so kurzer Zeit bereits in Schuß gebracht hat. Und das bloß, um sich für eine Übernachtung auf dem Heuboden zu revanchieren!"

Elisabeth runzelte die Stirn. „Du weißt nicht mal seinen Namen, und trotzdem verlangst du von mir, daß ich ihn auf der Farm wohnen lasse?"

Joseph nickte und griff zu einer List, von der er genau wußte, daß sie das Gewünschte bewirken würde. „Ich weiß Elisabeth, das ist eine etwas ungewöhnliche Bitte . . . aber weißt du, es ist so, daß die Jahre nicht spurlos an mir vorübergegangen sind. Manchmal wird es mir doch ein bißchen zuviel, immer auf der Farm nach dem Rechten zu sehen, und ich dachte . . ."

Es wirkte. Elisabeths Stirnrunzeln wurde stärker, und Besorgnis lag in ihrer Stimme. „Oh Joseph! Das tut mir leid. Ich habe mal wieder nur an mich gedacht! Es stimmt, ich habe es für selbstverständlich gehalten, daß du dich um alles kümmerst. Als Ken und ich weggingen, hatten wir gar keine Zeit, irgend etwas wegen der Farm zu entscheiden, und dann . . ." Sie seufzte. „Dann stand ich plötzlich ganz alleine da. Ich habe gar nicht darüber nachgedacht, was für eine Belastung das alles für dich ist. Oh, es tut mir so leid! Natürlich kannst du diesen Mann bitten zu bleiben, wenn du seine Hilfe brauchst. Vielleicht kann er ja morgen mit dir hierherkommen, und dann überlegen wir gemeinsam, wie es weitergehen soll."

Joseph reagierte schnell. „Ach, meinst du nicht, daß es für dich gut wäre, einmal hier rauszukommen und dir ein bißchen den Wind um die Nase wehen zu lassen? Ich würde dich mit dem größten Vergnügen am Sonntag hinausfahren."

Elisabeth verzog das Gesicht. „Ich glaube nicht, daß ich das ertragen könnte. Noch nicht."

Joseph beeilte sich zu versichern: „Das verstehe ich, Elisabeth. Ist schon gut. Manche Dinge brauchen einfach ihre Zeit. Du mußt dich um gar nichts kümmern. Ich werde schon etwas mit dem jungen Burschen aushandeln."

Elisabeth wirkte sichtlich erleichtert. „Vielen Dank, Joseph. Ich habe keine Ahnung, was eigentlich mit der Farm geschehen soll, aber bis ich eine Entscheidung getroffen habe, hat es wenig Sinn, sie einfach so verrotten zu lassen, schätze ich."

Joseph zog sich schnell zurück, bevor Elisabeth nochmals darauf zurückkommen konnte, daß der junge Mann doch einmal nach Lincoln kommen solle. Zufrieden summend bestieg er seinen Wagen und fuhr wieder in Richtung Süden zur Baird-Farm hinaus. Hinten auf der Ladefläche lagen Lebensmittel für mindestens eine Woche für den jungen Mann, den er zum Bleiben zu überreden hoffte.

*

Als Joseph die Plane, die schützend über den Lebensmitteln lag, zurückzog, mußte James grinsen und stimmte Josephs Vorschlag zu. „Aber nur eine Woche. Bis dahin sollte ich alles hier in Schuß gebracht haben, und dann ziehe ich weiter."

Joseph beeilte sich zu sagen, daß eine Woche bestimmt genug war. Doch es kam die nächste Woche, und immer noch gab es viel zu tun, und auch Josephs Rheumatismus machte ihm plötzlich ungewohnt stark zu schaffen. James ließ sich überreden, noch eine weitere Woche zu bleiben. Und am letzten Tag dieser Woche rumpelte Josephs Wagen mit mehr Getöse als üblich in den Hof. Hinten am Wagen war ein hübscher brauner Wallach angebunden.

„Dieser Gaul hat mir nichts als Ärger gemacht, seit ich ihn gekauft habe", behauptete Joseph. „Er beißt und schlägt nach allem und jedem, und satteln läßt er sich auch nicht. Dabei hat er mir so gut gefallen, als der Händler ihn mir letzte Woche aufgeschwatzt hat. Na ja, ich habe mir gedacht, wenn ich ihn hier rausbringe, wo er ganz allein ist, könntest du vielleicht ein bißchen mit ihm arbeiten. Es wäre wirklich schade um das schöne Geld!"

Als James protestieren wollte, hob Joseph die Hand. „Ich weiß, ich weiß, du wolltest morgen hier verschwinden. Aber ich brauche einfach deine Hilfe mit diesem Vieh, verstehst du? Du kannst doch dann immer noch weiterziehen. Du brauchst auch kein Genie im Umgang mit Pferden zu sein. Ich brauche bloß jemanden, der sich die Zeit nimmt, mit dem Pferd zu arbeiten und ihm ein bißchen Schliff zu geben. Was sagst du dazu, Junge?"

„James", war die Antwort.

Als der junge Mann seinen Namen offenbarte, hatte Joseph gerade den Wallach losbinden wollen, der ganz im Gegenteil einen äußerst wohlerzogenen Eindruck machte. Er hielt abrupt inne und drehte sich mit erstauntem Gesichtsausdruck um.

„James ist mein Name, Sir. James Callaway. Und ich werde Ihnen mit dem Pferd helfen. Ich kann ganz gut mit Pferden umgehen, und es wird nicht lange dauern, diesen hier hinzukriegen . . ." Ein leichtes Lächeln umspielte seine Mundwinkel. „. . . so brav und wohlerzogen, wie er sich jetzt schon gibt!"

Josephs polterndes Gelächter ließ die Scheune erbeben, und er gab dem Wallach einen Klaps aufs Hinterteil. „Hast du mich also durchschaut! Na ja, ich habe mir gedacht, du hättest vielleicht gern ein bißchen Gesellschaft hier draußen. Und falls du wirklich weiterziehen willst, dann hast du dir eine bessere Art zu reisen verdient als deine beiden Füße. Also, James Callaway, wirst du noch bleiben? Ich hab' dir ein Pferd gebracht, bei dem ich deine Hilfe nicht unbedingt brauche, aber Mrs. Baird braucht sie wirklich, wenigstens solange, bis sie sich entschieden hat, ob sie die Farm behalten oder verkaufen will. Ihr Ehemann ist am Little Big Horn gefallen, und sie ist noch nicht drüber weg. Und als sie nach Hause kam, mußte sie hören, daß auch ihre Mutter noch gestorben war, das arme Mädchen. Na ja, sie hat jedenfalls gesagt, daß sie es gern sehen würde, wenn du hierbliebst und die Farm in Schuß hältst, wenn du das möchtest."

„Sie muß mir nichts dafür bezahlen", war die knappe Antwort. „Es gibt mir etwas zu tun, etwas Nützliches. Einen Ort wie diesen wieder zum Leben zu erwecken . . . das gefällt mir." Er atmete tief ein und begegnete Josephs fragendem Blick. „Ich wäre Mrs. Baird zutiefst verbunden, wenn sie mich hier bleiben und die Farm wieder in Ordnung bringen lassen würde. Vielleicht hilft mir das . . ."

James schlug die Tür zur Vergangenheit zu und ließ den Satz unbeendet.

Joseph war fürs erste zufrieden. Er nickte bedächtig. „Ich weiß mein Sohn, ich weiß. Ich bin auch schon da unten gewesen, wo du herkommst. Versprich mir nur, daß du nicht verbittert wirst, James. Bitterkeit bringt deine Seele schneller um als alles andere. Versuch es loszulassen. Kehr der Vergangenheit den Rücken und sieh nach vorn."

Wieder war es der braune Wallach, der das Schweigen durchbrach. James hatte aufgehört, ihn zu kraulen, und nun schubste das Tier ihn auffordernd an, so daß James gegen den Wagen taumelte. Joseph lachte, und James sagte grinsend: „Ja, das ist ein wirklich bösartiges Pferd, Joseph. Ich habe keine Ahnung, wie ich dieses wilde Tier bändigen soll, aber ich werde mein Bestes geben."

Immer noch lachend schwang sich Joseph auf den Wagen. „Vielen Dank, James. Das weiß ich sehr zu schätzen. Also, ich komme in ein paar Tagen wieder hier heraus. Mach mir inzwischen ein Liste von den Dingen, die du so brauchst. Mrs. Baird wird sich freuen zu hören, daß sich jemand um die Farm ihres Gatten kümmert."

Kapitel 7

Ein paar Tage später beschloß Elisabeth, die Fahrt zur Farm von Kens Eltern zu wagen. Joseph dachte an James' Wunsch, in Ruhe gelassen zu werden, und protestierte milde, doch Elisabeth hatte ihren Entschluß gefaßt.

Insgeheim freute sie sich auf einen Tag fernab der mitleidigen Blicke, und so kletterte sie guter Dinge neben Joseph auf den Kutschbock, um ihn auf seiner wöchentlichen Versorgungsfahrt zur Baird-Farm zu begleiten.

„Ich habe die Farm noch nie gesehen, weißt du, Joseph?" erklärte sie unterwegs. „Ich finde, ich sollte sie mir wenigstens einmal ansehen, bevor ich entscheide, was damit geschieht. Obwohl Gott weiß, daß ich keine Farmerin bin!" Ihre Stimme wurde weich. „Es gibt kein Grab, das ich besuchen könnte, und irgendwie gefällt mir der Gedanke, daß ich wenigstens den Ort besuchen kann, wo Ken aufgewachsen ist." Elisabeth drehte den Kopf ein wenig weg, straffte dann jedoch ihre Schultern und hob entschlossen das Kinn.

„Genau das hat deine Mama auch gemacht, bevor sie eine unangenehme Aufgabe in Angriff nahm", erinnerte sich Joseph.

„Was hat sie gemacht?"

„Na, sich zurechtgesetzt, den Kopf gehoben und den Dingen fest ins Auge geschaut."

„Hat sie das auch in der Nacht getan, als wir damals in der Nähe von Fort Kearney über dein Lagerfeuer gestolpert sind?"

Bei der Erinnerung an diesen Tag mußte Joseph lächeln. „Na ja, da war es ziemlich dunkel. Aber ich weiß noch ganz genau, wie sie am nächsten Tag mit angepackt hat." Er lachte leise in sich hinein. „Du warst so eine lebenslustige kleine Lady, Elisabeth!"

Elisabeth lächelte traurig. „Ich hoffe, daß ich das immer noch bin, Joseph. In letzter Zeit war das Leben alles andere als lustig, aber ich werde es schaffen, ganz egal, wie lange es dauert. Mama hat immer gesagt, man muß Gott vertrauen und weitergehen. Tja, und ich versuche es gerade mit dem Weitergehen."

„Aber vergiß den ersten Teil nicht", unterbrach Joseph sie. „Den mit dem Gottvertrauen."

Elisabeth wechselte schnell das Thema. „Darf ich die Pferde mal fahren, Joseph?"

Joseph schüttelte den Kopf. „Diese beiden muß man zu nehmen wissen, Mädchen. Sie brauchen die Hand ihres Herrn."

Elisabeth bettelte: „Oh bitte, Joseph, es würde mir solchen Spaß machen!" Sie schaute ihn mit so flehender Miene an, daß Joseph in schallendes Gelächter ausbrach.

„Meine Güte, Elisabeth, jetzt siehst du genauso aus wie damals, als du deine Mutter überredet hast, neben mir auf dem Kutschbock sitzen zu dürfen. Du weißt wirklich, wie du deinen Kopf durchsetzen kannst!"

Er reichte ihr die Zügel, hielt den Fuß aber vorsorglich an der Bremse und redete mit beruhigendem Ton auf die beiden temperamentvollen Pferde ein, um sie an die neue Hand zu gewöhnen. Die Pferde spielten nervös mit den Ohren. Die Stimme war ihnen vertraut, aber der Zug an den Zügeln war neu. Elisabeth brauchte ihre ganze Aufmerksamkeit und Kraft, um die beiden Tiere im Zaum zu halten, doch die Herausforderung war ihr willkommen.

Nach einer Weile entspannte sie sich ein wenig, und sie begann, die Landschaft links und rechts vom Weg wahrzunehmen. Überall blühten Sonnenblumen, und ab und zu standen wilde Rosenbüsche dazwischen. Ein Busch mit großen roten Beeren lockte viele Singvögel an, die die Luft mit Geflatter und Gesang erfüllten. Angesichts dieser Pracht wies Elisabeth entschlossen die Erinnerungen von sich, die sich wie eine dunkle Wolke auf ihr Gemüt legen wollten.

Nein, beschloß sie. Es ist ein wunderschöner Tag, und ich werde ihn genießen.

Sie nahm die Schönheit um sich herum ganz bewußt in sich auf, während das Gespann munter dahintrabte. Als Joseph ihr die Abzweigung zur Farm zeigte, ließ sie die Pferde aus einer Laune heraus angaloppieren. Josephs Stimme verlor rasch den beruhigenden Tonfall, und er versuchte Elisabeth zu einem langsameren Tempo zu überreden.

Im vollen Galopp in den Innenhof der Farm stürmend, mußte Elisabeth aufstehen und die Zügel mit aller Kraft anziehen, damit die Pferde nicht an der Scheune vorbei auf das dahinterliegende Feld preschten.

James kam hinter der Scheune hervorgelaufen, als die Kutsche eben ruckelnd zum Stehen kam. Elisabeth war außer Atem, ihre Wangen waren gerötet, und Haarsträhnen, die sich aus dem strengen Haarknoten gelöst hatten, fielen ihr ins Gesicht. Einen Moment lang war sie wieder einfach nur Elisabeth King, die Tochter des Windes – jung, unberührt von dunklen Tagen und voller Lebenslust.

James hatte für den Bruchteil einer Sekunde das wahre Ich von Elisabeth gesehen. Doch als sie im Hof standen, hatte sich schon wieder ein Schleier der Schwermut über sie gesenkt. Hastig setzte sie sich, band ihr Haar wieder zu einem Knoten zusammen, und das Funkeln in ihren Augen war erloschen. Und während sie ein wenig steif vom Kutschbock kletterte, verwandelte sie sich abermals in die leidgeprüfte junge Witwe Elisabeth Baird.

Nachdem Elisabeth James die Hand gereicht hatte, erklärte sie den Grund ihres Besuches: „Joseph wollte nicht, daß ich mitkomme, aber ich dachte, es wäre notwendig. Wir haben Ihnen Lebensmittel und Werkzeug mitgebracht."

Langsam ließ sie ihren Blick über das Farmgelände schweifen. Das frisch gestrichene Haus strahlte förmlich im Sonnenlicht. „Sie haben hart gearbeitet", stellte Elisabeth fest.

„Ja, Madam. Ich denke, wenn Sie die Farm verkaufen wollen, können Sie so einen wesentlich besseren Preis erzielen."

„Ja . . . nun . . ." Elisabeth zögerte, dann ging sie zum Wagen hinüber und half Joseph, die Plane vom Wagen zu ziehen. „Ich habe Joseph so angetrieben, hier herauszufahren, daß er kaum Zeit hatte, alles einzupacken. Ich hoffe, wir haben nichts vergessen?"

„Ich bin sicher, daß alles in bester Ordnung sein wird, Madam", sagte James und drehte seinen Hut nervös in den Händen.

Joseph eilte zu seiner Rettung herbei. „Ich tränke die Pferde, James, und du könntest ja schon mal die Sachen abladen."

James wendete sich Elisabeth zu. „Auf der Veranda ist es schattig. Vielleicht möchten Sie sich dort hinsetzen, und ich könnte Ihnen dann ein Glas Wasser bringen."

Mit einem kurzen „Nein, vielen Dank" ging Elisabeth zur Veranda hinüber. Sie setzte sich in den Schatten und beobachtete den großen, stillen, rothaarigen Mann dabei, wie er die Kisten und Bündel vom Wagen lud und in die Scheune brachte. Irgend etwas an der Art, wie er sich bewegte, kam ihr seltsam vertraut vor.

Schließlich trat sie wieder hinaus in die Sonne. „Das ist doch lächerlich! Lassen Sie mich Ihnen beim Abladen helfen", schlug sie vor.

„Oh nein, Madam", protestierte James. „Ich bin sowieso fast fertig. Nur noch diese Kiste, und das war's." Eilig lud er sich die Kiste auf die Schulter.

Elisabeth kniff die Augen zusammen. Diese Stimme . . . auch

die kannte sie von irgendwoher. Als James zurückkam und das Geschirr und die Hufe der Pferde überprüfte, schaute sie ihn so eindringlich an, daß er schließlich aufblickte. „Vielen Dank, daß Sie mir die Sachen gebracht haben", sagte er. „Ich wollte Ihnen keine Mühe machen."

„Ach, das war doch nichts", versicherte Elisabeth schnell. „Ich habe die Fahrt sehr genossen." Sie seufzte. „In Lincoln ist es manchmal nicht auszuhalten. Jeder dort kennt mich, und jeder weiß von Kens Tod, und . . . na ja. Es ist schön, mal rauszukommen."

Ein kleines Paket auf der Ladefläche der Kutsche erregte Elisabeths Aufmerksamkeit. „Oh, das hier ist bestimmt auch noch für Sie", sagte sie und reichte es James weiter. Die lose Verpackung öffnete sich, und eine kleine, zarte Pflanze kam zum Vorschein.

James lächelte verlegen. „Meine Mutter hatte so eine an der Seite unserer Veranda. Ich dachte, ich baue ein Geländer und schau' mal, ob ich sie da zum Wachsen bringen kann. Sieht wunderschön aus, wenn sie blühen."

„Was ist es denn für eine Blume?" fragte Elisabeth.

„Eine Kletterrose . . . aber keine wilde, sondern eine Edelrose, die richtig große Blüten bekommt. Ich habe so eine letzte Woche in der Stadt gesehen, und Joseph hat wohl einen Ableger besorgt." Es war James sichtlich unangenehm, darüber zu reden, denn er lief rot an.

Elisabeth schaute auf das zarte Pflänzchen hinunter. „Ich hoffe, sie gedeiht", sagte sie leise. „Es würde Ken gefallen, was Sie hier tun. Das weiß ich ganz sicher."

James stellte das Gewächs in den Schatten. „Oh, sie wird schon wachsen, Madam. Ich bin gut darin, Dinge zum Wachsen zu bringen." Er kratzte sich am Kopf. „Ansonsten bin ich allerdings zu nicht mehr viel zu gebrauchen."

Elisabeth lächelte ihn an. „Tja, also dann, Mister . . ."

Joseph hatte die beiden aufmerksam beobachtet. Jetzt stieg er auf den Kutschbock und sagte: „Ich muß wohl meine Manieren total vergessen haben, daß ich dir den Mann noch gar nicht mit Namen vorgestellt habe, Elisabeth. Das hier ist mein Freund James Callaway."

James Callaway! Der Name hing in der Luft, während Elisabeth den dazugehörigen jungen Mann ungläubig anstarrte. Das konnte doch nicht wahr sein! War das etwa tatsächlich der kleine Jimmy Callaway aus Fort Kearney? Jimmy Callaway war ein übergewichtiger kleiner Lausebengel gewesen, der Elisabeth mit seinen ewigen Streichen das Leben schwer gemacht hatte. Er hatte sie an den Zöpfen gezogen, mit seiner zukünftigen glorreichen Karriere bei der Armee geprahlt und sie immer wieder schmerzhaft daran erinnert, daß sein Vater ein Offizier war, während Elisabeth überhaupt keinen Vater hatte. Einmal hatte er sie sogar einen Bastard genannt.

Elisabeth starrte James noch immer an. Er hatte seinen Hut abgenommen und seine dichten, feuerroten Haare kamen zum Vorschein. Das Rot bildete einen irritierenden Kontrast zu seinem schneeweißen Bart. Der Blick des jungen Mannes war ernst und schien voller unausgesprochener Fragen zu sein. Das konnte doch nicht der Jimmy Callaway sein! Der Jimmy Callaway, den sie kannte, konnte unmöglich zu einem so . . . so gebrochen und distanziert wirkenden Mann herangewachsen sein.

James nickte und sagte mechanisch: „Freut mich, Sie kennenzulernen, Madam." Er machte eine Pause und fügte dann etwas verunsichert hinzu: „Und vielen Dank, daß Sie mich eingestellt haben."

„Ich freue mich, Mr. Callaway!" Die Außergewöhnlichkeit dieser Situation siegte über Elisabeths schmerzhafte Erinnerungen, und sie fügte mit einem schelmischen Lächeln hinzu: „Joseph hat Ihnen meinen Mädchennamen nicht gesagt. Ich hieß früher Elisabeth King, und ich glaube, wir sind zusammen in Fort Kearney aufgewachsen."

Sie beobachtete seine Reaktion auf diese Offenbarung genau und war überrascht, als er die Stirn runzelte und einen Schritt zurücktrat. Er schaute zur Seite und räusperte sich, sagte aber nichts. Nach einer halben Ewigkeit räusperte er sich noch einmal und sprach dann fast flüsternd: „Und Ihre Mutter hieß Jessie King, nicht wahr? Joseph hat mir erzählt, daß sie vor kurzem gestorben ist. Tut mir wirklich leid, Madam." Er blickte zu Elisabeth. „Ich erinnere mich noch gut an sie. Sie war immer nett zu mir." Seine Stimme schwankte. „Obwohl ich das ganz sicher nicht verdient hatte."

Wieder brach er ab, und Elisabeth bedauerte, das Thema aufgebracht zu haben. Es schien ihm große Schwierigkeiten zu bereiten, darüber zu reden. Sie beeilte sich weiterzureden, um das Gespräch in eine andere Richtung zu lenken. Sie versuchte die Situation ein wenig aufzulockern: „Ich erinnere mich an Sie als einen rundlichen, frechen kleinen Burschen namens Jimmy Callaway, der mich immer erbarmungslos gepiesackt hat."

Der Mann, der da mit gesenktem Kopf vor ihr stand, hatte wenig Ähnlichkeit mit den Erinnerungen, die der Name Jimmy Callaway in ihr wachrief. James Callaway, der Erwachsene, schaute mit traurigem Blick über das Farmgelände hinweg und sagte leise: „Das tut mir leid, Mrs. Baird. Wirklich. Ich weiß, ich war ein widerlicher kleiner Mistkerl."

Allmählich fühlte sich Elisabeth dabei wirklich unwohl. Er nahm das alles so ernst, dabei waren es doch nur dumme Jungenstreiche gewesen. „Bitte, Madam, ich wollte Sie bestimmt nicht verletzen. Ich habe damals einfach nicht gewußt, wie weh es tut, wenn sich jemand über einen lustig macht. Ich kann nur hoffen, daß Sie mir das nicht nachtragen."

Elisabeth hob abwehrend die Hand. „Du meine Güte, natürlich nicht, Mr. Callaway. Ich wollte Sie nur ein bißchen damit aufziehen, das ist alles. Bitte denken Sie gar nicht mehr darüber nach. Alles vergeben und vergessen. Es ist nur so seltsam, jemanden aus Fort Kearney zu treffen, nach all den Jahren . . . Ich habe immer gedacht, Sie würden sich der Armee anschließen. Damals sah es jedenfalls sehr danach aus."

James schaute hilfesuchend zu Joseph hinüber, und dieser verstand den wortlosen Schrei. Er unterbrach das Gespräch mit den Worten: „So, höchste Zeit, daß wir uns auf den Heimweg machen. Ich glaube, es riecht nach Regen. Nächste Woche komme ich mit dem Saatgut, James. Bis dann!"

Erleichtert nickte James ihm zu, grüßte Elisabeth und machte sich dann wieder auf den Weg zur Scheune.

Als Joseph das Gespann auf den Weg zurücklenkte, war Elisabeth ungewöhnlich schweigsam. Einige Meilen brütete sie über ihren Fragen, dann sprach sie Joseph an: „Was hältst du von ihm, Joseph? Er wollte anscheinend gar nicht gern über die Vergangenheit reden, und als ich die Armee erwähnt habe, da –"

Joseph schüttelte den Kopf. „Ich weiß auch nicht, was an ihm nagt, Elisabeth. Aber ich bin mir ganz sicher, daß es nichts ist, worüber wir uns Sorgen machen müßten. Dieser Junge hat mehr als genug Gelegenheiten gehabt, dich zu bestehlen und abzuhauen, aber er ist ehrlich und ein guter Arbeiter. Ich schätze, wir müssen uns für's erste damit begnügen, ihn in Ruhe zu lassen und uns nicht um die Angelegenheiten scheren, die er für sich behalten will."

Seine Antwort erstickte alle weiteren Spekulationen. Schweigend fuhren sie weiter, Elisabeth voller Fragen über James Callaway und Joseph voller Sorge um den Jungen, der so Schreckliches erlebt haben mußte. Eins ist sicher, dachte Joseph, was immer geschehen ist, es sitzt ihm noch immer im Nacken. Er muß es irgendwie unter die Füße bekommen und mit seinem Leben weitermachen. Die Gesichter seiner Frau und seiner beiden Söhne schoben sich in seine Gedanken, und Joseph fing so abrupt und inbrünstig an, ein altes Kirchenlied zu singen, daß Elisabeth erschrocken zusammenfuhr.

In dem Lied ging es um das große Wiedersehen, das einst im Himmel stattfinden wird, und während Joseph sang und sichtbar Trost in den Worten des Liedes fand, wurde die Botschaft der Hoffnung in Elisabeths Kopf von einer ganzen Flut von „Warum" und „Aber" erstickt und verfehlte ihre Wirkung.

Kapitel 8

Augusta hielt das vollgestapelte Tablett ein wenig ungeschickt, so daß ein Glas gefährlich ins Rutschen geriet, als sie die Küche betrat. Elisabeth konnte es gerade noch retten, ehe es vom Tablett fiel.

„Danke, Liebes", lächelte Augusta.

Augustas Tonfall nachahmend, sagte Elisabeth: „Aber, aber!

Immer nur soviel auf das Tablett stellen, wie auch wirklich draufpaßt. Wir können uns nicht jede Woche neues Geschirr leisten!"

Augusta mußte lachen. „Meine Güte, habe ich das schon so oft gesagt?"

Sarah rief aus dem Speisesaal hinüber: „Du tust es immer noch, Tante Augusta!"

Augusta nahm die Tageszeitung in die Hand und ließ sich in ihren Schaukelstuhl sinken. „Ihr zwei jungen Damen solltet euch was schämen! Sich gegen eine alte Schachtel wie mich zu verschwören! Aber na gut, ich gestehe alles. Ich habe gegen meine eigenen Regeln verstoßen. Aber jetzt hört zu! Hier steht etwas Hochinteressantes: Kommen Sie zur großen Hundertjahrfeier nach Philadelphia! Karten für die Feier können Sie bei R. P. Miller, O Street Union Block erwerben. Dort erhalten Sie auch ein Programm und eine Karte für die große Ausstellung anläßlich der Hundertjahrfeier . . ." Augusta hörte auf zu lesen und strahlte Elisabeth an. „Elisabeth, da müssen wir einfach hin! John Cadman hat eine ganzseitige Anzeige in die Zeitung setzen lassen, in der er verkündet, daß er in Philadelphia ist und erst im September zurückkommt. Ist das nicht unglaublich? Er muß alle Welt wissen lassen, daß er reich genug ist, um den ganzen Sommer in Philadelphia zu bleiben. Und er ist sich seines Hotels so sicher, daß er es einfach allein läßt und zur Hundertjahrfeier fährt. Es macht mich ganz nervös, wenn ich mir vorstelle, wie er jetzt dort herumschnüffelt und all die neuen Erfindungen sieht. Wer weiß, mit was für neuen Ideen er für sein Hotel zurückkommt! Und außerdem", fügte sie hinzu und rüttelte die Zeitung zurecht, um ihre Worte geräuschvoll zu unterstreichen, „wenn Lincoln glorreich ins 20. Jahrhundert kommen soll – " Sie unterbrach sich selbst. „Oh ja, natürlich, ich weiß, daß ich das wahrscheinlich nicht mehr erleben werde, aber du und Sarah, ihr werdet es erleben! Wir müssen einfach über die neuesten und besten Ideen und Entwicklungen informiert sein. Und dafür gibt es keinen besseren Ort als Philadelphia. Was meinst du, Elisabeth? Kommst du mit?"

Wie üblich sprudelte Augusta gleich weiter, ohne auch nur den Ansatz einer Antwort von ihr abzuwarten.

„Ich weiß, ich bin eine reichlich altersschwache Reisegenossin . . ."

Vermutlich werde ich Schwierigkeiten haben, mit ihr mitzuhalten, dachte Elisabeth, „... und Philadelphia ist wirklich ein ganzes Stück weit weg ..."

Für meinen Geschmack kann es gar nicht weit genug weg sein, „... und für Sarah wird es eine ganze Menge mehr Arbeit bedeuten ..."

Sarah weiß schon jetzt mehr darüber, wie man ein Hotel führt, als ich je wissen werde, „... aber ich halte es für meine Bürgerpflicht, über den neuesten Stand der Entwicklung informiert zu sein!"

Endlich hielt Augusta lange genug inne, so daß Elisabeth schnell einwerfen konnte: „Ich würde liebend gern mitkommen, Tante Augusta."

Augusta hatte Elisabeths Äußerung gar nicht richtig mitbekommen und sprudelte weiter. „Es würde uns sicher nichts schaden, mal über unseren Tellerrand hinauszuschauen, und –" Dann unterbrach sie sich und schaute Elisabeth an. „Hast du etwas gesagt, Liebes?"

Elisabeth mußte lächeln. „Ich würde liebend gern mitkommen."

„Tatsächlich?"

„Ja."

„Aber das Hotel –"

„Sarah könnte dieses Hotel ohne weiteres ganz allein führen, und das weißt du, Tante Augusta!"

Sarah warf Elisabeth ein dankbares Lächeln zu, und Elisabeth blinzelte verschwörerisch zu ihr hinüber. „Was meinst du, Sarah? Würdest du ohne uns zurechtkommen?"

„Ich könnte Alma Dodge bitten, herüberzukommen und mir zu helfen. Und die beiden Cortland-Schwestern sind gerade mit der Schule fertig und suchen eine Arbeit. Wenn Joseph mir mit dem Feuerholz hilft, kriege ich das schon hin."

Augusta war noch nicht überzeugt. „Möchtest du denn die Ausstellung nicht sehen?"

„Nein", stieß Sarah heftig hervor. „Ich habe genug Großstädte in meinem Leben gesehen. Fahrt ihr beiden nur los und erlebt was. Mir gefällt's ganz gut hier in Lincoln."

„Tja, dann ist es also beschlossene Sache", entschied Augusta.

„Aber nur, wenn du mir versprichst, mindestens zwei Wochen Ferien zu machen, wenn wir zurückkommen!"

Sarah protestierte. „Ich wüßte doch gar nicht, wo ich hinfahren sollte, Tante Augusta. Ich brauch' keine Ferien."

*

„Hören Sie mal, junger Mann", verkündete Augusta lautstark. „Ich weiß nicht, was für eine Art Etablissement sie hier zu betreiben meinen, aber für meine Begriffe geht es nicht an, daß Reservierungen einfach vergessen werden!"

„Aber Madam, Sie haben sich verspätet!"

„Der Zug hat sich verspätet, junger Mann. Man kann doch wohl kaum von mir erwarten, eher da zu sein als der Zug, mit dem ich komme, oder? Wir haben zwei nebeneinander liegende Zimmer reserviert und im voraus bezahlt, und ich erwarte, daß wir auch genau die bekommen!" Augusta unterstrich ihr Anliegen, indem sie heftig mit der Spitze ihres Schirms auf den glänzend polierten Fußboden des eleganten Hotels pochte.

Der junge Mann an der Rezeption senkte ergeben den Kopf und lief langsam dunkelrot an. „Jawohl, Madam, ich verstehe Ihr Anliegen voll und ganz. Mr. Braddock persönlich hat die betreffenden Räume ebenfalls heute beziehen wollen, und da Sie nicht erschienen sind –"

Augusta fiel ihm ins Wort. „Ach, und wer ist dieser Mr. Braddock, daß er es sich herausnimmt, zwei Damen nach einer anstrengenden Reise einfach vor die Tür zu setzen, damit er es sich selbst in ihren Zimmern gemütlich machen kann?"

Der junge Mann schaute an Augusta vorbei und errötete noch tiefer. Während er verzweifelt nach Worten rang, erscholl hinter Augustas und Elisabeths Rücken eine tiefe Baßstimme: „Ich bin Mr. Braddock, Madame."

Augusta drehte sich um, während der zur Stimme hinzugehörige Mann galant hinzufügte: „Und Sie können versichert sein, daß Sie in meinem Hotel niemand auf die Straße setzen wird."

Auch ohne seinen Hut überragte Mr. Braddock Augusta und Elisabeth um Haupteslänge. Während Augustas wütendem Ausbruch hatte Elisabeth ihr Möglichstes getan, um mit der Tapete zu verschmelzen. Der großgewachsene Fremde hatte zwar Augusta angesprochen, jedoch sein Blick richtete sich ganz ungeniert auf Elisabeth und blieb an ihr hängen.

„Hanley", donnerte er jetzt. Der junge Mann an der Rezeption sank sichtlich in sich zusammen und antwortete ängstlich: „Ja, Sir?"

„Hanley, offensichtlich liegt hier ein Mißverständnis vor. Seien Sie doch bitte so freundlich, meiner Mutter eine Nachricht bringen zu lassen." Immer noch schaute er Elisabeth an. „Teilen Sie ihr mit, daß ich zu Hause übernachten werde, und schicken Sie Thompson hinauf, um meine Sachen aus den beiden Zimmern zu entfernen. Und dann", fast widerstrebend lenkte er den Blick endlich auf Augusta und lächelte gewinnend, „besorgen Sie bitte einen großen Strauß Blumen für die Damen, mit den besten Wünschen und der aufrichtigen Entschuldigung von David Braddock, dem es leider nicht gelungen ist, dem Namen unserer Stadt der brüderlichen Liebe gerecht zu werden."

David Braddock verneigte sich elegant vor den beiden sprachlosen Frauen, setzte sich den Hut wieder auf und verschwand, ehe die verblüffte Augusta noch ein Wort des Dankes an ihn richten konnte. Elisabeth holte tief Luft, als sie ihn mit seinen breiten Schultern durch den Haupteingang des Hotels verschwinden sah. Erst Augustas Stimme brachte sie wieder in die Wirklichkeit zurück.

„Siehst du, Elisabeth, es ist genau, wie ich dir gesagt habe: Ich übernehme das Reden, und alles läuft wie geschmiert! Das will ich auch hoffen, denn ich habe vor, hier eine ganz ausgezeichnete Zeit zu erleben!"

Vom Hotelpagen wurden sie eine breit geschwungene Treppe hinauf und zu ihren Zimmern geleitet. Gerade, als sie durch die Tür hereinkamen, trug ein anderer Page einige kostbar aussehende Koffer hinaus, und hinter ihnen tauchte jemand mit einem riesigen Strauß herrlicher, duftender Blumen auf.

Elisabeth schaute sich in ihrem Zimmer um und schüttelte verwundert den Kopf. Es war ein kleiner, aber sehr elegant ausgestatteter Raum mit einem Bett aus kostbarem Walnußholz, einem dazu passenden Schrank und einem Frisiertisch. Die Sonnenstrahlen strömten durchs Fenster herein und tauchten das Zimmer in ein warmes Licht.

„Jetzt wissen wir auch, warum Mr. Braddock diese Räume für sich selbst haben wollte", rief Augusta aus ihrem Zimmer hinüber.

*

Augusta äußerte sich gerade mit einigen Bemerkungen kritisch zum Abendessen, das sie gemeinsam einnahmen, als ihr plötzlich auffiel, daß Elisabeth ein ganz und gar ungewöhnliches Interesse am Muster der Tischdecke zeigte.

„Was ist denn, Liebes?"

„Ich bitte um Entschuldigung, meine Damen", erklang eine bekannte sonore Stimme. David Braddock verbeugte sich tief vor ihnen und sagte: „Bitte verzeihen Sie mir meine Aufdringlichkeit, aber ich glaube, ich habe mich Ihnen noch nicht in der angemessenen Weise vorgestellt. Ich bin David Braddock, der Inhaber dieses Hotels, und ich bedaure zutiefst die unglückliche Art und Weise, in der wir Bekanntschaft geschlossen haben. Darf ich mich erkundigen, ob Sie alles zu Ihrer Zufriedenheit vorgefunden haben?"

Augusta nippte an ihrem Tee und erwiderte kühl: „Im zweiten Anlauf ja, danke der Nachfrage."

Elisabeth fühlte, wie sie errötete, und schließlich hielt sie es nicht mehr aus. „Tante Augusta, also wirklich!" An David Braddock gewandt sagte sie: „Sie müssen entschuldigen, Mr. Braddock. Tante Augusta gibt sich immer so ungenießbar, aber in Wirklichkeit ist sie reizend. Die Zimmer sind ganz wunderbar, vielen Dank. Ich hoffe, daß wir Ihnen nicht allzu viele Umstände bereitet haben."

David Braddock unterbrach sie. „Aber nicht im mindesten, Miss –?"

Augusta antwortete an Elisabeths Stelle: „Mrs. Elisabeth Baird, Mr. Braddock."

Elisabeth erhob sich und reichte David Braddock die Hand. „Nochmals vielen Dank, daß Sie uns die Zimmer zur Verfügung gestellt haben, Mr. Braddock."

„Ich kann Ihnen versichern, daß es mir ein Vergnügen war, Mrs. Baird."

David Braddock kam jedem weiteren Kommentar von Augusta zuvor, indem er sich erneut elegant verbeugte und Elisabeth gewandt einen Handkuß gab. Augusta stand auf und forderte Elisabeth auf ebenfalls zu gehen, sie dabei förmlich aus dem Speisesaal schiebend. David Braddock lächelte in sich hinein und kehrte an seinen Tisch zurück, wo er seine Mahlzeit wieder aufnahm, während er sich überlegte, wie er Mrs. Hathaway und Mrs. Baird näher kennenlernen konnte ... vor allem Mrs. Baird.

*

Elisabeth und Augusta erwachten beim ersten Tageslicht und machten sich sogleich daran, einen Zeitplan für ihren Aufenthalt in Philadelphia zu entwerfen. Während sie noch über der Übersichtskarte für die Weltausstellung brüteten, wurde ein schmaler weißer Umschlag unter der Tür hindurchgeschoben. Elisabeth hob ihn auf, öffnete ihn und las die Nachricht mit sichtlichem Vergnügen.

Augusta sah es und beglückwünschte sich selbst zu ihrer Idee, nach Philadelphia gefahren zu sein. Es war so schön, Elisabeth wieder lächeln zu sehen.

Elisabeth las die Nachricht laut vor: „Mr. David Braddock bittet um die Ehre, den beiden Damen aus Nebraska eine Kutsche für ihre Tagesunternehmungen zur Verfügung stellen zu dürfen. Bitte wenden Sie sich vertrauensvoll an Hanley an der Rezeption."

Augusta spitzte die Lippen. „Also, für meine Begriffe übertreibt Mr. Braddock jetzt ein wenig mit seinem Schuldbewußtsein. Und herumgeschnüffelt hat er auch, sonst wüßte er nicht, woher wir kommen. Wir könnten auch zu Fuß zur Ausstellung gehen ... obwohl eine Kutsche doch wesentlich bequemer wäre ..."

Elisabeth lächelte hoffnungsvoll, und Augusta änderte schnell wieder ihre Meinung. „Aber man sollte Fremden nicht zu schnell über den Weg trauen."

„Auf mich wirkte Mr. Braddock eigentlich ganz harmlos", erwiderte Elisabeth.

„Mr. Braddock hat ein ausgesprochen lebhaftes Interesse an dir, Mrs. Baird!"

Elisabeth protestierte: „Aber das ist doch Unsinn, Tante Augusta. Er benimmt sich nur wie ein Ehrenmann, das ist alles."

„Ja, mit der Betonung auf Mann! Und genau wie jeder Mann wird er nun erwarten, daß wir vor lauter Dankbarkeit ganz aus dem Häuschen sind, und dann kann er sich so ganz nebenbei unsere Gunst erschleichen, und -"

„Tante Augusta!" Elisabeth war jetzt wirklich ärgerlich, und ihre Augen sprühten Funken. „Was denkst du bloß von mir? Ken ist noch nicht mal einen Monat tot!" Ihre Augen füllten sich mit Tränen, und sofort bereute Augusta ihre unbedachten Worte.

„Oh, Liebes, es tut mir so leid! Natürlich wollte ich damit nicht sagen, daß du irgend etwas tun würdest, um Kens Andenken zu verletzen. Ich halte es eben nur nicht für gut, wenn wir -"

Schnippisch erwiderte Elisabeth: „Dann sag Hanley eben, daß wir Mr. Braddocks Kutsche nicht wollen, und damit ist die Sache erledigt!" Sie drückte Augusta die Nachricht in die Hand und stürmte in ihr Zimmer, wo sie die Tür ein wenig fester als nötig hinter sich schloß.

Augusta verbiß sich einen Kommentar. Ein leises Klopfen erklang an der Tür, und als Augusta öffnete, erblickte sie zu ihrem Erstaunen einen Pagen, der anscheinend die ganze Zeit geduldig im Flur gewartet hatte. Er tippte sich respektvoll an seine Kappe, bevor er fragte: „Darf ich Mr. Braddock eine Antwort überbringen?"

„Meine Güte! Haben Sie etwa die ganze Zeit vor der Tür gestanden?"

„Mr. Braddock gab mir die Anweisung, auf Ihre Antwort zu warten, Madam."

Augusta gab ihm den Zettel mit der Nachricht zurück und schlug ihm die Tür vor der Nase zu. Dann wanderte sie nervös in ihrem Zimmer auf und ab und fragte sich, wieviel von ihrem Wortwechsel der Page wohl mitbekommen hatte und wieviel davon an Mr. Braddock weitergetragen würde.

*

Als Elisabeth wieder aus ihrem Zimmer herauskam, trug sie ihr schlichtestes schwarzes Kleid und hatte ihr dunkles Haar zu einem strengen Knoten gebunden, aus dem keine einzige Strähne hervorsah, die ihr Profil ein wenig weicher gemacht hätte. Sie trug keinen Schmuck, und in ihrem Gesicht spiegelte sich jetzt wieder der ganze Kummer der vergangenen vier Wochen.

Augusta streckte vorsichtig die Hand aus. „Elisabeth, bitte verzeih mir. Ich wollte nicht sagen, daß –"

Elisabeth schüttelte den Kopf. „Ich weiß. Ich schätze, ich habe mich selbst schuldig gefühlt, weil ich wirklich ein bißchen mit Mr. Braddock geflirtet habe." Sie setzte sich aufs Sofa. „Ich war über mich selbst erstaunt, muß ich zugeben. Mir ist aufgefallen, daß Mr. Braddock ausgesprochen gut aussieht." Sie schaute Augusta ernst an. „Und als ich das gemerkt habe, habe ich mich schuldig gefühlt . . . so als ob ich Ken irgendwie betrogen hätte." Tränen stiegen ihr in die Augen, und sie schaute schnell zur Seite.

Augusta unterbrach sie. „Komm, komm, Liebes. Das ist doch ganz normal! Ich weiß, daß du Ken Baird von ganzem Herzen geliebt hast, so sicher, wie ich weiß, daß wir jetzt gerade in Philadelphia sind."

Elisabeth schluckte schwer, bevor sie weitersprechen konnte. „Manchmal kann ich mich nicht mehr richtig an Kens Gesicht erinnern." Sie schaute mit feuchten Augen aus dem Fenster. „Es sind erst ein paar Wochen, und ich fange schon an, ihn zu vergessen!" Ihre Schultern sanken nach vorne. „Wie kann ich ihn bloß so schnell vergessen?"

Augusta setzte sich neben Elisabeth und nahm ihre Hand. „Das passiert jedem, Elisabeth. Das Bild unserer Lieben verblaßt vor unserem inneren Auge, aber das heißt doch nicht, daß auch unsere Liebe zu ihnen verblaßt. Es ist menschlich, zu vergessen. Und es ist auch ein Teil der Art und Weise, in der Gott uns dabei hilft, die Trauer zu überwinden."

„Aber ich will ihn nicht vergessen! Ich will nichts von dem vergessen, was wir hatten. Nicht bis –" Sie brach ab.

„Bis was, Liebes?"

„Bis ich es irgendwie verstehen kann, und bis ich herausgefunden habe, was ich jetzt mit meinem Leben anfangen soll."

Augusta tätschelte ihren Arm. „Es dauert alles seine Zeit, Liebes. Du mußt dir einfach Zeit lassen. Ich weiß, das hat dir bestimmt jeder gesagt, und du kannst es langsam nicht mehr hören, aber es stimmt. Die Zeit heilt alle Wunden. Irgendwann wirst du die Erinnerungen ertragen können, und dann wirst du sie wiederfinden und Trost aus ihnen ziehen. Und die schlechten werden einfach verschwinden." Sie stand auf und zog Elisabeth mit hoch. „Und was das Vergessen angeht – ich hoffe, daß du nie vergißt, wie ein attraktiver Mann aussieht! Wenn dir nicht aufgefallen wäre, daß Mr. Braddock ein solches Exemplar ist, dann hätte ich dich gleich morgen zu einem Augenarzt gebracht. Ich bin zwar eine alte Schachtel, aber tot bin ich noch nicht, Elisabeth. Mir ist Mr. Braddocks ausgesprochen gutes Aussehen ebenfalls aufgefallen." Als Elisabeth den Mund öffnete, fiel Augusta ihr ins Wort. „Ja, ich weiß, du bist eine Witwe. Aber du bist auch eine sehr junge Frau, und du hast noch fast das ganze Leben vor dir. Du mußt dich nicht schuldig fühlen. Ken war ein wunderbarer Mann, und Gott weiß, wie sehr du ihn geliebt hast. Aber er ist tot, und er hätte sicher nicht gewollt, daß du dein ganzes Leben allein verbringst!"

Elisabeth schauderte. „Ich werde niemals –"

„Sag niemals nie, Liebes!" unterbrach Augusta sie. „Aber jetzt ist es noch viel zu früh, darüber auch nur nachzudenken. Laß dir Zeit und versuch, langsam wieder richtig zu leben. Und damit fangen wir jetzt gleich an! Eine ganze Welt neuer Entdeckungen und Ideen wartet da draußen auf uns, und ich freue mich schon darauf, sie zu sehen!"

Elisabeth lächelte schwach, und Augusta schob sie zur Tür hinaus, während sie eifrig weiterplauderte: „Kannst du dir vorstellen, daß es tatsächlich eine Frau gibt, die eine Dampfmaschine betreiben kann? Sie kommt aus Kanada."

Sie eilten auf die Straße und bekamen noch einen Platz in einer Pferdebahn. Während sie die Girard-Brücke überquerten, erhaschten sie einen ersten Blick auf das größte Bauwerk der Welt: die beiden Zwillingstürme des Hauptgebäudes der Ausstellung.

Auf dem Weg dorthin passierten sie eine ganze Reihe von Hotels, Restaurants und Saloons, die eigens anläßlich der Hundertjahrfeier gebaut worden waren, um dem Ansturm Schaulustiger standzuhalten.

„Ja, da brat mir einer einen Storch!" war alles, was Augusta im Stande war zu sagen, als sie vor dem Hauptgebäude standen. Es war ein Berg aus Metall, Glas und Holz und erstreckte sich über fast 500 Meter. Drinnen dokumentierten Reihen um Reihen sorgfältig gepflegter Ausstellungskästen aus teurem Walnußholz den ganzen Erfindungsreichtum und Erfolg der Vereinigten Staaten von Amerika.

„Dieses Ding könnte ganz Lincoln mit frischem Wasser versorgen!" rief Augusta begeistert, als sie vor einer gewaltigen Pumpmaschine stehenblieben. „Das mußt du dir mal vorstellen!" Sie stieß Elisabeth an und deutete auf den Mann, der dieses Ungetüm bediente. „Ein Mann und eine Maschine, die zusammen die Arbeit von 8.000 Mann tun! Wenn das nicht der Beginn einer neuen Ära ist!"

Elisabeth antwortete räuspernd und flüsterte: „Tante Augusta, ist das da drüben nicht Mr. Braddock?" Sie deutete auf eine hochgewachsene Gestalt, die in einiger Entfernung interessiert irgendeine Maschine betrachtete.

„Ach, meine Augen sind nicht mehr das, was sie mal waren, Liebes. Ich bin mir nicht sicher, ob er es ist", sagte Augusta gespielt gleichgültig und öffnete ihren Ausstellungsplan. „Komm weiter. Wir haben noch viel vor uns!"

Augusta schob sich wie eine kleine Dampflok den ganzen Vormittag durch das Gedränge in den Hallen: von der Maschinenausstellung zur Landwirtschaftsschau und dann weiter zur nächsten. Um die Mittagszeit gingen sie hinaus und ließen sich auf eine schattige Bank fallen.

„Meine Güte, Elisabeth!" keuchte Augusta. „Ich bin vollkommen am Ende! Und dabei haben wir noch nicht mal richtig angefangen."

„Nun, wir müssen ja auch nicht alles heute bewältigen", sagte Elisabeth abwesend.

Sie meinte wieder den nun schon vertrauten grauen Seidenhut von David Braddock in der Ferne erspäht zu haben. Bildete sie sich das nur ein, oder verfolgte er sie nun schon den ganzen Morgen?

„Das stimmt allerdings", antwortete Augusta erschöpft. „Ich weiß übrigens gar nicht so genau, ob ich überhaupt mit dieser neuen Schienenbahn fahren will. Das Ding fährt einfach zu schnell, und dann bei diesen Menschenmassen hier ... Das ist wieder so eine Erfindung der Männer: Hauptsache schnell. Um die Sicherheit von Frauen und Kindern macht sich keiner von ihnen Gedanken."

„Aber Tante Augusta", zog Elisabeth sie auf. „Ich dachte, du empfängst den Fortschritt mit offenen Armen? Vielleicht ist diese Bahn ja der Vorbote einer Schienenbahn!"

Das war zuviel für Augusta. „Du hast recht, Kind! Laß es uns ausprobieren!" Sie eilten zur nächsten Haltestelle der Bahn und bestiegen den erstbesten Waggon.

Nachdem die Bahn losgefahren war und sie mit der beängstigenden Geschwindigkeit von 15 Stundenkilometern durch Philadelphia beförderte, fragte Elisabeth sich, ob sie gerade richtig gesehen hatte. War der Mann mit dem grauen Hut zwei Wagen weiter hinten ebenfalls in die Bahn eingestiegen?

Tatsächlich, als sie die Bahn am Damen-Pavillon verließen, stieg David Braddock ebenfalls aus, und aus dem Augenwinkel bemerkte Elisabeth, daß der ihnen in respektvollem Abstand folgte. Doch als sie den Pavillon betraten, verlor sie ihn aus den Augen. Elisabeth fühlte einen Stich der Enttäuschung, der aber angesichts der riesigen Ausstellungshalle, deren Größe den Namen „Pavillion" Lügen strafte, schnell vergessen war. Das Gebäude war kreuzförmig, und in der Mitte stand ein Springbrunnen, in dessen sprudelnden Wasserfontänen die Lichter eines darüberhängenden gigantischen Kronleuchters lustig funkelten. Die Wände waren mit allen Arten von Handarbeiten dekoriert.

„Aha, da ist ja die Dame, die ich kennenlernen will!" rief Augusta begeistert und steuerte auf die große Dampfmaschine zu, die alle kleineren Geräte in der Halle betrieb.

„Miss Allison, eine Frage", stürzte sich Augusta auf die junge Frau, die neben dem riesigen Apparat stand. „Betreiben Sie diese Maschine ganz allein?"

Die Dame drehte sich mit einem freundlichen Lächeln zu Augusta um. „Vollkommen allein – vom morgendlichen Anfeuern bis zum Dampf ablassen am Abend."

Abermals bemerkte Elisabeth den grauen Hut am anderen Ende des Ganges. Der dazugehörige Mann wurde gerade von einem Passanten gegrüßt, und als sie sich wieder umdrehte, trafen sich ihre Blicke. Es war tatsächlich David Braddock. Ein Lächeln blitzte in seinem Gesicht auf, und er eilte auf die beiden Frauen zu, die am Rand einer Gruppe von Schaulustigen standen, die sich um Miss Allison versammelt hatten.

„So begegnen wir uns also wieder", erklang gleich darauf eine vertraute Stimme hinter ihnen. „Darf ich die Damen zum Mittagessen begleiten?"

Kapitel 9

Zwei Tage nachdem Elisabeth und Augusta nach Philadelphia aufgebrochen waren, geschah etwas, das James Callaway endgültig ins Leben zurückbrachte.

Die Wochen auf der Farm hatten ihm gutgetan. Die Dunkelheit in seinem Inneren war ein wenig lichter geworden, und er befand sich nicht mehr direkt vor einem Abgrund. Aber in der Nacht suchten ihn die Schatten der Vergangenheit noch immer heim, und oft lastete eine so hoffnungslose Traurigkeit auf ihm, daß er überhaupt keinen Sinn mehr darin sah, den Tag morgens zu beginnen. Manchmal schien diese dunkle Macht in James die Oberhand im täglichen Kampf um seinen Verstand zu gewinnen. Doch der Lebenswille siegte an dem Tag, an dem Joseph beinahe starb.

James war gerade in der Scheune und versorgte den angeblich so wilden, in Wirklichkeit jedoch absolut zuverlässigen Wallach, als er den Wagen herankommen hörte. Doch es war nicht das gewohnte gleichmäßige Rattern, das Josephs Kommen normalerweise ankündigte. Das Geräusch war zu laut und zu unregelmäßig, und James eilte hinaus, um nachzuschauen. Er bog gerade um die Ecke, als das schweißüberströmte Gespann vor dem Haus zum Stehen kam. Joseph saß nicht auf dem Wagen. Der Kutschbock war aus den Halterungen gerissen und Joseph zwischen die Hinterbeine der Pferde katapultiert worden. Obwohl er sich in den Zügeln verfangen hatte, war es ihm gelungen, die Deichsel zwischen den beiden Pferden zu umklammern, so daß er von den davonpreschenden Tieren mitgeschleift wurde und sie nicht über ihn hinwegrasen konnten. Doch es stand nicht gut um ihn. Er schien mehrere Tritte abbekommen zu haben, und seine Beine waren durch das Mitschleifen übel zugerichtet.

Brighty, Josephs zuverlässigstes Pferd im Stall, stand zitternd da und schnaubte verängstigt, als James auf ihn zuging. Brightys gewohnter Passer war durch einen nervösen Fuchs ausgetauscht worden, der wild den Kopf warf und mit den Augen rollte, als James ihn am Kopfstück zu packen versuchte. Das Pferd sprang zur Seite und trat dem bewußtlosen Joseph erneut gegen den Kopf.

„Verdammter Gaul!" rief James und riß kräftig am Kopfstück des Pferdes. „Hör auf, dich so aufzuspielen!" Erneut riß das Tier den Kopf hoch, doch allmählich begann es sich zu beruhigen. So schnell wie möglich spannte James das Pferd aus und brachte es in eine der Boxen. Brighty ließ er angeschirrt und machte sich schnell daran, Joseph zu bergen.

„Joseph, bitte halt durch", flehte er den Bewußtlosen an. „Ich kann das Geschirr hier nicht zerschneiden, sonst krieg ich dich nicht in die Stadt zu einem Arzt. Halt durch! Ich schaff' es schon irgendwie."

Nach einer endlos scheinenden Zeit gelang es James endlich, Josephs zerschundenen Körper aus dem Gewirr von Leinen und Riemen zu befreien. Vorsichtig legte er ihn auf den Boden, und ein ungutes Gefühl stieg in ihm hoch, als er den hufeisenförmigen Abdruck auf Josephs linker Schläfe sah. „Es hat dich ganz schön erwischt, alter Freund, das kann ich dir sagen. Aber du atmest noch, und das ist die Hauptsache!"

Er redete weiter vor sich hin, weil es ihn irgendwie beruhigte und auch, weil er hoffte, daß Joseph irgendein Lebenszeichen von sich geben würde. „Ich leg' dich jetzt auf die Ladefläche, Joseph. Halt, erst hol' ich ein paar Decken. Rühr dich nicht von der Stelle." James verschwand im Haus und kam schnell mit zwei alten Wolldecken zurück, die er benutzte, um Joseph den Kopf zu stützen und die Ladefläche des Wagens etwas abzupolstern.

„Ich hole jetzt Buck aus dem Stall, Joseph. Dieser Fuchs ist zu nichts mehr zu gebrauchen. Ist Buck überhaupt eingefahren? Wenn nicht, wird er es jetzt gleich lernen müssen." Er eilte in den Stall und holte Buck.

Der braune Wallach ließ sich gutwillig neben Brighty anschirren, aber als James die Zügel aufnahm und den Pferden das Kommando zum Anziehen gab, war klar, daß das Tier noch nie eine Kutsche gezogen hatte. Nervös machte es einen Satz nach vorn, als der Wagen hinter ihm lospolterte. James wand sich innerlich bei dem Ruck, der durch den Wagen ging. Er redete beruhigend auf die Pferde ein, und nach einigen kopflosen Galoppsprüngen begriff der Wallach, daß ihm nichts passierte. Brighty zog den Wagen ruhig und gelassen. Buck tänzelte zwar noch eine ganze Weile nervös neben ihm her, schien sich aber langsam daran zu gewöhnen, einen Wagen zu ziehen.

„Bitte, Jungs, wir müssen ganz schnell nach Lincoln!" sagte James eher zu sich als zu den beiden Tieren. Er mußte sich zwingen, zunächst im Schritt zu fahren, bis Buck sich einigermaßen an das Geratter gewöhnt hatte. Doch ein Stöhnen von der Ladefläche beendete die Schonzeit für das unerfahrene Pferd.

„Halt durch, Joseph! Wir sind schon unterwegs. Gleich bekommst du Hilfe!" James' Stimme überschlug sich, und er trieb die Pferde an. Buck sprang wieder im wilden Galopp los, wurde vom Geschirr abgefangen und prallte seitlich gegen Brighty. Doch dieser nahm es gelassen, und bald liefen die Pferde im gleichmäßigen Trab nebeneinander her.

„Brighty, alter Junge, du bist der allerbeste! Tut mir leid, daß ich dich so hetzen muß. Ich weiß, du bist müde, aber es geht um Leben und Tod, verstehst du?" erklärte James, und Brighty schien den verzweifelten Unterton seiner Stimme wahrzunehmen. Er legte sogar noch einen Schritt zu und zog den noch unsicheren Buck einfach mit.

Den ganzen Weg nach Lincoln redete James mit Joseph, versprach ihm, daß sie gleich da sein würden, daß alles gut würde und daß er um Himmels willen bloß durchhalten solle. Er bemühte sich, seine Stimme ruhig zu halten, doch sein Herz klopfte ihm bis zum Hals.

Als er an die Küchentür des Hotels klopfte, stand die Verzweiflung groß auf seinem Gesicht. Sarah riß die Tür auf.

„Ein Arzt", krächzte er. „Wo? Joseph ist schwer verletzt. Wo ist der Arzt?"

„Dr. Bain wohnt gleich die Straße runter auf der linken Seite."

James saß schon wieder auf dem Kutschbock und war losgefahren, ehe Sarah auch nur die Zeit hatte, ihren Hut zu ergreifen und hinauszueilen. Sie brüllte: „Tom! Tom! Joseph hatte einen Unfall! Ich gehe zu Dr. Bain, um zu sehen, ob ich helfen kann!" und rannte aus der Tür.

James hatte schon an die Tür des Arztes geklopft, als Sarah ebenfalls das Haus erreichte. Behende sprang sie auf die Ladefläche des Wagens und versuchte, Josephs Gesicht wenigstens vor der Sonne zu schützen, die unerträglich heiß herunterbrannte. Der Doktor mußte ja jeden Moment herunterkommen. Doch es verging eine ganze Weile, ohne daß sich etwas tat, und schließlich stieg Sarah vom Wagen und eilte die Stufen zur Tür des Arztes hinauf. Schon auf der Treppe hörte sie die wutentbrannte Stimme von James.

„Was soll das heißen, Sie behandeln ihn nicht?"

„Diese . . . diese Leute haben ihre eigenen Heiler."

„Es ist aber keine Zeit, nach jemand anderem zu suchen. Joseph geht es sehr schlecht!" Von draußen durch das Fenster konnte Sarah sehen, wie James dem Arzt drohend seine große Hand auf die Schulter legte und tonlos knurrte: „Sie werden ihn behandeln. Und zwar jetzt gleich!"

Der Doktor wand sich unter dem eisernen Griff des rothaarigen Hünen, sträubte sich jedoch weiterhin. „Ich behandle keine Nigger."

James schlug mit der Faust auf den Tisch, daß es nur so krachte. „Sie behandeln ihn jetzt sofort, oder ich werde Sie behandeln!" Aus seiner zerschlissenen Hose fischte er eine Goldmünze und warf sie auf den Tisch.

Die Augen des Arztes wanderten von James zur Münze und wieder zurück. Schließlich murmelte er. „Na gut, na gut. Lassen Sie mich los. Ich werde sehen, was ich tun kann."

Die beiden Männer gingen eilig an Sarah vorbei zum Wagen. Der Arzt warf einen Blick auf Josephs Wunden und pfiff durch die Zähne. Dann fühlte er an seinem Hals nach dem Puls und rief erstaunt aus: „Er lebt! Das grenzt ja an ein Wunder!"

„Gott sei dank", keuchte Sarah.

Der Doktor schaute auf. „Kennst du den Mann?" fragte er Sarah.

„Ob ich ihn kenne? Das ist Joseph Freeman. Jeder in Lincoln kennt ihn. Er war einer der ersten Siedler hier. Ihm gehört der Mietstall und die Schmiede." Sarah war gescheit und hatte genau das Richtige gesagt. Das Wissen um Josephs Bekanntheit bewirkte gemeinsam mit James Callaways beängstigender Präsenz, daß der Doktor endlich ein wenig eifriger wurde.

„Joseph ist der älteste und beste Freund von Mrs. Hathaway, und sie wird Ihnen ganz besonders dankbar sein, wenn Sie ihm das Leben retten, Dr. Bain", fügte Sarah schnell hinzu, als sie erkannte, wie leicht der Arzt zu manipulieren war.

Cornelius Bain war neu in Lincoln. Seine Praxis lief noch nicht sehr gut, und das Wohlwollen einer so einflußreichen Bürgerin wie Augusta Hathaway konnte er nicht aufs Spiel setzen. „Nun, bringen wir ihn in meine Praxis. Aber seien Sie vorsichtig. Er hat viel Blut verloren. Ich werde das Bein ruhig halten. Und du –", er nickte zu Sarah hinüber, „hältst die Tür auf. Und dann brauche ich Wasser. Viel Wasser."

James und der Arzt trugen Joseph die Stufen hinauf in die Praxis. Als der Verletzte auf dem Untersuchungstisch lag, begann er unkontrolliert zu zucken.

Dr. Bain stellte teilnahmslos fest: „Ein Krampfanfall, hervorgerufen durch diese Schädelfraktur hier. Das Gehirn hat vermutlich eine üble Quetschung abbekommen. Darum muß ich mich zuallererst kümmern, sonst verlieren wir ihn." Der Arzt hob den Blick und schaute Sarah an. „Hast du einen schwachen Magen, Mädchen? Ich könnte Hilfe gebrauchen, aber wenn du gleich umkippst, ist es besser, du gehst hinaus."

Sarah lief rot an vor Zorn. „Ich bin kein Schwächling, Mister. Sie sagen mir, was ich tun soll, und ich werde Ihnen helfen. Keine Ohnmachtsanfälle!"

„Ich bleibe auch hier", sagte James entschlossen, und der Arzt widerspach nicht. Er war bereits dabei, Joseph den Schädel zu rasieren.

„So", sagte er dann und reichte Sarah das Rasiermesser. „Mach weiter. Ich hole meine Instrumente und wasche mir die Hände. Und Sie", er wandte sich James zu, „halten ihn fest, falls er wieder zu zucken anfängt. Wenn er sein gebrochenes Bein nicht stillhält, werde ich es nicht mehr retten können. Aber die Kopfwunde muß zuerst behandelt werden."

Der Arzt verschwand, und James betrachtete sorgenvoll Josephs stille Gestalt, die immer schwächer zu atmen schien.

Als der Doktor zurückkam, hatte er ein kleines Kästchen mit seltsam aussehenden Instrumenten dabei, das er an Sarah weiterreichte. Nach einem kurzen Schnitt direkt am Haaransatz begann der Arzt gewissenhaft, Fragmente des zertrümmerten Schädelknochens zu entfernen. Eines der seltsam gebogenen Instrumente benutzte er, um die hufeisenförmige Delle in Josephs Schädel zu entfernen. Und wie durch ein Wunder erhielt Josephs Schädel wieder seine natürliche Form zurück. Sarah schaute kurz auf, um James ungläubig anzustarren. Er zuckte hilflos mit den Schultern, dann schauten beide dem Arzt wieder konzentriert bei der Arbeit zu.

Nachdem der Schädelbruch versorgt war, schnitt der Arzt das Hosenbein über dem gebrochenen Bein auf und befahl kurz: „Waschen!"

Sarah gehorchte schweigend und reinigte die Wunden gewissenhaft von Staub und Blut. Danach richtete der Arzt die gebrochenen Knochen und schiente das Bein mit zwei Holzleisten. James beobachtete jeden Handgriff des Arztes, als ob Josephs Leben von seiner Wachsamkeit abhinge.

Als endlich alle Wunden versorgt waren, kontrollierte der Doktor nochmals Josephs Puls. „Tja, er lebt immer noch", stellte er fest, und müde streckte er sich. „Er muß rund um die Uhr beobachtet werden. Aber hier kann er nicht bleiben."

James antwortete gefährlich leise: „Keine Sorge, Doc. Ich würde nicht mal einen räudigen Köter länger als unbedingt nötig in Ihrer Obhut lassen. Wie kann ich ihn transportieren?"

„Ich habe eine Bahre im Hinterzimmer."

„Ich hole Asa Green vom Mietstall, und wir bringen ihn zusammen rüber." Er wandte sich Sarah zu. „Können Sie solange hier bei ihm bleiben, Miss?"

„Natürlich", nickte Sarah. Sie zog sich einen Stuhl heran und setzte sich neben Joseph ans Bett, ihre kleine weiße Hand auf seiner großen dunklen.

Bald darauf kam James mit dem aufgeregten Asa zurück, der murmelnd sprach: „Ach du meine Güte. Er sieht ja schon ganz tot aus!"

„Ach, sei still, Asa!" schimpfte Sarah. „Joseph wird wieder ganz gesund. Er braucht bloß eine Menge Ruhe und gute Pflege. Und wir werden ihm beides geben. Und jetzt los!"

James und Asa hielten die Bahre, während Sarah und der Arzt Joseph vorsichtig umbetteten. Als sie ihn behutsam die Stufen hinuntertrugen, sah der Arzt, daß sich vor seinem Haus eine kleine Menschenmenge angesammelt hatte. Er nutzte die Gelegenheit und sagte laut, so daß alle Schaulustigen es hören konnten: „Wenn Sie irgendwelche Fragen zu seiner Versorgung haben, können Sie mich jederzeit rufen, Tag und Nacht!"

James knurrte. „Aber klar, Doc. Wir alle haben ja gerade mitbekommen, wie ungemein hilfsbereit Sie sind!" Seine Augen begegneten denen von Sarah, und keiner von beiden lächelte.

„Am besten tragen wir ihn gleich rüber zum Mietstall. Ich glaube nicht, daß das Geschüttel auf dem Wagen ihm guttut", keuchte James.

Sie brachten Joseph in seine kleine Kammer hinter der Schmiede. Nachdem sie die leblose Gestalt sorgfältig zugedeckt hatten, berieten sie flüsternd, was nun geschehen sollte.

Asa meinte: „Wir sollten Mrs. Hathaway telegrafieren, daß sie zurückkommen muß!"

Sarah schüttelte entschieden den Kopf. „Nein. Sie könnte doch sowieso nichts machen. Bis sie hier ist, könnte Joseph schon –" sie brach ab. „Nun ja, es hätte jedenfalls überhaupt keinen Sinn, ihr den Aufenthalt in Philadelphia zu ruinieren. Sie wird es noch früh genug erfahren."

James stimmte zu. „Kriegst du das mit dem Mietstall und der Schmiede alleine hin, Asa?"

Asa lächelte stolz und nickte. „Joseph hat mir alles beigebracht. Das schaffe ich schon."

„Dann kümmere ich mich um Joseph", beschloß James.

Sarah schaute ihn mit unverhohlener Bewunderung an. „Sie sind der Mann, der draußen auf der Baird-Farm lebt, nicht wahr? Joseph hat uns erzählt, daß Sie da draußen wahre Wunder vollbringen. Er mag Sie sehr gern, wissen Sie?"

James wurde verlegen. Er räusperte sich und wandte sich wieder an Asa. „Asa, kannst du heute noch zur Farm hinausreiten und diesen unseligen Fuchs herbringen?"

„Dieses wilde Tier?" stöhnte Asa. „Joseph kann wirklich mit Pferden umgehen, aber dieses Vieh hat von Anfang an nichts als Ärger gemacht. Am besten lassen wir ihn da draußen stehen!"

„Tja, Asa, das Pferd gehört Joseph, und wir werden uns wohl oder übel um ihn kümmern müssen, bis Joseph selbst entscheiden kann, was weiter mit ihm passieren soll."

Asa nickte. „Na gut, dann hole ich ihn!"

„Er ist vermutlich halb verdurstet. Ich habe ihn einfach nur in den Stall gestellt und bin losgefahren."

„Ich kümmere mich drum, Mr. Callaway", versicherte Asa.

James schüttelte den Kopf. „Einfach James, Asa."

Sarah warf einen Blick auf den noch immer regungslosen Joseph. „Ich bringe Wasser und etwas zu essen für Sie. Bin gleich wieder da." Sie eilte zum Hotel hinüber.

Die nächsten paar Stunden war sie vollauf damit beschäftigt, sich um Joseph Sorgen zu machen, die Hotelgäste zu bewirten und Geschirr zu spülen. Doch als sie am Abend in Augustas Schaukelstuhl saß, wanderten ihre Gedanken zu dem rothaarigen jungen Mann ... „einfach James".

*

James horchte die ganze Nacht angestrengt auf Josephs Atem. Kurz nach Mitternacht wurde Josephs Atmung plötzlich unregelmäßig und stockend, und James sprang auf und eilte zu seinem Bett hinüber. Er zündete eine Lampe an und starrte seinem Freund ängstlich ins Gesicht.

„Du mußt leben, Joseph!" flüsterte er eindringlich. „Hörst du? Du mußt leben!"

Es schien, als gehorchte Joseph seinen Worten. Die Atmung wurde wieder normal, und James sank erleichtert auf seinen Platz am Krankenbett. Noch bemerkte er nicht, daß er in diesem Moment den entscheidenden Schritt heraus aus dem Tal des Todes, in dem er sich selbst befunden hatte, gemacht hat. Joseph Freeman brauchte seine Hilfe, und das brachte ihn wieder zurück zu sich selbst.

Kapitel 10

Winona saß mit tränenüberströmten Wangen in Prärieblumes Tipi.

„Sag mir doch, was ich tun soll, Prärieblume!" bettelte das junge Mädchen. „Ich will nicht ins Land der Großen Mutter gehen; ich will bei Wilder Adler sein. Das wollte ich schon immer." Sie wischte sich die Tränen fort und redete weiter: „Aber mein Vater und meine Mutter sagen, sie werden mit Sitting Bull gehen. Und Wilder Adler sagt gar nichts. Er geht auf die Jagd und arbeitet mit seinen Ponys. Er geht durch das Lager wie ein Schlafwandler." Winona senkte den Kopf auf ihre Knie, die sie mit den Armen umschlungen hielt. „Er sieht mich nicht einmal an."

Mitleidig hörte Prärieblume der jungen Frau zu. Dann seufzte sie und nahm Winonas junge, schlanke Hände in ihre eigenen, abgearbeiteten und sagte: „Du bist eine sehr gute junge Frau, Winona. Jeder Krieger würde sich glücklich schätzen, eine solche Squaw zu haben. Aber ich glaube, aus dir und Wilder Adler wird kein Paar." Sie seufzte noch einmal. „Es liegt nicht an dir, Winona; es liegt an ihm. Wilder Adler weiß, daß die Weißen nach der Schlacht am Little Big Horn keine Ruhe geben werden, bis wir alle in Reservationen sind. Sie wollen die Berge, die sie Schwarze Hügel nennen, und sie werden solange gegen uns kämpfen, bis sie sie haben. Dieser James Callaway hat Wilder Adler gesagt, daß es mehr weiße Soldaten gibt, als wir jemals besiegen können. Es sind genug, um uns alle zu töten, und er sagte, sie würden es tun."

Prärieblumes Stimme war immer leiser und trauriger geworden. Sie hielt einen Moment inne, um ihre Gedanken zu ordnen und sagte dann ernst: „Winona, du solltest mit deiner Familie in das Land der Großen Mutter ziehen."

Winona fiel ihr ins Wort: „Ich möchte da sein, wo Wilder Adler ist. Ich will da hinziehen, wo er hinzieht. Ich will für ihn kochen und das Tipi aufbauen, und ich will für dich sorgen. Und wenn er stirbt, dann will ich mit ihm sterben."

In ihren Worten klang die Leidenschaft und der Überzeugungswille der Jugend mit, doch mit großem Ernst dachte Prärieblume über das Gesagte nach. Ruhig erwiderte sie dann: „Winona, ich glaube nicht, daß du wirklich jemanden sterben sehen willst, den du liebst."

Winona fing wieder an zu weinen. „Das wäre immerhin besser, als ihn überhaupt nie mehr zu sehen!"

Plötzlich betrat Wilder Adler das Tipi. Die Art, wie er die beiden Frauen ansah, verriet, daß er das Gespräch mit angehört hatte. Im Schneidersitz ließ er sich neben Winona nieder und nahm ihre Hand in seine. Winonas Herz begann wild zu klopfen.

„Winona, kleine Schwester", begann er. „Du mußt mit Sitting Bull nach Norden ziehen. Vielleicht findest du dort Frieden."

Sie wollte ihn unterbrechen, doch er hob eine Hand, als Geste zu schweigen und weiter zuzuhören. „Wenn ich mir eine junge Frau dieses Lagers auswählen und in meinen Büffelumhang wickeln wollte, dann würdest du es sein." Winona hielt gespannt den Atem an, und er sprach weiter. „Aber dies ist nicht die Zeit für mich, eine Squaw zu nehmen, und nicht die Zeit, eine Familie zu gründen. Unser Volk stirbt, Winona! Nach der Schlacht gab es einen Siegestanz, aber jeder Krieger hat gewußt, daß die Freude an diesem Sieg von kurzer Dauer sein würde. James Callaway hat gesagt, daß der Sieg am Little Big Horn unseren Untergang besiegelt hätte. Ich habe diese Worte nicht gern gehört, aber ich glaube, daß sie wahr sind. Winona –" fuhr er schmerzvoll fort. „Ich sehe dich an, und ich sehe eine wunderschöne junge Squaw, aber in meinem Herzen frage ich mich, wann die Soldaten kommen und sie einfach nehmen werden. Ich sehe da draußen die Kinder spielen, aber ich frage mich, wann die Soldaten kommen und sie töten werden. Ich sehe die Büffel über die Prärie ziehen, und ich frage mich, wann die weißen Jäger sie alle erlegt haben werden und wir verhungern."

Er holte tief Luft, ehe er weitersprach. „Unser Weg endet bald, Winona. Ich werde nicht vor dem Tod davonlaufen, wenn er kommt. Aber ich werde dich nicht mit in den Tod nehmen." Er schaute Winona tief in die tränenverhangenen Augen. Unvermittelt stand er auf und verließ das Tipi.

Er kam erst mitten in der Nacht wieder zurück. Prärieblume saß allein am Feuer und wartete auf ihn. Als er hereinkam, schaute sie auf und lächelte ihn an. Er ließ sich neben ihr am Feuer nieder. „Einige Krieger werden morgen nach Süden ziehen. Ich werde mitgehen." Das war eine Feststellung, und abwesend fügte er hinzu: „Du warst wie eine Mutter für mich, Prärieblume. Doch ich werde weder Winona noch dich bitten, mich zu begleiten. Ich möchte, daß ihr im Land der Großen Mutter Frieden findet."

Prärieblume streckte ihre Hände dem wärmenden Feuer entgegen. „Diese Hände haben dich in weiche Windeln gewickelt, als du ein kleiner *papoose* warst." Sie deutete auf die Narbe an seiner Wange. „Diese Hände haben deine Wunden gereinigt. Diese Hände haben deine Mokassins bestickt. Diese Hände haben dabei geholfen, deinen Vater zu begraben. Diese Hände haben Die durchs Feuer geht mit dem Zeichen der Liebe gesegnet in der Nacht, als sie mir in Fort Kearney das Kreuz gab, das du trägst. Und diese Hände werden da sein, wenn die Zeit gekommen ist, deinen Körper in ein Büffelfell zu wickeln und auf eine Totenbahre zu legen." Prärieblume faltete ihre Hände im Schoß. „Bring mir morgen früh das falbe Pony. Ich werde das Tipi abbauen."

Am nächsten Morgen brach Sitting Bulls ständig kleiner werdende Schar auf der Suche nach Frieden in Richtung Norden auf. Als sie einen Hügel erklommen hatten, drehte Winona sich auf ihrem Pony um und blickte noch einmal zurück. Doch es war zu spät. Wilder Adler und die anderen waren bereits außer Sichtweite.

*

Zu seiner Überraschung begegnete Wilder Adler keinem einzigen Soldaten. Sein kleiner Trupp zog schon seit Wochen über die Prärie, und nichts hatte bisher ihren Frieden gestört. Keiner der Krieger ließ sich die Tatsache anmerken, daß sie immer näher an die weißen Siedlungsgebiete herankamen. Das Wild war rar und scheu, und der Winter war nah. Wieder würden sie Hunger leiden müssen.

Eines Morgens erhob sich Wilder Adler sehr früh und ritt allein in die Prärie hinaus, um die Geister um Rat zu bitten. Er war erst ein paar Minuten unterwegs, als eine dünne Rauchsäule in einiger

Entfernung seine Aufmerksamkeit erregte. Er setzte zu einem leichten Galopp an und hatte die Quelle des Rauches schnell erreicht.

Am Fuß des letzten Hügels stieg er ab und pirschte sich vorsichtig an. In dem kleinen Tal vor ihm befand sich ein einzelnes Tipi aus alten, schäbigen Häuten, die steif an ein paar unregelmäßigen Pfosten herunterhingen. Rund um das Lagerfeuer waren an notdürftigen Gestellen Fleischstreifen zum Trocknen aufgehängt.

Wilder Adler kehrte zu seinem Pony zurück und ritt wie ein gewöhnlicher Besucher von der linken Seite an das kleine Lager heran. Als der Bewohner der schäbigen Behausung ihn freundlich begrüßte, entspannte Wilder Adler sich ein wenig.

„Willkommen, mein Bruder! Komm und iß mit mir. Ich hatte eine gute Jagd!" Der Fremde war groß und schlank. Er war ein Indianer, aber sein Haar war kurz geschnitten wie das eines Weißen.

Wilder Adler stieg von seinem Pony ab und antwortete: „Die Weißen haben alles Wild verjagt. Unser Stamm hat zusammen nicht soviel Fleisch wie du. Welche guten Geister haben dir bei der Jagd geholfen?"

Der Fremde ließ sich nieder und bedeutete Wilder Adler, es ihm gleichzutun. Er füllte zwei Holzschalen mit wohlriechender Fleischbrühe, bevor er antwortete: „Man nennt mich John Sturmwolke. Und es gibt nur einen Geist, mein Freund. Das ist der Heilige Geist des Gottes, der alles erschaffen hat." Sturmwolke leckte genußvoll seine Finger ab, ehe er weitersprach. „Es stimmt, daß es hier wenig Wild gibt. Es macht mich traurig zu sehen, wie sich die Dinge verändern. Aber Gott hat mich schnell und leise gemacht wie einen Hirsch, und er hat mir Geschick mit der Waffe gegeben. Einmal habe ich zwölf Enten mit nur drei Schuß erlegt!"

Wilder Adler schaute ihn zweifelnd an, wollte aber seinen Gastgeber nicht der Lüge bezichtigen. Dazu war die Fleischbrühe zu schmackhaft. „Mein Vater war auch ein großer Jäger", sagte er daher nur höflich. Er nickte in Richtung des Gewehrs, das an der Wand des Tipis lehnte. „Aber er hat nie so einen Feuerstock zu Hilfe genommen."

John Sturmwolke lächelte. „Das ist eins der guten Dinge, die die Weißen mitgebracht haben."

Wilder Adler spuckte wütend aus. „Der Preis für eine leichte Jagd ist zu hoch!"

Sturmwolke ging nicht darauf ein. Statt dessen richtete er eine Frage an Wilder Adler. „Du bist einer von den Lakota aus den Bergen, nicht wahr? Sag mir, wie ist das Leben für euch?"

Zwischen zwei Schlucken aus der Schale beschrieb Wilder Adler den Überlebenskampf und die vergeblichen Jagdausflüge, und dann fügte er hinzu: „Es wird einen weiteren Hungerwinter für uns geben."

„Das muß nicht so sein", sagte der Fremde ruhig. „Kommt mit mir. Ihr werdet keinen Hunger mehr leiden."

„Wohin sollen wir mit dir kommen? Zu einer dieser Reservationen?" Wilder Adler schüttelte den Kopf. „Ich habe eine gute Herde Ponys, die ich niemals aufgeben werde. Sie haben meinem Vater gehört, der seine Pferde zugeritten hat, als wir noch frei waren."

John Sturmwolke wechselte das Thema. „Was hat das hier zu bedeuten?" fragte er und deutete auf das Kreuz und das Medaillon um Wilder Adlers Hals. „Das stammt von den Weißen."

Wilder Adler berührte das Kreuz. „Das hier hat meine Mutter getragen." Er öffnete das Medaillon und deutete auf Jessies Bild. „Sie ist nicht mehr bei uns. Ich glaube, daß die andere meine Schwester ist. Sie wurde geboren, nachdem meine Mutter uns verlassen hat. Sie leben jetzt unter den Weißen."

John Sturmwolke stellte keine Fragen mehr. Statt dessen begann er leise und eindringlich auf Wilder Adler einzureden: „Mein Bruder, ich höre Bitterkeit und Haß in deinen Worten. Ein Mann kann nicht lange mit solchen Gefühlen leben. Ich habe dir gesagt, daß der Große Geist mir geholfen hat, dieses Fleisch zu bekommen. Du sagst mir, daß deine Leute hungern. Ich möchte dir das Fleisch geben. Wenn du weiterziehst, werden wir alles auf dieses schwarze Pony da drüben packen. Das soll mein Geschenk an euch sein, damit ihr in diesem Winter keinen Hunger leiden müßt."

Wilder Adler schaute den Fremden ungläubig an. „Ich habe nichts, was ich dir dafür geben könnte."

„Schenk mir deine Aufmerksamkeit, wenn ich dir von dem Großen Geist erzähle, der dich heute zu mir geführt hat", lächelte Sturmwolke. „Aber zuerst laß uns zusammen auf die Jagd gehen."

Sie aßen ihre Suppe auf, und dann erhob sich Sturmwolke und verschwand in seinem alten Tipi. Als er wieder herauskam, hatte er einen alten, offensichtlich schon sehr häufig benutzten Bogen und eine Handvoll Pfeile dabei. „Heute ist mir danach, auf die alte Art zu jagen!"

Als sie zurückkehrten, hatten sie ein mit erlegtem Wild voll beladenes Pony dabei. Den größten Teil des Tages verbrachten sie damit, die Jagdbeute zu häuten und auszunehmen, und bei Sonnenuntergang saßen sie inmitten von einem Wintervorrat trocknenden Fleisches am Lagerfeuer.

Wilder Adler ertappte sich dabei, Geschichten aus seiner Jugend zu erzählen. John Sturmwolke schien vertrauenswürdig, und die Reise in die Vergangenheit hatte eine wohltuende Wirkung auf Wilder Adler. Die Linien der Verbitterung um seinen Mund herum wurden weicher, und in seine Augen kehrte bei der Erinnerung längst vergessener Tage etwas vom einstigen Glanz zurück, als er von seinen Eltern erzählte, wie sie abends vor dem Tipi saßen und gemeinsam in dem Buch lasen, das sie das „Gott-Buch" nannten.

John Sturmwolkes Augen leuchteten voll ehrlichen Interesses, als er Wilder Adler unterbrach: „Was hast du von dem gehalten, was in diesem Buch stand?"

Wilder Adler zuckte mit den Schultern. „Die Geschichten haben mir gefallen." Er seufzte. „Das waren gute Tage, aber sie sind nun vorbei."

„Es waren also nur Geschichten für dich, Geschichten von fremden Völkern in einem fernen Land?"

Wilder Adler dachte lange über diese Frage nach. Sie hing eine Weile unbeantwortet zwischen ihnen, doch Sturmwolke wartete geduldig. Schließlich sagte Wilder Adler: „Ich habe das Buch noch immer bei mir. Manchmal wünschte ich, jemand könnte mir die Geschichten noch einmal vorlesen. Jetzt, wo ich ein Mann bin, könnte ich vielleicht verstehen, warum sie für Die durchs Feuer geht und Der den Wind reitet so viel bedeutet haben."

John Sturmwolke nahm dies als Stichwort auf. „Mein Bruder, vorhin habe ich dir gesagt, daß du mir für meine Hilfe danken kannst, indem du mir zuhörst. Und jetzt möchte ich dir etwas erzählen: Ich wurde nicht immer John Sturmwolke genannt. In den Tagen meiner Jugend hieß ich Zweitöter. Ich habe die beiden ersten weißen Männer getötet, die ich erblickt habe. Ich habe sie gehaßt, weil sie unserem Volk soviel Leid und Ungerechtigkeit zugefügt haben."

„Und jetzt lebst du dort, wo sie es dir sagen, und ißt, was sie dir geben?"

Sturmwolke ignorierte den Sarkasmus in Wilder Adlers Stimme. „Ich lebe jetzt in der Reservation von Santee. Ich habe acht Hektar Land, das ich zu bebauen lerne, so daß ich mich selbst ernähren kann und keinen Krieg mehr machen muß. Ich möchte in Frieden leben. Ich möchte mit meiner Frau alt werden und die Kinder meiner Kinder heranwachsen sehen. In der Reservation gibt es eine Kirche und eine Schule. Ich bin das, was man den Pastor der Kirche nennt. Das bedeutet, daß ich den Menschen dort von Gott erzähle und von dem, was in dem Buch steht." Während er sprach, beobachtete John Sturmwolke Wilder Adler sehr genau. „Mein Bruder, ich kann dich nicht frei machen, damit du wieder in den Hügeln auf die Jagd gehen kannst wie früher. Ich kann dir auch das Land nicht zurückgeben, das die Weißen dir gestohlen haben. Aber ich kann dir von dem Einen erzählen, der mich in meinem Herzen frei gemacht hat, so daß ich Frieden empfinden kann, obwohl all diese Dinge geschehen sind."

Wilder Adler spuckte voller Abscheu vor ihm aus. „Irgendein Weißer hat einen Narren aus dir gemacht, daß du an seinen Gott glaubst!"

John Sturmwolke ließ sich nicht so leicht beleidigen. „Ich habe auch einmal so gedacht wie du, mein Bruder. Aber ich habe erfahren, daß dieser Gott nicht nur der Gott der Weißen ist. Er hat so gelebt wie wir, als er auf der Erde wandelte – unter freiem Himmel an einem Lagerfeuer, unterwegs mit einer kleinen Gruppe seiner Brüder –, und er war auch nicht weiß. Er hatte eine dunkle Hautfarbe, eher der der Lakota gleich als der der Weißen."

Wilder Adler grunzte mißbilligend. „Selbst die Lakota wissen, daß der Große Geist, der alles erschaffen hat, kein Mensch war!"

„Du hast recht, mein Bruder. Der Gott, der uns alle gemacht hat, ist kein Mensch. Er ist heilig, und wir sind es nicht. Wir können nicht zu ihm gehören, weil wir von all den Dingen beschmutzt sind, die wir getan haben. Deshalb hat er seinen Sohn auf die Erde geschickt, damit er einer von uns werde. Er lebte hier unter uns, und er tat nichts Falsches oder Schlechtes. Und dann opferte er sich, um für unsere Taten zu bezahlen.

Wir verbringen unser Leben damit, zu versuchen, in Harmonie mit den Geistern zu leben und mehr Gutes als Schlechtes zu tun, damit der Große Geist mit uns zufrieden ist. Aber wir können ihn nicht zufriedenstellen, denn wir machen immer wieder Fehler. Der Sohn Gottes hat deshalb für uns getan, was wir nicht tun können. Er war heilig und fehlerlos, und er hat freiwillig für unsere Fehler bezahlt. Und jetzt müssen wir nicht mehr dafür bezahlen."

John Sturmwolkes Augen leuchteten wie von einer inneren Flamme erhellt. „Als ich zuerst davon gehört habe, wurde mein Herz froh. Ich bat den Sohn Gottes, meine Sünden fortzunehmen. Und als ich das tat, wurde mir eine schwere Last genommen." Er hielt einen Moment inne. „Die Zeiten sind hart für unser Volk. Mein Herz blutet, wenn ich all das Unrecht sehe, das geschieht. Aber ich kann dennoch im Frieden leben, denn ich habe den Frieden Gottes hier in mir", er pochte an seine Brust, „und dort wird er immer sein, egal was passiert. Denn niemand kann mir diesen Frieden wegnehmen.

Seit dem Tag, als ich Frieden mit Gott geschlossen habe, habe ich versucht, allen Menschen, die mir begegneten, davon zu erzählen. Und deshalb bin ich nun nicht mehr Zweitöter. Die Menschen nennen mich John nach einem Mann aus dem Gott-Buch. Er hatte einen Bruder namens Jakobus, und die beiden hießen ‚Söhne des Donners'. Jemand hat gesagt, ich sei wie sie. Und deshalb nennt man mich jetzt John Sturmwolke, und ich lebe in Santee."

Wilder Adler sagte: „Sie wollten, daß Sitting Bull in eine Reservation geht, die Standing Rock heißt. Ich kenne diesen Ort."

„Santee ist östlich von dort und ein Stück den Fluß hinunter. Wenn deine Leute mit mir kommen, werden sie nie mehr hungern müssen. Wir haben eine Schule, um die Kinder zu unterrichten, und wir haben einen Ort, wo wir von Gott hören. Du könntest lernen, das Gott-Buch deiner Eltern zu lesen. Ich glaube, daß mich der Heilige Geist Gottes hierher gesandt hat, um mit dir zu reden. Komm mit mir, und ich lehre dich die Worte, die deine Mutter gekannt hat. Dann kannst du entscheiden, ob du Frieden mit Gott machen willst."

Wilder Adler schüttelte den Kopf und stand auf. „Als ich jung war, war das Land schön. Wenn ich auf die Jagd ging, konnte ich die Fährten von vielen Tieren sehen. Aber nun ist das Land leer und traurig. Alle lebenden Kreaturen sind fort, und das Land zerfällt. Ich sehe, wie mein Volk vor den Soldaten flieht und stirbt, und ich wünschte, daß die Weißen niemals gekommen wären."

John Sturmwolke dachte lange über eine Antwort nach. Dann sagte er: „Es gibt gute und schlechte Weiße, Wilder Adler, genau wie es gute und schlechte Lakota gibt. Die guten Weißen wollen uns helfen. Sie können das Böse nicht mehr ändern, das geschehen ist, aber sie wollen uns helfen, einen neuen Weg zu finden."

Wilder Adler starrte in das heruntergebrannte Feuer. Die Einsamkeit legte sich über ihn wie ein schwerer Mantel. „Ich will keinen neuen Weg finden. Ich will die alten Zeiten zurückhaben."

*

Als die Sonne am nächsten Morgen aufging, bestand Sturmwolke darauf, daß Wilder Alder die gesamte Fleischbeute mitnahm.

„Aber ich brauche mindestens zwei deiner Ponys, um es zu transportieren, und du hast nur drei", protestierte Wilder Adler.

Sturmwolke ließ sich nicht davon abbringen. „Gott hat uns zusammengeführt, mein Bruder. Du hast mir deine Aufmerksamkeit geschenkt, und ich schenke dir dieses Fleisch. Ich freue mich, daß meine alten Ponys in gute Hände kommen. Wenn du sie nicht mehr brauchst, kannst du sie einfach freilassen."

Als sie das Tipi abgebaut und die letzten Reste des Feuers gelöscht hatten, ergriff Sturmwolke Wilder Adler bei den Armen. „Wenn du bereit bist, mein Bruder, komm nach Santee und frag nach mir. Ich werde für dich beten, daß Gott bei dir ist und dir den Weg zeigt. Denn nur er kann das Loch in deinem Herzen füllen."

Als Wilder Adler sich zum Gehen wandte, rief Sturmwolke hinter ihm her: „Hancan kin nicipi un nunwe! Der Herr sei mit dir!"

Und als Wilder Adler seine schwer bepackten Ponys nach Westen trieb, begleiteten ihn die Gebete von John Sturmwolke, der einst Zweitöter gewesen war und nun im Frieden mit Gott lebte.

Kapitel 11

Augusta hatte bereits dazu angesetzt, die Einladung, die David Braddock eben ausgesprochen hatte, abzulehnen. Als er aber eine auf Büttenpapier geschriebene Einladungskarte seiner Mutter überreichte, überlegte sie es sich und willigte dann doch ein.

„Schließlich", flüsterte sie Elisabeth zu, „kann ein Mann, der seine neuen Bekanntschaften zuerst seiner Mutter vorstellt, keine losen Absichten haben!"

David führte die beiden Frauen durch das Getümmel der Ausstellung zu seinem Wagen. Ein livrierter Kutscher sprang dienstbeflissen vom Bock und half den Damen beim Einsteigen.

In der Kutsche saßen sie sich gegenüber, und David Braddock lächelte Augusta höflich an. „Darf ich fragen, Mrs. Hathaway, was Sie bis jetzt an der Ausstellung am meisten begeistert hat?"

Mit diesem Stichwort brach das Eis zwischen ihnen. Den Rest der Fahrt lauschten Elisabeth und David Braddock einem schwungvollen Monolog von Augusta, in dem es im Wesentlichen um die technischen Errungenschaften ging, die der Westen brauchen würde, um sich vernünftig zu entwickeln.

Irgendwann schien ihr Redestrom jedoch zu versiegen, und sie schloß mit den Worten: „Verzeihen Sie bitte, Mr. Braddock, ich weiß ja, was Sie hier im Osten von uns denken. Sie meinen, der Westen ist eine einzige Wildnis. Aber geben Sie uns noch ein paar Jahre, und ich bin sicher, daß Nebraska dann ein fruchtbares Farmland sein wird. Alles, was wir brauchen, ist ein effektives Bewässerungssystem. Dann, Mr. Braddock – merken Sie sich meine Worte! – wird Nebraska einmal helfen, das ganze Land zu ernähren!"

Eigentlich erwartete Elisabeth, daß Mr. Braddock als Antwort darauf höflich lächeln und mitleidig abwinken würde. Doch er schien ehrliches Interesse an ihren Ideen zu haben. Er hörte ihr sehr aufmerksam zu und stellte viele Fragen über das Leben im Westen.

„Ich bin noch nie im Westen gewesen, Mrs. Hathaway", erklärte er. „Aber –" er schaute Elisabeth vielsagend an, „– für alles gibt es ein erstes Mal!"

Hätten Elisabeth und Augusta geahnt, wie hoch angesehen es in den höheren Kreisen war, eine Einladung zum Essen bei Mrs. Abigail Braddock zu erhalten, hätten sie die Stufen zu der eleganten Villa mit weichen Knien erklommen. Doch die beiden Frauen hatten von dieser hohen Ehre, die ungekrönte Königin der Philadelphiaer Gesellschaft als Gastgeberin zu haben, keine Ahnung. Immerhin waren die letzten geladenen Gäste vor Augusta und Elisabeth Seine Majestät Kaiser Don Pedro von Brasilien, Kronprinz der Häuser Bourbon, Bregenz und Habsburg, und seine Gattin, die Kaiserin Theresa gewesen.

Das Anwesen der Braddocks lag ein wenig abseits der Straße in einem kleinen Park mit altem Baumbestand. Eine weiträumige Veranda umrundete das gesamte Haus und mündete in einem herrschaftlichen Treppenaufgang, vor dem der Wagen jetzt hielt. Sowohl Augusta als auch Elisabeth hoben die Köpfe und staunten über die Pracht, die sich vor ihnen entfaltete, als sie die Halle betraten.

Zwei geschwungene Treppen führten empor zu den oberen Stockwerken und liefen da in einer eleganten Empore wieder zusammen. Dort stehend lächelte Abigail Braddock den hereintretenden Gästen freundlich zu, ehe sie die Treppen hinunterschritt, um sie in Empfang zu nehmen.

„Willkommen!" Ihre Stimme klang wohltönend und fest. „Willkommen in Philadelphia! Ich hoffe, die Stadt hat Ihnen bisher gefallen. Seit dem Beginn der Feierlichkeiten ist es hier etwas lebendiger geworden, und die Menschen verhalten sich nicht immer so, wie sie sollten." Abigail schüttelte Augusta die Hand und wendete sich dann Elisabeth zu.

„Mrs. Elisabeth Baird – ich habe schon viel von Ihnen gehört!" Sie lächelte zu ihrem Sohn herüber, und Elisabeth errötete. „Und wie ich sehe, war es die reine Wahrheit!" Mrs. Braddock war freundlich, jedoch ohne zu übertreiben. „Kommen Sie, wir wollen draußen auf der Veranda eine Erfrischung zu uns nehmen!"

Elisabeth und Augusta folgten Mrs. Braddock durch einen Salon hinaus zur Veranda. Der kostbar ausgestattete Raum erstrahlte förmlich in warmen Goldtönen. Die Stühle waren mit goldenem Damast bezogen, und ein wertvoller Teppich, der mit einem dekorativen goldfarbenen Pflanzenornament auf tiefblauem Grund versehen war, paßte sich harmonisch und geschmackvoll dem Raum an. Am anderen Ende des Raumes standen eine Harfe und ein Flügel, über dem ein großes, gerahmtes Ölbild von einer jungen Frau mit zwei kleinen Kindern hing. Das Kunstwerk war meisterhaft, und es handelte sich bei der Porträtierten unverkennbar um Abigail Braddock.

„Sind Sie das, Mrs. Braddock?" fragte Elisabeth.

Abigail lächelte und zeigte auf den kleinen Jungen mit den pomadisierten Haaren, der rechts im Bild zu sehen war. „Ja, Mrs. Baird. Und das ist David. Auf dem Bild ist er ein halbes Jahr alt." Das Lächeln nahm einen wehmütigen Zug an. „Und sein Vater war gerade erst vier Monate tot. Das Porträt ist kurz nach Davids Geburt begonnen worden, doch dann wurde sein Vater krank, und ich konnte es einfach nicht aushalten, bei den Sitzungen für das Bild stillzusitzen. Also haben wir damit gewartet. Einer der letzten Wünsche meines Mannes war es, daß das Porträt fertiggestellt würde. Es sollte der Glanzpunkt unseres Hauses sein, der Gipfel all dessen, was er für uns aufgebaut hatte." Abigail seufzte. „Leider hat er es vollendet nicht mehr miterlebt."

„Es tut mir so leid, Mrs. Braddock", sagte Elisabeth bewegt.

Abigail Braddock lächelte freundlich. „Das braucht es nicht, meine Liebe. Die Zeit heilt auch die tiefsten Wunden. Und heute kann ich mich an den Erinnerungen freuen. William und ich hatten ein paar wunderbare Jahre miteinander, und die kann mir nichts und niemand mehr nehmen. Ich spreche gern über ihn."

Elisabeth erinnerte sich, ganz ähnliche Worte gestern von Augusta gehört zu haben. Sie wurde still und betrachtete angestrengt ihre weißen Handschuhe.

Abigail nahm sie in ihre. „Vergeben Sie mir bitte mein forsches Vorgehen, aber Sie kennen jetzt meine Geschichte, und vielleicht gestatten Sie mir, daß ich mich über die Kürze unserer Bekanntschaft hinwegsetze. David hat mir von dem tragischen Tod Ihres Gatten am Little Big Horn erzählt. Ich möchte Ihnen mein aufrichtiges und tief empfundenes Mitgefühl aussprechen." Sie drückte Elisabeths Hände voller Wärme. „Ich weiß, daß es Ihnen augenblicklich nicht viel nützt, meine Liebe, aber glauben Sie den Worten einer Frau, die bereits erlebt hat, was Sie jetzt durchmachen: Der Schmerz wird erträglicher. Er wird nie ganz verschwinden, aber Sie werden ihn mit der Zeit ertragen können."

Elisabeth schaute Abigail einen Moment lang schweigend an. Ihr Kinn war erhoben und ihre Lippen fest zusammengepreßt. Doch dann fing ihre Unterlippe an zu zittern, und Tränen stiegen ihr in die Augen. Peinlich berührt versuchte sie die Selbstbeherrschung zu wahren, aber Abigail ließ Elisabeth nicht los. Statt dessen nahm sie sie liebevoll in die Arme.

„Weinen Sie ruhig, meine Liebe. Sie brauchen sich nicht zu schämen. Dieses ganze viktorianische Getue ist in meinen Augen sowieso vollkommener Unsinn."

Als David zu ihnen hinzutrat, trocknete sich Elisabeth gerade mit dem spitzenbesetzten Taschentuch seiner Mutter die Augen, und Augusta lächelte die beiden milde an. Sie war es auch, die die Stille brach. „David Braddock, ich möchte Ihnen danken, daß Sie uns hierher gebracht haben. Ihre Mutter ist eine wunderbare Frau, und wenn auch nur die Hälfte der Bewohner von Philadelphia so ist wie sie, dann wird unser Aufenthalt hier das reinste Vergnügen werden!"

„Vielleicht können wir Sie ja dann überzeugen, noch ein wenig länger hierzubleiben", entgegnete David hoffnungsvoll.

Augusta lachte. „Auf gar keinen Fall, junger Mann! Ich habe ebenfalls ein Hotel zu führen, und auch Elisabeth hat zu tun . . . in Nebraska!"

Elisabeth fügte lächelnd hinzu: „Und glauben Sie mir, Nebraska würde nicht lange weiterbestehen, wenn Tante Augusta nicht dort nach dem Rechten sieht!"

Sie lachten, und Abigail führte sie hinaus auf die von Weinranken beschattete Veranda. „Bemühen Sie sich nicht, Betsy, ich mache das selbst", sagte sie und schickte das Dienstmädchen fort. Abigail schenkte allen Limonade ein, während sie sich angeregt unterhielten.

Schließlich begaben sie sich zum Essen in den kleinen, eleganten Speisesaal im westlichen Flügel des Hauses.

Elisabeth setzte sich und begutachtete das teure Porzellan, das Silberbesteck und die Gläser auf dem Tisch. Dann beugte sie sich zu Augusta hinüber und flüsterte: „Gut, daß ich bei dir im Hotel die Tische immer decken mußte, Tante Augusta. Dank dessen weiß ich, welches Besteck für welchen Gang gedacht ist!"

Lächelnd hatte Abigail Braddock die Bemerkung mitgehört und lockerte die Stimmung mit einer lustigen Anekdote auf, in der sie über ihr erstes Essen mit mehreren Gängen an einer festlich gedeckten Tafel erzählte:

„Davids Vater hatte mich zu sich nach Hause eingeladen, damit ich seine Eltern kennenlerne. Ich dachte, im Erdboden versinken zu müssen, als ich die vielen Teller, Gläser und Bestecke auf dem Tisch liegen sah . . . für ein einziges Essen! Ich habe heute nicht mehr die geringste Erinnerung an das, was Thema der Unterhaltung an diesem Abend war. Ich war so damit beschäftigt, die Tischmanieren von Williams Mutter unbemerkt zu beobachten und es ihr gleichzutun, daß alles andere in den Hintergrund trat! Wenn sie einen Löffel in die Hand nahm, tat ich das auch, wenn sie einen Schluck nahm, machte ich es ebenso. So konnte ich sicher sein, durch mein Benehmen nicht dumm aufzufallen." Abigail mußte in Erinnerung dieses Abends herzlich lachen. „Trotzdem kann ihr nicht entgangen sein, daß ich keine Ahnung von Etikette hatte, und sie war bestimmt entsetzt über Williams Wahl! Wie er sie davon überzeugt hat, mich als Schwiegertochter zu akzeptieren, weiß ich bis heute nicht!"

Das Essen verlief in freundlicher, gelöster Atmosphäre, und als der Wagen vorgefahren wurde, um Elisabeth und Augusta wieder ins Hotel zu bringen, waren alle Vorurteile, die Augusta gegenüber David Braddock gehegt hatte, restlos beiseite geschoben. Während der Fahrt räsonierte Augusta darüber, daß die Braddocks ausgesprochen nette und gottesfürchtige Menschen seien und daß es eigentlich gar nicht so schlimm sei, im Hotel bei ihrer Ankunft so unhöflich behandelt worden zu sein, weil sie dadurch nun immerhin die Bekanntschaft der Braddocks gemacht hätten. Elisabeth konnte nicht anders als dem zuzustimmen.

*

Als die Kutsche abgefahren war, fragte David seine Mutter, was sie von den beiden Besucherinnen aus Nebraska hielt.

Abigail antwortete ohne eine Spur des Zögerns: „Ich mag sie beide sehr gern, David. Mrs. Hathaway ist vielleicht ein wenig brüsk, aber ich bin sicher, sie hat ein Herz aus Gold. Und Elisabeth ist wirklich ganz bezaubernd. Der Tod ihres Mannes und ihrer Mutter hat sie tief erschüttert, aber sie ist jung, und sie wird darüber hinwegkommen." Abigail nahm kurz die Hand ihres Sohnes und drückte sie. „Ich bin sehr froh, daß du sie zum Essen eingeladen hast."

David biß sich auf die Unterlippe und nickte seiner Mutter ernst zu. „Ich bin froh, daß Elisabeth dir gefällt, Mutter", sagte er. „Denn sie ist die Frau, die ich heiraten werde."

Kapitel 12

J oseph würde am Leben bleiben.

Als Dr. Bain am nächsten Tag hereinschaute, um sich nach seinem Befinden zu erkundigen, schickte James ihn mit einem gelassenen „Bemühen Sie sich nicht, Doktor!" wieder weg. „Ich lasse jetzt Dr. Gilbert kommen. Schließlich will ich sichergehen, daß er die bestmögliche Versorgung erhält", fügte er hinzu.

Dr. Bain war voller Entrüstung ganz bleich geworden, doch James blieb ungerührt.

Seit dem Unfall waren nun fast drei Tage vergangen, und Josephs Zustand war weitestgehend stabil geblieben. Doch plötzlich fing er in der Nacht an zu stöhnen. Der Laut war kaum wahrzunehmen, doch James, der aufmerksam auf jede Regung achtete, war sofort aufgesprungen und an das Bett seines Freundes geeilt. Leise versuchte er besänftigend auf ihn einzureden: „Ganz ruhig, alter Junge! Laß es langsam angehen. Ruh dich einfach aus, und morgen früh kommt der Doktor, um nach dir zu schauen." James goß Wasser in ein Glas und hielt es Joseph an die Lippen. „Komm, trink einen Schluck!" Folgsam trank der Patient ein bißchen, und James lächelte erleichtert. Wieder kam ein leises Stöhnen, und er sprach schnell weiter: „Du bist zu Hause in deiner Kammer hinter den Ställen, mein Freund. Ich bin hier, und ich rühr' mich nicht von der Stelle, also sag ruhig, wenn du irgendwas brauchst. Asa versorgt die Pferde und kümmert sich um's Geschäft. Du mußt dir um nichts Gedanken machen. Ruh dich einfach nur aus, okay?"

Als Joseph wieder eingeschlafen war, zog James sich schließlich wieder auf sein Lager zurück, daß er am anderen Ende des Raumes eingerichtet hatte.

Im Morgengrauen schickte er Asa zum Doktor. Während er wartete, wurde Joseph plötzlich unruhig, atmete unregelmäßig und stieß eine Reihe von Lauten aus, so als wollte er eine Frage stellen. James zog einen Stuhl ans Bett, und schaute seinen Freund besorgt an, als der plötzlich langsam eine Hand an seinen Kopf legte und „Aua!" murmelte.

James beeilte sich, die unausgesprochen gebliebene Frage seines Freundes zu beantworten: „Es ist alles in Ordnung, Joseph. Es hat dich ordentlich erwischt, aber der Doc hat es wieder hingekriegt."

Es folgte eine lange Pause, ehe Joseph heiser hervorstieß: „Ich erinnere mich an überhaupt nichts mehr, bloß daß mich dieser verdammte Gaul getreten hat."

„Die Pferde sind zur Farm gelaufen", erklärte James. „Und ich hab dich dann in die Stadt gebracht und dich zusammenflicken lassen."

Joseph öffnete mühsam ein Auge und versuchte James anzusehen. Er rang sich ein schiefes Lächeln ab, dann schloß sich das Auge wieder. „Wie lange bist du schon hier, Junge?"

„Seit der Unfall passiert ist, also seit drei Tagen."

Joseph seufzte. „Danke, mein Sohn. Ich bin so schrecklich müde!" Kaum hatte er es ausgesprochen, da war er auch schon wieder eingeschlafen.

Als Dr. Gilbert hereinkam, untersuchte er Joseph sorgfältig und wechselte die Verbände. „Bisher hast du alles ganz richtig gemacht, mein Junge", sagte der ältere Mann und klopfte James anerkennend auf die Schulter. „Und das machst du jetzt auch noch eine Weile weiter. Dann kommt er wieder auf die Beine. Halte die

Verbände sauber, und wenn er wieder aufwacht, versuch ihm ein bißchen Suppe zu geben. Ich werde im Hotel vorbeischauen und Miss Biddle sagen, daß sie eine kräftige Hühnerbrühe aufsetzen soll."

„Dr. Gilbert", begann James langsam, „ich habe Dr. Bain mein ganzes Bargeld gegeben. Ich weiß nicht genau, wie es mit Josephs finanzieller Situation aussieht, aber ich werde mir einen Job suchen und das Geld für die Behandlung irgendwie zusammenkriegen."

Dr. Gilbert schloß seinen Arztkoffer bedächtig und sagte dann ein wenig steif: „Junger Mann, ich kenne Joseph Freeman seit vielen Jahren. Er ist so manche Nacht auf den Beinen gewesen, um mir ein frisches Pferd zu satteln, wenn ein Notfall eingetreten und mein eigenes Pferd lahm oder müde war. Und das ist alles, was ich zum Thema Bezahlung zu sagen habe. Ich will nichts mehr davon hören!"

Ein paar Stunden später öffnete Joseph die Augen und brachte ein schwaches Lächeln zustande. „Oh Mann", stöhnte er leise. „Der Gaul hat mir vielleicht 'nen linken Haken verpaßt!"

Langsam hob er die Hand, um das Glas Wasser zu nehmen, das James ihm reichte, doch irgendwie wollten ihm seine Finger noch nicht recht gehorchen.

„Laß dir Zeit, Joseph", sagte James. „Du bist drei Tage bewußtlos gewesen. Laß es langsam angehen!"

Allmählich stahl sich ein Grinsen auf Josephs Gesicht. „Hat der Doc nicht vorhin etwas von einer Hühnerbrühe gesagt, die Sarah aufsetzen sollte? Meinst du, die ist jetzt fertig?"

Bevor Joseph noch richtig hinsehen konnte, war James schon aus der Tür verschwunden, und fast genauso schnell war er mit einer Suppenschüssel in den Händen wieder da. Joseph schaffte es, ein paar Löffel von der heißen Flüssigkeit zu sich zu nehmen, bevor er erschöpft wieder einschlief. Endlich konnte sich James ein wenig entspannen; er schien über den Berg zu sein. James lehnte sich zurück und wachte über den Schlaf seines Freundes.

*

Es vergingen einige Tage, an denen Joseph nur gelegentlich aufwachte, ein wenig Suppe aß und wieder einschlief. Doch langsam wurden die Zeiten, in denen er wach war, länger, und er begann Fragen zu stellen – wie Asa klarkam, was das Hotel machte, wer sich jetzt um die Farm kümmerte.

„Jetzt hör endlich auf, dir Sorgen zu machen, Joseph!" schalt James ihn schließlich. „Asa kriegt das alles ganz prima hin, und Sarah Biddle scheint mit dem Hotel auch soweit zurechtzukommen. Jedenfalls sieht es in der Küche immer tadellos aus. Wenn du schläfst, gehe ich öfters mal rüber und hacke Feuerholz für die Küche. Und auf der Farm ist vor dem Winter nicht mehr viel zu tun. Es gibt also gar keinen Grund, sich aufzuregen." James streckte die langen Beine von sich. „Doch das Wichtigste ist jetzt, daß du bald wieder auf die Beine kommst. Mrs. Baird und Mrs. Hathaway werden auch bald wieder zurückkommen."

Es entstand eine lange Pause, und James fügte nachdenklich hinzu: „Es gibt da etwas, das ich dich fragen wollte, Joseph."

Der Kranke schaute seinen fürsorglichen Freund abwartend an.

„Du hast mal gesagt, daß Mrs. Baird die Farm wahrscheinlich verkaufen wird. Meinst du, sie würde sie möglicherweise auch an mich verkaufen?" Schnell sprach er weiter. „Ich weiß, ich hab' kein Geld. Aber ich könnte die Farm ja vielleicht weiter bewirtschaften und sie ihr mit dem Ertragsgewinn nach und nach in Raten abzahlen." Seine Stimme bekam einen zweifelnden Unterton. „Das würde natürlich sehr lange dauern." Wie um diesen Gedanken abzuschütteln, sprang er auf, und der Stuhl kippte nach hinten mit einem Knall auf den Boden um. Eher zu sich selbst, ohne eine Antwort abzuwarten, sprach James weiter: „Wahrscheinlich würde sie nicht so lange warten wollen, was? Es würde aber auch wirklich eine verdammt lange Zeit dauern. Ach, vergiß es, Joseph. Es war eine blödsinnige Idee."

„Jetzt warte mal, Junge! Versuch es dir doch nicht selbst auszureden, wenn du das wirklich willst! Ich weiß nicht, was Elisabeth dazu sagen wird, aber du solltest sie zumindest fragen, finde ich."

Auf seine abgetragenen Stiefel hinunterschauend, sagte er: „Ich weiß nicht so genau, was ich will, Joseph. Aber ganz sicher gefällt es mir, Dinge zum Wachsen zu bringen. Diese Kletterrose, die du mir mitgebracht hast, wächst jetzt an der Veranda hoch. Und die

Felder warten geradezu auf den Pflug. Es würde mir gefallen, dieses Land zu bebauen und zu bearbeiten und eine Ernte einzubringen. Das scheint mir das wahre Leben zu sein."

Joseph nickte. „Schön, dich vom Leben reden zu hören!"

James schaute auf und lächelte unsicher. „Ist mal was anderes, hm?"

„Tja, mir würde es jedenfalls gefallen, wenn du hier in der Gegend bleiben würdest. Du bist ein guter Mann, James Callaway!"

James straffte sich merklich. „Nein, das bin ich nicht, Joseph. Ich bin ganz und gar kein guter Mann."

„Alles, was ich weiß, ist, daß du hart arbeitest, daß du ehrlich bist, und daß du mir das Leben gerettet hast. Und mehr brauche ich gar nicht zu wissen, um beurteilen zu können, ob du ein guter Mann bist. Was vergangen ist, ist vergangen. Wenn ein Mann sich so bewährt wie du, dann kann man seine Vergangenheit getrost vergeben und vergessen." James nahm das Glas und den Wasserbehälter und ging zur Tür. „Manche Dinge kann man nicht vergeben. Und schon gar nicht vergessen."

„Wenn unser Herr Jesus seinen eigenen Mördern vergeben konnte, dann möchte ich mal wissen, welche Sünden nicht vergeben werden können!"

„Ich rede nicht von der Vergebung Gottes, Joseph", sagte James leise. „Ich kann mir selbst nicht vergeben. Manche Dinge kann man sich selbst einfach nie verzeihen."

Und James war aus der Tür, ehe Joseph ihm antworten konnte.

Als James mit dem Abendessen zurückkam, hatte Joseph sich aufgesetzt und sah ihn mit nachdenklichem Gesichtsausdruck an. Sie aßen schweigend, und als James das Geschirr zusammenstellte, zog Joseph unter seinem Kopfkissen ein kleines Buch hervor. „Ich hab' Asa gebeten, mir das hier zu bringen. Ich hab's von einem Mann, dem ich mal einen Gefallen getan habe. Ich kann aber nicht lesen. Würdest du mir wohl daraus vorlesen?"

James nahm das Buch. Es war eine Bibel, und er fragte. „Willst du mich bekehren, Joseph? Ich hab' schon eine gute Dosis Religion abbekommen. Meine Eltern waren ziemlich fromm, und wir sind jeden Sonntag in die Kirche gegangen."

„Ich bin kein Prediger", sagte Joseph, „aber eins weiß ich: Sonntags in die Kirche zu gehen und den Herrn zu kennen und zu lieben sind zwei paar Schuhe. Aber das findest du schon noch selber heraus."

„Bist du da sicher? Nehmen wir mal an, ich hätte ein Interesse daran, Gott kennenzulernen – meinst du wirklich, er würde einen wie mich wollen?"

Joseph schüttelte langsam den Kopf. „So was gibt's gar nicht – einen Mann, den der Herr nicht will!"

„Ach ja? Woher willst du das wissen?"

„Na, das steht da in dem Buch, das du in der Hand hast. Ich kann dir den genauen Vers nicht sagen, aber da steht, daß keiner zu schlecht oder zu gering für Gott ist und daß kein Mensch auf der Erde rumläuft, den Gott nicht liebt." Joseph lächelte. „Du kannst ja einfach anfangen, mir daraus vorzulesen, dann wirst du ja sehen."

„Okay, du hast gewonnen", seufzte James. „Wo soll ich anfangen?"

„Wo du willst."

James blätterte ein wenig in der Bibel herum, bis er plötzlich überrascht innehielt. „He, da heißt ja ein ganzes Buch so wie ich!"[1]

„Na, dann lies das! Du glaubst vielleicht nicht an das, was da drinsteht, aber ich tu's, und ich würde sehr gern mal wieder ein paar Worte aus der Bibel hören." Joseph lehnte sich bequem zurück, während James zu lesen begann. Er war noch nicht weit gekommen, als er abbrach.

„Mach weiter. Du liest sehr gut", stellte Joseph fest.

„Mir ist nur gerade eingefallen, daß ich dir das Lesen beibringen könnte, wenn du willst."

Joseph wurde mißtrauisch. „Hast du heute noch was vor?"

„Nein, nein. Ich meinte bloß, du mußt ja jetzt noch eine ganze Weile liegen, und da wird es dir bestimmt bald langweilig werden. Ich muß mir also etwas einfallen lassen, damit du auch wirklich im Bett bleibst. Würde es dir nicht gefallen, wenn du selbst lesen könntest?"

Joseph wehrte ab. „Für so was bin ich zu alt. Einem alten Hund kann man nichts mehr beibringen!"

„Ach, Blödsinn!" sagte James. „Wenn du es lernen willst – ich stehe zur Verfügung."

---

[1] In englischsprachigen Bibeln heißt das Buch Jakobus „James"

Als es leise an der Tür klopfte, klappte James die Bibel zu. Tom Biddle stand schüchtern an der Tür und flüsterte so laut, daß man es noch draußen auf der Straße hören konnte: „Schläft Joseph?"

Joseph rief: „Nein, ich bin wach. Komm rein, Tom!"

Tom kam an Josephs Bett gehumpelt und reichte ihm ein Telegramm. Joseph gab es James, und dieser las die im typischen Augusta-Hathaway-Stil verfaßte Nachricht vor:

„Kommen Freitag um 12 Uhr zurück. Stop. Joseph bitte abholen. Stop. Gruß, Augusta und Elisabeth."

James hob die Schultern. „Da werden sie wohl mit mir vorliebnehmen müssen."

Joseph hatte Einwände. „Du magst doch keine Menschenmengen, mein Junge, oder? Asa kann sie auch abholen."

„Sie werden sowieso schon ganz außer sich sein, wenn du nicht kommst und sie hören, was passiert ist. Ich kann sie bestimmt besser beruhigen als Asa. Asa kann prima mit Pferden umgehen, aber . . ." James zögerte

Joseph beendete den Satz mit einem breiten Grinsen: „. . . aber mit Frauen hat er nicht so ein gutes Händchen, willst du sagen? Tja, da könntest du recht haben. Ich wollte bloß nicht, daß du etwas tust, dem du dich noch nicht gewachsen fühlst. Ich weiß noch, wie du reagiert hast, als ich dich anfangs in die Stadt mitnehmen wollte . . ."

„Mir ist immer noch nicht ganz wohl dabei", sagte James schnell. „Aber ich werde es schon schaffen. Das bin ich Mrs. Baird schuldig."

*

Und so war es James Callaway, der am Bahnsteig wartete, als der Zug einfuhr. Er lehnte sich an den Eckpfeiler des Bahnhofsgebäudes, weit weg von den anderen Wartenden, zog den Hut ins Gesicht und legte sich zurecht, was er sagen würde.

Elisabeths Fuß hatte kaum den Bahnsteig berührt, als er auch schon an ihrer Seite war und seine kleine Rede hielt. Das hatte den Nachteil, daß Augusta nichts davon mitbekam und er sich hastig vorstellen und alles noch einmal von vorn erzählen mußte, als sie zu ihnen gestoßen war.

„Joseph konnte nicht kommen, weil er ans Bett gefesselt ist. Es geht ihm schon wieder recht gut, aber der Arzt hat gesagt, daß er noch eine Weile liegen muß. Asa kümmert sich um die Pferde, und ich sehe nach Joseph, bis es ihm besser geht." James setzte sich den Hut wieder auf, den er zur Begrüßung der Damen abgenommen hatte. „Der Wagen steht da drüben." Er deutete vage in westliche Richtung und eilte auf den Gepäckwagen zu, als ihm plötzlich etwas einfiel und er innehielt. „Oh, ich habe vergessen zu fragen, wieviele Koffer Sie dabeihaben."

Unsicher stand er da und schaute die beiden durch die Neuigkeiten ganz bestürzt aussehenden Frauen an, während sich einige der Ankömmlinge neugierig nach dem hochgewachsenen Fremden umsahen. Plötzlich tauchte neben Augusta eine kompakte Gestalt auf – Agnes Bond, die gefürchtetste Klatschbase Lincolns!

„Augusta! Elisabeth! Willkommen daheim! Wie war es in Philadelphia? Charity und ich sind gerade von einem Besuch in Omaha zurückgekommen. Und wer ist dieser gutaussehende junge Mann hier?"

James entwich sämtliche Gesichtsfarbe, und er sah plötzlich ganz krank aus, so daß Elisabeth ihm zu Hilfe eilte. Sie nahm seinen Arm, den er ihr nicht angeboten hatte, und sagte betont fröhlich: „Augusta, setz dich doch schon mal in den Wagen. Ich zeige Mr. Callaway unsere Koffer, und wir kommen dann gleich nach. Und Agnes – sag doch den Frauen vom Nähkreis schöne Grüße von mir. Ich kann es kaum erwarten, ihnen von unserer Reise zu berichten!" Damit zerrte sie James buchstäblich zum Gepäckwagen hinüber, bevor Agnes noch weitere Fragen stellen konnte.

Als sie mit den Koffern am Wagen ankamen, war es Augusta noch nicht gelungen, die schnatternde Agnes loszuwerden. James ignorierte sie einfach und schwang sich neben Augusta auf den Kutschbock, während Elisabeth auf einem der stabilen Koffer Platz nahm. James trieb die Pferde eine Spur zu heftig an, und sie stürmten los, wobei Elisabeth fast von ihrem Koffer fiel.

Agnes Bond blieb in einer Staubwolke zurück und schwor sich, noch vor dem nächsten Nähkreis ein paar Dinge über diesen Mr. Callaway in Erfahrung zu bringen.

*

Während der Herbst einzog und langsam dem Winter Platz machte, heilte Josephs Körper, und schließlich schaffte er es, aufzustehen und mit Hilfe einer Krücke ein wenig umherzuhumpeln. Seine erste Mahlzeit im Hotel wurde ein richtiges kleines Fest.

Elisabeths Augen schimmerten feucht, als sie ihm den Stuhl am Kopf des Tisches zurechtschob.

„Auf diesem Platz hat immer deine Mama gesessen, wie ich mich erinnere", stellte Joseph fest.

Elisabeths Lächeln war ein wenig unsicher, und sie sagte ernst: „Joseph, ich bin so froh, daß du wieder auf den Beinen bist. Ich glaube, keiner von uns hätte noch einen weiteren Verlust ertragen können. Das wäre einfach zuviel gewesen."

Es entstand eine unangenehme Pause, bis Sarah eine gewaltige Schüssel Bratkartoffeln auf den Tisch stellte. Augusta rief aus: „Preist den Herrn dafür, daß wir alle gesund und munter sind! Und jetzt her mit den Kartoffeln!"

James saß mit am Tisch, und doch war er ein Außenseiter in diesem Kreis von Freunden, die zusammen lachten und scherzten. Als die Mahlzeit beendet war und die Frauen mit dem Abräumen begannen, stand er auf und sagte leise: „Ich werde mich dann jetzt mal an das Zuggeschirr machen, das du geölt haben wolltest, Joseph."

Und er war aus der Tür verschwunden, noch ehe Sarah ihm das zweite Stück Apfelkuchen mitgeben konnte, das sie für ihn aufgehoben hatte.

Nachdem er fort war, sagte Augusta zu Joseph: „ Er ist ein netter Junge, und Gott weiß, daß er an dir hängt wie ein Hirtenhund! Aber irgend etwas ist doch mit ihm . . ."

Joseph unterbrach sie. „Irgend etwas fehlt ihm, ich weiß, Mrs. Hathaway. Was es auch war, was seinen Bart weiß werden ließ . . ., er schleppt es immer noch mit sich herum. Es macht ihn fertig. Er hat es überlebt, aber es zehrt noch immer an ihm." Joseph seufzte. „Es geht ihm besser als am Anfang, aber man kann immer noch nicht sagen, daß er sein Leben lebt. Er erträgt es einfach nur."

Elisabeth sagte leise. „Ich glaube, ich weiß, wie er sich fühlt." Sie saß mit gesenktem Kopf am Tisch und drehte nervös an ihrem

Ehering herum. „Ich habe versprochen, morgen zum Nähkreis zu gehen – der Himmel weiß warum! Ich gehe jetzt wohl besser zu Bett." Sie stand auf, und dann umarmte sie Joseph spontan so heftig, daß er sprachlos dasaß, während sie ihm zuflüsterte: „Und wag es ja nicht mehr, irgendwelche nichtsnutzigen Pferde bändigen zu wollen, Joseph Freeman! Ich brauche dich noch!"

Von ihren eigenen Gefühlen überwältigt floh Elisabeth in ihr Zimmer.

Joseph humpelte zum Stall hinüber, wo er James in seiner Kammer vorfand, mit offensichtlich größtem Interesse in der Bibel lesend.

Augusta zog sich niedergeschlagen in ihre Räume zurück. Sie kniete vor ihrem Bett und begann zu beten: „Herr, ich glaube, daß du weißt, was du tust. Ich weiß, du bist der Herr des Universums, und du liebst die Menschen . . . und trotzdem . . . vergib mit, Herr, aber – bist du wirklich ganz sicher, daß du diesen Kindern nicht zuviel zugemutet hast?"

*

Es war tiefer Winter, als ganz langsam die Vergebung in James Callaways Herz Einzug hielt. Draußen lag der Schnee fast einen Meter hoch, und der warme Geruch von Stroh und Pferden erfüllte den Stall. Die Nacht war sehr still, und die Kerosinlampe brannte hell.

James war schon eine ganze Weile mit dem Buch durch, das seinen Namen trug, und Josephs Fähigkeiten im Lesen hatten gute Fortschritte gemacht. Trotzdem bestand er weiterhin darauf, sich von James jeden Abend laut aus der Bibel vorlesen zu lassen.

Inzwischen waren sie beim ersten Johannesbrief angekommen. James las langsam: „Was wir gesehen und gehört haben, das verkündigen wir euch, auf daß auch ihr mit uns Gemeinschaft habt; und unsere Gemeinschaft ist mit dem Vater und mit seinem Sohn Jesus Christus . . . Und das ist die Botschaft, die wir von ihm gehört haben und euch verkündigen, daß Gott Licht ist, und in ihm ist keine Finsternis. Wenn wir sagen, daß wir Gemeinschaft mit ihm haben, und wandeln in der Finsternis, so lügen wir und tun nicht die Wahrheit."

James' Stimme schwankte, und er hörte auf zu lesen.

„Was ist, mein Sohn?" fragte Joseph sanft.

James räusperte sich. „Ach, nichts."

„Nichts läßt dich mit dem Lesen aufhören?"

James rutschte nervös auf seinem Stuhl herum. „Wenn ich das hier richtig verstehe, steht da, daß Leute, die im Dunkeln stehen, keine Gemeinschaft mit Gott haben, oder?"

„So verstehe ich das auch, mein Junge."

James atmete tief ein. „Ich habe immer gedacht, daß ich ein guter Christ wäre. Aber ich bin lange im Dunkeln gewesen ... habe eine Menge finsterer Sachen gemacht."

Joseph drängte ihn: „Lies weiter, Junge!"

Zögernd gehorchte James. „Wenn wir aber im Licht wandeln, wie er im Licht ist, so haben wir Gemeinschaft untereinander, und das Blut Jesu Christi, seines Sohnes, macht uns rein von aller Sünde."

Rein von aller Sünde. Das ist es, dachte James. Das wünsche ich mir. Wenn doch das, was ich getan habe, von mir abgewaschen werden könnte ... Die Ahnung, daß das vielleicht wirklich möglich sein könnte, ließ ihn erzittern.

„Weiter, Junge", drängte Joseph.

„Wenn wir sagen, wir haben keine Sünde, so verführen wir uns selbst, und die Wahrheit ist nicht in uns."

Und dann kam es. Es waren nur ein paar Worte auf einer weißen Seite, doch sie schienen lebendig zu sein. Sie trafen James mit solcher Macht, daß er am ganzen Körper zitterte.

„Wenn wir aber unsere Sünden bekennen, so ist er treu und gerecht, daß er uns die Sünden vergibt, und reinigt uns von aller Untugend ... Und wenn jemand sündigt, so haben wir einen Fürsprecher bei dem Vater, Jesus Christus, der gerecht ist. Und derselbe ist die Versöhnung für unsere Sünden, nicht allein aber für die unseren, sondern auch für die der ganzen Welt."

Wieder mußte James abbrechen und sich räuspern. Er versuchte weiterzulesen, aber es ging nicht. Er saß einfach da, mit gesenktem Kopf und zitternden Händen, und las die Worte wieder und wieder, trank sie förmlich mit seinem Geist, während Joseph schweigend daneben saß und wartete.

„Joseph", sagte James nach einer langen Weile. „Verstehe ich das richtig? Heißt das, daß mir vergeben werden kann? Egal, was ich getan habe – einfach vergeben?" Die graugrünen Augen hatten einen hungrigen Ausdruck.

„Jawohl, mein Sohn."

James konnte es nicht fassen. „Das ist zu einfach. Das kann nicht sein!" Er ließ die Bibel fallen und vergrub das Gesicht in den Händen. Ein gequälter Laut entwich seiner Kehle. „Ich wünschte bei Gott, daß es so einfach wäre!"

„So einfach ist es gar nicht", sagte Joseph. „Wenn ich mich recht erinnere, hat Jesus einen sehr hohen Preis dafür bezahlt."

James nahm Josephs ruhige Worte in sich auf. Und dann, ehe er es verhindern konnte, sprudelten die Worte aus ihm hervor, und Joseph hörte schweigend zu, als James ihm gepeinigt von den Erinnerungen mit gequälter Stimme jedes Detail seines schrecklichen Erlebnisses in dieser Schlucht erzählte. Es brach Joseph fast das Herz, zu sehen wie sehr James dabei litt. Er wollte die Hand ausstrecken und den armen Jungen irgendwie trösten, doch er traute sich nicht, sich zu bewegen, um James nicht zu unterbrechen.

Als James endlich fertig war, war sein Hemd schweißgetränkt, und er saß mit gesenktem Kopf da und flüsterte immer wieder: „Ich wünschte bei Gott, daß mir das vergeben werden könnte. Ich wünschte, mir würde vergeben . . ."

Jetzt konnte Joseph seine Hand auf James' Schulter legen. „Warum versuchst du es nicht einfach und bittest Gott, dir zu vergeben?"

Es schien so einfach. Zu einfach. James schüttelte den Kopf. „Das wird er nicht tun. Manche Sünden sind einfach zu schwerwiegend, um sie zu vergeben."

„Du mußt es versuchen, sonst wird die Schuld dein Leben zerstören!"

James stöhnte nur und ergriff Josephs Hand. Er preßte sie so fest, daß Joseph sich zurückhalten mußte, um nicht aufzuschreien. Und dann geschah etwas mit James. Die Worte Gottes schienen sich von den Buchseiten zu lösen und in sein Herz zu wandern. Stumm warf er seine ganze Vergangenheit Gott hin, und langsam machte sich in ihm die Hoffnung breit, daß Gott ihm tatsächlich vergeben würde. Dann ließ er Josephs Hand los und las noch einmal die Worte im ersten Johannesbrief.

Und diesmal war er sicher, daß ihm vergeben werden würde. Sogar das, was er in dieser Schlucht getan hatte, konnte ihm vergeben werden.

Er schloß die Bibel beinahe zärtlich und sah Joseph mit leuchtenden Augen an. „Joseph, ich muß jetzt einen Spaziergang machen."

Er ging in den Stall hinüber. Das Heu duftete süßer als je zuvor. Klares Mondlicht sickerte durch die Spalten im Holz, und Bucks leises Wiehern klang wie Musik in seinen Ohren. James stand eine Weile vor der Box des Pferdes und kraulte es, während sein Herz überquoll vor Freude.

Als er zurückkam, war Joseph eingeschlafen. Noch einmal nahm James die Bibel in die Hand und las die Stelle, durch die sich für ihn alles verändert hatte. „Und solches schrieben wir euch, auf daß unsere Freude vollkommen sei."

Vielleicht ist es das, was man Freude nennt, überlegte James. Was auch immer es war – irgend etwas hatte die quälenden Schuldgefühle ersetzt, die James so lange mit sich herumgeschleppt hatte. Sie waren einfach weg, und James lauschte lange in sich hinein und konnte sie nicht wiederfinden.

Kapitel 13

Es war ein harter Winter mit lang anhaltenden Schneefällen und beißendem Frost. Nur wenige Reisende waren bei diesem Wetter unterwegs, und im Hotel gab es weit weniger Arbeit als gewöhnlich.

Die Frauen nähten und flickten, lasen einander vor und halfen Tom bei seinen Schularbeiten. Die Freundschaft zwischen Elisabeth und Sarah vertiefte sich, und Augusta sah mit großer Freude, wie sich die beiden gemeinsam über Toms Aufgaben beugten.

An einem Abend holten sie die Decke aus der Kommode, die

besonders kunstvoll gearbeitet war und die Jessie nicht mehr hatte fertigstellen können. Augusta weinte in Erinnerung an ihre Freundin ein paar Tränen und sagte: „Die sollte für Sarahs Aussteuer sein."

Sarah schaute ungläubig auf und fragte: „Was, für mich? Ich hätte nie gedacht . . ."

Elisabeth bewahrte die Situation davor, in Rührseligkeit abzugleiten, indem sie lachend sagte. „Ach, als ob Mama einen Grund zum Handarbeiten gebraucht hätte!" Sie strich über die Stickerei. „Sie hat immer gesagt, es hilft ihr beim Denken. Sie konnte die Dinge dann besser einordnen." Sie schaute Sarah an und schlug vor: „Wir sollten die Decke zusammen fertigmachen, was meinst du?"

Augusta war begeistert. „Das hätte Jessie gefallen, Mädchen! Ganz bestimmt. Obwohl es vermutlich nicht so schön wird, wie wenn sie es selbst gemacht hätte . . ."

Sie lachten, und dann begannen sie mit der Arbeit. Den ganzen Winter verbrachten sie damit, noch vorhandene Lücken in der Stickerei mit Federn und Blättern zu dekorieren. Elisabeth setzte besondere Hoffnungen in den Nutzen dieser Arbeit. Sie erwartete, daß die Stickerei ihr soviel Trost und Frieden bringen würde, wie es bei ihrer Mutter der Fall gewesen war. Doch als sie die Decke am Neujahrstag beendet hatten, mußte sie feststellen, daß das bei ihr offensichtlich nicht der Fall war.

Als sie in einem feierlichen Akt die prachtvolle Decke in die Kiste für Sarahs Aussteuer legten, schaute Sarah sie mit glänzenden Augen an. „Ich hatte noch nie Hoffnung oder eine Zukunft, bevor wir hierherkamen. Und jetzt habe ich sogar eine Aussteuerkiste . . . und einen Traum."

Sie errötete, und ihre Augen wanderten herüber zum Mietstall, vor dessen Tür James Callaway gerade Schnee schippte.

*

„Sehr verehrte Mrs. Hathaway und Mrs. Baird,

wie schon auf der Hundertjahrfeier deutlich wurde, scheint sich der Westen in einer Art Entwicklungsrausch zu befinden, an dem die Familie Braddock gern teilhaben möchte.

Aus diesem Grund planen meine Mutter und ich eine Reise in den Westen, bei der wir nach lohnenden Investitionsobjekten Ausschau halten wollen, vor allem im Hinblick auf den Erwerb von Land, das sicher in Zukunft im Wert steigen wird.

Gern würden wir daher im April im Hathaway-Hotel Ihre Gastfreundschaft in Anspruch nehmen. Am liebsten wären uns nebeneinanderliegende Zimmer.

Mit Freude erwarten wir Ihre Antwort und den Besuch Ihrer vielgelobten Stadt!

Mit den herzlichsten Grüßen,
Ihr
David Braddock"

Augusta hatte David Braddocks Brief voller Begeisterung vorgelesen und begann sofort Pläne zu schmieden. „Endlich, Mädchen!" rief sie Sarah und Elisabeth zu, die gerade in der Küche standen und Geschirr abwuschen. „Endlich hat jemand mit Geld und Einfluß das Potential entdeckt, das hier im Westen steckt! Ich habe den ganzen Winter Briefe geschrieben, und endlich hat mir jemand zugehört! Die Braddocks glauben an die Zukunft von Lincoln . . . und damit haben sie verflixt recht!" Sarah und Elisabeth sahen sich mit wissendem Lächeln an und warteten auf den unvermeidlichen Zusatz, der dann auch prompt folgte:

„Mir scheint, wir müssen mit der Umsetzung meiner Renovierungspläne für das Hotel früher als geplant beginnen! Wir werden einen neuen Flügel anbauen, und es wird kein billiger Holzanbau sein, das sage ich euch, Mädels! Gleich morgen fahre ich hinaus zum Ziegelwerk und bestelle das Material. Wenn Abigail und ihr wohlgeratener Sohn hier ankommen, wird der Bau schon in vollem Gange sein!"

Und tatsächlich ließ sich Augusta gleich am nächsten Morgen von James zu der neuen Ziegelei hinausfahren, die ein paar Meilen von Lincoln entfernt errichtet worden war.

Als sie nach erfolgreichem Handel zurückkamen, stieg Augusta etwas steif von der Fahrt vom Wagen, um noch nach Joseph zu sehen.

Er saß auf dem Bett und ölte ein Zuggeschirr. Seine Krücke lehnte an der Wand.

Als Augusta mit ihren Ausbauplänen herausplatzte, schüttelte er langsam und bedächtig den Kopf."

„Was denn, Joseph?" verlangte Augusta zu wissen. „Stimmt etwas nicht mit meinen Plänen?"

„Nein, nein, die Pläne sind vollkommen in Ordnung, Mrs. Hathaway – nur ich bin es nicht. Mein Bein heilt nicht so gut, wie es sollte, und ich weiß überhaupt nicht, wie ich die ganze Arbeit bewältigen soll, die da anfallen wird!"

Augusta schnaubte entrüstet. „Unsinn, Joseph! Bis zum Frühling wirst du wieder munter wie ein junges Füllen sein!"

Während die beiden redeten, schirrte James die Pferde aus, brachte sie in den Stall und rieb sie ab. Die dampfenden Tiere wieherten zustimmend, als er ihnen zwei Eimer mit warmem Getreidebrei hinstellte.

Augusta war noch bei Joseph und fügte gerade an: „Was ist denn mit James Callaway? Er könnte uns doch helfen. Du hast gesagt, er sei ein guter Arbeiter. Mach ihn doch zu deinem Partner."

„Bei allem Respekt, Madam", sagte James und betrat das Zimmer, „ich bin ganz bestimmt nicht der richtige Geschäftspartner für Joseph!" Er schob seinen Hut zurück. „Jedenfalls nicht hier in der Stadt. Ich bin hier geblieben, um für Joseph zu sorgen, aber wenn er wieder auf den Beinen ist, verschwinde ich."

Augusta wollte das nicht einfach so hinnehmen. „Aber das müssen Sie doch nicht. Lincoln ist eine nette Stadt, und mein Hotel und dieser Mietstall ernähren gut und gern –"

James unterbrach sie. „Tut mir leid, Madam, aber ich bin einfach nicht fürs Stadtleben gemacht. Tatsache ist –" er sah Augusta fest in die Augen, „– daß ich versuche, all meinen Mut zusammenzunehmen und Mrs. Baird zu bitten, mir die Farm zu verkaufen. Ich habe zwar jetzt kein Bargeld und müßte sie nach und nach abbezahlen, aber ich könnte es schaffen."

Augusta entgegnete kritisch: „Mit Farmarbeit kommt man aber heutzutage nicht mehr auf einen grünen Zweig, James Callaway. Die Stadt ist der richtige Ort für einen jungen Mann, der sich einen Namen machen will."

James antwortete ruhig: „Mir liegt nicht viel daran, mir einen Namen zu machen, Madam. Aber diese Farm zu bestellen, das würde mir gefallen."

„Aber das ist doch kein Leben – Tag für Tag im Schweiße Ihres Angesichts auf den Feldern zu schuften, immer dem Wetter ausgeliefert ... das kann doch nicht alles sein, was Sie sich erträumen. Sie verdienen etwas Besseres."

James schaute Augusta ernst an. „Es ist noch gar nicht lange her, da dachte ich, daß ich es nicht mal verdiene zu leben, Madam. Es war ein langer Weg, bis ich mir überhaupt wieder etwas für mein Leben erträumt habe. Es mag ein kleiner Traum sein, aber mir gefällt er." Er hielt einen Moment inne und fügte dann hinzu: „Glauben Sie, daß Mrs. Baird es tun würde?"

Augusta zögerte keinen Augenblick mit der Antwort. „Sie wird die Farm verkaufen, das ist klar. Als dieser Brief von David Braddock ankam, hat sie gleich davon angefangen, daß sie verkaufen will."

James runzelte die Stirn. „David Braddock?"

„Ein Hotelbesitzer, den wir in Philadelphia kennengelernt haben. Seine Mutter und er kommen bald nach Lincoln, um sich nach Investitionsobjekten umzusehen."

„Dann hat sie sich also schon entschieden, die Farm an diesen Mr. Braddock zu verkaufen?"

Augusta rollte die Augen. „Meine Güte, nein, junger Mann! Sie hat sich für überhaupt nichts entschieden. Sie hat nur erwähnt, daß sie verkaufen will, das ist alles. Wenn Sie die Farm haben wollen, müssen Sie mit ihr darüber reden. So, ich erfriere hier allmählich. Kommt ihr zwei jetzt zum Abendessen oder nicht?"

Ehe die beiden Männer antworten konnten, eilte sie auch schon davon, leise vor sich hin murmelnd: „Typisch Mann! Kann sich nicht entschließen, und wenn er sich endlich zu einer Sache durchgerungen hat, kriegt er den Mund nicht auf!" An der Tür drehte sie sich noch einmal um und rief James zu: „Also, was ist jetzt mit dem Abendessen? Sie sollten besser bald mit Elisabeth reden, sonst verkauft Sie Ihnen die Farm noch vor der Nase weg, Junge!"

Mit diesen Worten knallte sie die Tür hinter sich zu, und während ihre energisch in den Schnee stapfenden Schritte langsam in Richtung Hotel verhallten, lachte Joseph leise in sich hinein. „Na, jetzt hat sie's dir aber gegeben, was? Mach den Mund auf, oder du verlierst deinen Traum!"

James grinste unsicher. „Ich bin so lange im Nebel herumgeirrt, Joseph. Es hat mich selbst überrascht, daß ich eben mit Mrs. Hathaway über die Farm geredet habe." Er holte tief Luft und stieß sie dann pfeifend wieder aus. „Aber ich will es wirklich. Ich habe auch deswegen schon viel gebetet. Ich schätze, es ist an der Zeit herauszufinden, ob mein Traum und Gottes Pläne, die er mit mir hat, zusammenpassen."

*

Elisabeth starrte James verblüfft an und stotterte: „Ja, ich ... aber – nun, ich habe nichts dagegen, wenn Sie mich zum Nähkreis bringen." Sie stand auf und schob ihren Stuhl zurück. „Ich hole nur eben meinen Mantel."

Augusta grinste Joseph an und nickte wissend mit dem Kopf, als James Elisabeth galant den Arm bot und sie zur Tür hinausgeleitete. Doch weder Augusta noch Joseph bemerkten Sarahs besorgtes Stirnrunzeln, als James und Elisabeth gemeinsam hinausgingen.

James ging mit großen Schritten neben Elisabeth her. Er wirkte entspannt, doch die ersten paar hundert Meter ihres gemeinsamen Spaziergangs sagte er kein Wort. Elisabeth hatte sich noch immer leicht bei ihm untergehakt und hoffte, daß Agnes Bond nicht hinter irgendeiner Ecke lauerte. Es war eindeutig zu früh für sie als junge Witwe, in Begleitung eines Mannes gesehen zu werden, und sei es nur auf dem Weg zum Nähkreis.

Schließlich machte James doch den Mund auf. „Ich weiß, ich bin ein Fremder für Sie, Mrs. Baird –" begann er.

Elisabeth unterbrach ihn. „Ach, das würde ich nicht sagen, Mr. Callaway. Sie sind nun schon so oft bei uns zu Gast gewesen, und was sie für Joseph getan haben, verbindet uns auch. Bitte nennen Sie mich doch Elisabeth. Immer, wenn mich jemand ‚Mrs. Baird' nennt, habe ich das Gefühl, ich müßte mich nach meinem Gehstock umsehen!" Sie lächelte ihn strahlend an.

„Gut, wenn Sie mich James nennen."

„Das ist dann nur recht und billig."

Sie waren schon beinahe an der Kirche angekommen, aber James brachte nicht den Mut auf, ihr sein Anliegen vorzutragen.

Sie hatten die Stufen vor dem Haupteingang bereits erklommen, als er sich endlich aufraffte, seine sorgfältig zurechtgelegten Worte aufzusagen. „Mrs. Baird . . . ich meine, Elisabeth, ich -"

Sie drehte sich um und sah ihn an. „Ja, James?"

Jetzt oder nie. „Ich würde gern die Farm kaufen. Ich habe kein Bargeld, aber ich könnte sie von den Erträgen finanzieren. Es würde natürlich eine Weile dauern, aber ich arbeite hart, und es ist guter Boden dort draußen. Ich könnte die erste Rate mit der ersten Ernte bezahlen. Die nötigen Geräte sind ja bereits vorhanden, und Joseph hat mir versprochen, mir ein Arbeitsgespann zu leihen, wenn ich ihm im Frühjahr beim Einfahren der Jungpferde helfe. Alles, was ich bräuchte, wäre das Saatgut. Ich habe letzte Woche schon mit Mr. Miller darüber gesprochen. Er hält nicht viel von Krediten, aber ich werde ihm seinen Laden anstreichen, und dafür wird er mir das Saatgut zur Verfügung stellen. Eigentlich müßte ich es so in ein paar Jahren schaffen, Ihnen die Farm ganz abzubezahlen, wenn 15 Dollar für den Hektar für Sie in Ordnung wären. Meinen Sie, daß sie solange warten könnten?"

James hatte Wochen im Gebet verbracht und war sich eigentlich sicher, daß Gott seine Pläne guthieß, doch nun, als er sich der Frau auslieferte, die mit einem Wort seinen Traum wahrwerden lassen oder zerstören konnte, zitterten seine Hände.

Elisabeth fragte unschuldig: „Finden Sie, daß 15 Dollar für den Hektar ein fairer Preis sind?"

James sah verwirrt aus. „Ich habe mit mehreren Leuten darüber gesprochen, und sie haben gesagt -"

Elisabeth fiel ihm ins Wort: „- daß das Land nur zehn Dollar für den Hektar wert ist! Sie sind nicht der einzige, der sich erkundigt hat."

James spürte zu seinem Mißbehagen, daß er rot wurde, und starrte verlegen auf seine Stiefel hinunter. „Na ja, ich schätze, daß es . . . für jemanden wie mich mehr wert ist."

Elisabeth legte ihm impulsiv die Hand auf den Arm und fragte: „Was sieht denn jemand wie Sie in einer verlassenen Farm, daß Sie fünf Dollar mehr bezahlen wollen, als das Land wert ist?"

James sammelte seine Gedanken und schaute ihr gerade in die Augen. „Es ist so, Madam: Bis vor kurzem habe ich noch gedacht, daß das Leben nichts mehr für mich übrig hat. Aber dann habe ich angefangen, auf der Farm zu arbeiten, Dinge zu reparieren und zum Wachsen zu bringen. Und dann hat Joseph mir ein paar Sachen erklärt. Er hat mir gezeigt, wie sehr Gott uns Menschen liebt, selbst wenn wir es ganz und gar nicht verdienen." James merkte plötzlich, daß er sich Elisabeth viel weiter öffnete, als er das vorgehabt hatte, und wieder stieg ihm die Hitze ins Gesicht. Sie muß mich ja für einen Idioten halten, dachte er, da rede und rede ich, und die ganze Zeit nur über mich!

Aber Elisabeth machte nicht den Eindruck, als würde sie James Callaway für einen Idioten halten. Sie stand vor der Kirchentür und hörte interessiert auf jedes Wort, das er sagte, die dunklen Augen voller Verständnis und Freundlichkeit. James bemerkte zum ersten Mal, daß Elisabeth Baird eine verflixt hübsche junge Frau war.

Plötzlich war er sich ihrer Hand auf seinem Arm sehr deutlich bewußt. Er räusperte sich und redete weiter: „Jedenfalls, Madam, ich würde gern auf der Farm bleiben, wenn Sie sie mir verkaufen würden. Ich kann etwas daraus machen. Das würde mir mehr bedeuten, als ich sagen kann..."

Elisabeth lauschte der ernsthaften Stimme, und sie zögerte nicht einen Augenblick. Sie lächelte ihn voller Wärme an und sprach die Worte, mit denen sie James seinen Traum in die Hände legte: „James, ich weiß niemanden, dem ich die Farm lieber anvertrauen würde als Ihnen!" Sie senkte die Stimme und fügte hinzu: „Dieser Farm ist eine Menge Unglück zugestoßen. Sie ist für mich voller trauriger Erinnerungen. Geben sie ihr eine neue Vergangenheit, und machen sie sie zu einem Ort des Glücks!" Im Spaß hob sie drohend den Zeigefinger und lockerte die Ernsthaftigkeit des Augenblicks mit der Weisung: „... und daß Sie mir nicht einen Cent mehr als zehn Dollar für den Hektar bezahlen! Geben Sie mir die Hand drauf."

Sie streckte ihm ihre Hand hin, die in einem weißen Handschuh steckte, und James nahm sie dankbar in die seine. Gerade in diesem Moment öffnete sich die Tür, und Agnes Bond starrte die beiden neugierig an.

Elisabeth trat etwas zurück und sagte: „Sie brauchen mir nicht zu danken, James. Sie haben mir eine große Sorge abgenommen.

Ich habe schon daran gedacht, Mr. Braddock zum Kauf der Farm zu überreden, aber ich bin sehr froh, daß die Angelegenheit jetzt geklärt ist."

James nickte Agnes Bond kurz zu und beherrschte mit Mühe sein Verlangen, vor Freude loszubrüllen, bis er außer Sichtweite war. Dann eilte er zu Mr. Millers Laden hinüber und machte mit ihm aus, daß er den Laden streichen würde, sobald es taute.

Elisabeth nahm ihren gewohnten Platz im Nähkreis ein, gewappnet, Agnes Bonds neugierige Fragen zu beantworten.

Auch Agnes war bereit. Ganz nebenbei fragte sie: „Und nun erzähl uns doch einmal etwas über den netten jungen Mann, der dich heute herbegleitet hat, Elisabeth! Ist er nicht derjenige, der sich so rührend um Joseph gekümmert hat, als er diesen schrecklichen Unfall hatte?"

Elisabeth schaute auf ihre Handarbeit herab und zögerte einen Moment zu lange mit der Antwort, so daß die Frauen sich mit hochgezogenen Augenbrauen wissende Blicke zuwarfen.

Charity Bond, die Neugier und mangelndes Taktgefühl von ihrer Mutter geerbt hatte, rief aus: „Elisabeth! Willst du etwa schon deine Trauerzeit beenden!?"

Elisabeth schaute mit brennenden Augen auf. Ein Blick von ihr brachte Charity zum Schweigen, und dann hob sie das Kinn, straffte die Schultern und sah den Frauen reihum fest in die Augen. „Mr. James Callaway ist von Joseph Freeman angestellt worden, damit er sich um die Farm der Bairds kümmert. Als Joseph den Unfall hatte, hat sich Mr. Callaway als treusorgender Freund erwiesen. Er hat seine persönlichen Interessen in den Hintergrund gestellt, um für Joseph sorgen zu können, und das hat er in vorbildlicher Weise getan. Heute hat er mich um ein geschäftliches Gespräch gebeten, und zu diesem Zweck hat er mich hierherbegleitet. Mr. Callaway trägt sich mit dem Gedanken, die Farm meines Mannes zu erwerben, und ich bin ihm sehr dankbar, daß er mir die Last dieser Entscheidung abgenommen hat. Und was alles übrige angeht – ich bin bisher nicht so unhöflich gewesen, ihm irgendwelche persönlichen Fragen zu stellen, zumal ich ihm bisher nur beim Abendessen im Hotel begegnet bin. Er kümmert sich sehr hingebungsvoll um Joseph und verbringt beinahe jede freie Minute bei ihm. Ich habe keinen Grund, etwas anderes als nur das Beste von ihm zu halten, und ich bin stolz darauf, ihn einen Freund nennen zu dürfen. Wie Sie eben gehört haben, Mrs. Bond, haben wir heute begonnen, uns beim Vornamen zu nennen. Wo ich nun dieses Privileg genieße, werde ich Sie natürlich von jetzt an über jedes persönliche Detail informieren, das ich James abringen kann." Elisabeths letzter Satz erstickte Agnes Bonds nächste Attacke im Keim, mit der sie eigentlich beabsichtigt hatte, die Identität dieses David Braddock aufzudecken, den Elisabeth vorhin erwähnt hatte. Agnes hatte natürlich die ganze Zeit an der Kirchentür gestanden und aufmerksam jedes Wort der Unterhaltung zwischen James und Elisabeth verfolgt.

Elisabeths bissiger Kommentar brachte die Konversation vorerst zum Erliegen. Zum Bedauern der anderen Frauen war Elisabeth anscheinend nicht wütend genug, um den Nähkreis zu verlassen, so daß sie über sie hätten reden können.

Schließlich zog Charity ein Buch hervor und las laut daraus vor, während die anderen schweigend an ihren Stickereien arbeiteten. Elisabeth bekam wenig von dem mit, was Charity las. Sie überlegte, warum gesellschaftlicher Status für James Callaway so vollkommen ohne Belang zu sein schien.

Kapitel 14

Wilder Adler hatte sich getäuscht. Der Winter von 1876 war keine Hungerzeit für seine kleine Gruppe. Obwohl es mehr Schnee gab als üblich und viele bitter kalte Tage kamen, hatten sie dank der Großzügigkeit von John Sturmwolke genug zu essen.

Doch sie saßen ratlos um ihre Lagerfeuer herum und fragten sich, was der Frühling bringen würde. Nacheinander kamen die einzelnen Familien zu Wilder Adler und teilten ihm ihre Entscheidung mit, ins Reservat zu gehen, und schließlich war nur noch ein einziges Tipi übrig, eine alternde Frau und eine kleine Herde Ponys, die von einem fassungslosen und zornigen Krieger versorgt wurden.

Während sie dem Abzug der letzten Familie nachschauten, wandte sich Wilder Adler Prärieblume zu. „Wenn du mit ihnen gehen möchtest, verstehe ich das."

Sie legte ihm ihre von Spuren des Alters gezeichnete Hand auf die Schulter und schüttelte den Kopf. „Ich gehe hin, wo du hingehst, Wilder Adler."

Als die Winterstürme um ihr einsames Tipi heulten, blieben sie um das kleine Feurer sitzen und warteten. Wilder Adler erzählte noch einmal die Geschichte von seiner seltsamen Begegnung mit John Sturmwolke, und sie sprachen darüber, ob sie ebenfalls nach Santee gehen sollten. Doch sie unternahmen nichts. Sie ließen den Winter einfach kommen und über sich ergehen, sich die Zeit mit Erinnerungen vertreibend.

Das Leben war in den vergangenen Jahren freundlich mit Prärieblume umgegangen. Sie war noch immer eine schöne Frau, trotz des Alters und der Narbe, und sie war bisher gesund geblieben. Doch als der Winter ins Land ging, bekam sie einen hartnäckigen Husten, der schlimmer und schlimmer wurde, bis sie zusehends an Kraft verlor. Sie wehrte sich dagegen, so lange es ging, doch schließlich mußte sie sich hinlegen und pflegen lassen.

Wilder Adler suchte im Wald Heilkräuter und Rinde, kochte sie und versorgte Prärieblume mit dem Sud, doch die uralten Heilmittel halfen wenig. Prärieblume wurde zusehends schwächer, und schließlich verlor sie vollkommen den Appetit.

„Du mußt kämpfen!" verlangte Wilder Adler. „Der Frühling wird bald kommen. Denk daran, wie das Land dann erwacht! Die Sonne wird deine Knochen erwärmen, und ich werde dich auf mein bestes Pony setzen, und wir werden einen neuen Stamm finden und wieder so leben wie früher."

Mit zitternden Händen deutete Prärieblume auf das Kreuz, das sie ihm vor so vielen Jahren gegeben hatte. „Du mußt gehen. Denk daran, daß du gute Weiße kennengelernt hast, und denk daran, daß ich dich wie einen Sohn geliebt habe. Verlaß mich jetzt. Ich bin alt, und ich habe ein gutes Leben gehabt. Ich werde hier sterben und Frieden finden, wenn ich weiß, daß du losgegangen bist und dem Morgen ins Gesicht geschaut hast wie der tapfere Krieger, der du bist."

Wilder Adler gab nicht nach. „Ich werde dich mitnehmen, meine Mutter."

„Ich bin nicht stark genug, um die Reise zu machen", erwiderte Prärieblume sanft. „Ich bin nicht stark genug, um die neuen Wege zu lernen. Ich gehöre der Vergangenheit an, die du hinter dir lassen mußt, um ein neues Leben zu beginnen." Ihre Augen füllten sich mit Tränen. „Der weiße Mann kann nicht zurückgeschlagen werden, Wilder Adler. Er wird bleiben, und er ist zu stark, als daß wir ihn überwinden könnten. Viele aus unserem Volk werden nicht ertragen können, was passiert, aber ein paar werden der Herausforderung mutig entgegengehen. Und ich möchte, daß du einer von diesen bist." Sie nahm seine Hände in ihre.

„Ich war immer unter denen, die mutig in die Schlacht ziehen. Aber es sind zu viele, Mutter."

„Es gibt mehr als einen Weg zu siegen, mein Sohn. Manche Feinde kann man nur besiegen, indem man einer von ihnen wird und sie so zu seinen Freunden macht. Vielleicht wird es dein Sieg sein, etwas von den Weißen zu lernen und ein besseres Leben für dich in der neuen Welt zu finden."

Wilder Adler protestierte: „Die Weißen bieten unserem Volk ihre Welt an. Sie sagen den Lakota, sie sollen seßhaft werden und Äcker bestellen. Doch der Große Geist hat uns nicht als Bauern geschaffen. Wir sind zum Jagen und Fischen gemacht. Ich möchte nichts mit Leuten zu tun haben, die einen Krieger wie ein Schwein in der Erde wühlen sehen wollen!"

Prärieblume fühlte sich schrecklich müde, aber sie zwang sich, weiterzureden. „Wilder Adler, es gab eine Zeit, da hatte unser Volk keine Ponys. Als die Ponys kamen, gab es zuerst viele in unserem Volk, die sie gefürchtet haben, und es gab andere, die sie wie Götter verehrten. Aber die Klügsten unter uns waren diejenigen, die den Wert der Ponys erkannten und sie einfingen und zähmten. Und mit den Ponys eroberten sie das Land.

Jetzt sind die Weißen gekommen. Manche Lakota haben Angst vor ihnen, so wie damals vor den Ponys. Aber die Klügsten unter uns werden einen siegreichen Weg finden. Ich weiß nicht, was diese neue Welt für dich bringen wird, aber du mußt dich ihr stellen. Sei nicht wie die anderen, die bis aufs Blut darum kämpfen, die alten Wege zu erhalten. Sturmwolke hat dir von guten Weißen erzählt, die unserem Volk helfen wollen. Geh zu ihnen. Wenn du weiter kämpfst, kannst du nur verlieren. Die alten Wege werden vergehen, die Lakota werden vernichtet, und die schlechten Weißen tragen den Sieg davon. Du mußt vorwärtsschauen, Wilder Adler. Finde diesen Mann, der dir helfen will. Lerne die neuen Wege kennen. Zeig den Weißen, daß die Lakota wahre Menschen sind!"

Die lange Rede hatte Präriebluме erschöpft. Sie legte sich auf ihr Büffelfell zurück, doch ihre Augen leuchteten. Wie würde Wilder Adler auf diese Herausforderung reagieren?

Wilder Adler erhob sich. „Ich werde nach den Ponys sehen", sagte er. Als er beim Durchschlupf des Tipis war, drehte er sich um und sagte leise: „Du hast weise gesprochen, meine Mutter. Jetzt ruh dich aus. Wir werden nachher weiterreden."

Präriebluме war eingeschlafen, als er wieder zurückkam. Ihre Arme hatte sie um die weiße Decke geschlungen, die früher einmal Die durchs Feuer geht gehört hatte. Präriebluме trug sie schon seit vielen Jahren mit sich herum.

Wilder Adler schaute auf ihren schmal gewordenen Körper herab und sagte: „Vor vielen Wintern kehrte ich von der Jagd zurück und mußte feststellen, daß meine Mutter Die durchs Feuer geht verschleppt worden war. Es war eine dunkle Zeit. Und du warst es, die das Licht in mein Leben zurückgebracht hat. In all den Wintern seitdem hatte ich ein Tipi, in das ich zurückkehren konnte und das warm und voller Liebe war. Ich danke dir."

Als er das Büffelfell, unter dem Präriebluме lag, fester um sie hüllen wollte, merkte Wilder Adler, daß sie nicht mehr atmete. Sein Trauerschrei zerriß die Nacht.

*

Wilder Adler saß bis zum Morgengrauen neben Präriebluмes Leichnam. Dann malte er ihr Gesicht rot an und zog ihr das weiße Hochzeitskleid an, das sie all die Jahre mit sich herumgetragen hatte, ebenso wie die bestickten Mokassins, die ihre Freundin Die durchs Feuer geht vor langer Zeit gemacht hatte. Er legte ihr Messer und Nähutensilien in die Hände, wickelte sie dann in ein Büffelfell ein und band es mit Sehnen zusammen.

Danach ging er hinunter zum Fluß und suchte einen Baum mit vier starken Ästen. Als er einen gefunden hatte, brachte er den Leichnam zu dem Baum und zog ihn so hoch hinauf, wie er konnte. Dann setzte er sich unter den Baum, kreuzte die Beine und stimmte ein Klagelied an.

Vier Tage blieb er in ihrer Nähe, vier Tage voller Trauer und schmerzlicher Gedanken. Am Morgen des fünften Tages trieb er seine Ponys zusammen und brachte sie zu dem Baum, auf dem die sterblichen Überreste von Prärieblume ruhten. Liebevoll streichelte und klopfte er jedes einzelne von ihnen und sagte: „Ihr seid mir treue Gefährten gewesen. Ich muß jetzt losgehen und der Zukunft begegnen. Wenn ich euch mit mir nehme, werden die Soldaten euch für sich beanspruchen. Ich schicke euch daher hinüber in das nächste Land. Findet meinen Vater, Der den Wind reitet. Er wird euch in seiner Herde willkommen heißen und euch zu grünem Gras und frischem Wasser führen. Sagt ihm, daß sein Sohn Wilder Adler dem Feind entgegengegangen ist. Sagt ihm, daß Wilder Adler nicht untergehen wird, sondern daß er einen Platz in der neuen Welt finden wird."

Und dann tötete er die Ponys, eins nach dem anderen, und bald bildeten die Pferdekadaver einen sternförmigen Ring um den Baumstamm herum. Nur eines der Tiere ließ Wilder Adler am Leben, um auf ihm fortzureiten. Doch ehe er davonritt, ging er noch einmal in das Tipi hinein und sammelte in einen Lederbeutel einige Erinnerungen aus der Vergangenheit; danach zündete er das Tipi an.

Auf dem Hügelkamm blieb er mit seinem Pony noch einmal stehen, um auf das Camp zurückzublicken. Er murmelte: „Ruhe in Frieden, Prärieblume. Ich tue, was du mir gesagt hast. Ich werde der Zukunft entgegengehen. Die Lakota werden weiterleben."

*

Die Sonne ging siebenmal auf und unter, ehe Wilder Adler die kleine Ansammlung von Häusern erreichte, die die Missionsstation Santee bildeten. Mary und Alfred Riggs hatten die Siedlung sieben Jahre zuvor gegründet, und was zunächst nicht mehr als eine Blockhütte und ein paar Zelte gewesen war, bestand nun aus einem ganzen Dutzend Häuschen und Hütten. Wilder Adler näherte sich einem Steinhaus, aus dessen Kamin eine dünne Rauchsäule aufstieg, und wartete unschlüssig an der Tür.

Hinter sich hörte er ein Geräusch, und als er sein Pony wendete, sah er einen Mann und eine Frau auf sich zukommen. Sie näherten sich langsam, und als sie nur noch ein paar Meter von ihm entfernt waren, hob der Mann die Hand und signalisierte „Frieden". Wilder Adler erwiderte den Gruß, und die Fremden stiegen von ihren Pferden ab. Es waren beides Indianer, vom Stamm der Dakota, soweit Wilder Adler erkennen konnte.

„Willkommen!" sagte der Mann. „Von woher kommst du?"

„Sieben Tagesritte aus dieser Richtung", erwiderte Wilder Adler und deutete nach Westen. „Ich habe einen Mann getroffen, den man John Sturmwolke nennt. Er hat mir gesagt, daß ich herkommen sollte und daß ich hier willkommen sein würde." Wilder Adler saß noch auf seinem Pony. Er war angespannt, und seine Nervosität übertrug sich auf das Pony, das zu tänzeln begann.

Der Mann sah ihn an und fragte. „Wo sind deine Leute?"

„Ich bin allein gekommen."

„Mein Name ist James Roter Flügel", stellte sich der Fremde vor. Er nickte in die Richtung der Frau und fügte hinzu: „Und das ist meine Frau Martha. Wir sind Lehrer. Das hier ist das Haus der Mädchen. Wir nennen es ‚Vogelnest'. John Sturmwolke lebt hier, um mit uns zusammen Gott zu loben und uns über ihn zu lehren." James Roter Flügel zeigte auf ein kleines, weißes Gebäude mit einem Kreuz auf dem Dach. „Das ist die Kirche. Das Haus von John Sturmwolke ist gleich da drüben. – Hast du Hunger?"

Wilder Adler nickte stumm.

„Komm und iß mit uns, später gehen wir zu John Sturmwolke."

Wilder Adler schaute abwechselnd James Roter Flügel und seine Frau an, und er sah nur Freundlichkeit in ihren Gesichtern. Er entspannte sich ein wenig. Die Monate des Umherziehens, die Trauerzeit um Prärieblume und die sieben Tage der Reise ins Ungewisse hatten ihren Tribut gefordert. Für den Moment war sein Kampfgeist erloschen. Müde ließ er sich von seinem Pony gleiten und nahm die ausgestreckte Hand von James Roter Flügel an.

„Noch einmal herzlich willkommen. Wenn du bleiben willst, wird Reverend Riggs dir gern helfen. Er ist der Mann, der diesen Ort hier aufgebaut hat. Er hat ein Herz für unser Volk." Während James mit Wilder Adler sprach, öffnete sich die Tür von einem der Häuser einen Spalt weit, und Wilder Adler schaute in ein Paar erstaunlich blauer Augen, die zu einem neugierigen kleinen Mädchen gehörten. Die Tür öffnete sich ganz, und hinter dem Mädchen erschien eine Handvoll indianisch aussehender Mädchen und eine weiße Frau.

Das kleine Mädchen schien wenig davon beeindruckt, daß der Mann vor ihr offensichtlich zu den gefürchteten wilden Sioux gehörte. Ihre eisblauen Augen begegneten Wilder Adlers finsterem Blick mit furchtlosem Starren. Dann marschierte sie geradewegs auf ihn zu, zeigte auf das goldene Medaillon, das um seinen Hals hing, und fragte mit hellem Stimmchen: „Darf ich das mal anschauen?"

Die weiße Frau im Türrahmen erstarrte vor Schreck.

Wilder Adler beugte sich herab, um mit dem Kind auf einer Höhe zu sein. Ihr Haar hatte dieselbe Farbe wie das von Die durchs Feuer geht, doch ihre Augen funkelten, anders als die seiner Mutter, in einem satten Blau. Trotzdem ließ ihn die Erinnerung an Die durchs Feuer geht beinahe lächeln. Er ergriff das Medaillon und zeigte dem Kind die Bilder.

„Oh, eine hübsche Dame. Und noch eine! Sieh mal, Mama!" rief die Kleine begeistert.

Sie bewunderte immer noch die Bilder in dem Medaillon, als ihre Mutter herbeieilte, sie packte und aus der unmittelbaren Nähe des gefährlich aussehenden Indianers zog. Dabei schimpfte sie: „Carrie Brown! Was hast du dir bloß dabei gedacht?"

Wilder Adler hatte gesehen, daß der eine Mundwinkel der Frau ein wenig herabhing und das Auge auf dieser Seite ebenfalls etwas entstellt wirkte. Das sah so aus, als hätte sie einen leicht mürrischen Gesichtsausdruck

James Roter Flügel rief hinter der Frau her: „Es ist schon in Ordnung, Mrs. Brown. Er sieht wild aus, aber er sagt, daß er in Frieden kommt. Er kennt Pastor Sturmwolke, und ich denke, daß wir ihm vertrauen können. Ich will ihn gerade zu Reverend Riggs hinüberbringen. Und dann gehen wir zu Sturmwolke."

Mit Hilfe von Martha Roter Flügel verscheuchte Rachel Brown die Mädchen von der Tür und schloß sie fest hinter sich zu. Während Wilder Adler und James Roter Flügel zum Haus der Riggs hinübergingen, schaute ihm aus dem Seitenfenster des „Vogelnests" ein Paar leuchtend blauer Augen hinterher.

Kapitel 15

Wilder Adler lehnte sich gegen die Mauer der Kirche. Er kreuzte die Beine und hörte auf die Geräusche, die durch das Fenster über seinem Kopf drangen. In den wenigen Wochen seiner Anwesenheit hier war ihm das zu einer vertrauten Angewohnheit geworden. Am Morgen jedes siebten Tages luden Martha und James Roter Flügel ihn ein, sie zum Gottesdienst zu begleiten, und jedesmal lehnte Wilder Adler ab.

Doch stets ging er zur Kirche hinüber und hörte voll widerstrebender Gefühle zu, wie die Stimmen der indianischen Gottesdienstbesucher sich zu fremdartigen Harmonien vereinten.

Die Worte konnte er nur zum Teil verstehen. Doch irgend etwas trieb ihn dazu, dort sitzenzubleiben und dem Gottesdienst zu lauschen. Irgend etwas in ihm wollte die Worte hören, die John Sturmwolke da sprach.

Er predigte in einem Dialekt, den Wilder Adler nicht kannte, doch er hatte sowohl diesen Dialekt als auch die weiße Zunge bereits einige Wochen studiert. Im Gegensatz zu den meisten Weißen war Reverend Riggs der Ansicht, daß Indianer ebenso intelligent waren wie alle anderen Menschen und folglich lernen konnten. Deshalb bot er Unterricht in Lesen und Schreiben für die Kinder und auch für Erwachsene an.

Wilder Adler trug sein Haar noch immer lang, und auch seine Kleidung war unverändert. Doch er erschien jeden Tag pünktlich zum Unterricht und lernte eifrig.

Die weiße Zunge war ihm seltsam vertraut. Manchmal kam es Wilder Adler so vor, als würde er sie nicht lernen, sondern sich nur daran erinnern. Er wußte nicht mehr, daß Die durchs Feuer geht oft Englisch mit ihm gesprochen hatte, bevor sie selbst fließend Lakota konnte, und er wußte auch nicht mehr, daß er selbst eine ganze Weile mit seinem Vater Lakota und mit seiner Mutter Englisch gesprochen hatte. Er hatte die Worte längst vergessen, doch das Grundprinzip der Sprache war ihm unbewußt im Gedächtnis geblieben und erleichterte ihm nun das Lernen.

Wenn Sturmwolke predigte, bemühte sich Wilder Adler, jedes Wort zu verstehen. Ab und zu schnappte er ein vertrautes Wort oder sogar einen ganzen Satz auf. Er saß schweigend da und hörte zu, bis die schon bald übliche Unterbrechung in Gestalt der kleinen Carrie Brown daherkam und ihn von der Predigt ablenkte.

Wie jeden Sonntag tat Wilder Adler so, als habe er nicht bemerkt, daß sie um die Ecke der Kirche lugte. Und wie jeden Sonntag marschierte sie unbeirrt auf ihn zu, baute sich vor ihm auf und wartete, bis er aufschaute. Dann deutete sie auf das Medaillon und ließ sich neben ihm in den Staub sinken, während sie ihn erwartungsvoll ansah. Gehorsam öffnete Wilder Adler das Medaillon, woraufhin das Kind jedesmal seufzte: „Ach, was für eine hübsche Lady das ist!"

Er verstand nicht ganz, was sie sagte, aber der Klang ihrer Stimme sprach eine unbekannte Sehnsucht in ihm an, und mit der Zeit gewann er ihre Gesellschaft direkt lieb.

An diesem Sonntag hatte Carrie ihre Puppe aus Maiskolben mitgebracht, die sie an einer Kordel um den Hals trug. Aus einem Impuls heraus nahm sie die Puppe ab, hängte sie Wilder Adler um und sagte: „Papoose!", das Lakota-Wort für Baby.

Wilder Adler lächelte, doch Carrie konnte es nicht sehen, weil er mit gesenktem Kopf in sich hineingrinste. Sie bemerkte nur ein zögerndes Nicken, mit dem er ihr andeutete, daß er sie verstanden hatte. Trotzdem war sie stolz darauf, endlich eine Art von Reaktion bei dem seltsam stillen Indianer erreicht zu haben. Sie beschloß, die Gelegenheit zu einem weiteren Vorstoß zu nutzen. Sie zeigte mit weit ausholender Geste auf sich selbst und sagte: „Carrie!"

Ihre blauen Augen strahlten, und ihr entwaffnendes Lächeln

entblößte eine beeindruckende Zahnlücke zwischen den vorderen Zähnen. Dann drückte sie Wilder Adler ihren kleinen Finger in die Brust, und in ihren Augen stand eine unmißverständliche Frage.

Wilder Adler holte tief Luft und sagte dann langsam seinen Namen auf Lakota.

Carrie war hingerissen. Sie klatschte begeistert in die Hände und wiederholte triumphierend und fast fehlerfrei seinen Namen. Als er bestätigend nickte, beugte sie sich zu ihm hinunter und sagte: „Jetzt sind wir Freunde!"

Wilder Adler schüttelte den Kopf, weil er sie nicht verstanden hatte. Der Gottesdienst war beinahe zu Ende; der Klang des Abschlußgebets war ihm schon vertraut. Obwohl er nicht genau wußte, warum sich Sturmwolkes Tonfall dabei so veränderte, wußte Wilder Adler, daß gleich alle Kirchenbesucher nach draußen kommen würden. Und das wiederum bedeutete, daß er hier verschwinden mußte. Er erhob sich schnell, tätschelte Carrie im Vorbeigehen leicht den Kopf und verschwand hinter dem nächsten Hügel, ehe James und Martha Roter Flügel aus der Kirche traten.

Martha schaute Carrie erwartungsvoll an und sah zufrieden, wie das Kind die stumme Frage mit einem Nicken beantwortete. Sie lehnte sich zu ihrem Mann hinüber: „Er ist heute wieder hiergewesen, James! Meinst du, daß er eines Tages vielleicht auch hereinkommen wird?"

James hob die Schultern. „Schwer zu sagen."

Pastor Sturmwolke unterbrach sie. „Ihr sprecht von Wilder Adler?"

Als James und Martha nickten, seufzte der Pastor tief auf. James meinte: „Er weigert sich, auch nur ein Wort über Landwirtschaft zu lernen. Aber beim Sprachunterricht ist er mit Feuereifer dabei. Und das Vieh scheint ihn auch zu interessieren. Mit Pferden hat er geradezu ein bewundernswert gutes Händchen. Aber er redet einfach nie. Er beobachtet nur alles ganz genau. Er hat alle Arbeiten erledigt, um die wir ihn im Lauf der Zeit gebeten haben, außer natürlich Feldarbeit. Wenn wir irgend etwas erwähnen, das mit dem Garten oder den Feldern zu tun hat, schaut er uns nur mit diesem seltsamen Gesichtsausdruck an und verschwindet auf die Jagd."

„Ich glaube, daß er schrecklich allein ist!" meldete sich ein silbernes Stimmchen zu Wort.

Martha Roter Flügel schaute lächelnd auf Carrie hinab. „Mag sein. Ich wünschte nur, er würde endlich anfangen, mit uns zu reden. Wenn er mich ansieht, bin ich mir nie so ganz sicher, was in ihm vorgeht."

Rachel Brown hatte sich ebenfalls zu der kleinen Gruppe hinzugesellt und sagte nun: „Als er angekommen war und Carrie so einfach auf ihn zugegangen ist, hatte ich schreckliche Angst um sie. Aber dann habe ich ihn beobachtet und festgestellt, daß er mindestens genauso verunsichert war wie wir alle, nur daß er es nicht gezeigt hat. Er muß sich wirklich schrecklich einsam fühlen, fernab von allem, was er bisher kannte. Ich glaube, daß er verzweifelt nach einem Weg sucht, um weiterzuleben." Rachel strich sich über ihren vernarbten Unterkiefer und schaute Carrie liebevoll an. „Vielleicht braucht er auch nur einfach einen Grund, um weiterzuleben."

Es folgte ein unbehagliches Schweigen, das von Carries fröhlicher Stimme gebrochen wurde: „Na ja, wenn er einsam ist, kann er mich jedenfalls immer besuchen kommen. Ich habe ihm gesagt, daß wir jetzt Freunde sind." Sie runzelte die Stirn. „Ich weiß bloß nicht, ob er mich verstanden hat."

Pastor Sturmwolke lächelte die Kleine an. „Das nächste Mal, wenn du ihn siehst, mach so . . ." Er hielt seine rechte Hand mit der Handfläche nach vorn hoch und spreizte den Zeige- und Mittelfinger ab. Carrie ließ ihre Maiskolbenpuppe fallen und bemühte sich mit einigen Schwierigkeiten, das Zeichen nachzumachen.

„Genau so. Jetzt heb die Hand, bis die Fingerspitzen so hoch sind wie dein Kopf. Ja, ganz richtig. Das bedeutet ‚Freund' in einer Sprache, die Wilder Adler verstehen wird."

Carrie schaute fragend zu ihrer Mutter hinüber und sah, daß diese das Zeichen ebenfalls einübte. Rachel sagte leise: „Ich bin mit Carrie hergekommen, weil wir bei der Mission helfen wollten. Wilder Adler scheint sich zu Carrie hingezogen zu fühlen. Nun ja, schon in der Bibel haben die Kinder ja ganz große Privilegien. Vielleicht braucht der Herr Carrie, um zu Wilder Adler durchzudringen."

Ein Teil dieser Prophezeihung ging früher in Erfüllung, als sie gedacht hätten. Gott brauchte Carrie tatsächlich, um zu Wilder Adler zu sprechen. Doch nicht er war das verirrte Schaf, das gerettet werden mußte, sondern Carrie.

*

Am darauffolgenden Sonntag nach dem Gottesdienst lief Wilder Adler mehrere Stunden ziellos umher, bis er an eine schattige Schlucht kam, durch deren baumbestandenes Bett sich ruhig ein klarer Bach schlängelte. Dieser Ort war wie eine Oase im ständigen Staub und Wind dieser Gegend.

Wilder Adler stieg zum Bach hinunter und setzte sich auf einen flachen Stein, um dem beruhigenden Glucksen des Wassers zuzuhören. Er saß erst wenige Augenblicke dort, als er gepreßtes Murmeln und Stimmen hörte, die ihm irgendwie bekannt vorkamen. Er verharrte regungslos und lauschte aufmerksam.

„Carrie, verhalte dich ganz still. Rühr dich nicht. Sie wird wahrscheinlich verschwinden, wenn du sie nicht aufstörst."

„Aber, Mama, sie guckt mich an. Das mag ich nicht, Mama, ich habe Angst . . ." Das helle Stimmchen begann schwankend zu werden.

„Carrie, du mußt ganz ruhig sitzen. Ich werde jetzt mit dir beten, und wir bitten Gott, daß er die Schlange verschwinden läßt. Komm, laß uns beten. Wir können ja auf Dakota beten. Dann müssen wir uns besser konzentrieren und bleiben ruhig."

Rachels Stimme fing an: „*Wonmakiye cin Jehova hee: Takudan imakakije kte sni.*"

Als Carrie nicht mit einstimmte, fragte Rachel leise: „Was kommt jetzt, Carrie? Wie geht es weiter, weißt du das?"

Ein kurzes Zögern, dann hörte Wilder Adler Carries Stimme: „*Peji toot en inwanke maye kta; Wicoozi mini kin icahade yhus amaye kta.*"

„Richtig, Carrie. Gut gemacht. Was ist mit der Schlange?"

„Sie hat den Kopf runtergenommen, aber sie bewegt sich nicht."

„Dann laß uns weiterbeten. Minagi yuccetu kte; *Woowotanna canku kin ohna amay kta; Iye caje kin on.* Es klappt, Carrie. Die

Schlange wird einschlafen, und dann können wir weggehen. Bete weiter. Bleib ganz still sitzen und sag den nächsten Vers."

Als sie gehorsam weiterbetete, schlich sich Wilder Adler langsam an die beiden heran. Er lugte über einen großen Stein und sah Rachel, die am Bach saß, die bloßen Füße ins Wasser haltend. Neben ihr war Carrie, und beide saßen wie eingefroren da. Keine zwei Meter von Carrie entfernt lauerte eine gewaltig große Klapperschlange, die gereizt den Kopf in die Höhe hielt, während ihr Körper in immer neuen Windungen sich schlängelte.

Rachel hielt Carries Hand fest umklammert und versuchte verzweifelt, Ruhe zu bewahren, während sie den 23. Psalm auf Dakota hinunterbetete.

Dann sah sie Wilder Adler. Er setzte einen Finger an die Lippen, damit sie schwiegen, und hob geräuschlos einen schweren Felsbrocken aus dem Bachbett. Ehe Rachel noch richtig hinsehen konnte, warf er schon den Stein mit ungeheurer Wucht nach der Schlange und erschlug sie. Sie wand sich noch kurz, dann lag sie still.

Carrie kreischte auf, und Rachel zitterte am ganzen Körper. Als Carrie ihren Retter erblickte, rannte sie durch das Bachbett auf ihn zu und warf sich in seine Arme. Rachel wischte sich Tränen der Erleichterung ab und stand mit weichen Knien auf, um Wilder Adler zu danken.

Schließlich hatte sich Carrie soweit erholt, daß ihr wieder einfiel, was Pastor Sturmwolke ihr beigebracht hatte. Sie zog Wilder Adler an seinem Lederhemd, um ihn auf sich aufmerksam zu machen. Dann formte sie eine Faust, streckte den Zeige- und Mittelfinger aus und sagte: „Freunde!"

Wilder Adler lächelte, und diesmal ließ er die Kleine das Lächeln sehen.

„Danke, danke, danke, Wilder Adler!" sang sie glücklich und umarmte ihn noch einmal.

Wilder Adler schaute Rachel an und war verblüfft, daß auch sie das Zeichen für „Freunde" machte. Ein Mundwinkel hob sich zu einem schiefen Lächeln. Ärgerlich rieb sie sich den anderen Mundwinkel, der nicht gehorchen wollte.

Wilder Adler strich über Carries lange rote Mähne und sagte

dann: „Carrie – Roter Vogel!" Dann sah er Rachel wieder an und sagte: „Guter Vogel!"

Rachel errötete und bückte sich schnell, um die Decke aufzuheben, auf der sie gesessen hatten.

„Vielen Dank, Mr. Wilder Adler. Ich weiß nicht, ob Sie mich verstehen, aber ich danke Ihnen!" sagte sie dann.

Wilder Adler nickte, dann drehte er sich um und entschwand ihrem Blickfeld, noch ehe Rachel weitere Versuche machen konnte, sich mit ihm länger zu unterhalten. Während Mutter und Tochter zu ihren Pferden zurückgingen, wurde Rachel erst richtig bewußt, was für einen ungewöhnlichen Helfer Gott ihnen da als Antwort auf ihre Gebete geschickt hatte.

Kapitel 16

Endlich beschloß Wilder Adler hineinzugehen. Pastor Sturmwolke schaute von seinem Predigttext auf und lächelte ihn freudig überrascht an.

Ein Paar blitzblauer Augen lugte um die Ecke der vordersten Bank, und bevor ihre Mutter es verhindern konnte, rannte Carrie den Gang hinunter, ergriff Wilder Adlers Hand und zerrte ihn mit sich zu ihrer Bank zurück.

Rachel lächelte unsicher und rutschte ein wenig zur Seite, um Platz für Carries Freund zu machen.

Wilder Adler hatte für diese besondere Gelegenheit seine beste Kleidung angelegt. In seine Zöpfe waren bunte Stoffstreifen geflochten, und er trug die fünf Adlerfedern im Haar, die er sich in mehreren Schlachten verdient hatte.

Die Gemeindemitglieder bemühten sich redlich, ihn nicht anzustarren, aber der Anblick eines Sioux-Kriegers in voller Kampfesausrüstung, der in aller Seelenruhe in der vordersten Bank saß, war einfach zu ungewöhnlich.

John Sturmwolke nickte Wilder Adler freundlich zu und fuhr dann mit seiner Predigt fort. Er sprach Englisch, und Wilder Adler stellte befriedigt fest, daß er das meiste von dem verstand, was er sagte – zumindest dem Wortsinn nach.

Das Predigtthema des heutigen Tages lautete: „Der Tod, der uns das Leben brachte."

Wilder Adler hörte zu, als der Pastor verschiedene Verse aus der Bibel vorlas. Er war erstaunt, wie gut Sturmwolke es schaffte, die Worte aus dem Buch auf ihre Situation zu übertragen. Wilder Adler stellte sich vor, wie gut es sein mußte, diese Worte zu sagen und auch so zu meinen: „Wir haben allenthalben Trübsal, aber wir ängsten uns nicht. Uns ist bange, aber wir verzagen nicht. Wir leiden Verfolgung, aber wir werden nicht verlassen. Wir werden unterdrückt, aber wir kommen nicht um . . ."

Der Mann, der dies geschrieben hatte, war mutig und tapfer gewesen. Aber wie konnte ein Mann, der aus seiner Heimat fortgegangen, gefoltert und ins Gefängnis gesteckt worden war, solche Worte schreiben?

Je länger Sturmwolke Liebe und Vergebung predigte, desto weniger verstand Wilder Adler, was das sollte, und desto wütender wurde er. Schließlich beschloß er, nicht mehr zuzuhören. Doch gerade, als er voller Zorn aufstehen und die Kirche verlassen wollte, fand Carries kleine weiche Kinderhand ihren Weg in seine rauhe, kampfgehärtete Pranke und hielt sie fest.

Wilder Adler sah auf die Kleine hinunter. Das Mädchen strahlte förmlich vor Glück, und Wilder Adler konnte nicht anders: Er mußte zurücklächeln.

John Sturmwolkes Predigt bewegte die Gemeinde tief, doch Wilder Adler konnte mit dem Gesagten nichts anfangen. Statt dessen benutzte Gott eine Sprache, für die Wilder Adler bereit war: Er ließ ein Kind die Predigt sprechen, die der Indianer verstand. Die Predigt, die Carrie Brown an diesem Tag hielt, brauchte keine Worte. Sie ergriff die Hand von Wilder Adler und redete in der Sprache, die man Liebe nennt.

*

Am Tag nach Wilder Adlers erstem wirklichen Kirchenbesuch trat Rachel Brown vor die Haustür und stolperte beinahe über ein großes Stück Baumrinde, auf dem eine riesige, frisch gefangene Forelle lag.

Am nächsten Tag befand sich an derselben Stelle ein Präriehuhn. Auch Mary Riggs vermeldete das rätselhafte Ablegen von frisch erlegtem Wild vor ihrer Tür – ebenso wie Martha Roter Flügel und John Sturmwolkes Frau Heller Morgen.

Als Carrie eines Tages in der Pause aus dem Schulhaus hüpfte, sah sie, daß Wilder Adler neben James Roter Flügel herging, der die beiden Ochsen vor dem Wasserwagen auf ihrem täglichen Weg vom Fluß zu den Häusern lenkte. Am Haus der Riggs angekommen, hob Wilder Adler eine der schweren Wassertonnen vom Wagen und trug sie hinein.

Von diesem Tag an konnte Carrie Wilder Adler fast ständig bei irgendwelchen Arbeiten beobachten. Immer noch war er sehr schweigsam, doch nun arbeitete er gemeinsam mit den anderen, und er schien es gern zu tun.

Als Rachel und Carrie am nächsten Sonntag die kleine Kirche betraten, war Wilder Adler bereits da. Er saß in der hintersten Bankreihe und wartete auf den Beginn des Gottesdienstes. Carrie blinzelte ihm vorsichtig zu, und Wilder Adler legte seine beiden Hände zusammen. Carrie verstand: Er dankte ihr für den vergangenen Sonntag.

Nach dem Gottesdienst eilte sie hinaus, um Wilder Adler zu begrüßen. Doch er war nirgends zu sehen.

„Dein Freund ist auf die Jagd gegangen, Carrie", erklärte James Roter Flügel.

Carrie verzog enttäuscht den Mund. Nach dem Essen ging sie draußen spielen. Sie wanderte eine Weile umher, bis sie in die Nähe der kleinen Schlucht kam, wo die furchterregende Begegnung mit der Klapperschlange stattgefunden hatte. Sie sah sich gründlich um, untersuchte jeden Winkel und drehte alle Steine um, bevor sie sich am Uferrand hinsetzte und ihre Füße in den kühlen Bach hielt.

Ein Schatten fiel auf das Wasser, und ehe Carrie sich auch nur umsehen konnte, ließ sich Wilder Adler neben ihr nieder.

„Kann ich nochmal die hübschen Damen sehen?" fragte Carrie,

nicht im mindesten überrascht von Wilder Adlers plötzlichem Auftauchen.

Wilder Adler nahm das Medaillon ab und reichte es Carrie. Als sie die beiden Frauen betrachtete, zeigte Wilder Adler auf das Bild von Die durchs Feuer geht. „Meine Mutter", sagte er. Carrie öffnete den Mund, doch bevor sie die Frage stellen konnte, erklärte Wilder Adler ihr, wie Die durchs Feuer geht zu seinem Stamm gekommen war. Er schloß mit den Worten: „Sie hatte Haare in der Farbe der untergehenden Sonne, so wie Roter Vogel."

Carrie lächelte geschmeichelt, bevor sie fragte. „Und wer ist die andere Dame?"

„Ich glaube, daß sie meine Schwester ist. Sie wurde geboren, nachdem Die durchs Feuer geht den Stamm verlassen hatte." Wilder Adler wechselte das Thema. Er deutete zum Horizont und sagte. „Dort drüben hat mein Vater Büffel gejagt."

Carrie schaute ihn lange nur an. Dann berührte sie die Narbe auf seiner linken Wange und fragte, woher er sie hatte. Wilder Adler erzählte ihr die Geschichte, wie er zu seinem Namen gekommen war.

Carrie war hingerissen und erschrocken zugleich. „Du bist einfach von einer Klippe gesprungen? So hoch?" Und sie deutete auf die Abbruchkante der kleinen Schlucht.

Wilder Adler schüttelte den Kopf. „Nein. Viel höher."

„Dann mußt du bestimmt einen Schutzengel gehabt haben!"

Wilder Adler runzelte die Stirn. „Was ist das, ein Schutzengel?"

„Na, du weißt schon, ein Engel eben ... mit Flügeln. In der Bibel steht, daß Gott die Engel schickt, um uns zu beschützen."

Wilder Adler lachte. „Ich glaube nicht, daß dein Gott vor so vielen Jahren einen Engel geschickt hat, um einen kleinen Lakota-Jungen zu beschützen."

Carrie schüttelte entschlossen den Kopf. „Doch, das hat er bestimmt. Er kümmert sich um alle Menschen. Das hat meine Mama mir gesagt."

Wilder Adler gab nach. „Wenn deine Mama das gesagt hat, mußt du es auch glauben."

„Hast du denn auch geglaubt, was deine Mama gesagt hat?" sagte Carrie, einer plötzlichen Eingebung folgend.

Wilder Adler schüttelte den Kopf. „Sie hat an diesen Gott geglaubt." Die Erinnerung an die alte Bibel, sorgfältig in weiche Felle gewickelt, stieg in ihm auf. „Und obwohl ich nicht an ihn geglaubt habe, erinnere ich mich daran."

Carrie stellte eine Menge Fragen über das Leben der Lakota, und im Laufe des Nachmittags wurde Wilder Adler immer schwermütiger, denn jede Frage trug ihn zurück in jene Zeit, in der sein Volk stolze Jäger gewesen waren, keine Gejagten.

„Wieso siehst du immer so traurig aus, Wilder Adler?"

„Ich bin nicht traurig, Roter Vogel. Die Lakota lernen früh, sich ganz still zu verhalten, damit sie sich vor ihren Feinden verbergen und das beste Wild erlegen können. Wir müssen Geduld und Ruhe lernen und nicht schwatzen wie kleine weiße Mädchen."

Carrie grinste verschmitzt. „Und wieso hast du diese Federn in den Haaren?"

„In meinem Volk gilt es als tapfer, wenn man in der Schlacht einen Feind mit der Hand berührt, ohne ihn zu verletzen. Auf einen Gegner zuzulaufen, der mit einer Waffe auf dich zielt, dazu braucht man Mut. Meine Freunde haben gesehen, wie ich das tat, und sie haben es am Feuer erzählt. Und für jedes Mal, das ich den Feind berührt habe, durfte ich eine Adlerfeder tragen."

„Oh, dann mußt du aber sehr mutig sein!"

Wilder Adler lächelte bescheiden. „In meinem Volk gibt es viele, die mehr als fünf Federn tragen. Fünf ist nicht sehr viel."

„Würdest du deine Schwester gern einmal sehen?"

Wilder Adler dachte einen Moment über diese Frage nach. Dann hob er die Schultern. „Ich denke, sie würde mich nicht gerne sehen."

„Warum denn nicht? Wenn ich so einen mutigen Bruder hätte, würde ich ihn gern kennenlernen!"

„Weißt du, Roter Vogel", sagte Wilder Adler und stand langsam auf, „ich glaube, ich habe ihren Ehemann getötet."

Mit aufgesperrtem Mund versuchte Carrie zu verarbeiten, was er gesagt hatte. Doch Wilder Adler ließ ihr keine Zeit für weitere Fragen. „Die Sonne steht schon tief, kleiner Vogel. Es ist Zeit für dich, ins Vogelnest zurückzukehren. Deine Mutter denkt sonst, daß ein böser Geist dich entführt hat."

Zusammen kletterten sie den Steilhang hinauf.

Kapitel 17

„David, um Himmels willen, nun sei doch vernünftig! Wir sind seit 35 Stunden unterwegs, und seit wir Chicago verlassen haben, haben wir nichts Vernünftiges mehr gegessen", rief Abigail Braddock und schaute aus dem Fenster ihres Zugabteils. „Und jetzt scheinen wir mitten in einem See gelandet zu sein! Wir werden jedenfalls länger als einen Monat in Lincoln sein, und es ist wirklich nicht notwendig, gleich heute einen Wagen zu mieten und sich durch den Schlamm zu wühlen. Laß uns das Hathaway-Hotel suchen, Augusta und Mrs. Baird begrüßen und einen ruhigen Abend verbringen, ja?"

David ging unruhig im Abteil auf und ab und schimpfte leise über das schlechte Wetter. Tatsächlich schienen sie durch einen See zu fahren, denn die starken Regenfälle hatten die Salzebene soweit mit Wasser gefüllt, daß die Schienen nur wenig über der Wasseroberfläche lagen.

Als sie nach Lincoln einfuhren, wurde es keineswegs besser. Der Bahnhof lag wie eine Insel inmitten von Wasser, und es schien unmöglich, die andere Straßenseite trockenen Fußes zu erreichen.

„Irgendwie hatte ich es mir hier anders vorgestellt . . ." murmelte David.

Abigail hob die Augenbrauen. „Wie denn? Kosmopolitischer? Mein lieber Junge, Lincoln existiert doch überhaupt erst seit zehn Jahren!" Sie kniff die Augen zusammen und überschaute die kleine Stadt. „Und ich finde, dafür sieht es gar nicht mal so schlecht aus! Und außerdem, sagtest du nicht, du wolltest vor den anderen Investoren da sein? Nun, das kannst du haben. Und jetzt laß dich nicht von dem bißchen Regen entmutigen! Wo ist denn dein Pioniergeist geblieben?"

David nahm ihre Koffer auf und seufzte. „Jeder vernünftige Mensch würde einen Blick auf dieses Schlammloch werfen und sich schleunigst wieder davon machen!"

Abigail lächelte fein und zog sich ihre Handschuhe an. „Das stimmt vermutlich", sagte sie und tätschelte ihm gönnerhaft die Schulter. „Es würde aber auch nicht jeder vernünftige Mensch von einer bildhübschen jungen Witwe erwartet werden, die da in diesem Wagen direkt auf uns zukommt."

David riß den Kopf herum und erblickte Elisabeth, die neben einem beunruhigend gutaussehenden jungen Mann auf dem Kutschbock eines Wagens saß, der von zwei schönen Braunen durch das knietiefe Wasser vor dem Bahnhof gezogen wurde.

Sie fuhren dicht an die Bahnsteigkante heran, und Elisabeth sprang vom Bock. Sie begrüßte die Angekommenen herzlich, entschuldigte sich für die Verspätung, bat den jungen Mann, David mit dem Gepäck zu helfen und erklärte, warum Augusta nicht mitkommen konnte – alles in einem Atemzug. Dann rief sie: „Nun ja, dann also willkommen in Lincoln!"

Abigail lächelte sie warm an. Elisabeth zeigte auf den schlichten, aber robusten Wagen und entschuldigte sich nochmals. „Er sieht nicht besonders schick aus, aber der andere Wagen hatte gestern einen Achsenbruch. Augusta bekam deswegen beinahe einen Schlaganfall und meinte, es wäre ein Skandal, Sie in dieser Karre zu transportieren." Sie sah sich Abigails elegantes Kleid, das aus empfindlicher Seide gefertigt war, genauer an und seufzte. „Sie hatte recht – es ist ein Skandal!"

Abigail schüttelte den Kopf. „Machen Sie sich keine Gedanken, Mrs. Baird. Ich kann mich noch gut daran erinnern, daß wir selbst so einen Wagen gefahren haben, als mein Mann gerade mit dem Geschäft anfing." Flink hatte sie sich selbst auf den Wagen befördert und lachte stolz, während sie ihre Röcke glättete: „Ich bin alt, aber rüstig!"

Kurz darauf kehrten David und James mit den Koffern zurück.

„Ich kann mich ja auf die Ladefläche setzen, Elisabeth", bot James an. „Wenn es den Herrschaften nichts ausmacht, etwas beengt zu sitzen, passen Sie zu dritt auf die Sitzbank. Vielleicht kann ja Mr. Braddock kutschieren. Es ist nicht weit bis zum Hotel."

Damit ergriff James die Seitenwand des Wagens und schwang sich hinauf.

David sagte: „Das ist ein sehr schönes Gespann, Mr. ...."

„Callaway. James Callaway, Mr. Braddock."

Als David die Pferde antrieb, spritzte der Schlamm ihm auf die Hosenbeine. Abigail besah sich die Bescherung und unterdrückte ein Lachen.

„Willkommen im Wilden Westen, mein Sohn!" flüsterte sie abenteuerlustig. „Ich denke, es wird uns hier gefallen."

*

In Lincoln war es üblich, daß die Tageszeitung darüber berichtete, wer in welchem Hotel abgestiegen war. Augusta und ihr Rivale John Cadman, dem das Cadman-Hotel gehörte, führten eine Art freundschaftlichen Kleinkrieg, in dem sie peinlich genau über die Belegungszahlen und Namen der illustren Gäste des jeweiligen Konkurrenten Buch führten.

Auch die beiden Landesbeauftragten für Grundstücksverkäufe besahen sich diese Besucherlisten sehr aufmerksam und schauten bei Bedarf „zufällig" in den Speisesälen der Hotels vorbei, um nach potentiellen Investoren Ausschau zu halten.

Für Agnes Bond besaßen die Listen beinahe geweihte Wichtigkeit . . . wobei ihr Motiv alles andere als christlich war.

Am Morgen nach der Ankunft der Braddocks erspähte sie deren Namen in der Liste des Hathaway-Hotels und eilte sofort hinaus zu Charity, die gerade den Garten bewässerte.

„David Braddock. Wo habe ich denn bloß diesen Namen schon einmal gehört?"

Charity richtete sich auf. „Ich erinnere mich nicht daran, Mama."

„Dann denk nach, Mädchen! Hör dir das an: Wie wir hören, haben wir in diesen Tagen hohen Besuch. Zu unseren illustren Gästen gehören unter anderem Mr. David und Mrs. Abigail Braddock aus Philadelphia, die vertraulichen Berichten zufolge größere Investitionen hier in Lincoln tätigen wollen. Wir wünschen ihnen einen angenehmen Aufenthalt und hoffen, daß alles zu ihrer Zufriedenheit verläuft.

„Ach, jetzt fällt mir auch ein, woher ich den Namen kenne!" rief Agnes. „Letzten Herbst habe ich gelauscht, wie Elisabeth –" Charity lächelte wissend. „. . . ich meine natürlich, ich habe rein zufällig mit angehört, wie Elisabeth mit diesem Callaway über den

Verkauf der Farm sprach, und dabei erwähnte sie den Namen David Braddock. Und nun ist er also in Lincoln. Ich wette, sie hat ihn bei der Hundertjahrfeier in Philadelphia kennengelernt. Die Frage ist jetzt, wer ist diese Abigail? Seine Frau, seine Schwester oder seine Mutter?"

„Mama!" Charity hatte zunehmend weniger Verständnis für die Tratschsucht ihrer Mutter. „Ich muß noch das Unkraut rupfen. Wenn du etwas über David Braddock wissen willst, dann geh doch einfach zu Mrs. Hathaway hinüber und frag sie!"

„Aber Charity! Das wäre nicht sehr höflich, oder?"

Charity schüttelte den Kopf und bückte sich. „Dann überleg dir eben einen höflichen Weg, um herauszufinden, was du wissen willst. Der Himmel weiß, daß du vorher zu nichts weiter zu gebrauchen sein wirst." Scherzhaft fügte sie hinzu: „Du kannst sie ja in die Kirche einladen. Das ist unauffällig genug."

Agnes rief erfreut aus: „Eine wunderbare Idee, Charity! Perfekt! Das werde ich tun." Sie war bereits auf dem Weg zurück ins Haus.

Charity stellte mit einem Hauch von Unmut fest, daß sie wieder einmal allein die Gartenarbeit erledigen mußte, während ihre Mutter auf der Jagd nach dem neuesten Klatsch war. Seufzend betete Charity um Geduld und widmete sich dann entschlossen dem Unkraut.

*

Abigail Braddock genoß gerade ihren Morgenkaffee, als sie über Davids Schulter hinweg Elisabeth entdeckte, die mit einer großen Frau sprach, die einen riesigen Hut, dekoriert mit geradezu lächerlich langen Straußenfedern, trug. Bei jeder Kopfbewegung wackelten die Federn auf und ab, und Abigails Augen glänzten vor Vergnügen, als sie die Frau beobachtete. Doch dann bemerkte sie, daß Elisabeths Gesicht zorngerötet war und sie offensichtlich versuchte, die Person möglichst unauffällig aus dem Speisesaal hinauszuschaffen.

Doch diese hatte anscheinend andere Pläne. Sie riß sich von Elisabeth los, die ihren Ellenbogen gepackt hatte, und steuerte auf den Tisch der Braddocks zu. Dabei sagte sie laut: „Aber natürlich sollte man die Braddocks richtig in Lincoln willkommen heißen,

Elisabeth! Ich möchte sie lediglich zu unserem Gemeinschaftsabend am Samstag einladen. Dagegen kann ja wohl niemand etwas haben!"

Sie baute sich vor dem Tisch auf, und Elisabeth folgte ihr grollend. David, der die ganze Aufregung erst jetzt bemerkte, schaute von seiner Zeitung auf und sprang dann von seinem Sitz hoch, um Elisabeth zu begrüßen.

Agnes Bond streckte die Hand aus, und Elisabeth seufzte resigniert. „Mr. und Mrs. Braddock, das ist Mrs. Agnes Bond. Wenige Menschen entgehen ihrer Aufmerksamkeit, und die, die sie kennengelernt haben, vergessen sie niemals." Dann wandte sie sich Agnes zu und sagte geduldig: „Agnes, darf ich dir Mr. David Braddock und seine Mutter, Mrs. Abigail Braddock aus Philadelphia vorstellen?"

„Mr. Braddock, Mrs. Braddock –" Die Straußenfedern wippten eifrig auf und ab. „Willkommen in Lincoln!"

David stand höflich auf und deutete eine Verbeugung an, und Abigail erwiderte ungerührt: „Vielen Dank, Mrs. Bond. Augusta und Elisabeth haben uns bereits eine wunderbare Begrüßung bereitet."

Aha, sie reden sich also mit Vornamen an! „Elisabeth hat uns so viel von Ihrer Reise nach Philadelphia erzählt. Es muß eine wunderbare Stadt sein", schwatzte Agnes weiter.

„Ach ja?" Abigail wandte sich David zu. „David, mein Lieber, laß dich nicht von deinen Geschäften abhalten. Du hast doch jetzt einen Termin mit Mr. Gere von der Zeitung, nicht wahr? Geh nur."

Daivd verbeugte sich wieder und verließ ohne ein Wort den Speisesaal.

Agnes machte innerlich Notiz davon, daß er kein Wort zu Elisabeth gesagt hatte. „Ach, die jungen Leute!" rief sie aus. „Immer haben sie wichtige Termine!"

Abigail hatte nun genug. „Vielen Dank, daß Sie sich die Mühe gemacht haben, uns persönlich zu begrüßen, Mrs. Bond. Wir werden uns sicher noch öfters begegnen." Sie stand auf.

„Nun, eigentlich wollte ich Sie und Ihren Sohn zu unserem Gemeinschaftsabend in der Kirche am Samstag einladen. Es ist nur eine kleine Gemeinde, sicher nicht zu vergleichen mit denen, die Sie von Philadelphia her kennen." Wenn sie überhaupt in die Kirche gehen. Agnes beobachtete Abigail genau, doch sie zeigte keinerlei Reaktion darauf. Statt dessen erwiderte diese kühl:

„Danke, Mrs. Bond. Ich werde David von Ihrer freundlichen Einladung in Kenntnis setzen. Natürlich müssen Sie bedenken, daß wir erst gestern angekommen sind, und da heute unser erster Tag hier ist und noch dazu sehr früh, hatten wir noch keine Gelegenheit, Pläne zu machen. Und nun entschuldigen Sie mich bitte." Bevor Agnes noch irgend etwas sagen konnte, war Abigail schon elegant an ihr vorbeigerauscht und die Treppe hinaufgeeilt.

Agnes wandte ihre Aufmerksamkeit wieder Elisabeth zu. „Was für eine liebenswerte Dame", flötete sie. „Sie gehört ganz sicher zur obersten Gesellschaftsschicht Philadelphias. Das merkt man sofort."

Elisabeth räumte lärmend den Tisch ab und zischte mit zusammengebissenen Zähnen: „Agnes, es gehört zum guten Ruf des Hathaway-Hotels, daß die Gäste hier in aller Ruhe und ungestört ihre Mahlzeiten einnehmen können!" Sie nahm schwungvoll das Tablett hoch und verschwand in der Küche.

Als Agnes sich zum Gehen wandte, bemerkte sie, daß David seine Zeitung liegengelassen hatte. Die Anzeigen der beiden Makler für Grunderwerb A. J. Cropsey und J. P. Lantz hatte er mit blauem Stift umrandet.

*

„Es tut mir leid, David", sagte Elisabeth, als sie eine saubere Leinendecke auf dem letzten Tisch ausbreitete. „Morgen habe ich keine Zeit. Am Vormittag müssen wir waschen, und nachmittags habe ich meinen Nähkreis."

„Dann übermorgen?" fragte David, während er einen Stapel Servietten ergriff, um Elisabeth zu helfen.

„Hören Sie sofort auf damit!" rief Elisabeth und nahm ihm die Servietten ab. „Augusta bringt mich um, wenn sie sieht, wie einer unserer Gäste beim Tischdecken hilft!"

David sah sie ernst an. „Ich bin mir ziemlich sicher, daß Augusta und meine Mutter gerade in diesem Moment in ein sehr wichtiges Gespräch vertieft sind und wir von den beiden längere Zeit nichts hören oder sehen werden. Und abgesehen davon nehme ich an, daß Augusta meinen Wunsch, in Ihrer Nähe zu sein, gut verstehen würde."

Elisabeth verteilte schweigend die Servietten und begann mit dem Auflegen des Bestecks.

David wagte einen weiteren Vorstoß. „Wie wäre es mit Mittwoch?"

„Nein, das geht auch nicht. Am Mittwoch müssen die Tischdecken geplättet werden."

„Donnerstag?"

„Da muß ich mich für meinen Unterricht an der Sonntagsschule vorbereiten."

David stützte sich mit beiden Händen auf den Tisch und schaute Elisabeth gerade ins Gesicht. „Elisabeth, meine Mutter und ich sind nun schon seit zwei Wochen in Lincoln, und abgesehen von den Dienstleistungen im Hotel, ist es mir bisher nicht gelungen, auch nur eine halbe Minute mit Ihnen zu verbringen. Irgendwie kann ich mich des Gefühls nicht erwehren, daß Sie mir ausweichen!"

Elisabeth errötete. „Nein, das tue ich nicht. Ich bin lediglich sehr beschäftigt, das ist alles."

„Sie waren nicht zu beschäftigt, um am Montag mit James Callaway auszufahren."

Sie hatte ihm den Rücken zugekehrt, doch David sah, wie ihre Schultern leicht heruntersackten, ehe sie antwortete: „James hat mich zum Grab meiner Mutter hinausgefahren. Das war wohl kaum ein geselliges Beisammensein."

„Entschuldigen Sie bitte, Elisabeth. Das wußte ich nicht."

„Ich dachte, Sie wären nach Lincoln gekommen, um Land zu kaufen und Geld zu investieren?"

„Ich . . . ja, das sind wir auch. Aber –" Nun war es an David zu erröten. „Verzeihen Sie meine Direktheit, aber es gibt eine Menge Städte im Westen, die für Investitionsabsichten weit vielversprechender sind als Lincoln. Doch Lincoln ist nun einmal die einzige Stadt im Westen, in der eine ganz bestimmte, ungeheuer reizende junge Witwe lebt."

Elisabeth beendete sorgfältig das Arrangieren der Bestecke auf dem Tisch, ehe sie sich zu David umdrehte. Ihre Augen waren ernst und dunkel. „David, Sie sind ein sehr freundlicher und vor allem sehr attraktiver Mann. Und Ihre Mutter ist so liebenswert. Aber -" Ihr Kinn zitterte, und sie preßte die Lippen fest zusammen und räusperte sich, bevor sie weitersprach. „Sehen Sie, erst letztes Jahr um diese Zeit war ich eine glückliche junge Braut, und -" Sie konnte nicht weitersprechen. In ihren Augen standen Tränen.

„Es tut mir so leid", sagte David voller Wärme und wollte tröstend ihre Hand ergreifen. Doch sie schüttelte den Kopf und wich einen Schritt zurück. Sie atmete tief durch und fing sich gleich wieder. „Es ist seltsam. Manchmal werde ich so wütend über das alles, daß ich laut schreien könnte. Es ist einfach nicht fair. Ich habe Ken so sehr geliebt! Ich hasse General Custer dafür, daß er ihn auf diesen elenden Hügel geschickt hat, und ich hasse die Indianer dafür, daß sie ihn getötet haben. Dabei haben sie bloß verteidigt, was ihnen zustand. Und dann bin ich sogar wütend auf Gott, weil er das alles hätte verhindern können. Doch er hat es zugelassen. Und jetzt kann ich nicht einmal mehr beten . . ." Sie lächelte wehmütig. „Und dann werde ich auch noch wütend auf meine Mutter, weil sie mir immer gesagt hat, ich müßte beten und Gott würde mich erhören, und jetzt ist sie nicht mehr da, um mir zu helfen."

David versuchte, das Gespräch wegzulenken von Elisabeths verstorbenem Mann. „Augusta und Sarah Biddle sprechen nur in den höchsten Tönen von Ihrer Mutter. Sie muß eine außergewöhnliche Frau gewesen sein."

Elisabeth zwinkerte die Tränen weg und sagte müde: „Nein, eigentlich gab es nichts Außergewöhnliches an Mama. Sie wären auf der Straße einfach an ihr vorbeigelaufen, ohne sie überhaupt zu bemerken. Sie war eine sehr unauffällige Frau. Sie hat hier im Hotel gearbeitet, sie hat gekocht und geputzt, gegessen, geschlafen und am nächsten Tag mit Kochen und Putzen wieder weitergemacht. Wenn sie nicht ihre Handarbeiten hinterlassen hätte, gäbe es keine Spuren dafür, daß sie überhaupt gelebt hat."

„Das stimmt nicht, Elisabeth. Es gibt Sie!"

„Ja, es gibt mich." Und irgendwo da draußen in der Prärie gibt es einen Lakota-Krieger, der sie auch Mutter genannt hat . . . wenn er überhaupt noch lebt! dachte Elisabeth, aber sie sagte nichts. „Und was aus mir wird, wird sich erst noch zeigen müssen."

„Ich werde warten", sagte David ruhig.

Elisabeth schüttelte die dunklen Gedanken ab und sagte lächelnd: „Nun ja, ich sehe zu, daß ich beschäftigt bleibe. Augusta sagt immer, die Zeit heilt alle Wunden, und ich hoffe, daß sie recht hat." Sie wurde wieder ernst. „David, ich mag Sie sehr gern, und Ihre Freundschaft bedeutet mir viel. Ich fürchte nur, ich bin im Moment keine sehr anregende Gesellschaft, geschweige denn irgend etwas darüber hinaus."

David lächelte. „Nun ja, das zu beurteilen müssen Sie schon mir überlassen. Also, darf ich Sie zu einem Ausflug am ... sagen wir, Samstag einladen? Ich werde Mutter und Augusta ebenfalls fragen. Augusta kennt die Gegend wie ihre Westentasche, und ich möchte nach wie vor in Land investieren."

„Noch mehr Land?"

David grinste. „Nun – ja! Heute morgen habe ich in Mr. Cropseys Büro die Verträge für ein paar Hektar Bauland unterzeichnet, und ich möchte noch einige Hektar ländliches Gebiet hinzufügen. Kennen Sie nicht ein paar Farmer, die Geld brauchen?"

*

Es war Samstag nachmittag, und Elisabeth, David, Augusta und Abigail fuhren auf der Straße in Richtung Süden zum Marktplatz, wo David in Mr. Lantz' Büro Informationen über zum Verkauf stehende Farmen einholen wollte.

„50 Meilen von allem entfernt", schnaubte Augusta. „Das haben sie immer über Lincoln gesagt. Am Rand einer Wüste, fernab von jedem erwähnenswerten Fluß. Von allen Pionieren übersehen. Nichts als Sonnenblumen und Salz. Dabei ist es das Salz gewesen, das die ersten Siedler hierhergebracht hat. Sie haben gedacht, daraus ließe sich ein wichtiger Industriezweig machen. Ich weiß nicht, warum daraus nichts geworden ist. Aber was soll's? Wir haben jetzt die Eisenbahn, und wir wachsen. Irgendwann werde ich ein großes Festessen veranstalten und alle Leute einladen, die immer behauptet haben, aus Lincoln würde nie etwas. Die kriegen dann Krähen zum Hauptgericht vorgesetzt!"

Augusta lachte leise und Elisabeth rief: „Sie sollten schnell ein paar Fragen stellen, Mrs. Braddock, sonst setzt Augusta zu einem Monolog an, der am St. Nimmerleinstag noch nicht beendet ist!"

Sie hielten vor dem Büro des Maklers. Eine prunkvolle Scheinfassade ließ das Gebäude viel größer wirken, als es in Wirklichkeit war, und der Name des Eigentümers prangte in goldenen Lettern über dem Eingang.

David sprang vom Kutschbock, ging hinein und kehrte nach wenigen Minuten mit einem Stapel Papieren unter dem Arm wieder zurück. Er reichte die Unterlagen an Augusta weiter.

„Darf ich die Ihnen anvertrauen, Mrs. Hathaway? Bitte sehen Sie sie sich an und sagen Sie mir, was Sie davon halten. Wenn irgend etwas Vielversprechendes dabei ist, könnten wir ja schon einmal die ungefähre Richtung einschlagen, während Sie sich den Rest anschauen." Er deutete nach Westen und sagte leichthin: „Da drüben ist eines der Baugrundstücke, die wir gekauft haben, Mutter."

„Gleich neben dem Rathaus?" fragte Augusta. „Das war eine kluge Investition. Läßt sich bestimmt gewinnbringend weiterverkaufen."

„Oh, ich habe nicht vor, so bald zu verkaufen."

Abigail meldete sich ebenfalls zu Wort. „David und ich haben beschlossen, eine kleine Ferienresidenz im Wilden Westen zu errichten. Wir denken darüber nach, ein Haus dort drüben zu bauen ... wenn Sie sich vorstellen könnten, uns des öfteren hier zu ertragen!"

Augusta war begeistert. „Ertragen? Es wäre mir ein Vergnügen! Lincoln würde durch Ihre Anwesenheit geradezu ausgezeichnet, nicht wahr, Elisabeth?"

Elisabeth nickte. „Mrs. Braddock, es wäre wirklich wunderbar, Sie beide öfter hier zu haben."

David lächelte zufrieden, und Abigail sprach fröhlich weiter: „Wir werden Ende nächster Woche nach Hause fahren und einen Architekten, einen Innenausstatter und einen Gärtner suchen, die wir hier hinausschicken können."

David fügte hinzu: „Und eine Haushälterin!"

„Nein, David, die habe ich schon gefunden. Das heißt, wenn ich sie überreden kann, zu uns zu kommen. Doch dazu muß ich zuerst sicherstellen, daß ich es mir nicht mit einer guten Freundin verscherze, wenn ich die betreffende Person einstelle. Augusta, würde es Sie sehr verärgern, wenn ich Sarah Biddle anbieten würde, unsere Haushälterin zu sein?" Schnell erklärte sie: „Ich weiß, daß sie Ihnen zutiefst ergeben ist, und ich würde nicht im Traum daran denken, sie zu fragen, wenn Sie auch nur die geringsten Bedenken hätten. Ich weiß auch nicht, wie Ihre Zukunftspläne aussehen, aber wenn sie zu uns käme, würden ihr alle Möglichkeiten offenstehen. Und was Tom angeht, stimme ich vollkommen mit Ihnen darin überein, daß er ein sehr intelligenter Junge ist. Ich würde ihn gern die Schule beenden lassen und vielleicht später auf die Universität schicken. Natürlich nur, wenn ich damit nicht meine Grenzen überschreite. Wenn Sie irgendwelche Einwände haben, dann sagen Sie es bitte jetzt gleich, liebe Augusta."

Augusta schwieg ungewohnt lange, bevor sie das Wort ergriff. „Ich gebe es nur ungern zu, aber ich kann Sarah nicht mehr als einen guten Job bieten. Ich bin nicht gerade arm, aber reich bin ich auch nicht, und ich habe Jessie King vor vielen Jahren versprochen, daß Elisabeth einmal alles erben wird."

Erschrocken rief Elisabeth: „Aber Tante Augusta!"

„Komm mir nicht mit Tante Augusta, Elisabeth! Es ist sowieso nicht viel, abgesehen vom Hotel. Du hast all die Jahre so hart gearbeitet, und auch Sarah hat in letzter Zeit viel zu viel getan. Sie hat sich nie beklagt, Gott segne sie, aber ich weiß, daß es nicht leicht für sie war. Ein junges Mädchen wie sie muß doch noch Träume für die Zukunft haben, und auch einen Weg, um sie wahr werden zu lassen. Haushälterin bei den Braddocks zu sein, wäre doch für sie ein gewaltiger Schritt nach oben, nicht wahr? Das wäre nur gerecht, und ich werde ihr ganz sicher dabei nicht im Weg stehen. Also, Abigail –" Augusta tätschelte Abigails Hand „– meinen Segen haben Sie, und dem Himmel sei Dank, daß Ihnen klar ist, daß Sarah nirgendwo ohne Tom hingehen würde. Es wird mir zwar das Herz brechen, wenn die beiden mich verlassen, aber das heilt auch wieder. Fragen Sie Sarah ruhig. Ich werde schon dafür sorgen, daß sie nicht aus irgendwelchen Pflichtgefühlen heraus Nein sagt. Sie wird sich schon überzeugen lassen. Und Sie bekommen die beste Haushälterin der Welt!" Sie unterdrückte die Tränen, die ihr in die Augen treten wollten, und sagte dann lauter als nötig: „Hier, David! Diese Farm ist nicht schlecht, sie liegt ein paar Meilen südlich von hier, gleich neben Kens – ich meine Elisabeths Farm."

Elisabeth unterbrach sie. „Es ist jetzt James Callaways Farm, Tante Augusta. Wir haben vor zwei Tagen die Verträge unterzeichnet. Er zahlt mir zehn Dollar pro Hektar, und das die nächsten zehn Jahre."

David runzelte die Stirn. „Das ist aber ein recht großzügiger Zahlungsrahmen, Elisabeth! In zehn Jahren kann viel passieren."

„Ich habe die Farm ja auch nicht wegen des Geldes verkauft, sondern weil ich sie nicht verrotten sehen wollte und weil James Callaway das Land dort draußen wirklich liebt." Sie wandte sich Augusta und Abigail zu: „Er hat sogar einen Torbogen aus Kletterrosen angelegt! Und er hat die Gräber von Kens Eltern ganz wunderbar bepflanzt."

Abigail verstand. Beinahe zärtlich sagte sie: „Das klingt, als wäre es ganz in Kens Sinne, wie Mr. Callaway die Farm pflegt, Elisabeth. Ich bin sicher, er hätte dieser Entscheidung zugestimmt."

David schwieg, und Augusta nutzte die Gelegenheit zu einem kleinen Referat über die Geschichte der Umgebung. „Als ich damals hier ankam, hieß Lincoln noch Lancaster, und hier draußen gab es nur ein paar verstreute Farmen. Vor fünf Jahren haben sich die Keys und die Meyers zusammengetan und den Grundstein für eine neue Ortschaft gebildet, aber erst letztes Jahr wurde Lincoln offiziell zur Stadt erklärt und die Kirche gebaut. Jetzt planen sie hier draußen eine Schule. Ist gutes Land, ebenso geeignet für Getreideanbau wie für Viehhaltung."

Sie entfernten sich immer weiter von der Stadt Lincoln weg in die karge Landschaft hinein, wo die Luft glühte und Windböen Staubwolken aufwirbelnd über die Fläche hinwegfegten. Augusta und Abigail spannten ihre Schirme auf, doch Elisabeth hielt ihr Gesicht genießerisch emporgestreckt und ließ sich vom warmen Luftstrom sanft streicheln.

Plötzlich sagte Augusta: „Wenn die Karte stimmt, dann müssen wir da vorne nach Westen abbiegen."

Sie fuhren einen gewundenen Pfad hügelaufwärts und hatten bald das alte Ellis-Anwesen erreicht. Elisabeth sprang allein vom Wagen, während David den beiden älteren Damen beim Aussteigen half. Ein großer Baum vor dem Haus bot ein wenig Schatten.

„Sieht nicht sehr vielversprechend aus, oder?" murmelte David Elisabeth zu. Doch diese war hellauf begeistert.

„Oh, ich finde, das Haus wirkt sehr einladend!" rief sie. „Laßt uns hineingehen!" Und schon war sie durch die Haustür verschwunden. David folgte ihr langsam, während Abigail und Augusta unter dem Baum eine Decke ausbreiteten und das mitgebrachte Picknick auspackten.

Gerümpel und zerbrochenes Geschirr bedeckten den staubigen Fußboden des Farmhauses, und David wäre im Halbdunkel fast über einen dreibeinigen Stuhl gefallen, der an der Wand lehnte.

„Sehen Sie nur, David!" rief Elisabeth. An der westlichen Wohnzimmerwand hing eine gerahmte Stickarbeit. Das Glas war zerbrochen, und Regenwasser aus einem Leck im Dach hatte das Gewebe fast zerstört, doch man konnte immer noch die Worte: „Vergiß mich nicht" entziffern. Elisabeth schauderte und sah sich in dem Chaos um.

David überlegte: „Warum haben die Bewohner das alles hier nur so überstürzt verlassen? Es sieht aus, als wäre ein Wirbelsturm oder so etwas hier hindurchgejagt."

„Es waren Heuschrecken", erklärte Elisabeth. „Eine entsetzliche Heuschreckenplage, zweimal hintereinander. Die Farmer in der ganzen Umgebung haben alles verloren. Ich weiß noch, wie sie in die Stadt kamen. Vollkommen zerstört. Es war schrecklich!" Sie sah ihn an. „Damals habe ich Ken kennengelernt. Die Heuschrecken haben seinen Vater in den Ruin gestürzt, und er hat sich umgebracht. Ken konnte es nicht mehr ertragen hier draußen, und deshalb ist er nach Lincoln gekommen." Unvermittelt drehte sie sich um und eilte nach draußen zu Augusta und Abigail.

Augusta deutete auf den Brunnen. „Da gibt's sauberes Wasser. Das ist ein gutes Zeichen. Sie sollten James Callaway bitten, sich das Land mal genauer anzusehen. Elisabeth sagt, er hat ein gutes Gespür für Farmland."

David antwortete schnell: „Ich denke nicht, daß ich Mr. Callaways Hilfe brauche. Ich habe mich bereits für den Kauf entschieden."

Der etwas brüske Ton seiner Worte war Augusta nicht entgangen, doch Elisabeth hatte nichts bemerkt. Sie schlug arglos vor: „Oh, vielleicht könnten wir ja auf dem Rückweg kurz bei James vorbeifahren?"

„Wir sollten uns nicht zu lange aufhalten. Ich möchte heute noch die Kaufverträge unterzeichnen", bestimmte David.

Elisabeth sah ihn erstaunt an. „Aber ich hätte so gern, daß Sie Kens Farm einmal sehen!"

„Nun ja, ich kann die Papiere ja auch morgen früh unterzeichnen", änderte David eilig seine Meinung. Und so verspeisten sie ihr Picknick, stiegen alle wieder auf den Wagen und machten sich auf die kurze Fahrt zur ehemaligen Baird-Farm.

Als sie auf das Haus zukamen, bemerkte Elisabeth erfreut, daß James entlang des Zufahrtsweges zwei Reihen junger Bäumchen gepflanzt hatte. Eines Tages würde hier eine schattige Allee die Besucher willkommenheißen.

James hatte das Herannahen des Wagens gehört und kam aus der Scheune. Als er Elisabeth und Augusta auf dem Gefährt entdeckte, hellte sich sein Gesicht auf. David sprang vom Bock, und die beiden Männer schüttelten sich die Hände.

„David wird die Ellis-Farm kaufen, James", erklärte Elisabeth. „Dann seid ihr Nachbarn!"

James rang sich ein Lächeln ab und sagte: „Ich wußte gar nicht, daß Sie sich für Landwirtschaft interessieren."

„Das tue ich auch nicht. Mich interessiert nur der Landbesitz. Ich will die Farm als Investitionsobjekt haben."

Offensichtlich hatten sie sich sonst nichts zu sagen, und James wandte sich seinen Hut abnehmend den Frauen zu. „Entschuldigen Sie die schlechten Manieren, meine Damen. Kann ich Ihnen ein Glas kühles Wasser anbieten?"

Abigail sagte: „Oh, herzlichen Dank, Mr. Callaway, aber machen Sie sich keine Umstände. Wir müssen ohnehin gleich wieder weiter. Wir wollten nur kurz vorbeischauen und Hallo sagen. Elisabeth hat uns erzählt, was für Wunder Sie hier vollbracht haben." Sie sah sich anerkennend um. „Und ich muß sagen, sie hat nicht übertrieben. Ich kann sehen, warum sie Ihnen die Farm so gern verkauft hat."

Diesmal mußte sich James nicht zum Lächeln zwingen. „Vielen Dank, Madam."

Sie verabschiedeten sich, und David erklomm den Kutschbock. Plötzlich holte Elisabeth scharf Luft und sagte: „Aber . . . da hat ja jemand – "

James folgte ihrem Blick und trat näher an die Kutsche heran. „Ich hoffe, das war kein Fehler, Elisabeth. Sie haben mal gesagt, wie sehr Sie es bedauern, daß Ken kein Grab hat . . . und da dachte ich . . ."

Elisabeth kämpfte mit den Tränen. „Oh, James, das ist . . . ich –" Sie schaute auf ihre Hände herab. „Ich danke Ihnen."

Augusta rief: „James Callaway, Joseph hat vom ersten Tag an gesagt, daß Sie ein guter Mann sind. Ich habe das nie bezweifelt, doch wenn, dann würde ich jetzt auf der Stelle Abbitte leisten!"

Sie alle schauten zu dem einfachen Grabstein hinüber, der neben den beiden anderen stand und eine ebenso schlichte Inschrift trug wie diese – lediglich den Namen: „Ken".

„Tut mir leid, daß es nicht schöner ist, Elisabeth", sagte James entschuldigend.

Sie legte ihm die Hand auf die Schulter. „Es ist perfekt. Ich hätte es nicht anders haben wollen."

Als sie davonfuhren, sagte Abigail nachdenklich. „Wie liebenswürdig von dem jungen Mann." Sie sah Elisabeth an. „Vielen Dank, daß Sie darauf bestanden haben, bei ihm vorbeizufahren, Elisabeth. Ich glaube, heute haben wir einen ganz bemerkenswerten Teil von Nebraska kennengelernt . . . seine Einwohner!"

Kapitel 18

„Asa, nun stell dich nicht an und hilf mir, das Pferd anzuspannen! Joseph hat mir das Fahren beigebracht, und ich will aus der Stadt sein, bevor noch irgend jemand auf die Idee kommt, mitfahren zu wollen!"

Asa zuckte die Achseln und holte eine ältere Stute aus dem Stall, die er kopfschüttelnd anzuschirren begann. „Und was sage ich Joseph, wenn er vom Angeln zurückkommt und merkt, daß ich Sie allein habe ausfahren lassen, Mrs. Baird?"

„Sag ihm einfach, du hättest mich nicht davon abhalten können", sagte Elisabeth, während sie auf den Bock des leichten Buggys stieg und die Zügel in die Hand nahm. „Er wird dann wissen, daß du keine Chance hattest, Asa, und er wird dir nicht böse sein."

„Und wo fahren Sie hin, falls Joseph danach fragt?"

„Weg, Asa. Einfach nur weg. Ich muß einfach mal allein sein. Das wird Joseph schon verstehen."

„Und wann kommen Sie zurück, falls Mrs. Augusta danach fragt?"

„Wenn ich genügend allein gewesen bin", sagte Elisabeth vage, schnickte mit den Zügeln und fuhr schneidig davon, ohne den kopfschüttelnden Asa weiter zu beachten.

Die Luft war frisch und sauber, und zur Abwechslung blies einmal kein Wind den Staub durch die Straßen. Der Frühling hatte die Prärie bereits mit einem sanften Grünschimmer überzogen, und die Vögel kehrten aus ihren Winterquartieren zurück.

Elisabeth hatte das Gefühl, daß sie erst kurze Zeit unterwegs war, als sie bereits die Abzweigung zur Farm erreicht hatte. Lächelnd fuhr sie an den gepflanzten Baumreihen vorbei und stellte sich vor, wie die Allee einmal aussehen würde.

Im Hof regte sich nichts. Elisabeth sah sich nervös um. Noch nicht einmal der Hund, den James aus Lincoln mitgebracht hatte, ließ sich blicken. Seltsam, dachte Elisabeth, normalerweise kommt der Hund doch sofort bellend angeschossen, wenn jemand auf den Hof fährt.

Plötzlich kam der Hund hinter der Scheune hervorgelaufen und rannte mit lautem Gebell auf Elisabeth zu. Irgendwie wirkte er heute besonders aufgeregt. Auf halbem Weg hielt er inne, bellte Elisabeth auffordernd an und lief zur Scheune zurück.

Endlich verstand sie, daß er ihr etwas zeigen wollte. Sie sprang vom Wagen und eilte hinter dem Hund her. Er führte sie ein Stück auf die Wiese hinter der Scheune hinaus, wo sich ein kleiner Hügel erhob.

„James?" rief Elisabeth. „James! Wo sind Sie? Alles in Ordnung?"

Doch es kam keine Antwort. Als Elisabeth auf dem kleinen Hügel stand, sah sie auch, warum: James lag ein Stück weiter bewußtlos auf dem Boden, das rote Haar blutverschmiert. Ein

Stück weiter stand Buck, vor den Pflug gespannt, friedlich grasend.

Elisabeth stürzte zu James hinüber und kniete sich neben ihn. Als sie ihm ihre kühle Hand auf die Stirn legte, stöhnte er leise.

„James, blieben Sie ganz ruhig liegen! Ich bin gleich wieder da!" sagte sie und eilte zum Haus zurück. Doch als sie mit einem Tuch und einem Eimer kühlem Wasser zurückkam, hatte sich James bereits aufgesetzt und hielt sich den schmerzenden Kopf.

Während Elisabeth den schwappenden Wassereimer durch das hohe Gras schleppte, rief er ihr entgegen: „Keine Sorge, Lizzie! So schlimm ist es nicht. Ich werd' schon nicht sterben." Du Idiot! schalt er sich im selben Moment innerlich. Jetzt hast du sie Lizzie genannt, und dazu hast du kein Recht . . . jedenfalls noch nicht!

Elisabeth ließ sich neben ihm nieder und tauchte das Tuch in das kühle Wasser. „Ich weiß, daß Sie nicht sterben werden, James. Aber Sie müssen schon einen ordentlichen Schlag abbekommen haben, denn Sie haben mich eben Lizzie genannt." Sie begann ihm das Blut vom Kopf zu waschen. „Oh, da haben Sie aber eine gewaltige Beule! Wie ist denn das passiert?"

James nahm ihr das Tuch ab. „Ach, es geht schon, Liz- äh, Elisabeth. Ich glaube, der Pflug ist an einem Baumstumpf oder so was hängengeblieben, und irgendwie bin ich dann dagegengefallen." Er grinste unsicher und schüttelte den Kopf. „Tut mir leid, daß ich Sie Lizzie genannt habe. Ich hab' mir vermutlich doch ganz schön den Schädel angeschlagen. Tja, Soldaten sind wohl nicht so sehr zum Farmer geeignet." Er hielt abrupt inne. „Oh, jetzt denken Sie bestimmt, Sie hätten die Farm an den Falschen verkauft, hm?" Mit einem schmerzvollen Stöhnen erhob sich James und ging wackeligen Schrittes zu Buck hinüber.

„Soldat? Also waren Sie vorher ein Soldat?" fragte Elisabeth, die ebenfalls aufgestanden war und sich nun den Staub von ihren Röcken klopfte.

James seufzte. „Ich erinnere mich nicht gerne daran. Und ich würde lieber nicht darüber reden."

Elisabeth trat neben ihn, legte ihm behutsam die Hand auf den Arm und fragte: „Schaffen Sie's bis zum Haus? Sie sollten sich hinlegen, wissen Sie? Vielleicht sollten Sie sogar mit mir in die Stadt fahren und Dr. Gilbert aufsuchen."

„Nicht nötig, Elisabeth. Ich bin vielleicht unerfahren in der Landwirtschaft, aber an Schläge auf den Kopf bin ich gewöhnt. Und ich habe einen sehr harten Schädel. Da muß schon mehr als ein Pflug kommen, um ernsten Schaden anzurichten. Ich bin trotzdem froh, daß Sie vobeigekommen sind. Den Seinen gibt's der Herr tatsächlich im Schlaf!" grinste er.

„Wie lange haben Sie denn hier draußen gelegen?"

James blinzelte in die Sonne. „Ich weiß nicht genau. Aber eine ganze Weile."

Während sie langsam zum Haus hinübergingen, erläuterte Elisabeth James die Idee, die ihr kürzlich gekommen war. „David will die Ellis-Farm nicht bearbeiten oder dort leben, er will sie nur besitzen. Und um ihren Wert zu steigern, wird er sich nach jemandem umsehen müssen, der das Land bebaut. Ich weiß, daß Sie im Moment hier alle Hände voll zu tun haben und nicht noch mehr Land bewirtschaften können. Aber Sie könnten doch vielleicht so eine Art Aufsichtspflicht für die Ellis-Farm übernehmen. Ein bißchen darauf achten, daß der neue Pächter seine Sache ordentlich macht und so weiter. Ich weiß, daß David dafür einen guten Preis zahlen würde, und das würde Sie Ihrem Traum doch wieder ein Stück näher bringen, nicht wahr?" Und dann könnte er Sarah heiraten, fügte sie in Gedanken hinzu.

Während Elisabeth redete, hatte James sie aufmerksam angesehen. Ihre lebhaften dunklen Augen leuchteten, und die Morgensonne zauberte rötliche Reflexe in ihr Haar.

Plötzlich bemerkte James, daß Elisabeth zu reden aufgehört hatte. Anscheinend hatte sie eine Frage gestellt und wartete nun auf eine Antwort. Jetzt wiederholte sie: „Also, was halten Sie davon?"

James starrte sie verständnislos an. „Wovon?"

„Von der Idee, die Aufsicht über David Braddocks Farm zu führen."

„Kein Interesse."

„Aber –"

„Ich habe kein Interesse", sagte James fest und deutete auf eine zarte Pflanze neben der Veranda. „Meine Rose ist angegangen, sehen Sie?"

Elisabeth schaute verwirrt und fragte dann: „Was, Sie sagen

einfach so Nein? Wollen Sie nicht wenigstens darüber nachdenken?"

„Nein."

„Aber –"

„Elisabeth", seufzte James, „brauchen Sie das Geld doch früher, als Sie dachten?"

Sie schüttelte den Kopf. „Nein, das ist es nicht."

„Sind Sie sicher?"

„Ja, doch! Ich wollte Ihnen nur helfen."

„Danke."

„Aber ich verstehe einfach nicht, wie Sie sich eine solche Gelegenheit –"

James unterbrach sie. „Elisabeth, ich habe Ihnen gerade gesagt, daß ich nicht gern über meine Vergangenheit rede, aber soviel will ich Ihnen sagen: Den größten Teil meines Lebens habe ich damit verbracht, die Befehle anderer Leute entgegenzunehmen und auszuführen." Er senkte den Kopf. „Und das hat dazu geführt, daß ich einige . . . schreckliche Dinge getan habe." Die Stimme versagte ihm, und er mußte sich räuspern. „Ich habe die Sache mit Gott ins reine gebracht, und ich denke, er hat mir vergeben. Aber ich möchte mir von niemandem mehr sagen lassen, was ich zu tun und zu lassen habe, außer von Gott selbst. Nicht, wenn ich es verhindern kann." Er sah Elisabeth offen an. „Ich kenne David Braddock nicht, und ich habe keinen Grund anzunehmen, daß er etwas anderes als ein ehrlicher Mann ist. Aber ich möchte mich einfach nicht mehr in eine Lage bringen, wo jemand mir Anweisungen gibt. Ich kann das nicht tun. Vielen Dank, daß Sie an mich gedacht haben, aber es geht nicht. Mr. Braddock wird in der Stadt bestimmt jemanden finden, der das ganz wunderbar macht."

Elisabeth sah zu dem jungen Rosenbusch hinüber und fragte leise. „Kann ich Sie etwas fragen?"

„Was Sie wollen."

„Sie haben gesagt, Sie hätten das mit Gott ins reine gebracht." Sie schaute ihm in die Augen. „Wie haben Sie das gemacht?"

„Na ja, ich schätze, ich habe ihn einfach darum gebeten. Joseph hat gesagt, wenn wir ihn bitten, in unserem Leben das Kommando zu übernehmen, dann bringt er diese Sachen in uns in Ordnung. Es klingt vielleicht verrückt, aber genau so war's."

„Und was ist dann passiert?"

„Irgendwie wußte ich einfach, daß jetzt alles zwischen ihm und mir in Ordnung ist. Ich habe das auch in der Bibel gelesen, im ersten Johannesbrief."

„Und das war alles?" hakte Elisabeth nach.

„Na ja, ganz so einfach war's nicht. Es hat eine Weile gedauert." James korrigierte sich. „Nein, das stimmt nicht. Es hat verdammt lange gedauert." Er wandte sich Elisabeth zu. „Aber er kümmert sich um uns, Elisabeth. Bitten Sie ihn einfach darum, und dann warten Sie's ab."

„Sie klingen genau wie meine Mutter. Sie hat sogar fast dieselben Worte benutzt."

„Ja – und zwar deswegen, weil sie wahr sind!"

Elisabeth seufzte. „Für meine Mutter waren sie das. Sie liebte Gott, und er paßte auf sie auf. Aber ich . . . ich liebe ihn nicht, verstehen Sie, James? Nicht nach allem, was er mir angetan hat . . . was er Ken angetan hat! Ich kann ihn einfach nicht mehr lieben. Und so lange ich das nicht tue, hat er wenig Grund, sich um mich zu kümmern, nicht wahr?"

James wußte nicht, was er darauf sagen sollte, und so tat er das einzig Richtige: Er hörte zu, als Elisabeth endlich ein wenig von der Bitterkeit hinausließ, die sich in ihr aufgestaut hatte und ihr Inneres vergiftete.

Dann stand sie jäh auf. „Ich fahre jetzt besser zurück. Augusta und Joseph werden sich schon Sorgen machen. Und Sarah kann nicht die ganze Arbeit allein machen."

„Oh, ich bin sicher, daß sie das könnte!"

„Tja, das stimmt wohl. Sie ist eine ganz außergewöhnliche junge Frau, finden Sie nicht?" Elisabeth beobachtete James' Reaktion ganz genau, doch er sagte nichts. „Also, passen Sie auf sich auf, und schonen Sie sich ein bißchen, James Callaway! Auch der härteste Schädel braucht mal eine Pause."

Kapitel 19

„Ich weiß einfach nicht, was ich tun soll", seufzte der Grundstücksmakler Janson. „Der Indianer hat in der amerikanischen Bevölkerung einfach einen denkbar schlechten Ruf. Und das nicht ohne Grund, wenn ich so sagen darf."

Der Makler war zu seinem allwöchentlichen Treffen mit den Leitern der Santee-Reservation hinausgeritten, und nun steckten sie mitten in einer Diskussion über das Indianer-Problem.

Reverend Alfred Riggs lächelte bitter. „Ich denke, jede Bevölkerungsgruppe, die von unserer Regierung mit einer solchen Grausamkeit und Ungerechtigkeit behandelt worden ist wie die Indianer, hat das Recht auf ein bißchen ‚schlechten Ruf'!"

Janson beugte sich in seinem Stuhl nach vorn. „Aber sie müssen zivilisiert werden, und was das angeht, bin ich mit meinem Latein am Ende! Erst letzte Woche habe ich persönlich einen Teil des Goldes ausbezahlt, das wir ihnen für ihr Land geben, und raten Sie mal, was passiert ist? Eine halbe Stunde später wurde eine Gruppe Halbwüchsiger dabei beobachtet, wie sie die Münzen am Fluß übers Wasser springen ließen! Ich bitte Sie! Zivilisierte Menschen müssen doch wissen, was man mit Geld anfängt! Was sollen wir denn machen, wenn sie es bloß zum Spielen benutzen? Sie werden es nie lernen!"

Alfred antwortete leise: „Wissen Sie, Thomas, dieses ‚Indianer-Problem', wie Sie es so schön nennen – manche Indianer nennen es das Weißen-Problem –, läßt sich durchaus lösen. Ich habe festgestellt, daß man zu ihren Herzen vordringen kann, wenn man ihnen in brüderlicher Liebe begegnet. Sie schätzen es nicht, wenn man sich ihnen gegenüber wie ein Sklavenhalter aufführt."

Als er sah, wie Janson ärgerlich den Kiefer vorschob, sprach Alfred schnell weiter: „Stolz und Herrschsucht stoßen die Indianer ab, genau wie die meisten anderen Menschen auch. Wir können einen kleinen Jungen zwingen, sich das Gesicht zu waschen und in die Schule zu gehen, aber wenn wir sein Herz nicht erreicht haben, dann wird er sich in einen wilden Raufbold zurückverwandeln, sobald er die Schule verlassen hat. Doch hier haben wir die Erfahrung gemacht, daß man mit Geduld und Freundlichkeit viel erreichen kann."

Janson stieß abfällig hervor: „Es ist schwer, einem Haufen fauler Herumlungerer gegenüber freundlich zu sein!"

Jetzt war es an Alfred, wütend zu werden. Er umklammerte die Armlehnen seines Stuhles und zischte: „Oh ja, natürlich, die Indianer sind faul, und die Weißen sind arbeitsam. So arbeitsam, daß sie überall die Armenhäuser und Gefängnisse füllen! Es gibt in jeder Gemeinschaft faule Menschen, Thomas, und ich frage mich, ob sich Weiße unter denselben Bedingungen nicht ganz genauso verhalten würden wie unsere roten Brüder. Der Mensch schätzt die Dinge meist nicht, die er einfach so geschenkt bekommt. Ich glaube, daß der Grundgedanke unserer Reservationen hier draußen durchaus richtig war, aber indem wir den Indianern alles zur Verfügung gestellt haben, was sie zum Leben brauchen, haben wir ihnen das genommen, was sie antrieb – den Stolz darauf, sich und ihre Familie zu versorgen und dieses gut zu machen. Deshalb bestehen wir darauf, daß die Kinder hier in die Schule gehen und die Erwachsenen ihren Beitrag zur Finanzierung leisten."

„Und was nützt das, wenn ich fragen darf?" hakte Janson nach. „Sind sie heute irgendwie zivilisierter als 1870, als Sie hierherkamen?"

„Halten Sie die Augen offen, Thomas. Und glauben Sie nicht alles, was Ihnen gesagt wird. Es sind keine rätselhaften, gefühllosen Wilden. Ich habe schon gesehen, wie sie vor Lachen gebrüllt haben, als –" Alfred hielt inne. Gerade war ihm eingefallen, daß die Indianer damals so gelacht hatten, weil einer von ihnen Jansons übertriebene Mimik gekonnt nachgeahmt hatte.

Janson fragte jedoch nicht weiter nach und beruhigte sich ein wenig. „Nun gut, Alfred. Ich weiß, daß ich noch viel zu lernen habe, und ich stimme mit Ihnen überein, daß die Indianer Menschen sind. Ich habe auch gesehen, daß sie durchaus imstande sind zu lernen, obwohl mir ein paar Leute drüben im Osten etwas anderes erzählt haben. Aber sehen Sie bislang irgend einen Erfolg darin, ihr Leben zum Besseren verändern zu wollen? Ich sehe jedenfalls keinen. Ich weiß, ich habe keine solche Liebe zu den Indianern wie Sie, aber auch mir liegt daran, daß sie ein nützliches Leben führen. Das wäre für uns alle das Beste."

Alfred dachte lange über eine Antwort nach. „Unsere Gemeindemitglieder erleben natürlich Höhen und Tiefen, wie in jeder Gemeinschaft. Sie halten durch und geben auf, sie fallen und stehen wieder auf, sie reifen und bleiben stehen, ganz genau wie jeder Christ. Noch haben nicht viele Schüler ihren Abschluß gemacht, aber ich habe erst neulich einen Brief von einem bekommen, der jetzt Pastor in Montana ist. Er schrieb, daß die Schule dort eine gute Saat aussäen würde. Alle Mißerfolge der letzten Jahre – und das waren nicht wenige – werden von einem solchen Erfolg aufgewogen!"

„Was ist mit dem Wilden, der vor Ihrer Haustür aufgekreuzt ist? Wird er am Samstag zur Registration erscheinen?"

Alfred war skeptisch. „Können Sie damit nicht noch warten, Thomas? Er ist zwar schon eine Weile hier, aber in seinem Herzen ist er noch sehr weit weg."

„Wir können hier keine weiteren Störenfriede gebrauchen! Wenn er irgendwelchen Ärger macht, muß ich ihn sofort in die Reservation nach Standing Rock schicken. Da gehören die Lakota sowieso hin!"

Alfred antwortete schnell: „Oh, er wird keinen Ärger machen. Er hat nur große Schwierigkeiten, sich unserem Leben anzupassen. Aber Pastor John Sturmwolke kennt ihn recht gut und meint, er wird es schon schaffen. Wilder Adler ist ein fleißiger Arbeiter, und er studiert sehr eifrig unsere Sprache."

Janson gab nach. „Also gut, Alfred. Sie sind der Experte für die Indianer. Ich werde die weitere Entwicklung abwarten. Sehen Sie zu, daß Sie ihn in Schach halten!"

*

Als James und Martha Roter Flügel Wilder Adler einluden, sie auf ihrer alljährlichen Fahrt zur Reservations-Agentur zu begleiten, fragte er: „Was geschieht dort?"

„Wir bekommen von der Regierung jedes Jahr Dinge, die uns helfen sollen zu überleben. Dinge, die wir nicht anbauen können und die wir früher im Tauschhandel erworben haben. Es ist ein großes Fest! Wir nehmen unsere besten Pferde mit und halten Rennen ab. Es ist wie früher, wenn die Händler kamen!"

Als sie James' schnellstes Pony hinten an den Wagen gebunden hatten und losfuhren, sagte Wilder Adler nachdenklich: „Dinge geschenkt zu bekommen, kann die Menschen faul machen. Als ich jung war, gab es einen faulen Krieger in unserem Stamm. Wenn ihm jemand etwas schenkte, wurde es nur noch schlimmer mit ihm. Er hörte auf, es zu versuchen. Er fiel allen zur Last und machte Ärger. Das wird auch in den Reservationen passieren, wenn diesen Menschen immer alles geschenkt wird."

James schaute Martha an und grinste. „Er hat Reverend Riggs wohl gut zugehört!"

Wilder Adler zuckte die Achseln. „Wenn Reverend Riggs das gesagt hat, hat er recht."

Während sie den unbefestigten Pfad entlangholperten, nutzte James die Gelegenheit, Wilder Adler ein wenig von seiner eigenen Geschichte zu erzählen. „Wilder Adler, mein Bruder, in früheren Zeiten bin ich eine dunkle Straße entlanggewandert. Ich haßte die Weißen, und ich habe sie mit aller Kraft bekämpft. Doch ich litt und stand viele Ängste aus. Mein Volk starb, und niemand war da, um mir zu helfen. Also kämpfte ich. Aber die Soldaten kamen und brachten mich an einen Ort weit weg von meiner Heimat. Sie steckten mich ins Gefängnis. Doch dann kam Alfred Riggs dorthin und erzählte mir vom Guten Hirten, der niemals müde wird und durch Wüsten und Gebirge zieht, um die zu suchen, die verloren sind. Der Gute Hirte, Jesus Christus, der Sohn Gottes, rettete mich aus dem Tal des Todes und gab mir einen Grund zum Leben. Er ist der Retter, der mir das Licht gibt. Ich fahre jetzt zur Agentur und hole die Dinge, die sie mir geben, aber ich glaube nicht, daß die Regierung mir zum wahren Leben verhelfen kann. Ich werde auf meiner Farm arbeiten und Jesus Christus vertrauen. Ihm allein will ich gehorchen und versuchen, so zu leben wie er. Ich bin dankbar für Reverend Riggs, und ich werde seine Hilfe annehmen, und die der Regierung."

James Roter Flügel hatte leise gesprochen, aber in seiner Stimme klang eine Leidenschaft mit, die Wilder Adler bisher noch nicht erlebt hatte.

Dutzende von Familien warteten bereits vor dem Hauptgebäude der Agentur, als sie ankamen. Alle Augen waren auf Wilder Adler gerichtet, und viele flüsterten aufgeregt miteinander. James und Martha begrüßten Bekannte und stellten Wilder Adler vor, der allen ernst zunickte. Schließlich suchte er im hinteren Teil des Wagens Zuflucht vor den neugierigen Blicken.

Auf der Veranda vor dem Gebäude saß ein Mann und las laut Namen auf einer Liste vor. Wilder Adler hörte den Namen Roter Flügel und blickte auf, als James vortrat und sich seinen Bezugsschein abholte. Die Kiste, die sie mitgebracht hatten, wurde vom Wagen abgeladen, und der Mann stand mit seiner Liste daneben und hakte die Dinge ab, die ein Helfer in die Kiste warf: „Vier Decken, drei Meter dunkelblauer Flanellstoff, ein Meter roter Flanell, vier Meter Baumwollstoff, zwei Hemden, ein Schal, zwei Paar Wollsocken, zwei Paar Wollstrümpfe, eine Wollmütze, ein Paar Stiefel, ein Paar Schuhe, sechs Rollen Schnur, ein Mantel, eine Jeans, sechs Spulen Nähgarn, ein Hut, ein Paar Handschuhe, eine Matte."

Als die Matte herbeigeschafft worden war, nahmen James und Martha die Kiste und brachten sie wieder zum Wagen.

Wilder Adler starrte sie ungläubig an. „Das ist für zwölf Monate?" Er befühlte die Stoffe. „Das wird keine drei Monate halten. Ihr solltet Leder nehmen."

James lächelte geduldig. „Leder ist gut für Kleidung nach der alten Art. Aber jetzt macht Mary unsere Kleidung hieraus." Er deutete auf eine Koppel mit Vieh, die ein wenig abseits des Hauptgebäudes lag. „Und jetzt werden wir uns ein bißchen amüsieren!"

Einige Krieger hatten sich die Gesichter bemalt und umkreisten mit in die Luft gestreckten Gewehren auf ihren Ponys die Koppel. Ein Name wurde ausgerufen, und ein junger Stier wurde aus der Koppel in die offene Prärie hinausgetrieben. Einer der berittenen Krieger galoppierte ihm nach und erlegte ihn kurze Zeit später.

Und so verging der Nachmittag, indem jede Familie das ihnen zugeteilte Rind selbst tötete und zerlegte. Erst danach sollten die angekündigten Rennen stattfinden.

James Roter Flügel erhob sich steif und deutete mit dem blutigen Messer auf Wilder Adler. „Du solltest Kleiner Stern in dem Rennen reiten."

Wilder Adler schüttelte den Kopf. „Sie gehört dir."

„Aber du reitest viel besser als ich, und ich hätte gern, daß sie gewinnt. Ich möchte mir eine gute Zucht aufbauen. Wenn die anderen sehen, wie schnell Kleiner Stern ist, werden sie Fohlen von ihr haben wollen." James führte Wilder Adler um den Wagen herum. „Sieh." Er wies auf einen großen Baum in einiger Entfernung. „Das Rennen führt um diesen Baum, dann hinunter zum Fluß und wieder zurück. Du kannst es leicht gewinnen. Und wenn du es schaffst, gebe ich dir die Schwester von Kleiner Stern. Du brauchst ein gutes Pony."

Die anderen Teilnehmer bildeten bereits eine Starterlinie. Anfeuernde Rufe waren zu hören, Wetten wurden abgeschlossen, und die Ponys schnaubten und tänzelten. Wilder Adler sah sich die Tiere genau an und wußte, daß Kleiner Stern sie leicht besiegen konnte. Die Versuchung war einfach zu groß.

Wilder Adler schwang sich auf die Stute und trabte zur Startlinie hinüber, gerade als der Startschuß erklang. Die Ponys preschten los und donnerten eine Staubwolke hinter sich herziehend die kurze Strecke zum Baum entlang. Wilder Adler ritt eine so enge Wende um den Baum, daß er mit seinem Knie die Rinde entlangschabte. James ließ einen begeisterten Schrei los, und Kleiner Stern galoppierte weit vorn an der Spitze zum Fluß hinunter. Sie gewann das Rennen mit Leichtigkeit.

„Ein gutes Rennen, James!" rief einer der Konkurrenten. „Dein wilder Freund hier kann wirklich reiten! Ich werde dich morgen besuchen und mit dir beraten, ob deine Stute und mein Hengst nicht ein gutes Paar abgeben würden. Sie würden sicher gute Söhne und Töchter hervorbringen!"

Wilder Adler ließ die von der Anstrengung schnaubende Stute noch ein wenig austraben. Sein Gesicht leuchtete vor Freude über das Rennen und den Sieg. Das Lächeln veränderte sein ganzes Gesicht auf so erstaunliche Weise, daß James zweimal hinsehen mußte. Zum ersten Mal fiel ihm auf, daß Wilder Adler ein ausgesprochen gutaussehender Mann war. Doch als Wilder Adler bemerkte, daß er im Mittelpunkt der allgemeinen Aufmerksamkeit stand, ließ er sich vom Rücken des Ponys gleiten, warf James die Zügel zu und zog sich zurück hinter den Wagen.

James kam ihm mit Kleiner Stern am Zügel nach und klopfte

ihm freundschaftlich auf den Rücken. „Danke, mein Bruder! Ich habe schon einige gute Zuchtangebote bekommen!"

Wilder Adler sah ihn ernst an. „Ich danke dir, James Roter Flügel." Als Antwort auf James' fragenden Blick legte Wilder Adler die rechte Hand auf die Brust und erklärte: „Als Kleiner Stern und ich über die Prärie flogen, spürte ich Freude hier drin. Es ist gut zu wissen, daß mein Herz sich an die Freude erinnert. Ich hatte geglaubt, es hätte sie vergessen."

Kapitel 20

Sarah Biddle seufzte, als sie aus dem Fenster ihres Mansardenzimmers im Anwesen der Braddocks in Philadelphia schaute. Von hier aus konnte sie den Garten sehen. Die Rosen standen in voller Blüte, und dahinter leuchteten Blumen, deren Namen sie gar nicht alle kannte, in jeder denkbaren Farbe.

Sarah beobachtete den Gärtner, der einen Korb frischer Blüten pflückte, die nachher wie jeden Abend auf dem Tisch stehen würden.

Hinter ihr sagte Tom: „Ich weiß nicht, Sarah, aber irgendwie habe ich Heimweh. Mrs. Braddock ist eine nette Lady, und David ist großartig. Aber ich will trotzdem nach Hause!"

Sarahs schmaler Mund verzog sich zu einem Lächeln, als sie sanft sagte. „Ich auch, Tom. Aber das neue Haus ist noch nicht fertig, und wir müssen noch ein bißchen warten."

„Warum brauchen wir denn überhaupt ein neues Zuhause, Sarah? Mir hat's bei Tante Augusta eigentlich gut gefallen. Und in so einem großen Haus wie hier zu leben, finde ich gar nicht schön."

„Ach, das wird in Lincoln ganz anders sein", versicherte ihm Sarah.

„Woher willst du das wissen?"

„Weil du dann wieder zu Miss Griswall in die Schule gehen und mit deinen Freunden spielen kannst, und die werden ganz schön beeindruckt von unserer Reise nach Philadelphia sein! Und außerdem werde ich in Lincoln für den Haushalt zuständig sein."

Tom krabbelte auf sein Bett und grinste sie an. „Was für ein Glück! Kein sauertöpfischer Gärtner und keine furchterregende Haushälterin, die mich ausschimpft!"

„Also wirklich, Tom", schalt Sarah ihn sanft. „Mrs. Titus ist eine sehr gute Haushälterin. Und furchterregend ist sie auch nicht. Sie will bloß –"

„Sie will bloß, daß alles so ist, wie Mrs. Braddock es haben will, ich weiß, ich weiß", beendete Tom den Satz. „Stimmt, sie ist gar nicht so übel. Ich mag bloß nicht mehr in dieser Stadt sein."

Insgeheim stimmte Sarah ihm zu, obwohl sie es nicht laut aussprach. Die letzten acht Wochen waren mit Neuem angefüllt gewesen, und Sarah schwirrte der Kopf von all den Dingen, die sie noch zu lernen hatte. Die erste Woche hatte Mrs. Titus Sarah in die Arbeit in der Küche eingewiesen, während Tom sich draußen nach Lust und Laune vergnügen durfte. Sie hatten Plätzchen, Pralinen, Karamellen und Pasteten gemacht, „weil Mr. David Süßes so liebt". Als Mrs. Titus feststellte, daß Sarah bereits einige Kochkünste beherrschte, hatte sie sich auf die Darreichung der Köstlichkeiten und das korrekte Servieren konzentriert.

In der zweiten Woche standen die Feinheiten des Putzens und Spülens auf dem Lehrplan. „Das Geheimnis liegt in der Mischung", hatte Mrs. Titus erläutert. „Ein paar Tropfen Ammoniakgeist ins Spülwasser, und das Glas funkelt nur so. Und abgetrocknet wird es mit alten Seidentaschentüchern. Das Silber wird einmal die Woche poliert, und zwar am Freitag, so daß es am Wochenende strahlend glänzt, wenn Gäste kommen."

Und so ging es weiter in einem fort. Sarah folgte Mrs. Titus' Anweisungen, machte sich Notizen zu Tips und Erfahrungen und versuchte, sich alles zu merken, bis ihr der Kopf rauchte.

„Also wirklich, Tom", stöhnte sie eines Abends, „ich fange an zu glauben, daß ich noch nicht mal die Toiletten richtig putzen, geschweige denn den gesamten Haushalt führen kann!"

„Ach, du hast doch das Hotel in Lincoln praktisch auch allein geschmissen", beruhigte sie Tom.

Sarah seufzte. „Ich fürchte, die Ansprüche unserer Hotelgäste in Lincoln sind mit denen in Philadelphia nicht zu vergleichen. Ich kann nicht fassen, was Mrs. Titus jeden Tag leistet! Und wenn ich das Haus der Braddocks in Lincoln führen soll, muß ich das alles organisieren."

„Aber dort wohnen doch nur David und Mrs. Braddock, und das auch nur ab und zu. Soviel Dreck können die zwei doch nicht machen!"

Sarah mußte lachen. „Hoffentlich hast du recht. Und es ist wirklich eine tolle Gelegenheit."

Endlich hatte Sarah das Gefühl, die Haushaltsabläufe einigermaßen verstanden zu haben, als Mrs. Braddock sie in die Bibliothek bat und noch eine weitere Herausforderung hinzufügte: Rhetorikunterricht bei einem bestellten Hauslehrer.

„Aber Mrs. Braddock - wozu braucht denn eine Haushälterin eine gute Rhetorik? Ich drück' mich vielleicht nicht gewählt aus, aber dafür kann ich prima kochen!" verteidigte sich Sarah.

Abigail lächelte weise. „Sarah, du wirst unsere Gäste empfangen müssen, und sie sollen doch nicht denken, du wärst eine einfache Dienstmagd, oder? Ich möchte, daß sie von meiner reizenden Haushälterin ganz bezaubert sind. Außerdem weiß man ja nie, was da für Gelegenheiten durch die Tür hereinmarschiert kommen, nicht wahr?" fügte sie mit einem Augenzwinkern hinzu.

Sarah lief dunkelrot an. „Oh, Mrs. Braddock, ich würde gar nicht wollen, daß sich so ein reicher Herr für mich interessiert. Ich wüßte doch gar nicht, wie ich mich verhalten muß!"

„Wenn Mrs. Titus und der Hauslehrer deine Ausbildung abgeschlossen haben, dann wirst du es wissen, Sarah!"

Sarah sah zu Boden und versuchte sich vorzustellen, wie James Callaway in seiner Arbeitskleidung vor der prachtvollen Eingangstür des Anwesens der Braddocks stand. „Ein Mann, der sich für mich interessiert, würde vermutlich nur zum Dienstboteneingang hereinkommen. Und das wäre mir auch ganz recht so."

Abigail zog sie ein wenig auf. „Das klingt, als hättest du schon jemand Bestimmten im Sinn!"

Sarah errötete noch tiefer. „Nein, Madam, bisher hat noch kein bestimmter Mann Interesse an mir gezeigt."

„Nun, wie dem auch sei - wenn du selbst kein Interesse an dem

Unterricht hast, dann tu es wenigstens Tom zuliebe. Augusta und ich haben große Pläne für ihn. Er ist ein sehr intelligenter Junge."

Sarah nickte bekräftigend. „Ja, ich weiß. Er ist sehr schlau. Bestimmt wird er es mal weit bringen. Ich spare schon, damit er mal auf die Universität gehen kann."

Abigail lächelte. „Dann sind wir uns in diesem Punkt also einig. Und du mußt Tom mit gutem Beispiel vorangehen. Schließlich bist du seine große Schwester. Also, wie wär's? Ihr beide nehmt am Unterricht teil. Und wenn Tom im Herbst auf Miss Griswalls Schule zurückgeht, wird sie sich über seine Fortschritte wundern!"

Sarah grinste sie spitzbübisch an. „Wenn Sie sich etwas in den Kopf gesetzt haben, dann lassen Sie nicht locker, nicht wahr?"

Abigail schüttelte lachend den Kopf. „Ganz recht! Ich bin eben eine verwöhnte alte Frau, die ihren Kopf immer durchsetzt."

„Tja, dann habe ich wohl keine andere Wahl, oder? Also gut, ich nehme am Unterricht teil."

Und das hatte sie dann auch getan. Dabei stellte sich heraus, daß Tom nicht der einzig helle Kopf aus der Familie der Biddles war.

Als Sarah nun mit Tom über die Rückkehr nach Lincoln redete, formulierte sie ihre Sätze sorgfältig, und auch ihre Sprechweise hatte sich gebessert.

„Ich glaube, ich habe so ziemlich alles gelernt, was Mrs. Titus mir beibringen kann. Mein Kopf ist voll mit Anweisungen, Rezepten und Listen! Bestimmt bricht er demnächst auseinander, und ich wette, dann fällt eine Flasche Ammoniakgeist heraus! Na ja, vielleicht läßt Mrs. Braddock uns ja bald nach Hause fahren . . ."

„Oh ja!" rief Tom begeistert. „Bitte frag sie doch gleich morgen! Ich gehe jetzt auch gleich ins Bett, dann vergeht die Zeit bis morgen schneller!" Und schon war er in sein Zimmer verschwunden.

Kopfschüttelnd setzte sich Sarah an den Schreibtisch und schrieb einen Brief nach Hause.

*

Als Augusta Sarahs Brief vorgelesen hatte, sagte sie mehr zu sich selbst: „Irgendwie klingen ihre Grüße an James Callaway immer ein wenig anders als die an die anderen!"

Elisabeth schaute vom Spülbecken auf und sagte: „Tja, ich denke, sie macht sich Hoffnungen auf James!"

Augusta sah sie überrascht an. „Unsinn! Er ist doch viel zu alt für sie! Außerdem ist sie doch auf dem besten Weg, sich eine wunderbare Existenz aufzubauen. Da kann sie doch keinen armen Schlucker wie James gebrauchen!"

Elisabeth schalt sie: „Aber Tante Augusta! James ist ein sehr netter Mann, das hast du doch selbst gesagt! Und wenn er so weitermacht, wird die Farm bald ein wahres Schmuckstück sein."

Augusta ließ sich nicht irritieren. „Ja, ja, das mag wohl sein – wenn er sich noch ein paar Jahre den Buckel krumm arbeitet! Und wer auch immer seine Frau wird, wird neben ihm im Dreck wühlen müssen."

Elisabeth schüttelte den Kopf. „Also, so furchtbar würde es sicherlich nicht sein!"

„Elisabeth Baird! Du solltest doch wirklich wissen, wie hart die Farmarbeit ist und wie viele ehrliche Männer da draußen scheitern!"

„Schon, aber bei James ist das irgendwie etwas anderes. Er hat eine richtige Leidenschaft für das Land. Wenn er über seine Pläne redet, dann sehe ich alles schon vor mir: der Apfelgarten, die Scheune voll erstklassiger Tiere ... und er hat schon so viel erreicht ..."

Augusta brachte die Seifenblase, die vor Elisabeths innerem Auge tanzte, zum Platzen. „Hör auf zu träumen, Mädchen! Eine einzige schwache Ernte, und er ist erledigt!"

„Das glaube ich nicht", widersprach Elisabeth sanft. „Irgend etwas an ihm sagt mir, daß er es schaffen wird."

Augusta dachte einen Moment über diese Aussage nach und beschloß dann: „Na ja, wenn unsere Sarah denn also wirklich ihr Herz an ihn verloren hat – er könnte es bestimmt schlechter treffen!"

Elisabeth grinste. „Oh ja, das könnte er! Aber nun verplanen wir schon Sarahs Zukunft, dabei hat sie noch nicht einmal angefangen, für die Braddocks zu arbeiten! Das sollten wir besser David und Abigail nicht verraten!"

„Ich hoffe, daß Sarah und Tom bald nach Hause kommen. Sarah klingt wirklich, als hätte sie großes Heimweh."

Beide Frauen seufzten und kehrten an ihre Arbeit zurück.

Kapitel 21

„Wilder Adler, du sprichst inzwischen sehr gut Englisch. Wenn du in dieser Welt weiterkommen willst, ist es nun an der Zeit, andere Dinge zu lernen. Hier, nimm dieses Geschichtsbuch und lies laut daraus vor."

Wilder Adler und James Roter Flügel saßen am Küchentisch. Eine Kerosinlampe stand auf dem Tisch und beleuchtete das ernste Gesicht von James, während Wilder Adler sich mit verschränkten Armen in seinen Stuhl zurücklehnte.

James probierte es mit einer anderen Strategie. „Die Jungen sehen alle zu dir auf. Sie sehen, wie du bei den Rennen gewinnst. Sie sehen, wie du beim Bauen hilfst und Wasser holst. Du bist sehr stark, und sie bewundern das. Aber sie sehen auch, wenn du es ablehnst, etwas Neues zu lernen, und sie sehen, wie du in der Kirche die Arme vor der Brust kreuzt und nichts an dich heranläßt. Sie sehen, daß du Gott nicht für das Essen dankst. Nun, was die Religion angeht – ich kann dich nicht bitten, an etwas zu glauben, an das du nun einmal nicht glaubst. Aber ich kann dich bitten, Geschichte und Geographie zu lernen, so wie es alle hier tun. Und die Jungen würden selbst viel bereitwilliger lernen, wenn sie sehen, daß du es auch tust."

Wilder Adler beugte sich vor und griff nach dem Geschichtsbuch. Er schlug die erste Seite auf und zeigte auf ein Bild, auf dem ein Farmer abgebildet war, der mit zum Himmel erhobenen Armen auf einem Felsen stand, eine Tasche mit Saatgut um die Schultern. Zu seinen Füßen erstreckte sich ein bestellter Acker, und im Hintergrund konnte man ein kleines Dorf erkennen.

„Dies", sagte Wilder Adler bitter, „ist eine Geschichte, die ich nicht kennenlernen will! Der Weiße Mann steht über allem und sagt mit seinen Gesten ‚Alles gehört mir!' Und er nimmt es sich."

James Roter Flügel wollte ihn unterbrechen, doch Wilder Adler hielt die Hand hoch und sprach weiter: „Der Weiße Mann sieht die Sonne auf diesem Bild und sagt, daß sie über seinem Acker und über seinem Dorf scheint. Doch der Lakota sieht das Bild, und er weiß, daß die Sonne bald untergehen wird und daß alles, was einst den Lakota gehörte, in der Dunkelheit versinkt." Er schloß das Buch und legte es vorsichtig auf den Tisch zurück. „Warum sollte ich mehr darüber lernen wollen?"

James mußte ihm zustimmen. „Was du sagst ist wahr, Bruder, und ich kann es nicht ändern. Niemand kann das rückgängig machen, was geschehen ist. Aber du kannst lernen, in dieser veränderten Welt zu leben. Ich weiß, daß es schwer ist, die alten Wege zu verlassen, in denen ein Mann nur jagen und kämpfen können mußte, um zu überleben. Jetzt muß ein Mann viel mehr können, und das muß er erst lernen!" James hielt kurz inne. „Wußtest du, daß viele Weiße glauben, ein Indianer könnte gar nichts lernen?"

Wilder Adler funkelte ihn an. „Das stimmt nicht. Wir haben alles, was die Weißen auch haben, und wir können ebenso gut lernen wie sie!"

„Natürlich!" bestätigte James. „Deshalb hat Reverend Riggs ja all das hier aufgebaut. Er weiß, daß wir durchaus alles lernen können. Es ist nur schwer für uns, sich zu verändern. Aber wenn die Kinder hier in der Schule schon alles lernen können, so daß sie in der Welt des Weißen Mannes überleben können, dann ist das genau so wie damals, als dein Vater dir das Jagen beigebracht hat. Wir geben ihnen die Fähigkeit zu überleben mit, Wilder Adler. Wenn wir auf den alten Wegen sterben, werden sie auf den neuen leben!"

„Ich wünschte, der Weiße Mann wäre nie gekommen."

„Es hat keinen Sinn, immer zurückzuschauen, Wilder Adler. Der Weg, den unsere Väter gegangen sind, ist nicht mehr da. Dies war einmal unser Land, und nun sind überall Weiße. Es hat keinen Sinn, sich in die alten Zeiten zurückzuwünschen. Wir müssen für die Gegenwart leben, in einer Welt, wie sie heute ist! Und hier in Santee können wir alles lernen, was wir dazu brauchen. Wir lernen Ackerbau und Viehzucht, wir leben in Häusern und schneiden uns die Haare ab. Wir pflügen und mähen und legen Vorräte an. Das ist anders als das Leben, wie wir es früher hatten – aber ist es deshalb schlechter?" Er holte tief Luft und beendete dann seine Fürsprache mit den Sätzen: „Die Regierung hat jeder Familie hier 20 Hektar Land zur Verfügung gestellt. Der einzige Weg, dieses

Land zu behalten, ist, es zu bestellen. Wir müssen uns den Weißen anpassen und werden wie sie, oder wir gehen unter."

Wilder Adler lehnte sich nach vorn. „Als ich jung war, empfand ich keine Feindschaft für die Weißen. Eine weiße Frau hat für mich gesorgt, als ich noch ein *papoose* war. Wenn ich an die alten Zeiten denke, sehe ich eine weiße Frau vor mir, die für mich kochte, die mit mir trauerte, als mein Vater starb. Es war ein gutes Leben. Doch dann kamen die Weißen und suchten in den Heiligen Hügeln nach Gold. Wir sagten ihnen, sie sollten gehen, doch sie blieben. Die Regierung versprach uns, sie wegzubringen, doch dann kamen die Soldaten und zerstörten unsere Lager. Und dann kam Langhaar, General Custer. Sie sagen, wir hätten ihn und seine Männer niedergemetzelt, aber er hätte dasselbe mit uns getan, wenn wir uns nicht gewehrt hätten. Danach bin ich nicht mit Sitting Bull in das Land der Großen Mutter gegangen. Ich bin mit einer kleinen Gruppe aus meinem Stamm weitergezogen, und dann bin ich John Sturmwolke begegnet. Als der letzte aus meinem Stamm fort war, bin ich hierher gekommen. Manchmal kann ich mir nicht mehr vorstellen, daß ich einmal auf die alte Weise gelebt habe. Es ist wie ein Traum. Ich lerne die Sprache des Weißen Mannes, ich lese Bücher, und ich lebe in einem Haus mit Wänden aus Stein. Aber ich kann die alten Wege nicht vergessen. Manchmal gehe ich hinunter zum Fluß, und wenn ich das Wasser betrachte, sehe ich mein Dorf. Rauchsäulen steigen aus den Spitzen der Tipis auf. Ich höre die Stimme meines Vaters, und meine Mutter antwortet ihm lachend. Doch dann sehe ich, daß die Schatten im Wasser mich getäuscht haben, und Trauer erfüllt mein Herz."

Wilder Adler schluckte schwer, dann stand er müde auf und ging zur Tür. Martha Roter Flügel wischte sich eine Träne aus dem Augenwinkel. Wilder Adler hielt in der Tür inne und drehte sich zu den beiden um. Seine Schultern strafften sich, als er sagte: „Ich werde lernen, wie man Mais und Weizen anbaut. Ich werde die Geographie und Geschichte des Weißen Mannes lernen. Trotzdem glaube ich nicht, daß die Lebensweise der Indianer falsch ist. Ich werde niemals zu einem Weißen werden. Niemals."

*

Wilder Adler hielt Wort. Er behielt seine langen Zöpfe und seine ledernen Kleidungsstücke, aber den ganzen Sommer lang lernte er alles, was Reverend Riggs ihm beibringen konnte. Sogar als die Schule den Sommer über geschlossen wurde und alle anderen zu ihren Häusern in die Reservation zurückkehrten, studierte Wilder Adler weiter. Als seine jugendlichen Bewunderer im Herbst zurückkamen, hatte ihr Vorbild sie längst überflügelt und spornte sie so zu noch größerem Lerneifer an.

Wenn er nicht über Büchern saß, arbeitete Wilder Adler. Sein besonderes Talent im Umgang mit Pferden führte dazu, daß er sich schließlich um den gesamten Tierbestand der Mission kümmerte. Er verabscheute die Schweine und die Hühner, war den Ochsen und Kühen gegenüber gleichgültig und verwöhnte die beiden alten Zugpferde, mit denen die Felder bestellt wurden. Wenn er mit der Versorgung der Tiere fertig war, ging er zum Haus von John und Martha und half ihnen.

Das Pflügen stellte eine Herausforderung dar, die er gerne einfach übergangen hätte. Er stieß mit dem Pflug auf Baumstümpfe und Steine, stolperte und fiel immer wieder hin, während er versuchte, mit dem störrischen Pflug und den Pferden Schritt zu halten, die sofort spürten, daß sie es mit einem ahnungslosen Anfänger zu tun hatten. Doch er hatte sich vorgenommen, alles zu lernen – und er schaffte es, obwohl er oft genug diesen Entschluß verfluchte.

James Roter Flügel war ein begabter Zimmermann, und Wilder Adler und er verbrachten die Sommermonate damit, Reparaturen durchzuführen, zu putzen und die Häuser zu streichen.

Eines Tages, als sie gerade auf Knien den Holzboden der Kirche abzogen und glätteten, sagte Wilder Adler zu James: „Die Frauen hier müssen sehr glücklich sein. Sie könnten wahrscheinlich die Arbeit gar nicht tun, die eine Lakota-Frau jeden Tag verrichten muß. Bei uns wäre dies hier Frauenarbeit!"

Rachel Brown, die gerade zur Tür hereinkam, rief ihm lächelnd zu: „Ach, die Tipis in Ihrem Lager hatten also Holzfußböden, Wilder Adler?"

Wilder Adler sah peinlich berührt zu ihr auf. Sie hatte einen Eimer Wasser dabei, und hinter ihr tanzte hüpfend die kleine Carrie mit einem Strauß Prärieblumen herein. Die beiden stellten den

Strauß in den Eimer auf den Altartisch, und als Rachel wieder hinausging, drückte sich Carrie noch ein Weilchen in der vordersten Bankreihe herum und schaute James und Wilder Adler bei der Arbeit zu.

„Ich habe Bienen gesehen, Wilder Adler. Ganz viele!"

James sah auf. „Das könnte der Schwarm sein, der neulich aus dem Bienenkorb ausgeflogen ist. Wo hast du sie gesehen, Carrie?"

„Unten am Fluß."

Wilder Adler legte sein Werkzeug nieder. „Kannst du uns die Stelle zeigen?"

Carrie nickte, nahm seine Hand, und zusammen gingen sie hinunter zum Fluß. Carrie führte die beiden Männer zu einem Baum und deutete hinauf. Das Ende eines großen Astes war von einer dunklen Wolke schwärmender Bienen bedeckt.

Wilder Adler beugte sich zu Carrie hinunter. „Roter Vogel, du mußt jetzt nach Hause gehen. Wir werden die Bienen zurück in ihren Korb bringen, und dann kannst du wieder Honig essen, wann immer du willst. Aber ich will nicht, daß sie dich stechen. Geh zurück zur Kirche."

Er nahm die Säge, die James mitgebracht hatte, und kletterte auf den Baum. Er hangelte sich so weit wie möglich an den Bienenschwarm heran und begann dann, das Ende des Astes abzusägen. Carrie versteckte sich hinter einem Baum, um zuzusehen.

„Fertig?" rief Wilder Adler James zu, der mit dem Bienenkorb bereitstand. Noch ein paar Züge mit der Säge, und der Ast brach knirschend. Wilder Adler hielt ihn fest und senkte ihn langsam in den Korb ab, den James ihm entgegenstreckte. Dann drehte er ihn um und beugte sich vorsichtig hinüber, um zu sehen, ob die Königin drin war.

Plötzlich stieß Carrie einen spitzen Schrei aus und begann, wild mit den Armen zu wedeln, um die Bienen zu vertreiben, die sie zornig umschwirrten. Wilder Adler reagierte sofort. Er stürzte auf das Mädchen zu, riß sie in seine Arme und sprang mit ihr in den Fluß. Mit seinem eigenen Körper schirmte er das Mädchen gegen den wütenden Angriff der Bienen ab und ertrug ihre Stiche schweigend.

Als die Bienen endlich von ihnen abließen, erhob Wilder Adler sich mit einem schmerzlichen Stöhnen und trug Carrie zur Mission zurück. Sie schluchzte und rief nach ihrer Mutter, die auch gleich herbeieilte. Als sie ihre Tochter erblickte – patschnaß und übersät mit roten Stichen – fuhr sie Wilder Adler an: „Was haben Sie mit ihr gemacht?"

Carrie versuchte zu protestieren, aber Rachel hörte ihr nicht zu. Wütend entriß sie Wilder Adler das Kind und eilte mit ihr zum „Vogelnest" hinüber.

Als Carrie trockene Kleider anhatte und ihrer Mutter endlich erklären konnte, was geschehen war, schlug Rachel entsetzt die Hände vor den Mund. Was hatte sie da angerichtet? Sie eilte nach draußen und suchte Wilder Adler, den sie schließlich in der Kirche bei der Arbeit fand. Er trug ein loses Hemd und bewegte sich nur sehr vorsichtig.

Als Rachel hereinkam, schaute er auf und sagte: „Ich würde Roter Vogel niemals etwas tun."

„Ich weiß, Wilder Adler. Es tut mir so leid. In der Bibel steht, daß Christen rasch beim Zuhören und bedächtig bei der Rede und im Zorn sein sollen. Ich schäme mich, daß ich heute genau das Gegenteil getan habe. Sie dagegen haben sich ganz so verhalten, wie es einem Christen zustehen würde. Ich hoffe, Sie können mir vergeben."

Wilder Adler zitierte: „‚Seid aber miteinander freundlich, herzlich und vergebt einer dem anderen.'" Als Rachels entstellter Unterkiefer erstaunt heruntersackte, fügte er ruhig hinzu: „Ich bin zwar kein Christ, aber ein halbwilder Heide bin ich auch nicht. Ich höre Pastor Sturmwolke zu, und ich finde viel Weisheit in seinen Worten. Ich vergebe Ihnen."

Kapitel 22

„Elisabeth!" rief Augusta. „Es klopft an der Hintertür, als ob die Scheune brennt! Kannst du hingehen? Ich habe gerade beide Hände voll zu tun."

Elisabeth spähte aus dem Fenster. „Ist schon gut, es ist bloß Agnes Bond. Die übernehme ich!" Mit einem Seufzer ging sie zur Tür. Sobald sie die Klinke heruntergedrückt hatte, drängte sich Agnes hinein, eine zusammengerollte Zeitung in der Hand.

„Hast du ihr das etwa in den Kopf gesetzt, Elisabeth?" zeterte sie und schüttelte die Zeitung bedrohlich hin und her. „Dafür wird jemand büßen müssen! Wo steckt denn Augusta?" Sie war offensichtlich vollkommen außer sich. „Allein die Idee! Ausgerechnet Charity!" Aufgeregt lief sie im Vorraum auf und ab.

Mit hochgezogenen Augenbrauen sagte Elisabeth: „Ich hole Tante Augusta, Mrs. Bond. Setzen Sie sich doch." Sie eilte in die Küche und berichtete Augusta kurz, was los war. „Sie ist völlig aufgelöst. Komm schnell!" schloß sie.

Augusta ließ sich nicht aus der Ruhe bringen. „Ach, sie ist doch immer so aufgedreht wie ein nervöses Huhn. Ich muß erst noch –"

Agnes stand mit funkelnden Augen in der Tür und schwenkte die Zeitung. „Du hast schon recht, Augusta, ich erlebe die Dinge eben aufmerksamer als andere Menschen! Aber diese . . . diese unglaubliche Behauptung hier – das – das . . . also, irgend jemand muß dem Mädchen das ausreden! Auf mich hört das dumme Ding ja nicht!" Sie starrte Elisabeth böse an. „Irgend jemand hat ihr diese Idee in den Kopf gesetzt, und dieser Jemand wird sie ihr auch wieder austreiben, sonst wird es ganz gewaltigen Ärger geben!"

Augusta ergriff Agnes' Arm und führte sie in den Speisesaal. „Komm, Agnes, setz dich erst einmal hin. Ich mache dir eine Tasse Tee, und dann erzählst du uns, was eigentlich los ist."

Agnes setzte sich auf die Stuhlkante. „Kein Tee bitte, Augusta. Ich bin nicht zum Plausch gekommen, sondern um der Sache schleunigst auf den Grund zu gehen."

„Was denn für eine Sache, Mrs. Bond?" wollte Elisabeth wissen.

„Diese idiotische Idee, die Charity sich da in den Kopf gesetzt hat – Missionarin zu werden, und das auch noch ausgerechnet bei den Indianern, um Gottes willen!"

Elisabeth und Augusta ließen sich gleichzeitig mit einem dumpfen Schlag auf ihre Stühle fallen und starrten sich ungläubig an. Agnes' Stimme hatte den anklagenden Tonfall verloren, als sie bemerkte: „Also habt ihr beiden auch nichts davon gewußt?"

Elisabeth keuchte: „Nein, Mrs. Bond. Charity hat kein Wort davon gesagt. Sie ist in letzter Zeit ein bißchen ... nun ja, verschlossen gewesen, aber –"

Agnes' Unterlippe begann zu zittern, und eine Träne lief ihr über die Wange. „Hier, es steht alles ganz genau in dieser verflixten Missions-Zeitung drin! Charity ist fest entschlossen. Aber das werde ich nicht zulassen!"

Agnes reichte Elisabeth die Zeitung und begann aufgelöst, ihre Taschen nach einem Taschentuch zu durchwühlen. Während sie vor sich hinschniefte, schlug Elisabeth die Zeitung auf und las Augusta die betreffende Stelle laut vor:

„Eigentlich wollte ich nur eine Weile hier in der Oahe-Missionsstation aushelfen, aber meine Nachfolgerin ist nicht erschienen, und hier gibt es mindestens soviel zu tun wie zu Hause in Santee.

Was soll ich tun? Ich kann mich doch nicht zweiteilen! Irgendwo muß es doch jemanden geben, eine Frau, die den zwanzig Mädchen in Santee eine Ersatzmutter sein könnte und mit ihnen leben möchte!

Die Aufgaben einer Hausmutter hier schließen folgende Tätigkeiten ein:
- Hausarbeit (Putzen, Heizung)
- Zubereitung der Mahlzeiten
- Waschen und Flickarbeiten
- Einrichtung des Hauses (Wandschmuck, Vorhänge, Pflanzen)
- Versorgung der Tiere (Füttern, Misten, Melken, Imkerei)
- Krankenpflege
- Organisation von Freizeitaktivitäten der Kinder (Spiele, Sport)
- Sonntagsschulunterricht und religiöse Erziehung der Kinder.

Die Kinder sind angehalten, der Hausmutter bei allen Tätigkeiten zu helfen. Sie müssen mit einer täglichen Arbeitszeit von mindestens acht Stunden an fünf Tagen in der Woche rechnen."

Augusta unterdrückte bei diesem letzten Satz ein Lächeln und sagte: „Das will ich wohl meinen, daß man dazu acht Stunden am Tag braucht!"

Agnes schluchzte: „Oh, das ist nicht amüsant, Augusta! Charity hat diesen Artikel förmlich in sich aufgesogen, und jetzt ist sie überzeugt, daß sie berufen ist, diese Stelle zu übernehmen! Sie will nicht auf mich hören, und irgend jemand muß ihr endlich wieder ein bißchen Verstand beibringen!" Sie wandte sich Elisabeth zu und flehte: „Elisabeth, du mußt mit ihr reden! Überzeuge sie davon, daß die ganze Idee einfach lächerlich ist! Sie hat doch keine Ahnung, auf was sie sich da einläßt! Und von Missionsarbeit versteht sie auch nichts."

„Also, für mich klingt das nicht so, als müßte man dazu besondere Begabungen mitbringen, Mrs. Bond", befand Elisabeth. „Mit Hausarbeit kennt sich Charity ja bestens aus, da sie zu Hause doch alles macht –" Elisabeth begegnete Agnes' vorwurfsvollem Blick und milderte ab: „Ich meine, Sie haben sie offensichtlich in allen Haushaltsdingen hervorragend unterwiesen, Mrs. Bond. Da müßte sie diese Arbeit doch eigentlich machen können."

„Natürlich könnte sie die Arbeit machen, Elisabeth! Aber das ist doch gar nicht der springende Punkt!" Wieder begann Agnes zu schluchzen. „Ich kann mir nicht vorstellen, warum sie eine solche Arbeit machen will!"

Augusta sagte ruhig: „Daß du dir so etwas nicht vorstellen kannst, wundert mich nicht, Agnes. Aber wir reden hier ja nicht von dir. Was sagt denn Charity zu alledem?"

Agnes putzte sich geräuschvoll die Nase. „Seit dieser Reverend Oakley letztes Jahr diese Zeltmission hier abgehalten hat, ist sie nicht mehr dieselbe. Ich verstehe sie überhaupt nicht mehr!"

Und dann beschrieb sie die Wandlung, die mit ihrer Tochter vorgegangen war. Während sie sprach, fielen auch Elisabeth viele Kleinigkeiten und Begebenheiten im Zusammenhang mit Charity ein, denen sie aber nicht weiter Beachtung geschenkt hatte. Am auffälligsten war Charitys allmählicher Rückzug aus den Klatsch- und Tratschgeschichten des Nähkreises gewesen. Dann hatte sie einen Briefwechsel mit Priscilla Nicholson begonnen, einem Mädchen aus Lincoln, das inzwischen im Missionsdienst in der Türkei war. Und schließlich hatte sie vorgeschlagen, der Nähkreis und die Frauengruppe der Kirche sollten die Patenschaft für zwei Indianermädchen an der Santee-Missionsschule übernehmen. Den Briefwechsel mit den zuständigen Personen hatte sie von ihrem eigenen Geld finanziert. Elisabeth hatte manchmal regelrecht Neid auf Charitys neu gefundene Zielstrebigkeit verspürt.

Agnes war am Ende ihres Berichtes angelangt, und Elisabeth hörte wieder zu.

„Ich habe dem Mädchen gesagt: ‚Schmeiß dein Leben doch nicht weg! Es wird schon noch ein Mann kommen und dich heiraten!'"

„Ach, und was hat Charity dazu gesagt?" wollte Augusta wissen.

Agnes schniefte: „Sie hat gesagt, daß ihr das völlig egal sei und daß sie das tun wollte, zu was Gott sie berufen hat." Agnes sah Augusta mit geröteten Augen an. „Ich frage dich, Augusta, wo um Himmels willen sie diese idiotischen Ideen herhat! Wieso beruft Gott hübsche junge Mädchen dazu, ihr Leben derart zu vergeuden? Und vor allem, was soll ich jetzt tun? Wenn Charity fortgeht, bin ich ganz allein!" Wieder wandte sie sich an Elisabeth. „Bitte, Elisabeth, rede mit ihr! Ich weiß, daß du mich nicht besonders gut leiden kannst, aber für Charity mußt du doch etwas wie Mitgefühl empfinden! Bitte, versuch es. Vielleicht hört sie auf dich."

Elisabeth schaute von Agnes zu Augusta und seufzte. „Also gut, Mrs. Bond. Ich werde mit ihr reden."

Agnes sprang von ihrem Stuhl auf. „Ich schicke sie gleich zu euch herüber."

*

Wenige Augenblicke später ertönte ein leises Klopfen an der Tür. Charity trat ein, nahm ihre Haube ab und versuchte, während sie auf ein eröffnendes Wort von Augusta oder Elisabeth wartete, ihre wilden Locken zu bändigen.

Als keine der beiden etwas sagte, begann Charity selbst zu sprechen: „Nun, Mutter hat mich herübergeschickt, damit ihr mir ins Gewissen redet. Vielleicht sollte ich euch vorwarnen, daß ich mir meiner Sache sehr sicher bin – so sicher wie noch nie in meinem Leben." Sie lächelte Elisabeth und Augusta an.

Die Missionszeitung lag noch aufgeschlagen auf dem Tisch, und Elisabeth nahm sie und las die Stelle noch einmal vor. „Charity, dieser Artikel spricht von einem unglaublichen Haufen Arbeit!" sagte sie dann warnend. „Bist du dir sicher, daß du weißt, auf was du dich da einlassen willst?"

„Ich scheue mich nicht vor harter Arbeit, Elisabeth", sagte Charity selbstsicher. „Als mein Vater starb, hat Mutter praktisch über Nacht die gesamte Hausarbeit mir überlassen. Damals war ich erst zwölf. Jetzt bin ich 23 Jahre alt, und ich glaube, ich bin der Sache gewachsen. Obwohl –" sie lachte leise, „20 Kinder werden sicher eine Herausforderung der besonderen Art darstellen!"

Augusta ergriff das Wort. „Was weißt du über diese Missionsstation, Charity?"

„Ich beziehe seit Monaten diese Zeitung hier, und ich habe mit Mrs. Abbott gesprochen, die auch schon dort als Hausmutter gearbeitet hat."

„Und warum ist sie fortgegegangen?"

„Sie hat gesundheitliche Schwierigkeiten bekommen. Es ist ein Haufen Arbeit, ich weiß, aber ich bin kerngesund und kräftig. Es gibt keinen Grund, warum ich es nicht schaffen kann."

„Was weißt du über die Indianer, Charity?"

„Ehrlich gesagt nichts, abgesehen von dem, was hier drin stand." Sie klopfte auf die Missionszeitung. Augusta lehnte sich mit zweifelndem Gesichtsausdruck in ihren Stuhl zurück, und Charity redete hastig weiter: „Aber hat Philippus über die Äthiopier Bescheid gewußt, als er mit dem äthiopischen Kämmerer sprach, Mrs. Hathaway? Oder über die Mazedonier? Was wußte Priscilla Nicholson über die Türken, als sie aufbrach? Ich weiß wirklich nicht, warum das ein Problem sein soll."

„Nur weiter, meine Liebe", ermunterte Augusta sie.

Charity strich sich aufgebracht mit zittriger Hand über ihre Locken und blickte Augusta fest in die Augen. „Mein ganzes Leben lang bin ich eine egoistische, verwöhnte Ziege gewesen. Als Dr. Oakley letztes Jahr mit seinem Zelt kam und predigte, bin ich nur hingegangen, weil ich hoffte, daß James Callaway auch dort sein würde, und ich . . . nun ja, ich hatte vor, mit ihm zu flirten. Es . . . es tut mir leid, Elisabeth, und ich bedaure auch die Art, wie ich dich und Ken damals bei diesem Fest behandelt habe. Ich schäme mich so! Hoffentlich kannst du mir verzeihen. Es tut mir wirklich leid." Ihre Augen wurden feucht, und auch Elisabeth mußte Tränen der Rührung herunterschlucken, ehe sie antworten konnte.

„Natürlich verzeihe ich dir, Charity. Und es ist ja auch schon lange her."

Charity nickte dankbar und fuhr fort. „Wenn ich daran denke, wie ich mich aufgeführt habe! Später, nach Kens Tod, da habe ich mich so schrecklich geschämt. Ich wollte dir gern mein Beileid aussprechen, aber ich habe mich einfach nicht getraut, weil ich mich so sehr für mein Verhalten verachtet habe." Sie senkte den Kopf. „Ich habe immer nur daran gedacht, was mir am meisten Nutzen bringen würde. Und als ich dann wirklich ehrliches Mitleid empfunden habe, konnte ich mir nicht vorstellen, daß du mir das abnehmen würdest. Also bin ich feige zu Hause geblieben."

Du hattest recht, dachte Elisabeth. Ich hätte dir wirklich nicht geglaubt, und dein Mitleid hätte ich auch nicht gewollt.

„Na ja, und dann saß ich in diesem Zelt, und James Callaway war gar nicht gekommen. Aber ich konnte ja schlecht wieder gehen. Ich hatte mich ganz nach vorne gesetzt, damit alle meine neue Frisur bewundern konnten. Also blieb ich da, Gott sei dank!

An diesem Abend passierte etwas Seltsames: Es war, als ob Dr. Oakley nur für mich predigen würde. Er schien mich ganz genau zu kennen, und ich kann es nicht so richtig erklären, aber . . . irgend etwas hat sich in mir verändert. Ich habe Gott gebeten, in mein Herz zu kommen und mich zu einem neuen Menschen zu machen. Und das hat er getan! Nicht auf einen Schlag natürlich, sondern Schritt für Schritt.

Zuerst fühlte ich mich bei dem Getratsche im Nähkreis plötzlich unwohl. Also versuchte ich, mich da herauszuhalten. Dann begann ich langsam, mich für andere Menschen zu interessieren. Ich bekam ein Mitgefühl für Leute, die nicht all die Vorteile hatten, die ich genoß. Und als mir dann diese Missionszeitung in die Hände fiel, erinnerte ich mich an deine Mutter, Elisabeth." Sie lächelte. „Wie wütend sie immer wurde, wenn jemand über die ‚Wilden' oder ‚Rothäute' schimpfte! Ich las immer öfter in der Bibel, und das veränderte mein Denken vollkommen. Ich habe versucht, auch meine Lebensweise zu verändern."

Bewegt sagte Elisabeth: „Du hast dich wirklich sehr verändert, Charity! Und nur zum Guten! Was versprichst du dir von dieser Aufgabe als Hausmutter?"

„Ich . . . ich möchte etwas tun, das Bestand hat. Dort zu arbeiten wäre etwas Sinnvolles. Ich habe keine romantischen Vorstellungen von dieser Arbeit, Elisabeth, dafür hat Mrs. Abbott gesorgt.

Sie hat mir von überfluteten Kellern, Bettwanzen, riesigen Ratten und faulen, widerspenstigen Schülern erzählt, und es klang schrecklich!"

„Und du willst trotzdem dort hin?" fragte Augusta.

„Wenn Jesus schreckliche Qualen und den Tod für mich erlitten hat, dann kann ich für ihn ein paar Wanzen und Ratten ertragen", sagte Charity fest.

Augusta und Elisabeth begleiteten Charity nach Hause, und als Agnes öffnete, sagte Augusta: „Deine Tochter ist von Gott zu seinen Diensten berufen worden. Mein Rat an dich ist es, sich dieser Berufung nicht in den Weg zu stellen. Charity ist sich ihrer Sache ganz sicher, und wenn du gegen sie kämpfst, könntest du sie verlieren. Außerdem würdest du damit gegen Gott den Allmächtigen kämpfen, und das ist selbst für dich eine Hutnummer zu groß, meinst du nicht?"

„Na – schöne Freunde seid ihr!" keuchte Agnes. „In Zukunft haltet ihr euch gefälligst von Charity fern! Ich werde mich selbst darum kümmern, und sie wird nicht nach Santee gehen!"

Zwei Wochen später erschien in der Lokalzeitung ein kleiner Artikel mit folgendem Inhalt:

Miss Charity Bond hat unsere Stadt heute verlassen, um in der Santee-Indianer-Mission ihren Dienst als Hausmutter anzutreten. Sie wird einem Wohnheim mit 20 Dakota-Mädchen vorstehen. Auf Bitten von Miss Bond weisen wir Sie hiermit darauf hin, daß die Frauengruppe der Kirche Geld- und Kleiderspenden für diese Missionsstation entgegennimmt. Besonders Winterkleidung und Schuhe werden dringend gebraucht. Die Damen des Nähkreises sind derzeit damit beschäftigt, Schals für die Mädchen in Miss Bonds Obhut zu stricken. Neue Teilnehmerinnen sind herzlich willkommen, ebenso wie Garnspenden.

Kapitel 23

Sarah saß neben James auf dem Kutschbock und bestaunte das neue Anwesen der Braddocks mit offenem Mund. Hinter ihnen auf der Ladefläche des Wagens standen Kisten mit Tischtüchern und Küchengerätschaften, die am Tag zuvor angekommen waren.

Sarah und Tom hatten frei bekommen, um den Braddocks nach Lincoln vorauszufahren. Abigail hatte Sarah die verantwortungsvolle Aufgabe übertragen, das Haus auf ihre Ankunft vorzubereiten. Sicherheitshalber hatte sie Augusta außerdem eine lange Liste mit Anweisungen geschickt, für den Fall, daß diese Herausforderung Sarah doch überfordern würde.

James starrte ebenfalls überrascht auf das Haus und stieß einen leisen Pfiff aus. „Mir war ja klar, daß die Braddocks Geld haben – aber das es so viel ist, hab' ich nicht gewußt!"

Mit klopfendem Herzen saß Sarah da, die blauen Augen ungläubig geweitet. „Elisabeth und Augusta haben kein Wort davon gesagt, daß es so . . . so . . . unbeschreiblich ist!"

Das Haus war ein massives, dreistöckiges Gefüge von Veranden, Balkonen, kleinen Erkern und Fenstern. Rund um das oberste Stockwerk herum war eine Girlande aus Blumen und Blättern angebracht. Die Veranda vor dem Haupteingang war überdacht, damit die Gäste geschützt aus den Kutschen steigen und ins Haus gelangen konnten. Die obere Hälfte aller Fenster zierte ein ins Glas geschliffenes B, und das gesamte Grundstück wurde von einem kunstvoll geschmiedeten Eisenzaun umgrenzt, dessen Spitzen alle paar Meter wechselweise mit einer goldenen Kugel oder einer Laterne versehen waren.

Aufgeregt griff Sarah in ihre Tasche und zog einen schweren Schlüssel hervor. „Dies ist der Schlüssel für das Tor", sagte sie heiser. James sprang vom Bock, öffnete das Tor und fuhr den Wagen den gepflasterten Weg entlang, auf das Haus zu.

Sarah stieg vom Wagen und zog sich ihr hellgraues Kostüm zurecht. Dann sah sie sich zunächst das Grundstück an. Jedes Detail des kleinen Parks zeugte von ausgesuchtem Geschmack. Die geschwungen angelegten Rosenbeete, der Pavillon, der einmal von Wein überwachsen sein würde, die akkurat gepflanzten jungen Bäume entlang des Zaunes – alles war perfekt. Hinter der Wagenremise war ein Stück Land umgepflügt, aber unbepflanzt gelassen worden.

„Das wird mein Küchengarten", erklärte Sarah.

James grinste sie an. „Mein Küchengarten, aha! Sie scheinen sich hier ja schon ganz zu Hause zu fühlen, Miss Biddle!"

Sarah lief dunkelrot an. „Oh, nein! Ein solcher Ort könnte niemals ein Zuhause für mich sein. Ich wäre mit einem kleinen Häuschen auf dem Land völlig zufrieden."

„Na ja, wir schaffen wohl besser das ganze Zeug ins Haus", sagte James, der diesen kleinen Hinweis nicht im mindesten auf sich bezogen hatte. Er fuhr das Gespann vor den Hintereingang, während Sarah an einem gewaltigen Schlüsselbund nach dem richtigen Schlüssel für diese Tür suchte.

„Ich weiß nicht mehr, welcher es ist!" stöhnte sie schließlich.

„Bevor wir alle ausprobieren, gehen Sie doch lieber zum Vordereingang hinein und machen die Tür von innen auf", schlug James vor. Der Schlüssel für die Vordertür war vergoldet und nicht zu übersehen.

Als Sarah zögerte, meinte James: „Ach, kommen Sie, Sarah! Ich verstehe ja nicht viel von Frauen, aber ich weiß doch, daß ihr schöne Dinge liebt! Sie können mir nicht weismachen, daß Sie es nicht genießen würden, nur einen Moment lang so zu tun, als ob das alles Ihnen gehören würde! Na los!" Er blinzelte ihr verschwörerisch zu. „Sie tun ja nichts Verbotenes."

„Kommen Sie mit?" fragte Sarah mit dünner Stimme.

James zuckte die Achseln. „Warum nicht?"

Gemeinsam betraten sie die Vorhalle des imponierenden Hauses. Geschliffene Glasfenster in den Türen zu ihrer Linken ließen den Blick auf die Bibliothek frei, und zur Rechten führte ein geschwungener Durchgang in die Haupthalle. Die Wände waren mit dunkelroter Seide tapeziert, und schwere Samtvorhänge zierten die Fenster. Ein kostbarer Perserteppich lag in der Mitte des großen Raumes, der ansonsten jedoch noch unmöbliert war.

„Die Möbel werden in den nächsten Tagen ankommen", erklärte Sarah. „Ich soll erst einmal die Küche einrichten und dann Toms und mein Zimmer. Und dann ziehe ich hierher um."

Sie gingen an der geschwungenen Treppe vorbei, die in die oberen Stockwerke führte, und durchquerten das elegante Eßzimmer, hinter dem ein kleineres Frühstückszimmer lag, aus dem man direkt in den Garten hinaussehen konnte und das eine eigene Veranda hatte. Und hinter diesem wiederum lag endlich die Küche.

Sarah sah sich um und war überwältigt. Beim Anblick des riesenhaften Herdes, der großen Zubereitungsfläche in der Mitte des Raumes und den schneeweißen Fliesen auf dem Boden stieß sie ein schwaches: „Du meine Güte!" hervor und sank auf einen Hocker.

James ließ seinen Blick schweifen und stellte anerkennend fest: „Nun, Sarah, es sieht so aus, als hätten Sie auf der Erfolgsleiter einen gewaltigen Schritt nach oben gemacht! Sogar ein Bauer wie ich kann sehen, daß das hier einer Palastküche gleichkommt!"

Sarah starrte vor sich hin. „Was soll ich bloß mit all dem Platz anfangen?" stöhnte sie. „Wenn wir eine solche Küche drüben im Hotel hätten . . ."

„Elisabeth wird sich Notizen machen, wenn sie das hier sieht, und die wird sie Mrs. Hathaway unter die Nase reiben. Das Hotel soll doch umgebaut werden, oder?"

„Ach, auf Anraten von Mr. Braddock hat sich Augusta die Sache jetzt anders überlegt. Sie denkt darüber nach, ein zweites Hotel in der Nähe des Bahnhofs zu bauen, und Mr. Braddock ist bereit, sie dabei finanziell zu unterstützen", sagte Sarah.

James runzelte die Stirn. „Dieser Mr. Braddock hängt sich aber auch überall rein, was?"

Sarah ignorierte seinen gereizten Tonfall. „Ja, er ist uns allen eine große Hilfe. Er war Augusta bei der Planung behilflich und hat sogar schon ein entsprechendes Grundstück ins Auge gefaßt. Ich glaube, daß er vor allem an Elisabeth interessiert ist. Als sie sich für die Idee mit dem neuen Hotel begeistert hat, ist Mr. Braddock -"

„Ich fange jetzt mal mit dem Ausladen an", unterbrach James sie grob und polterte laut die Stufen zum Wagen hinunter.

Als er die letzte Kiste in die Küche geschleppt hatte, kam eine Kutsche den Zufahrtsweg hinaufgerattert.

„Oh! Wir haben das Tor aufgelassen!" murmelte Sarah peinlich berührt und eilte nach draußen, um nachzusehen, wer die Besucher waren.

Elisabeth und Augusta stiegen gerade vom Wagen. Tom war schon hinuntergesprungen und rannte im Garten herum. „Meine Güte, seht euch das an!" rief er begeistert. „Was für ein Riesenkasten! Und der Garten!" Er lief zum Kutschenhaus hinüber und schrie: „Hey, im Stall ist Platz für mindestens drei Gespanne!"

Sarah lachte und rief ihm zu: „Immer mit der Ruhe, Tom! Du wirst noch jede Menge Zeit haben, um alles zu erkunden!" Dann wendete sie sich Elisabeth und Augusta zu und sagte :„Also wirklich, ihr beiden! Ihr hättet mich doch vorwarnen können, daß die Braddocks das größte Haus Lincolns haben bauen lassen!" Plötzlich wurde sie ernst. „Ich bin mir nicht sicher, ob ich ein so herrschaftliches Haus überhaupt führen kann!"

„Ach, Sarah!" donnerte Augusta. „Jetzt verkauf dich mal nicht unter Wert. Du hast schließlich schon allein ein ganzes Hotel geschmissen, und von dieser Mrs. Titus hast du auch eine Menge gelernt. Abigail hat dich in ihren Briefen immer nur in den höchsten Tönen gelobt. Du wirst es ganz wunderbar machen! Du wirst schon sehen."

Sarah war nicht so leicht zu beruhigen. „Aber ich bin doch erst 16 Jahre alt!"

James meldete sich zu Wort. „In der Bibel steht, daß man niemanden wegen seiner Jugend verachten soll. Es ist völlig egal, ob Sie 16 oder 60 sind, Sarah. Sie werden es mit Bravour schaffen!"

Sarahs Gesicht leuchtete bei diesem Kompliment glücklich auf, und Elisabeth fügte augenzwinkernd hinzu: „Eben! Außerdem soll man niemanden nach dem äußeren Anschein beurteilen. Sieh dir doch nur mal unseren James hier an. Wenn man ihn flüchtig anschaut, könnte man meinen, er sei ein verwitterter alter Farmer, mit dem weißen Bart und allem." Lächelnd schaute sie zu James herüber, der nun bekümmert an seinem Bart herumzupfte. „Dabei ist er ein junger Bursche, der gerade erst das Farmerhandwerk erlernt. Abigail hält große Stücke auf dich, Sarah, und auch David hat in seinen Briefen nur Gutes über dich zu berichten gehabt."

Als Davids Name fiel, hatte James aufgehört, Elisabeth heimlich anzustarren, und war zu dem Gespann herübergegangen. „Ich fahre den Wagen besser zurück. Ich muß noch ein paar Jährlinge hinaus auf die Farm bringen, die ich den Winter über halfterführig machen soll." Er stülpte sich den Hut auf und fuhr davon.

Elisabeth und Augusta eilten ins Haus, nachdem sie Tom aufgetragen hatten, keinen Unsinn zu machen. Dann bestaunten sie ausgiebig die prunkvolle Ausstattung, die verschwenderisch großen Räume und die kostbaren Tapeten. Anschließend begannen sie, die Gerätschaften in die geräumigen Küchenschränke einzusortieren.

*

James hatte alle Mühe, die widerspenstigen Jährlinge zur Farm hinauszubringen, und so war es schon stockdunkel, als er endlich alle Tiere sicher in den Ställen und auf den Koppeln verteilt und versorgt hatte. Und obwohl er müde und abgekämpft war, zündete er sich eine Lampe an, stellte sich vor den halbblinden Spiegel im Flur und begann, seinen Bart abzuscheren.

Kapitel 24

Für Augusta, Elisabeth, Sarah und Tom war der Umzug ins Haus der Braddocks der Beginn einer neuen Ära.

Augusta schien erst jetzt wirklich zu realisieren, daß die beiden sie verließen, und sie fragte sich, wie Elisabeth und sie ohne Sarah und den Jungen zurechtkommen würden.

Elisabeth wußte, daß sie Sarahs scheue, freundliche Art sehr vermissen würde.

Beim letzten Rundgang durch das Hotel mußte Sarah sehr um ihre Fassung ringen und sich bemühen, nicht anzufangen zu weinen, während Tom sich unbekümmert fragte, ob David wohl den neuen Baseballschläger mitbringen würde, den er ihm versprochen hatte.

Augusta hatte bereits eine neue Köchin eingestellt, damit sie die Möglichkeit hatten, Sarah und Tom beim Umzug zu helfen. Jeden Tag hatte Sarah die Verteilung der nach und nach eintreffenden Möbel beaufsichtigt, Geschirr und Zimmerschmuck ausgepackt, geputzt und gewienert, als ob die Braddocks bereits eingetroffen wären.

Und dann war schließlich das Telegramm gekommen. Die Braddocks kamen tatsächlich!

Elisabeth folgte Sarah bei ihrem abschließenden Gang durch die vertrauten Räume des Hathaway-Hotels. Sie lehnte sich mit verschränkten Armen an den Türrahmen in Sarahs altem Zimmer und sagte: „Du wirst mir fehlen, Sarah. Es wird ein komisches Gefühl sein, ohne dich hier zu leben und zu arbeiten, und ganz besonders werde ich es vermissen, jemanden zu haben, mit dem ich gemeinsam Tante Augusta aufziehen kann!"

Sarah lächelte verschmitzt. „Damals, als Joseph Tom und mich auf dem Heuboden erwischt hat . . . wenn mir da jemand erzählt hätte, daß ich mal in einem feinen Haus für eine feine Dame arbeiten würde, mit einem eigenen Zimmer und einem eigenen Einkommen . . ." Ihr Kinn begann verräterisch zu zittern, und sie flüsterte: „Manchmal bekomme ich richtig Angst, wenn ich darüber nachdenke, wie gut Gott zu mir gewesen ist." Sie sah Elisabeth in die Augen und fügte hinzu: „Ich weiß einfach nicht warum!"

Elisabeth hob die Schultern. „Da kann ich dir auch nicht weiterhelfen. Ich habe viel in der Bibel gelesen und versucht, Gottes Wege zu verstehen . . . warum er Dinge tut oder auch nicht. Aber bis jetzt habe ich noch keine Antwort gefunden." Sie seufzte und sah sich in dem einfachen Zimmer um. „Ich kann mir gar nicht vorstellen, daß dieses Haus abgerissen und ein neues Hotel gebaut werden soll. Tante Augusta denkt sogar darüber nach, sich außerdem noch ein Häuschen zu bauen. Diese Hundertjahrfeier hat sie wirklich angesteckt! Und David unterstützt jede Idee, die ihr in den Sinn kommt. Die beiden haben zum Beispiel beschlossen, daß Tante Augusta als zusätzlichen Service für die Gäste das Gepäck kostenlos am Bahnhof abholen und wieder hinbringen lassen sollte. Sie könnte dann höhere Preise für die Übernachtung verlangen. Es ist wirklich nett von David, daß er sich so für ihr Geschäft interessiert."

Sarah lächelte sanft. „Ich denke, daß Mr. Braddock viel mehr an dir interessiert ist und sich deshalb so um Augusta bemüht."

„Ja, er ist mir gegenüber sehr aufmerksam", sagte Elisabeth ausweichend.

Sarah ließ ihren Blick ein letztes Mal durchs Zimmer schweifen und drehte sich dann um. „Ich gehe jetzt wohl besser hinüber zum Mietstall und bitte Joseph, mich zum Anwesen hinüberzufahren." Spontan legte sie eine Hand auf Elisabeths Arm und sagte: „Betest du für mich, Elisabeth? Ich habe getan, was ich konnte, und ich denke, daß alles in Ordnung ist, aber ich bin schrecklich aufgeregt wegen morgen! Mrs. Braddock hat gleich zur Begrüßung einige sehr wichtige Leute eingeladen."

Elisabeth tätschelte ihr beruhigend die Hand. „Du wirst alles ganz wunderbar machen, Sarah. Du bist eine großartige Köchin und eine erstklassige Haushälterin, und Abigail ist ganz begeistert von dir. Du mußt dir wirklich keine Sorgen machen."

„Hoffentlich hast du recht!"

„Ich habe recht", sagte Elisabeth ruhig.

*

„Puh!" stöhnte Augusta und ließ sich in ihren Schaukelstuhl fallen. „Abigail Braddock weiß wahrhaftig, wie man ein großartiges Fest schmeißt! Aber ich bin froh, daß wir jetzt zu Hause sind." Sie lachte leise. „Ich war so stolz auf Sarah, daß ich fast geplatzt wäre! Hat sie das nicht alles ganz wunderbar gemacht? Diese delikaten Sandwiches, das Gebäck . . . sie hat gesagt, so hart hätte sie in ihrem ganzen Leben noch nicht gearbeitet. Aber sie hat vor Stolz förmlich geglüht!"

Elisabeth goß ihnen zwei Tassen Tee ein und setzte sich neben Augusta auf einen Sessel. „Ich möchte dich etwas fragen", begann sie umständlich und starrte angestrengt auf den Fußboden, während Augusta wartete. Schließlich holte sie tief Luft und redete weiter. „Der Nähkreis ist mit den Schals für Charitys Mädchen fertig. Wir haben sogar noch Handschuhe und Mützen für alle gestrickt, und wenn ich die Knöpfe an den Wintermantel angenäht habe, den Agnes am Montag gebracht hat, haben wir vier volle Kleiderkisten zusammen. Ich habe regen Briefkontakt mit Charity, seit sie in Santee ist, und ich . . . nun, ich würde die Sachen gern persönlich hinbringen."

Augusta erwiderte: „Ich schätze, David Braddock wäre ziemlich enttäuscht, wenn er den ganzen Weg von Philadelphia hierherkommt, um dich zu sehen, und du gleich wegfährst, kaum daß er da ist!"

Elisabeth rutschte unruhig auf ihrem Sessel herum. „Heißt das, daß du die Idee nicht gut findest? Ich kann verstehen, wenn du mich im Moment nicht entbehren kannst."

„Das ist nicht der Punkt, Elisabeth. Die beiden Aushilfen, die sich auf die Anzeige gemeldet haben, machen einen guten Eindruck und könnten sofort anfangen. Wegen mir und dem Hotel mußt du nicht bleiben. Es ist nur -"

„Ich kann nicht bleiben, Augusta! David ist so -" Sie zögerte. Erst nach einer ganzen Weile flüsterte sie: „Ich liebe Ken noch immer. Ich kann nicht hierbleiben, wenn David mir einfach nicht zuhört . . ."

Augustas Augen flackerten ärgerlich auf. „Hat er etwa -?"

Elisabeth beeilte sich mit ihrer Antwort: „Nein, er ist immer ein perfekter Gentleman gewesen. Es ist nur so, daß er . . . nun, er ist einfach da, und er wartet. Er erwartet etwas von mir. Warum kann er nicht sein wie James Callaway? Ich bin sicher, daß er etwas von Sarah will, aber er läßt ihr Zeit und drängt sie nicht. Er ist noch nicht einmal wieder in der Stadt gewesen, seit er ihr neulich geholfen hat."

Augusta seufzte. „Ich halte es für keine gute Idee, wenn du vor ihm davonläufst, Elisabeth. Das führt zu nichts. Ich finde, man muß den Dingen ins Auge sehen."

„Ich laufe ja gar nicht davon . . . jedenfalls nicht so richtig. Ich interessiere mich wirklich sehr für Charitys Arbeit in der Missionsstation und würde sie mir gerne ansehen. Charitys Briefe klingen so glücklich, so erfüllt. Sie hat sich wirklich sehr verändert. Ich wüßte gern . . ." Sie zögerte wieder. „Ich wüßte gern, was es ist, das sie so zufrieden macht." Sie sah Augusta ernst an. „Ich habe nicht oft darüber gesprochen, Tante Augusta, aber ich denke in letzter Zeit viel über Mama und meinen Vater nach und über das, was mit den Lakota passiert. Ich frage mich, wie es Wilder Adler und Prärieblume geht, ob sie sicher sind, wo sie wohl leben. Ich weiß, daß ich nichts tun kann, um ihnen zu helfen, aber irgendwie fühle ich mich mit verantwortlich für diese Kinder in Santee. Ich möchte sie gern besuchen. Ich möchte wissen, ob ich dadurch vielleicht meiner Geschichte einen Sinn geben kann.

Mama hat lange geheimgehalten, daß ich eine Halbindianerin bin. Ich weiß, daß sie es für das Beste hielt, aber manchmal frage ich mich, ob ich . . . ob ich mir diesen Status überhaupt verdient habe. Ich muß irgendwie die Wurzeln von diesem Teil in mir entdecken und Stolz dafür empfinden, statt diesen Teil zu ignorieren oder zu verheimlichen. Ken hat es gewußt, und für ihn spielte es keine Rolle. Aber ich weiß nicht, was David tun oder denken würde, wenn er es wüßte."

Augusta seufzte. „Elisabeth, ich habe immer gedacht, daß es nur eine Farbe gibt, die wirklich wichtig für die Menschen ist: das Rot des Blutes Jesu, das er für uns vergossen hat. Deine Mutter hat auch so empfunden. Aber das tut nicht jeder, das wissen wir beide. Ich wünschte, ich könnte dir einen Rat geben. Aber wie die Dinge liegen, wüßte ich auch nicht, was ich an deiner Stelle täte. Wahrscheinlich hilft da nur beten. Gott wird dir schon sagen, was das Richtige ist."

Elisabeth schluckte schwer. „Weißt du, was ich mich manchmal frage? Bevor Ken mit General Custer losritt, beugte er sich zu mir hinunter und küßte mich, und ich nahm das Medaillon ab, das Mama mir geschenkt hatte, das mit unseren Fotos darin, und hängte es ihm um den Hals." Sie holte tief Luft, ehe sie weitersprach. „Manchmal liege ich nachts wach und stelle mir die Schlacht vor, und ich sehe, wie Ken stirbt –"

„Liebes, tu dir das doch nicht an!" versuchte Augusta sie zu unterbrechen. Aber Elisabeth redete weiter.

„Ich sehe ihn tot da liegen, und ich frage mich, ob irgendein Lakota-Krieger ihm das Medaillon abgenommen hat. Sie nehmen Trophäen mit, weißt du? Ich stelle mir vor, daß ein Indianer, wie mein Vater es war, über die Prärie reitet und das Medaillon trägt. Irgendwie bedeutet das doch, daß ein Teil von mir da draußen ist, bei den Lakota."

Sie schaute auf und wechselte unversehens das Thema. „Wie

dem auch sei, ich würde jedenfalls gern dort hinauffahren und Charity besuchen und sehen, was sie tut. Sie hat geschrieben, daß sie sogar einen Sioux-Pastor haben, Augusta! Ich würde liebend gern einen Sioux kennenlernen, der mit Jesus in seinem Herzen lebt! Vielleicht könnte ich mir dann ein bißchen besser vorstellen, wie mein Vater gewesen ist. Und vielleicht würde ich dann auch herausfinden, was ich mit mir anfangen soll."

Augusta sagte nachdenklich: „Wenn du das Gefühl hast, du solltest diese Reise machen, dann werde ich die Letzte sein, die dich daran hindert, Mädchen. Wann willst du aufbrechen?"

„Wenn ich nicht in den Wintereinbruch hineingeraten will, muß ich so bald wie möglich fahren. Ich muß natürlich erst Charity Bescheid geben und ihre Antwort abwarten. Möchtest du mitkommen?"

„Du meine Güte, nein! Und wenn das Wetter auch nur die geringste Neigung zum Schlechterwerden zeigt, wirst auch du hierbleiben! Aber du wirst wohl Agnes fragen müssen, ob sie mitfahren will ..." Augusta sah Elisabeths Reaktion und fügte hinzu: „Immerhin besuchst du ihre Tochter. Joseph wird langsam zu alt für solche Sachen, deshalb werde ich James Callaway bitten, dich auf dieser Fahrt zu begleiten. Er ist ein guter Mann. Er wird dafür sorgen, daß du sicher dorthin und auch wieder zurückkommst."

Elisabeths Protest im Keim erstickend hob sie die Hand. „Er kann seine Pferde in Asas Obhut lassen, und auf der Farm gibt es jetzt auch nicht mehr allzu viel zu tun. Wenn ich ihn darum bitte, wird er mitfahren. Noch ein Wort zu David Braddock, Elisabeth. Du darfst nicht vor ihm weglaufen. Gib ihm eine Chance! Abigail und ich haben uns das mit euch beiden nun mal in den Kopf gesetzt –" Sie sah Elisabeths Stirnrunzeln und beeilte sich hinzuzufügen: „Nein, versteh mich nicht falsch! Keine von uns alten Schachteln wird irgend etwas sagen oder tun, um dich in eine bestimmte Richtung zu drängen. Ich bin bloß nicht der Typ, der die Dinge schweigend abwartet, wie du weißt. Du mußt deinem Herzen Zeit lassen, um wieder zu heilen. Das verstehe ich. Aber in der Zwischenzeit solltest du auch David nicht vollkommen links liegen lassen und dich für seine Freundschaft öffnen."

Elisabeth lehnte ihren Kopf an den Sessel und dachte über Augustas Worte nach. Dann sagte sie langsam: „Ich frage mich, ob

David immer noch so großen Wert darauf legen würde, meine Freundschaft zu gewinnen, wenn er wüßte –" Sie ließ den Schluß ihres Satzes offen und kehrte zu ihren Reiseplänen zurück. „Du hast wohl recht wegen Agnes, obwohl ich zugeben muß, daß ich inständig darum beten werde, daß sie ablehnt!"

„Und was ist nun mit David?" hakte Augusta nach.

„Ich werde es ihm erklären. Er wird es schon verstehen", sagte Elisabeth – und sie sollte recht behalten.

*

„Und ob ich das verstehe", rief David ärgerlich. „Ich verstehe sehr gut, daß du auf eine zweiwöchige Fahrt mit James Callaway gehst, während du mit mir noch nicht einmal zum Abendessen ausgehen willst!"

Sie waren in der Bibliothek des Braddock-Anwesens, und David hatte Elisabeth den Rücken zugekehrt. Er mußte seine gesamte Willenskraft aufbieten, um dem brennenden Wunsch zu widerstehen, eins der Bücher aus dem Regal zu nehmen und quer durch den Raum zu feuern.

Sarah hörte seine wütende Stimme bis in die Küche, und auch Abigail in ihrem Zimmer blieb die Auseinandersetzung in der Bibliothek nicht unverborgen. „Oh, David, hab doch Geduld!" flüsterte sie.

Elisabeth fühlte sich seltsam ruhig, als sie antwortete: „Ich muß diese Reise unternehmen, David. Es ist wichtig für mich!"

Er stand weiter mit dem Rücken zu ihr. „Und du bist wichtig für mich, Elisabeth!"

„Wenn ich dir wichtig bin, dann solltest du Verständnis dafür haben und mich fahren lassen."

Er wirbelte herum. „Laß mich dich begleiten!"

„Nein."

„Warum nicht?"

„Du würdest es nicht verstehen."

„Ich möchte es aber verstehen, Elisabeth. Kannst du es mir nicht zu erklären versuchen?" Seine dunklen Augen sahen sie bittend an. Es lag kein Ärger mehr in seiner Stimme, und Elisabeth entspannte sich ein wenig.

„Ich glaube nicht, daß ich das erklären kann. Ich verstehe es ja selbst nicht. Ich muß einfach diese Mission und die Arbeit dort sehen. Irgendwie hat es etwas mit mir zu tun, und ich muß dort hinfahren."

David ergriff Elisabeths Hand. „Elisabeth, du bedeutest mir wirklich sehr viel. Ich würde dich gern dorthin begleiten."

„Aber du würdest nicht aus den richtigen Gründen mitfahren, verstehst du das denn nicht? Ich muß meinen Platz in der Welt finden. Mein Ehemann ist tot, meine Mutter ist tot, und irgendwie habe ich das Gefühl, daß ein Besuch in Santee mir weiterhelfen würde."

„Aber wie? Was hat eine Indianer-Missionsstation mit dir zu tun?"

„Es könnte mir helfen, meine Vergangenheit besser zu verstehen. Und vielleicht wäre ich dann in der Lage, meiner Zukunft ins Auge zu sehen."

„Ich verstehe immer noch nicht, was das miteinander zu tun hat! Wieso soll dir diese Indianer-Mission dabei helfen?"

„Weil mein Vater ein Sioux-Krieger war, David, und weil ich irgendwo da draußen einen indianischen Halbbruder habe, den ich nie kennengelernt habe."

David schaute sie verwirrt an und ließ ihre Hand los.

„Ich möchte wissen, wie die Sioux sind. Ich möchte herausfinden, was es war, das das Herz meiner Mutter bis zum Tag ihres Todes an sie gebunden hat. Ich möchte wissen, was es ist, das Charity Bond dort festhält. Es gibt unbeschriebene Seiten im Buch meiner Vergangenheit, die ich füllen möchte, David. Und deshalb muß ich zu dieser Missionsstation fahren." Sie ergriff ihre Haube, setzte sie auf und befestigte die Bänder unter ihrem Kinn. Dann ging sie zur Tür, drehte sich noch einmal um und sagte ruhig: „Und ich werde allein, ohne dich gehen, denn du hast mich soeben allein gelassen."

Sie verließ das Haus und ging zu Josephs Mietstall, wie so oft, wenn sie Kummer hatte. Langsam ging sie die Boxenreihe entlang und kraulte jedes Pferd hinter den Ohren, als sich plötzlich die Tür öffnete und James Callaway hereinkam. Er hielt Augustas eilig hingekritzelte Nachricht in der Hand und rief schon an der Tür nach Joseph, ehe er Elisabeth bemerkte.

In alter Gewohnheit wollte er sich an den Bart fassen und mußte grinsen, als er sein glattrasiertes Kinn berührte. Er nickte Elisabeth zu und hielt ihr Augustas Zettel entgegen. „Hier steht, daß eine Mrs. Elisabeth Baird eine Eskorte für eine Reise nach Norden braucht."

Kapitel 25

„Ich kann Agnes Bond ja nicht einmal ganze zwei Minuten ertragen!" stöhnte Elisabeth. „Wie soll ich es zwei Wochen mit ihr aushalten?"

„Agnes hatte so große Schwierigkeiten, Charitys Entscheidung zu verstehen, Elisabeth", erinnerte Augusta sie. „Vielleicht hilft ihr diese Reise. Und außerdem könntest du dich schlecht allein mit James Callaway auf den Weg machen, nicht wahr? Denk daran, und dann bete um Geduld!"

Widerstrebend mußte Elisabeth ihr zustimmen. Widerstrebend ging sie zu Agnes Bond hinüber, und noch widerstrebender teilte sie wenig später Augusta mit, daß Agnes eingewilligt hatte. „Sie hat eine große Geschichte daraus gemacht, aber ich glaube, insgeheim war sie froh, daß ich sie gefragt habe."

„Charity ist ihr einziges Kind, und so sehr sie sich auch über sie beklagt – ich denke, sie vermißt sie schrecklich. Du tust ihr einen wahren Liebesdienst."

„Mag sein", antwortete Elisabeth. „Ich frage mich nur, ob ich Charity damit einen Gefallen tue . . . und Gott helfe dem armen James Callaway! Ich schätze, Agnes wird es schaffen, sogar seine überirdische Ruhe und Geduld zu erschüttern!"

*

Das ungleiche Trio verließ Lincoln am folgenden Montag. Agnes hatte an allem etwas auszusetzen, aber James begegnete ihr mit engelsgleicher Geduld.

Als sie sich über die grelle Sonne beklagte, kramte James aus dem Gepäck einen Schirm hervor; als sie wegen der Hitze jammerte, fuhr er einen Umweg zu einer kühlen Quelle. Und als sie sich nach der ersten Nacht beschwerte, sie habe kein Auge zugetan, gab James ihr seine eigene Decke noch dazu und schlief auf dem nackten Erdboden.

Agnes fürchtete sich schrecklich vor Schlangen – James versicherte ihr, er habe Adleraugen und treffe eine Schlange mit tödlicher Sicherheit auf 20 Meter Entfernung. Sie befürchtete, die Pferde könnten durchgehen – James machte ihr klar, daß Joseph ihnen für diese Fahrt sein zuverlässigstes Gespann anvertraut hatte.

Und schließlich begann Agnes, James abends am Lagerfeuer von ihrem Kummer über Charitys Weggang zu berichten.

James sagte: „Wenn ich Sorgen habe, Mrs. Bond, dann helfen mir immer die Psalmen. Da haben verschiedene Leute ihre Sorgen vor Gott ausgeschüttet, und sie haben Trost in seinen Zusagen gefunden. Ich will ja nicht wie ein Prediger klingen, aber in der Bibel stehen eine Menge tröstliche Sachen drin, Madam." Er wühlte in seinem Gepäck und förderte eine Bibel zutage, die er Agnes reichte. „Stören Sie sich nicht an den Unterstreichungen. Ich markiere so gern die Stellen, die mir wichtig sind, damit ich sie leichter wiederfinden kann, wenn ich sie brauche."

Agnes öffnete die Bibel und zog erstaunt die Augenbrauen hoch. „Meine Güte, da ist aber viel unterstrichen!"

James lächelte schüchtern. „Na ja, ich habe eben schon sehr oft Trost gebraucht."

Agnes sah ihn neugierig an. „Was hat denn ein gesunder, gutaussehender junger Mann wie Sie für Sorgen? Sie haben eine schöne Farm und eine glänzende Zukunft vor sich, würde ich sagen. Jetzt müssen wir Ihnen nur noch eine Frau besorgen, nicht wahr?" Sie sah Elisabeth vielsagend an, die scheinbar desinteressiert sich nicht am Gespräch beteiligte und woanders hinschaute.

James lachte leise. „Moment mal, Mrs. Bond. Sie haben doch schon genug Sorgen mit Ihrer eigenen Tochter. Da sollten Sie sich nicht auch noch um mich Gedanken machen." Er beendete das Gespräch, indem er sich den Hut über die Augen zog und sich auf seine zusammengerollten Kleidungsstücke zurücklehnte, die er als Kissen benutzte.

Agnes blätterte in der Bibel herum, und Elisabeth beschloß, einen kleinen Spaziergang zu machen. James hörte sie aufstehen und murmelte unter seiner Hutkrempe hervor: „Gehen Sie nicht zu weit, Elisabeth. Klapperschlangen und Wölfe pflegen sich nicht erst telegrafisch anzumelden!"

„Möchten Sie nicht mitkommen?" fragte Elisabeth ihn.

James sprang prompt auf und schob den Hut zurück. Dann wandte er sich Agnes zu. „Wäre es Ihnen recht, wenn wir Sie einen Moment allein lassen?"

Zu Elisabeths Erstaunen lächelte Agnes freundlich, und statt wie üblich zu klagen stimmte sie entgegenkommend zu: „Geht nur, Kinder. Ich werde schon zurechtkommen. Es scheint, als ob uns der Herr heute einen wunderschönen Sonnenuntergang schenken will!"

Elisabeth warf James einen überraschten Blick zu und ging dann zum Wagen, um ihren Schal zu holen. Sie gingen eine Weile schweigend nebeneinander her.

Schließlich brach James die Stille. „Es ist wirklich gut, daß Sie das getan haben, Elisabeth."

„Ich hoffe nur, die Kinder können mit all den Sachen auch wirklich etwas anfangen!"

„Oh, ich rede nicht von den Kleidern. Ich meinte, daß Sie Mrs. Bond eingeladen haben mitzukommen."

Elisabeth antwortete ehrlich. „Oh, dafür sollten Sie mich nicht loben! Schließlich mußten wir eine Anstandsdame dabeihaben. Und innerlich habe ich mich den ganzen Weg zu Agnes' Haus gesträubt und gewehrt! Ich dachte, ich könnte sie unmöglich so lange in meiner Nähe ertragen." Sie sah zu James hoch. „Aber Sie haben es mir leichtgemacht. Wie schaffen Sie es nur, so geduldig mit ihr zu sein?"

„Ach, da braucht es nicht viel Geduld. Wenn Sie hinter die stachelige Fassade schauen, sehen Sie nur ein weiteres von Gottes Kindern, dessen Leben nicht so verlaufen ist, wie es vielleicht einmal gedacht war. Sie hat Angst vor der Zukunft, und sie versucht, diese Angst zu vertuschen, indem sie sich in jedermanns Angelegenheiten einmischt, damit sie sich nicht auf ihre eigenen konzentrieren muß."

Elisabeth mußte sein Einfühlungsvermögen bewundern. „Wie sind Sie bloß auf all das gekommen?"

„Nun ja, das ist eine längere Geschichte. Als Ihre Tante mich gebeten hat, Sie nach Santee zu fahren, habe ich spontan zugesagt. Als ich erfuhr, daß Mrs. Bond auch mitkommen würde, war ich über diese Aussicht ebenfalls nicht sehr begeistert."

Elisabeth lachte. „Na, wenn das keine Untertreibung ist!"

James ließ sich nicht irritieren. „Aber dann habe ich deswegen mit Gott gesprochen, und er hat mir Frieden in dieser Sache gegeben. Ich habe gerade an dem Tag diesen Vers gelesen, wo so ungefähr steht, daß der Mensch denkt und Gott lenkt. Ich habe mir dann gedacht, daß Gott schon einen Grund haben wird, uns Agnes Bond mitzugeben. Und ich habe mich entschlossen, bei seinem Plan mitzumachen. Eigentlich laufen die Dinge immer besser, wenn ich mit ihm an einem Strang ziehe, statt sie auf eigene Faust machen zu wollen."

„Woher wissen Sie denn, wie seine Pläne aussehen?" wollte Elisabeth wissen.

„Manchmal bin ich mir nicht sicher. Dann versuche ich einfach, weiter in seinem Wort zu lesen, ihn zu bitten, daß er mit mir spricht – und abzuwarten, daß mein Wille schließlich auf einer Linie mit seinem liegt. Und dann gehe ich los und hoffe, daß er mir die Tür vor der Nase zuschlägt, wenn es die falsche Richtung war."

„Ich wünschte, ich könnte irgend jemandem so vertrauen", seufzte Elisabeth.

„Aber Gott ist der einzige, der solches Vertrauen verdient."

Elisabeth runzelte die Stirn. „Früher habe ich das auch mal gedacht. Als ich noch klein war, hat meine Mutter sich Gott in allen Dingen anvertraut, und ich habe versucht, das auch weiter beizubehalten. Aber irgendwie hat es nicht besonders gut geklappt."

„Elisabeth, darf ich Ihnen eine persönliche Frage stellen?"

Sie waren an einem schmalen Fluß stehengeblieben. Die untergehende Sonne sandte ihre letzten Strahlen über die Prärie, und Elisabeth verschränkte die Arme, so als wollte sie sich vor etwas schützen. Sie sah in die ernsten, besorgten graugrünen Augen von James und hob unsicher die Schultern. James nahm es als Zustimmung und sprach weiter.

„Wenn Sie über Gott reden, dann geht es immer darum, wie sehr Ihre Mutter ihn geliebt und ihm vertraut hat. Ich frage mich, ob Sie eigentlich je selbst die Liebe Gottes kennengelernt haben, oder ob Sie nur versucht haben, den Glauben Ihrer Mutter nachzuahmen." Noch bevor Elisabeth antworten konnte, redete er hastig weiter. „Genauso ist es mir nämlich gegangen. Ich bin in einer gläubigen Familie aufgewachsen und jeden Sonntag in die Kirche gegangen. Und als dann eines Tages . . . etwas Schreckliches geschah, da habe ich etwas gemerkt. Ich hatte kein eigenes Fundament, auf dem mein Glaube stehen konnte. Mein ganzes Kartenhaus stürzte in sich zusammen, und da war nur noch dieser dunkle Schacht, in den ich hineinfiel und in den ich immer tiefer stürzte. Erst als ich Joseph kennengelernt habe und anfing, in der Bibel zu lesen, ist in mir meine eigene Beziehung zu Gott gewachsen."

„Sagen Sie mir, James – ist es das, was diese unglaubliche Veränderung in Ihnen bewirkt hat?" Elisabeth zog sich den Schal fester um die Schultern.

James war überrascht. „Veränderung?"

„Ja! Als Sie das erste Mal in die Stadt kamen, waren Sie so . . . distanziert, kühl und still. Als ob Sie sich an einen weit entfernten Ort zurückgezogen hätten, wo niemand an Sie herankonnte. Joseph hat damals gesagt, daß Sie nicht wirklich leben, sondern das Leben nur ertragen würden. Aber dann ist etwas in Ihnen vorgegangen. An dem Tag, als Sie mich wegen der Farm gefragt haben – da ist es mir das erste Mal aufgefallen. Irgend etwas war anders an Ihnen. Ihre Augen . . ." Elisabeth errötete. „Ich weiß nicht, aber es war, als ob in Ihrem Inneren ein Licht leuchten würde."

James lächelte sie an. „Aber genau das ist es ja, was mit mir passiert ist. In mir ist ein Licht angegangen. Gott hat mir sein Licht gegeben und angefangen, meine Wunden zu heilen."

„Aber was ist, wenn Ihnen jetzt wieder etwas Schlimmes zustößt? Sie können doch nicht wissen, ob von nun an alles gut laufen wird. Was ist, wenn wieder alles zusammenfällt . . . wenn Sie einen Unfall haben und die Farm verlieren – was dann?"

James antwortete ruhig und sicher. „Nun, das könnte natürlich passieren. Aber diesmal habe ich festen Boden unter den Füßen. Ich würde mich einfach in Gottes Arme fallen und mich von ihm hindurchtragen lassen."

„Das . . . das klingt mir zu weit entfernt."

„Warum?"

„Ich habe Gott doch damals gebeten, auf Ken aufzupassen. Und er ist gestorben. Ich habe ihn angefleht, daß er mir die Kraft gibt durchzuhalten, bis ich zu Hause bei Mama bin. Und sie ist auch gestorben, bevor ich ankam. Ich werde ihn um nichts mehr bitten. Er hört mich ja sowieso nicht."

„Vielleicht hat er Sie ja sehr wohl gehört . . . und Nein gesagt. Vielleicht hat er etwas ganz Bestimmtes mit Ihnen vor, wofür all das notwendig war."

Elisabeth schnaubte verächtlich. „Ich glaube nicht, daß ich einen göttlichen Plan für mein Leben näher kennenlernen möchte, der soviel Schmerz kostet!"

James räusperte sich und versuchte ihr ehrlich zu antworten. „Ich habe auch nicht auf alles eine Antwort. Ich kann Ihnen nur sagen, wie ich persönlich die Dinge sehe und was mir geholfen hat. – Kommen Sie, es wird dunkel. Wir sollten besser zurückgehen."

*

Das Lagerfeuer war heruntergebrannt, und Agnes schnarchte leise, als Elisabeth es schließlich aufgab, auf den Schlaf zu warten. Sie wickelte sich in ihre Decke, setzte sich auf und begann, das Feuer zu schüren. In ihrem Kopf wirbelten tausend Gedanken durcheinander. Einerseits war sie wütend auf James, weil er auf jeden ihrer Zweifel eine kluge Antwort zu kennen schien, die alles so einfach aussehen ließ. Andererseits bewunderte sie ihn dafür, daß er es geschafft hatte, seine eigene Dunkelheit hinter sich zu lassen und mit dem Leben weiterzumachen.

Sie schrak zusammen, als sie plötzlich die Stimme von James neben sich sagen hörte: „Quälen Sie sich nicht, Elisabeth. Gott liebt Sie." Beinahe hätte er hinzugefügt: Und ich liebe dich auch, aber er konnte dem Verlangen, es auszusprechen, gerade noch widerstehen. Statt dessen stand er auf und setzte den Wasserkessel auf die glimmenden Kohlen. „Ich mache uns einen Kaffee."

„Erzählen Sie mir davon, James", sagte Elisabeth plötzlich voller Dringlichkeit und sah ihn aus ihren dunklen Augen flehend an. „Erzählen Sie mir von diesem dunklen Schacht, in den Sie gestürzt sind. Und vor allem erzählen Sie mir, wie Sie es geschafft haben, da hinauszuklettern."

„Ich bin nicht hinausgeklettert, Gott hat mich herausgezogen."

„Ich wünschte, er würde mich auch aus meinem Schacht herausziehen!"

Seine Stimme war sehr sanft. „Ich denke, das wird er tun, Elisabeth. Sie müssen ihn nur lassen."

Agnes stieß einen ohrenbetäubenden Schnarcher aus, und die beiden schraken zusammen. Sie mußten sich beherrschen, nicht laut aufzulachen, während James zwei Tassen Kaffee eingoß.

„Wenn Sie meinen, daß es Ihnen helfen könnte, werde ich Ihnen von meinem Schacht erzählen. Bisher habe ich nur Joseph etwas davon anvertraut, und ich dachte eigentlich, daß ich es niemandem sonst sagen kann. Aber wenn es Ihnen hilft . . ." Er ließ sich neben Elisabeth auf den Boden nieder und fing an zu erzählen.

„Ich wollte nie etwas anderes sein als Soldat, genau wie mein Vater. Ich hatte große Pläne, wollte es eines Tages bis zum Brigadegeneral schaffen. Meine Familie sollte stolz auf mich sein." Er machte es so kurz wie möglich. Als er beschrieb, was damals in der Schlucht vorgefallen war, war Elisabeth tief erschüttert und ergriff spontan seine Hand. Seine Stimme geriet ins Schwanken, aber er zwang sich weiterzureden, bis er schließlich bei seiner Ankunft auf Kens Farm und der Nacht angelangt war, in der er Gottes Vergebung so hautnah gespürt hatte.

„Ich kann nicht erklären, wie es war, aber plötzlich fühlte ich, wie Frieden mich durchströmte. Das kann man wahrscheinlich nicht verstehen, wenn man es noch nicht selbst erlebt hat, aber es war wirklich so. Und seitdem ist dieses Gefühl geblieben. Seit dieser Nacht verspüre ich eine ungeheure Sehnsucht, mehr über Gott zu erfahren. Und ich schätze, die beste Art, ihn besser kennenzulernen, ist, in dem Brief zu lesen, den er uns hinterlassen hat . . . der Bibel. Und so lese ich und lese."

Er nahm seine Bibel von dem Holzklotz, auf dem Agnes sie abgelegt hatte. „Es stehen ein paar Dinge drin, die mir nicht besonders gefallen. Aber ich denke, daß sie richtig sind, also versuche ich, sie zu akzeptieren. Und andere treffen so absolut auf mich zu, daß ich manchmal das Gefühl habe, Gott hat sie nur für mich hineingeschrieben."

„Aber James", protestierte Elisabeth. „Das ist ja alles schön und gut für Sie. Sie hat Gott aus Ihrem dunklen Schacht herausgezogen, und das freut mich wirklich für Sie. Aber mir sind auch schreckliche Dinge zugestoßen, und mir hat er nicht geholfen. Er hat mich einfach alleingelassen und gesagt: ‚Sieh zu, wie du damit fertig wirst.'"

„Sie fühlen sich also wie Hiob?"

Elisabeth erinnerte sich an den Namen. „Ist das nicht der Mann, der seine ganzen Reichtümer und seine gesamte Familie verloren hat?"

„Genau. Er war vollkommen am Boden zerstört, aber er lobte Gott trotzdem. Dabei hatte er eine Menge Fragen. Warum hatte Gott all das geschehen lassen? Das Interessante daran, finde ich, ist, daß Gott zwar sagt, daß er Hiob liebt. Aber er hat ihm nicht auf seine Fragen geantwortet. Er sagte nur: ‚Wo warst du, als ich die Fundamente der Erde gelegt habe?' Er erinnerte Hiob an seine Macht, und schließlich sagte Hiob: ‚Siehe, ich bin gering; was soll ich antworten? Ich will meine Hand auf meinen Mund legen.'

Ich glaube, daß es auf diese Frage, warum Gott so etwas zuläßt, wirklich nur eine Antwort gibt. Und die lautet: Vertrauen und gehorchen."

„Das ist keine Antwort."

„Es ist das, was Gott zu dieser Frage sagt. Es gibt Fragen, auf die gibt es keine Antwort, so wie wir das verstehen. Aber Gott hat mir den Glauben geschenkt, daß es Dinge gibt, die ich nicht wissen muß." Er goß Kaffee nach. „Kann ich Sie etwas fragen?"

Elisabeth nickte und nippte an ihrem Kaffee. Sie erwartete, daß James irgend etwas Religiöses würde wissen wollen und war deshalb vollkommen überrascht, als er fragte: „Werden Sie David Braddock heiraten?" Schnell fügte er hinzu: „Ich weiß, das geht mich nichts an – ich dachte bloß . . . nun, nach alledem, worüber wir heute gesprochen haben, möchte ich nicht . . ." Er brach ab und begann noch einmal neu. „Ich denke, es wäre besser, wenn Sie diese Sache mit Gott regeln würden, bevor Sie einen so wichtigen Schritt tun."

Elisabeth antwortete ganz ehrlich. „James, ich habe nicht vor, in näherer Zukunft irgend jemanden zu heiraten. Ich weiß nicht einmal, ob ich überhaupt wieder heiraten werde. Es ist viel zu früh, und ich bin mir meiner selbst nicht sicher genug – wo ich hingehöre und was ich mit meinem Leben anfangen soll. Es ist alles ein großes Chaos.

Ich habe mich seit einem Jahr einfach so treiben lassen. Ehrlich gesagt ist diese Reise das erste, was ich aus eigenem Antrieb gemacht habe. Und es gefällt mir bisher sehr gut." Sie setzte ihre Kaffeetasse ab und fügte hinzu: „Im übrigen glaube ich nicht, daß David Braddock wirklich an mir interessiert ist."

„Oh doch, das ist er", sagte James so bestimmt, daß Elisabeth ihn überrascht ansah.

„Was macht Sie da so sicher?"

Er nahm einen großen Schluck Kaffee. „Ich habe ihn zusammen mit Ihnen beobachtet. Er ist interessiert, glauben Sie mir."

„Nun, das war ja auch vorher."

„Vor was?"

„Bevor ich ihm erzählt habe, daß mein Vater ein Indianer war. Er hat das nicht sehr gut aufgenommen." Elisabeth beobachtete James' Reaktion sehr genau. „Sie sehen nicht halb so überrascht aus wie er."

James räusperte sich. „Ich wußte es schon."

„Ach, und woher, wenn ich fragen darf?"

„Joseph und ich sind sehr eng befreundet, Elisabeth. Er macht sich große Sorgen um Sie, und er redet sehr oft von Ihnen."

Elisabeth hob eine Augenbraue. „Und was soll ich Ihrer Meinung nach tun?"

James sah sie mit kaum verhohlener Zärtlichkeit an. „Elisabeth, ich habe nicht das Recht dazu, Ihnen Ratschläge zu erteilen. Alles, was ich Ihnen sagen kann, ist, daß Gott Sie liebt und daß ich dafür beten werde, daß Sie Antworten auf Ihre Fragen finden. Sie müssen endlich auf eigenen Füßen stehen. Der Glaube Ihrer Mutter war sehr tief und echt, aber es war ihr Glaube, und sie ist jetzt nicht mehr da."

Er nahm einen letzten Schluck Kaffee, zog sich den Hut über die Augen und schien nach wenigen Sekunden bereits fest eingeschlafen zu sein.

Elisabeth saß noch eine lange Zeit am Lagerfeuer und dachte über alles nach, was an diesem Abend gesagt worden war. Und als sie schließlich einschlief, träumte sie von einem Lakota-Krieger, der mit ihrem Medaillon um den Hals über die Prärie galoppierte.

Kapitel 26

Das Winterhalbjahr an der Santee-Missionsschule erwies sich als besondere Herausforderung. Die Schüler kehrten aus den Sommerferien zurück und füllten die Räume, und die Hausmütter wurden von einem plötzlichen Ansturm verschiedenster Bedürfnisse und Notwendigkeiten überrollt.

Charity erstellte mit der Hilfe von Rachel Brown Arbeitslisten, organisierte, putzte, wusch und kochte. Sie melkte die Kühe und fütterte die Bienen, lehrte die Mädchen Kirchenlieder und studierte die Sprache der Dakota. Aber vor allem liebte sie.

Von dem Moment an, als sie in Santee angekommen war, hatte sie sich zu Hause gefühlt. In einem Brief an Elisabeth hatte sie geschrieben:

„Mein ganzes Leben lang habe ich mich auf meine eigenen Bedürfnisse und Wünsche konzentriert. Jetzt lebe ich nur für die Bedürfnisse anderer Menschen, und es ist seltsam: Jeden Abend falle ich völlig erschöpft ins Bett, aber es ist ein wunderbar befriedigendes Gefühl, etwas Nützliches getan zu haben. Manchmal frustriert es mich auch, aber gerade, wenn ich verzweifeln will, nimmt eins der Mädchen meine Hand und bittet um eine Geschichte oder zeigt mir stolz den ersten selbst angenähten Knopf. Dann habe ich wieder den Mut, weiterzumachen. Ich weiß, es muß unglaublich klingen, Elisabeth, aber ich bin hier zu Hause. Die anderen Frauen hier waren mir eine große Hilfe. Vor allem eine, Rachel Brown, mußt du unbedingt kennenlernen. Sie hat Schlimmes durchgemacht, aber sie ist so sanft und freundlich, daß ich mich danach sehne, so zu sein wie sie. Hoffentlich macht sie einmal eine Pause, wenn du kommst. Sie hätte es dringend nötig. Langsam mache ich mir nämlich Sorgen um ihre Gesundheit. Sie hat übrigens eine sehr niedliche kleine Tochter namens Carrie ..."

Während der Wagen weiter nordwärts holperte, hatte Elisabeth Charitys Briefe hervorgekramt und las sie einmal mehr durch. Sie waren so voller Hoffnung und Humor, obwohl sie auch die schweren Tage nicht verschwieg. Ob Elisabeth diesen tiefen Frieden verstehen würde, wenn sie selbst die Schule sah?

Agnes Bond hatte ebenfalls Briefe von ihrer Tochter erhalten, doch sie hatte sich nur über die Weltfremdheit ihrer Tochter beklagt. Während sie sich der Missionsschule näherten, hatte Agnes nur den einen Wunsch: daß ihr Besuch dort Charity endlich zur Vernunft bringen würde und sie mit ihnen nach Hause zurückkehrte.

Und James pflasterte jeden Meter ihres Weges mit einem Gebet, in dem er darum bat, daß Elisabeth in Santee das finden würde, was sie so dringend brauchte. Und eine andere Hoffnung wagte er nicht in Worte zu fassen, obwohl sie immer präsent war: die Hoffnung, daß Elisabeth die Fähigkeit zu lieben zurückgewinnen würde, wenn sie den Frieden fand, den sie suchte ... und daß sie dann vielleicht ihr Herz für einen einfachen Farmer öffnen würde, der auf einer kleinen Farm im Süden von Lincoln lebte.

*

Sie wehrte sich lange dagegen, doch schließlich mußte Rachel Brown sich eingestehen, daß sie am Ende ihrer Kräfte war. Die sonst so energiegeladene Frau quälte sich jeden Morgen aus ihrem Bett und schleppte sich dann müde durch den Tag, um abends sofort in einen erschöpften Schlaf zu fallen, sobald ihr Kopf sich auf das Kissen senkte. Diese bleierne Müdigkeit, die früher nur ab und zu über sie gekommen war, wurde zu einem Dauerzustand, der jede ihrer Bewegungen erschwerte.

Als Mary Riggs ihr vorschlug, einmal eine Erholungspause einzulegen, hatte Rachel abgelehnt. Aber in den wenigen Wochen, die Charity Bond jetzt an der Schule war, war es mit Rachel immer weiter bergab gegangen, und als das Gespräch wieder einmal auf die angebotene Ruhepause kam, war Rachel nicht mehr ganz so ablehnend gewesen.

Eines Morgens, als Rachel und Charity sich damit abmühten, die großen Laken von der Wäscheleine zu nehmen, brach Rachel zusammen und sank ohnmächtig zu Boden.

„Ich liebe die Mädchen, Charity, und ich kann den Gedanken nicht ertragen, sie zu verlassen", schluchzte sie, als sie wieder zu sich gekommen war.

Charity ergriff ihre Hand. „Ich weiß, Rachel. Vom ersten Tag an habe ich deine Geduld und Liebe für die Mädchen bewundert. Aber Rachel, sogar unser Herr Jesus selbst hat sich Zeit genommen, sich auszuruhen und zu beten. Du tust deinen Mädchen und der Mission keinen Gefallen, wenn du dich zu Tode arbeitest!"

Rachel zog ihre Hand weg und tastete sich an den Unterkiefer. „Ich bin so lächerlich schwach geworden, seit das hier passiert ist." Sie betrachtete ihre Hand mit den verkrümmten Fingern.

„Komm", sagte Charity und schob ihr einen leeren Wäschekorb hin. „Ich nehme den Rest der Wäsche ab, und du setzt dich hier hin und legst sie zusammen, ja?"

Rachel seufzte. Dann begann sie, über das zu reden, was mit ihr passiert war. „Ich kann einfach nicht aufgeben. Das konnte ich noch nie. Als ich damals den Unfall hatte, dachten alle, ich würde sterben. Wir hatten es eilig, in die neue Station der Reservation von Yankton zu kommen. Mein Mann sollte dort als Landverwalter arbeiten, weißt du. Ich hatte darauf bestanden, unser gesamtes Mobiliar mitzunehmen. Und dann stieß ein Wagenrad an einen Stein, und das ganze Ding kippte um und krachte einen Abhang hinunter. Mein Mann war sofort tot. Ein Paar Dakota-Indianer fanden Carrie, die ziellos herumirrte." Rachel lächelte spöttisch. „Mich haben sie unter meinen geliebten Möbeln gefunden. Der große Spiegel von der Kommode meiner Mutter hatte mir das Gesicht zerschnitten, und ich hatte mir fast alle Knochen gebrochen.

In mir fühlt sich heute noch alles verdreht an. Sie dachten, daß ich das nicht überleben würde. Aber ich tat es." Rachels Stimme klang so nüchtern, als ob sie vom letzten Viehtrieb reden würde.

Charity brachte nur ein Flüstern zustande. „Oh Rachel, das tut mir so leid."

Rachel nickte nur. „Ich habe lange gebraucht, um damit klarzukommen. Praktisch alles, was für mich wertvoll war, ist mir in einem Augenblick genommen worden: mein Mann, meine Besitztümer, meine Schönheit. Aber ich hatte noch Carrie. Und dann hat mich Gott hierher nach Santee gebracht, und langsam begriff ich, daß ich mehr bekommen als verloren hatte. Hier habe ich einen neuen Grund zu leben gefunden . . . ein Ziel."

Rachel seufzte und stand auf. Mühsam versuchte sie, den schweren Korb zu heben, schaffte es aber nicht. „Ich fürchte, daß die Riggs' Recht haben. Ich werde nicht mehr lange so weitermachen können. Und ich muß auch an Carrie denken. Ich schätze, wir werden wohl für eine Weile nach Hause zurückkehren müssen."

Am nächsten Tag betrat Charity die Küche im „Vogelnest" und rief Rachel zu: „Reverend Riggs war sehr erfreut, daß du endlich eine Pause machen willst! Du kannst mit meiner Freundin Elisabeth zurück nach Lincoln fahren und von dort aus mit dem Zug weiter nach St. Louis. Es ist alles schon arrangiert."

Vom Tisch her antwortete eine energische kleine Stimme. „Oh nein, das ist es nicht!" Carrie saß am Tisch, Nadel und Faden in der Hand, die sie nun wütend in die Puppe stach, an der sie gerade gearbeitet hatte. „Ich werde nicht mitkommen!"

Charity versuchte sie zu besänftigen. „Aber deine Mama braucht ein bißchen Ruhe, Carrie. Es ist ja nicht für lange. Ihr fahrt zu Weihnachten nach St. Louis und besucht dort deine Großeltern. Und wenn das neue Jahr kommt und deine Mama sich ein bißchen erholt hat, dann kommt ihr wieder hierher zurück." Sie ging zum Tisch und setzte sich neben Carrie. „Wir machen dann ein ganz tolles Begrüßungsfest nur für dich, ja?"

Doch Carrie ließ sich nicht so leicht einwickeln. Sie schüttelte entschlossen den Kopf, bis Rachel müde einwarf: „Ich fürchte, es führt kein Weg daran vorbei, Carrie."

„Aber Mama", protestierte die Kleine. „Ich habe Wilder Adler versprochen, daß ich ihm alles über Weihnachten erzählen werde." Sie sah ihre Mutter aus ihren leuchtend blauen Augen strahlend an. "Er hat doch noch nie Weihnachten gefeiert, Mama. Wenn er Weihnachten miterlebt, dann muß er doch einfach Jesus lieben! Er versteht ihn nicht, aber wenn er Weihnachten mit uns feiert, dann wird er es verstehen."

"Und was hat er dazu gesagt?"

Carrie zögerte. "Na ja, er hat nicht direkt etwas dazu gesagt, aber ich weiß, daß er darüber nachgedacht hat. Ich muß einfach da sein und ihm alles erklären."

Charity tätschelte die kleine Hand des Mädchens und versicherte ihr: "Carrie, wenn du mit deiner Mama nach St. Louis fährst, verspreche ich dir, daß ich dafür sorgen werde, daß jemand Wilder Adler alles erklärt, wenn er kommt."

Carrie erwog dieses Angebot sorgfältig. Sie schaute ihrer Mutter ins müde Gesicht und gab nach. "Aber ich muß mich von ihm verabschieden, und er muß mir versprechen, daß er kommt!" Ihr kleines Kindergesicht hellte sich auf. "Und im Frühling werde ich ihn wiedersehen, und dann wird er zu Jesus gehören!"

*

Nicht lange nachdem Rachel und Carrie bekanntgegeben hatten, daß sie über Weihnachten verreisen würden, wurde auch Pastor John Sturmwolke von seiner Gemeinde nahegelegt, eine Pause einzulegen.

Als John diesen Vorschlag als unnötig und dumm abtun wollte, hakte James Roter Flügel nach: "Es ist zu deinem Besten, und zu unserem. Geh auf die Jagd und erfrische dich, John. Danach wirst du uns doppelt so gut dienen können." Er machte eine kunstvolle Pause und spielte dann seinen Trumpf aus, von dem er wußte, daß er den Ausschlag geben würde. "Nimm Wilder Adler mit. Er ist in letzter Zeit so ruhelos. Sein eigener Stamm würde um diese Zeit auf die Büffeljagd gehen."

"Ich habe nichts davon bemerkt."

"Ich habe ihn gestern beobachtet. Er stand auf dem Hügel und sah nach Westen. Als Carrie ihm sagte, daß Besucher kommen würden, murmelte er nur etwas von ‚noch mehr Weiße'. Ich denke, daß ein schöner, langer Jagdausflug jetzt genau das Richtige für ihn wäre. Und für dich auch, John."

In diesem Moment kam Wilder Adler um die Hausecke gebogen. An jeden seiner Arme klammerte sich ein kreischender Dakota-Junge, und auch an seinen Beinen hingen zwei. Alle fünf lachten so laut, daß sie kaum noch Luft bekamen. Schließlich schafften es die Kinder, Wilder Adler zu Fall zu bringen. Er sprang sofort auf alle Viere und tat so, als wäre er ein wilder Bär, der die Jungen mit seinen Tatzen bedrohte. Die Kinder kreischten vor Vergnügen auf.

John sah James grinsend an. „Soviel zum Bild des stolzen Wilden!"

Plötzlich erklang die Schulklingel, und das Getümmel um Wilder Adler herum löste sich auf. Die Jungen rannten in alle Richtungen davon, und Wilder Adler erhob sich, sich den Staub von der Hose klopfend. Mit einem teils belustigten, teils verlegenen Lächeln kam er auf John und James zu.

„Ich werde bald zu einem Jagdausflug aufbrechen", teilte John Sturmwolke ihm mit. „Wirst du mich begleiten, Wilder Adler?"

Ein Funke leuchtete in den dunklen Augen auf, als Wilder Adler nickte.

Kapitel 27

Charity Bond hatte gesagt, daß sie in die Mission gehen wollte, um „etwas zu bewirken".

An dem Tag, als James Callaway den Wagen vor der Tür des Hauptgebäudes vorfuhr, versuchte sie gerade, einen betagten Hahn einzufangen, um ihn zum Abendessen zuzubereiten. Der Hahn jedoch erwies sich als unwillig und nutzte jede Möglichkeit zu entwischen. Die beiden Kinder, die den Auftrag erhalten hatten, das Tier einzufangen, hatten Charity zu Hilfe gerufen, und als der Wagen mit James, Elisabeth und Agnes ankam, rannte Charity gerade lachend und mit fliegenden Röcken, unterstützt von zwei schmutzigen Indianerkindern hinter einem empört gackernden Hahn her.

Gerade als James die Pferde anhielt, stürzten sich alle drei Verfolger in einer Staubwolke auf das Federvieh. Der Hahn entwischte wieder, doch Charity sprang ihm nach und schaffte es schließlich, ihn unter ihren Röcken zu begraben und zu packen.

„So hatte ich mir das Leben als Missionarin nicht vorgestellt!" rief Elisabeth lachend. Charity antwortete fröhlich: „Ja, ich weiß! Missionare sind immer sauber, tragen gestärkte Kragen und lachen nie." Mit dem zappelnden Vogel im Arm verschwand sie um die Hausecke, ihnen über die Schulter noch schnell zurufend: „Ich bin gleich wieder da und werde euch dann gebührend in Empfang nehmen!"

James half Agnes vom Bock, und sie mußten nur einen Augenblick warten, bis Charity wiederkam. Sie hatte sich eine saubere Schürze umgelegt und steckte sich die letzten Strähnen ihres Haares fest, während sie lächelnd rief: „Willkommen in der Santee-Missionsschule!"

Sie schüttelte James die Hand, küßte Elisabeth auf die Wange und nahm ihre Mutter liebevoll in den Arm. Agnes, die eigentlich beschlossen hatte, alles hier zu hassen und sich schlecht zu fühlen, mußte plötzlich feststellen, daß ihr Freudentränen in die Augen stiegen, als sie ihre Tochter lächelnd festhielt.

Charity hakte sich bei ihrer Mutter unter und erklärte: „Das hier ist das ‚Vogelnest', das Wohnheim der Mädchen. Der kleine Flügel da im Süden ist der Aufenthaltsraum, und dahinter wohnen Rachel Brown und ich. Elisabeth und Mutter werden bei uns schlafen." Sie wandte sich James zu und sagte: „Mr. Callaway, wenn Sie so freundlich wären und den Wagen dort hinüber fahren würden? Reverend Riggs und seine Frau Mary lassen anfragen, ob Sie bei ihnen wohnen möchten."

Agnes setzte sofort ein: „Dieser liebe Junge ist so unglaublich freundlich zu mir gewesen, Charity! Ich weiß nicht, was Elisabeth und ich ohne ihn getan hätten!"

James räusperte sich. „Danke, Mrs. Bond. Wir laden jetzt wohl besser den Wagen ab."

Die nächsten zwei Stunden waren ausgefüllt mit Begrüßungen, Rundgängen und Erklärungen. Schließlich ging Agnes in Charitys Zimmer, um sich auszuruhen, und James versorgte die Pferde. Elisabeth folgte Charity in die Küche und half ihr, den Hahn zu rupfen, Kartoffeln zu schälen und den Tisch zu decken. Sie hatte viele Fragen, und Charity beantwortete sie eifrig.

Agnes kam ebenfalls in die Küche, als Charity gerade von einem Mädchen erzählte, das sich vor kurzem hatte bekehren lassen. Ihr Gesicht leuchtete vor Freude.

„Ich habe immer gedacht, das Beste, was mir passieren könnte, sei den schönsten Mann von Lincoln zu heiraten", sagte sie leise. „Aber als Mary Weiße Wolke sagte, daß sie Jesus als ihren Herrn annehmen wollte, da dachte ich, ich würde vor Glück verrückt! Die Arbeit hier ist sehr hart, das stimmt. Manchmal bin ich abends so erschöpft, daß ich mir nicht vorstellen kann, je wieder aufzustehen. Aber ich bin ganz sicher, daß Gott mich hier braucht, und solange ich das weiß, werde ich voller Freude weitermachen!"

Als sie Agnes bemerkte, wechselte Charity blitzschnell das Thema. „Da fällt mir Rachel Brown ein. Sie ist am Ende ihrer Kräfte, und wir machen uns alle große Sorgen um sie. Ich habe es endlich geschafft, sie zu einer Pause zu überreden, aber keinem von uns ist wohl dabei, sie allein nach Hause reisen zu lassen. Könnten sie und ihre kleine Tochter vielleicht mit euch zurück nach Lincoln fahren, Elisabeth? Dann könnten sie von dort aus mit dem Zug nach St. Louis weiterfahren, wo Rachels Eltern sie abholen werden."

Elisabeth zögerte keinen Augenblick. „Natürlich, Charity."

„Oh, da kommen sie auch schon!" rief Charity lachend.

Rachel und Carrie kamen gerade mit gefüllten Körben vom Kräutersammeln zurück. Rachel streckte Elisabeth lächelnd ihre verkrüppelte Hand entgegen und sagte. „Sie müssen Elisabeth sein! Ich bin Rachel Brown, und das ist meine Tochter Carrie!"

Rachel drehte sich zu Carrie um, die stocksteif dastand und Elisabeth staunend anstarrte. „Carrie, sag Mrs. Baird Guten Tag!"

Carrie machte mechanisch einen Schritt nach vorn und schüttelte Elisabeths ausgestreckte Hand. Dann konnte sie nicht mehr an sich halten und platzte heraus: „Mama, ich kenne sie! Das ist doch die hübsche Dame auf dem einen Bild! Weißt du, in dem Medaillon, das Wilder Adler umhängen hat!"

Zuerst bekam Elisabeth gar nicht die volle Bedeutung von dem mit, was sie da gerade gehört hatte. Ihr Gehirn blieb an dem Namen Wilder Adler hängen wie ein Grammophon an einem Kratzer auf der Platte, und ein Zittern durchlief ihren gesamten Körper. Sie bekam eine Gänsehaut, und erst als die Stille zwischen ihnen drückend wurde, fiel Elisabeth auf, daß sie vergessen hatte weiterzuatmen. Sie stieß pfeifend die Luft aus und sank kraftlos zu Boden.

Charity und Rachel sahen sich ratlos an, und Carrie legte ihre kleine Hand auf Elisabeths Arm. „Habe ich was Falsches gesagt? Wilder Adler hat mir erzählt, daß die eine Dame in dem Medaillon seine Mutter und die andere, also Sie, seine Schwester wäre. Er meinte, Sie würden ihn aber wohl nicht sehen wollen."

Elisabeth hörte die Worte, aber sie verstand nur Fragmente davon, die wie Kugeln aus einem Gewehr in kurzen Abständen in ihren Verstand einschlugen. Seine Mutter. Seine Schwester. Wilder Adler. Das Medaillon. Sie stützte den Kopf in die Hände und versuchte, regelmäßig zu atmen, während sie langsam die Erkenntnis verarbeitete, daß sie ihren Halbbruder gefunden hatte.

Nach einer langen Weile sah sie auf und schaute die anderen aus verschleierten Augen an, bevor sie unsicher zu reden begann: „Ich . . . ich wußte, daß ich einen Halbbruder habe, irgendwo. Ich dachte, er wäre tot." Tränen strömten ihr die Wangen hinunter. „Ken hat dieses Medaillon in der Schlacht am Little Big Horn getragen, und ich . . . mein Gott, ich hatte Alpträume von einem Indianer, der mit diesem Medaillon um den Hals über die Prärie galoppiert –" Sie begann unkontrolliert zu zittern, und Charity ging zu ihr hin und nahm sie beruhigend in die Arme.

„Oh Elisabeth, denk jetzt nicht daran. Denk daran, daß du die Gelegenheit hast, deinen Halbbruder kennenzulernen. Du hast einen Bruder! Du bist nicht allein auf der Welt, wie du gedacht hast!"

Elisabeth schüttelte es immer noch. „Einen Bruder. Ja . . . ich habe einen Bruder, und . . . und es scheint, als ob mein Bruder der Mörder meines Ehemannes ist!"

Agnes Bond hatte alles gehört. Jedes Wort. Sie war soeben Mitwisserin des aufsehenerregendsten Skandals geworden, der ihr je zu Ohren gekommen war!

Aufgeregt ging sie in Charitys Zimmer auf und ab und versuchte, die Puzzleteile dieser unglaublichen Geschichte zusammenzufügen. In Gedanken fieberte sie bereits dem nächsten Nähkreis-Treffen entgegen, wo sie jedes Detail sofort zum besten geben würde.

Es klopfte an der Tür. Agnes zerwühlte schnell die Laken, um ein kleines Mittagsschläfchen vorzutäuschen, bevor sie „Ja, bitte?" rief.

Charity betrat den Raum und hielt sich nicht mit langen Vorreden auf. „Mutter, ich habe dir etwas zu sagen." Sie baute sich mit ernstem Gesicht vor ihrer Mutter auf. „Wenn du jemals auch nur ein einziges Wort von dem, was du eben mitangehört hast, irgend einer lebenden Seele weitererzählst, dann wirst du niemals - niemals, hörst du? - wieder etwas von mir hören. Ich weiß nicht, wie Elisabeth mit dieser Situation umgehen wird, aber ich werde nicht zulassen, daß über sie getratscht wird. Ist das klar?"

„Aber Charity -" begann Agnes, doch Charity fiel ihr scharf ins Wort.

„Du bist meine Mutter, und ich will dich ehren, wie Gott es mir geboten hat. Aber du bist auch das schlimmste Klatschweib, das ich kenne, und das weißt du genauso gut wie ich. Gott möge mir vergeben, daß ich nicht viel besser gewesen bin. Doch das ist im Moment nicht meine Sorge. Ich sorge mich um Elisabeth. Mutter, ich möchte, daß du zu ihr hingehst und ihr versprichst, daß du das erste Mal in deinem Leben etwas für dich behalten wirst. Überzeuge sie davon, daß sie von dir nichts zu befürchten hat. Wie du das anstellst, ist mir egal. Aber ich meine es bitterernst, glaub mir."

Sie hatte die Worte in einem Stakkato mühsam unterdrückten Zorns hervorgestoßen, das Agnes keine Gelegenheit zu Einwürfen gelassen hatte, obwohl sie es mehrmals versucht hatte. Als Charity fertig war, schloß Agnes den Mund, und ihr Kinn begann zu zittern.

„Keine Tränen, Mutter. Nur ein Versprechen."

Agnes stand auf. „Also gut. Ich verspreche es."

„Dir ist klar, daß du deine Tochter für immer verlierst, wenn du dieses Versprechen brichst?" Charitys blaue Augen waren kalt, und Agnes schauderte unwillkürlich. Dann nickte sie langsam, und die Geschichte von Lincolns berüchtigtster Klatschbase nahm ein abruptes Ende.

*

Während Elisabeth sich allein in Charitys Zimmer von ihrem Schock zu erholen versuchte, berieten sich Charity, Rachel und James über die Situation. Carrie hatten sie zum Spielen geschickt, nicht ohne ihr vorher eingeschärft zu haben, kein Wort über das Vorgefallene zu verlieren.

Doch sie hatten nicht die geringste Idee, was sie tun konnten, um Elisabeth zu helfen. Nichts konnte den Schock und den Schmerz dieser Offenbarung lindern. Schließlich schlug James das einzige vor, was ihnen zu tun blieb: Sie beteten.

Kapitel 28

Elisabeth erwachte mit einem tauben Gefühl im Kopf. Dann fiel ihr schlagartig alles wieder ein, und sofort begann sie fieberhaft nachzudenken, um dem Erlebten einen Sinn zu verleihen und es einzuordnen. Doch es wollte ihr nicht gelingen.

Kinderlachen lenkte sie von ihren Gedanken ab, und sie wusch sich schnell das Gesicht und ging dann hinunter in den Speisesaal.

20 Dakota-Mädchen saßen schwatzend und lachend an einem einfachen Holztisch. Charity und Rachel saßen je an den Kopfenden, Agnes zu Charitys Rechter, und auch James hatte es irgendwie geschafft, seine langen Beine unter den Tisch zu stecken.

Elisabeth blieb zögernd im Türrahmen stehen und stellte verwundert fest, daß James mit einem kleinen Mädchen neben sich offenbar fließend Dakota sprach. Als er nach dem Brotkorb griff, bemerkte er Elisabeth. Sofort sprang er auf, eilte zu ihr hin und geleitete sie zum Tisch.

Alle Gespräche verstummten, und es wurde unangenehm still. Doch dann erzählte James eine lustige Geschichte, und bald kehrten alle zu ihrem fröhlichen Geplapper zurück. Die Mädchen warfen ab und zu neugierige Blicke auf Elisabeth, denen sie mechanisch lächelnd begegnete. Sie schaffte es, zwei Bissen Brot zu sich zu nehmen, ehe sie das Essen appetitlos beiseite schob. Dafür trank sie hastig drei Tassen Kaffee hintereinander und genoß die Wärme ebenso wie die wieder einsetzende Tätigkeit ihrer betäubten Sinne.

Als die Mahlzeit beendet war, räumten die Mädchen bereitwillig die Tische ab und verschwanden dann in Grüppchen in die Küche zum Spülen oder in ihre Schlafräume. Rachel und Charity nahmen dieses ungewohnt gute Benehmen dankbar hin und wandten sich Elisabeth zu. Wieder entstand eine ungemütliche Stille zwischen ihnen.

Agnes ergriff als erste das Wort. „Elisabeth, meine Liebe", sagte sie und betupfte sich nervös die Lippen mit der Serviette, „Charity und ich haben ein . . . klärendes Gespräch miteinander gehabt, und ich – nun ja, ich denke, daß es wohl angebracht ist, wenn ich dir versichere, daß ich . . ." Sie räusperte sich. „Also, Liebes, wir beide wissen, daß ich einen gewissen Ruf habe, der . . . also, was ich sagen will, ist, Elisabeth, daß alles, was hier in Santee über dich und deine Herkunft bekannt geworden ist, unter uns bleiben wird. Lediglich das, was du selbst darüber bekannt machen willst, wird aus den Toren Santees hinausdringen." Sie blinzelte nervös und sah dann zu Charity hinüber, die ihr lächelnd zunickte. „Und nun entschuldigt mich bitte! Ich habe Carrie versprochen, ihr beim Unkrautzupfen zu helfen." Damit verschwand sie schnell aus der Tür.

Elisabeth stützte die Ellbogen auf den Tisch und starrte auf die zerkratzte, abgenutzte Tischplatte. Ohne aufzusehen und ohne im geringsten auf Agnes' Worte einzugehen, sagte sie: „Ich wußte gar nicht, daß Sie Dakota sprechen, James."

James sagte langsam: „Sie wissen einige Dinge nicht über mich, Elisabeth."

Charity hielt es nicht mehr aus. „Elisabeth, wir müssen –"

Elisabeth hob die Hand und sagte scharf: „Nein! Ich kann jetzt noch nicht darüber reden. Ich muß das alles erst einmal in meinem Kopf verarbeiten und zu ordnen versuchen."

James streckte ihr seine Hand entgegen, zog sie auf die Füße und schob ihren Arm ganz sanft unter seinen. „Darf ich um die Ehre eines gemeinsamen Abendspaziergangs bitten, Mrs. Baird?"

Erleichtert nickte Elisabeth und ließ sich von ihm nach draußen führen. Sie gingen den Weg entlang, der auf die Hügel führte, und James legte einfach nur seine Hand über ihre und hielt sie schweigend fest.

Lange Zeit sagte niemand ein Wort. Schließlich wiederholte Elisabeth: „Ich wußte nicht, daß Sie Dakota sprechen."

„Nun, dann habe ich den Teil wohl neulich Nacht ausgelassen. Es gehörte zu meinen Aufgaben in der Armee. Ich spreche übrigens auch Lakota, und das sollten Sie unbedingt lernen, wenn Sie Ihre indianischen Wurzeln kennenlernen wollen. Die Sprache eines Volkes zu lernen, bringt sehr viel Verständnis mit sich, nicht nur für das, was sie sagen, sondern vor allem, wie sie es sagen. Besonders in den Dingen, für die es keine Worte gibt."

Elisabeth schwieg eine Weile und fragte dann: „Würden Sie mir davon erzählen, wie Sie es gelernt haben?"

James holte tief Luft und blieb stehen. Er starrte lange Zeit auf seine staubigen Stiefelspitzen, ehe er ernst und besorgt seinen Blick auf Elisabeth richtete. Doch hinter der Besorgnis in seinem Blick flackerte auch ein heller Funke. Er führte Elisabeth ein Stück vom Weg hinunter an einen kleinen Bach, und sie setzten sich ans Ufer.

Dann begann James zu erzählen. „Nach allem, was in dieser Schlucht passiert ist, war ich voller Bitterkeit und blindem Haß auf das Leben, auf Gott, der das zugelassen hatte und auf alle Menschen, die solche Dinge zu tun imstande sind – was mich selbst einschloß. Ich sah keinen Sinn mehr im Leben. Also legte ich mich einfach hin und wartete auf den Tod. Doch dann fand mich ein Spähtrupp der Lakota. Das habe ich Ihnen ja schon erzählt." Er sah Elisabeth eindringlich an. „Aber ich habe ein wichtiges Detail nicht erwähnt. Einer dieser Lakota-Indianer hieß Wilder Adler. Er trug ein Medaillon und ein goldenes Kreuz um den Hals, und er hat mir erzählt, daß er eine Halbschwester hat, die irgendwo unter den Weißen lebt."

Elisabeth holte japsend Luft und mußte sich an James' Arm festhalten. James redete weiter: „Gott weiß, wieso es ihn jetzt so weit nach Osten verschlagen hat. Er hat mir das Leben gerettet, wissen Sie? Er hat mir ein Stück meiner Würde zurückgegeben und mir sogar eins von seinen besten Pferden geschenkt. Es hat sich unterwegs ein Bein gebrochen, und ich bin zu Fuß weitergegangen, bis ich eines Nachts die Farm erreichte. Den Rest der Geschichte kennen Sie ja. Joseph fand mich und hat mir den Weg zu einem neuen Leben gezeigt."

Elisabeth flüsterte: „Ich wünschte, ich könnte einen Ausweg aus diesem Treibsand finden, in dem ich versinke. Ich wünschte, auch mir würde jemand den Weg zeigen."

„Er ist da, Elisabeth", sagte James voller Sicherheit. „Sie müssen bloß seine Hand ergreifen."

„Diese Situation", stieß Elisabeth heiser hervor. „Was soll ich bloß tun? Wo gehöre ich hin? Jeder wird jetzt erfahren –"

„Möchten Sie Wilder Adler kennenlernen?" unterbrach James sie.

Sie runzelte die Stirn. „Ich weiß nicht."

„Wenn Sie es nicht wollen, können wir nach Lincoln zurückfahren – heute noch. Ich bringe Sie nach Hause!"

„Das geht nicht. Agnes hat Charity so lange nicht gesehen, und Rachel Brown muß erst noch ihre Sachen packen."

„Dann werde ich ihn finden und ihm sagen, daß er nicht herkommen soll."

„Denken Sie denn, daß er mich sehen will?"

„Ich kann ihn ja fragen."

Elisabeth dachte über diese Idee nach. Dann fragte sie: „Glauben Sie, daß er Ken umgebracht hat?"

„Was wäre, wenn er es getan hat?"

Elisabeth schüttelte verstört den Kopf. „Ich kann das irgendwie nicht fassen. Es ist zu verrückt, um wahr zu sein, oder?"

„Es sei denn, eine höhere Macht hat die Hand im Spiel."

„Wie meinen Sie das?"

„Ich meine, daß Gott vielleicht in Ihrem Leben und in dem von Wilder Adler wirkt. Das alles ist einfach zu verrückt, um nur ein Zufall zu sein, das haben Sie doch eben selbst gesagt. Vielleicht hat Gott irgend etwas mit Ihnen beiden vor."

Elisabeth seufzte. „Ich bin zu erschöpft für eine Diskussion über Gott, James. In mir herrscht ein völliges Chaos. Ich wünschte, ich könnte so sein wie Sie: über alles hinwegkommen und weitermachen mit dem Leben . . ."

„Ich hatte aber auch übermenschliche Hilfe." James legte seine Hand auf Elisabeths Schulter. „Elisabeth, Sie haben ein Loch in Ihrem Herzen, das nur Gott füllen kann. Ich werde immer wieder davon anfangen, bis Sie verstanden haben, daß Gott die Antwort auf alle Ihre Fragen ist."

Elisabeth lenkte das Gespräch in eine weniger geistliche Richtung. „Ich glaube nicht, daß ich es ertragen könnte, ihn zu sehen. Da ist dieser Alptraum, der mich verfolgt . . ." Sie erschauerte. „Ich kann nicht – auch wenn er mein Bruder ist."

Sie standen auf und traten den Rückweg an, als Elisabeth plötzlich innehielt. Sie sah James an und fragte unvermittelt: „Macht es für Sie einen Unterschied, daß ich Halbindianerin bin?"

„Ich dachte, das Thema hätten wir schon abgehandelt. Warum fragen Sie?"

„Weil es für David Braddock offensichtlich einen großen Unterschied macht."

Irgend etwas flackerte in seinen Augen auf, und seine Stimme klang ärgerlich, als er fragte: „Was hat er gesagt? Hat er Ihnen wehgetan?"

Elisabeth schüttelte den Kopf, und James beruhigte sich wieder. Er holte tief Luft und sagte dann fest: „Es ist eine große Verantwortung, wenn man die tiefsten Gefühle eines anderen Menschen kennt. Wenn man seinen Schmerz und seine Ängste mit einem anderen Menschen teilt, dann wächst man auf eine ganz besondere Art zusammen. Ich hatte eigentlich nicht vor, jemals irgend einem Menschen von meiner Vergangenheit zu erzählen, aber ich habe herausgefunden, daß ich ein paar wenigen Leuten vertrauen kann." Seine Augen funkelten. „Ich habe dir Dinge von mir preisgegeben, die keine andere Frau auf der Welt kennt, und jetzt gehört ein Teil von mir dir. Und ich habe dir all das in dem vollen Bewußtsein anvertraut, daß dein Vater ein Lakota-Krieger war."

Elisabeth war nicht sicher, ob er sie bewußt so vertraulich ansprach, aber es spielte auch keine Rolle. Arm in Arm gingen sie zurück zur Mission.

*

Wilder Adler arbeitete gerade mit einer auffallend schönen, lackschwarzen Stute, die James Roter Flügel gehörte, als er plötzlich einen Mann bemerkte, der am Zaun lehnte und ihm zusah.

Wilder Adler brachte dem Pferd fliegende Galoppwechsel bei. Die Stute war aufgeregt und temperamentvoll, doch sie war auch sehr intelligent. Zunächst jedoch war sie nicht sehr folgsam, bockte und riß an den Zügeln. Doch als sie verstanden hatte, was Wilder Adler von ihr wollte, hörte sie auf, nervös mit dem Schweif zu peitschen und vollführte einen sauberen Wechsel vom Rechts- in den Linksgalopp. Wilder Adler lobte sie und brachte sie zum Stehen. Er ließ sich von ihrem Rücken gleiten, klopfte ihr den Hals und mußte lächeln, weil sie abgelenkt in der Gegend herumschaute, als bemerke sie ihn gar nicht.

„Du denkst, ich halte dich für ein böses, wildes Pferd, nicht wahr? Aber ich sehe, wie du deine Ohren auf mich richtest. Du möchtest es nicht zugeben, aber in Wirklichkeit gefällt es dir, wenn ich dich lobe!"

Der Mann am Zaun sagte: „Vielleicht gehört sie ja auch zu einem rätselhaften Volk, Wilder Adler."

Wilder Adler fixierte ihn aufmerksam. James nahm den Hut ab, und Wiedererkennen leuchtete in Wilder Adlers Augen auf. Er lächelte James an. „Sie lebt unter rätselhaften Wesen, James Callaway. Wie soll sie sich da verhalten?"

Wilder Adler nahm der Stute das Zaumzeug ab, und sie trabte davon. Wilder Adler ging zu James hinüber und umfaßte mit beiden Händen freundschaftlich seine Arme.

„Ich bin froh, daß du den Weg zurück ins Leben gefunden hast", sagte er ruhig.

James nickte. „Und ich bin froh, daß du ein neues Leben gefunden hast."

Wilder Adler schüttelte den Kopf. „Ich lebe noch nicht hier, mein Freund. Ich beobachte diese Menschen nur und frage mich, ob sie mir den Weg in ein neues Leben zeigen können. Aber es ist sehr schwer."

James deutete auf das Medaillon. „Du trägst es immer noch."

„Es ist ein Teil von mir geworden."

James lehnte sich an den Zaun und kratzte sich am Kopf. Wilder Adler sah ihn genau an und sagte dann: „Du mußt mir erzählen, was deine Hand zittern läßt, James Callaway."

James lächelte ertappt und deutete wieder auf das Medaillon. „Eine der beiden Frauen, die du darin mit dir trägst, ist hier. Ich habe deine Schwester hergebracht."

Wilder Adler zeigte keine Regung. „Woher weißt du, daß sie meine Schwester ist?"

„Carrie Brown hat es uns gesagt. Als sie Elisabeth sah – das ist ihr Name: Elisabeth – bekam sie ganz große Augen und rief, daß dies die hübsche Dame in deinem Medaillon sei."

Wilder Adler schwieg lange. Dann nahm er das Medaillon ab und reichte es James. „Sieh nach!"

James öffnete den Verschluß und schaute auf die Bilder. Dann sah er Wilder Adler an und nickte. „Sie ist es – Elisabeth Baird. Sie war mit einem Soldaten verheiratet, er hieß Ken Baird. Sie hat mir gesagt, daß er am Little Big Horn getötet wurde und daß er dieses Medaillon um den Hals trug."

„Das hat sie dir gesagt?"

James nickte.

Wilder Adler sagte leise: „Ich habe meiner Schwester großen Schmerz gebracht."

„Ihr Volk hat deinem Volk ebenfalls große Schmerzen gebracht."

Wilder Adler sah James direkt an. „Ich hätte sie alle getötet, wenn ich gekonnt hätte. Doch jetzt suche ich einen besseren Weg zum Sieg. Sie wollen, daß wir in die Reservationen gehen. Doch ich werde von ihnen lernen, und dann werde ich ihnen beweisen, daß die Lakota wahre Menschen sind." Wilder Adler lehnte sich gegen den Zaun und kreuzte seine muskulösen Arme vor der Brust. „Ich würde meine Schwester gern kennenlernen."

„Sie ist im Moment sehr verwirrt wegen alledem."

Wilder Adler stellte sich dicht vor James. „Sag meiner Schwester, daß ich sie nicht drängen werde." James nickte, und plötzlich schien Wilder Adler etwas einzufallen. „Warte!" rief er. Er eilte zur Scheune hinüber und kehrte einige Augenblicke später mit einer vergilbten Decke zurück, die er James feierlich überreichte. „Sag ihr, daß ich ihr dies sende als Zeichen meiner Trauer. Sag ihr, daß es mir leid tut, daß ich ihr so viel Schmerz gebracht habe."

James fragte: „Und was ist mit dem, was unser Volk dir angetan hat?"

Wilder Adler sah ihn an und sagte langsam: „In meinem Stamm gab es schlechte Lakota, die böse Dinge taten. Hier gibt es gute Weiße, die gute Dinge tun. Sie haben den Wunsch zu helfen. Was mit meinem Volk geschieht, ist schlecht, aber nicht alle Weißen sind schlecht. Wenn du dies hier meiner Schwester gibst, mußt du ihr sagen, daß der Tod ihres Mannes schlecht war, aber daß nicht alle Lakota schlecht sind. Ihr Vater, Der den Wind reitet, war ein guter Mann, und ihr Bruder Wilder Adler versucht, ein guter Mann zu werden." Wilder Adler strich fast zärtlich über die Decke. „Dies hier hat Die durchs Feuer geht gemacht, unsere Mutter. Ihre Freundin Prärieblume hat die Decke aufgehoben bis zu ihrem Tod, und sie hat uns daran erinnert, daß nicht alle Weißen schlecht sind. Ich wünsche meiner Schwester Frieden."

Er drehte sich um und pfiff nach der Stute, die sogleich angetrabt kam. Wilder Adler wandte sich James zu. „Als diese Stute noch ungezähmt war, hat sie nach mir getreten. Aber dann hat sie gemerkt, daß ich ihr nichts tun will, und nun kommt sie freiwillig zu mir. Als ich noch wild war, habe ich gegen den weißen Mann gekämpft. Aber nun habe ich gesehen, daß es Weiße gibt, die mir nichts Böses wollen. Und nun bleibe ich freiwillig bei ihnen und lerne ihre Wege kennen. Das ist besser, als sie zu töten."

James nickte zustimmend und lächelte, als Wilder Adler hinzufügte: „Es sind sowieso zu viele, um sie alle zu töten!"

„Tut dir das leid, Wilder Adler?"

Wilder Adler schaute verschmitzt. „Ich habe schon zuviel Zeit damit zugebracht, mir zu wünschen, daß die Dinge anders wären. Das führt nur zu Traurigkeit und Zorn. Ich versuche jetzt, mit den Dingen zu leben, die anders sind."

„Und das führt zu besseren Dingen?"

Wilder Adler überlegte sich seine Antwort reiflich. „Mein Herz tut weniger weh, wenn ich nicht hasse. Manchmal denke ich, daß ich nie glücklich sein werde. Das ist für immer vorbei. Aber ich lerne wieder zu leben. Ich frage nicht nach Glück. Die Jungen, die jetzt die Missionsschule besuchen und die neuen Wege lernen, werden das Glück kennen. Das ist gut zu wissen, und ich kann mit der Leere in meinem Herzen leben." Er nickte James zu. „Geh zu meiner Schwester! Sag ihr, daß ich morgen mit John Sturmwolke auf die Jagd gehe. Ich bitte sie, ohne Haß an mich zu denken."

Kapitel 29

Carrie saß neben Wilder Adler am Flußufer und ließ ihre Füße ins kühle Wasser baumeln. Ihr Kinn wackelte verdächtig, und ab und zu wischte sie sich eine einzelne Träne von der Wange. Wilder Adler legte ihr einen Arm um die schmalen Schultern, und sie lehnte sich an ihn und ließ ihren Tränen freien Lauf.

Nach einer Weile schniefte sie laut und sah zu ihm auf. „Mama ist krank, deshalb müssen wir wohl gehen. Aber ich will nicht hier weg!"

„Aber du wirst deine Großmutter und deinen Großvater sehen, und es wird eine glückliche Zeit für dich sein, kleiner Roter Vogel! Und wenn deine Mutter sich erholt hat, werdet ihr hierher zurückkehren. Also, warum weinst du?"

Carrie schniefte wieder. „Ich werde Weihnachten verpassen!"

„Gibt es in St. Louis kein Weihnachten?"

„Doch, natürlich. Mama hat gesagt, wir werden sogar einen Baum schmücken und alles. Aber das ist nicht dasselbe. Meine Freunde werden nicht da sein. Du wirst nicht da sein, Wilder Adler!" Ihr Stimmchen wurde brüchig. „Und ich habe doch versprochen, dir alles zu erklären! Und dann hättest du bestimmt angefangen, Jesus auch zu lieben. Aber wenn ich nicht da bin, kannst du weggehen. Ich habe gehört, wie Pastor Sturmwolke und Mr. Roter Flügel über dich geredet haben, und sie haben gesagt, daß du vielleicht weggehst. Aber du darfst jetzt noch nicht weggehen. Nicht solange du Jesus noch nicht kennst!" Sie begann wieder herzzerreißend zu schluchzen.

Wilder Adler lächelte sie voller Wärme an und tätschelte ihre Hand. „Du mußt mit deiner Mutter gehen, Roter Vogel. Aber sag mal, weinst du etwa meinetwegen so sehr?" Die roten Zöpfe schaukelten hin und her, als Carrie heftig nickte. „Ich verspreche dir, daß ich nicht weglaufen werde. Ich gehe mit John Sturmwolke auf die Jagd, und zu Weihnachten kehre ich zurück. Ich werde in die Kirche gehen, ganz sicher."

Carrie lächelte unter Tränen. „Versprochen?"

Wilder Adler nahm das goldene Kreuz von seinem Hals. „Dies hier hat meiner Mutter gehört, und ich trage es als Erinnerung an sie." Er legte Carrie feierlich das Kettchen mit dem Kreuz um. „Jetzt trägst du es für mich. Hiermit verspreche ich dir, daß ich nicht weggehen werde, während du fort bist. Ich werde Weihnachten miterleben, und ich werde gut zuhören. Und wenn du zurückkommst, werde ich da sein, um dich zu begrüßen."

Carrie schaute ehrfürchtig auf das Kreuz und versteckte es dann unter ihrem Hemd. „Jetzt ist es ganz nah an meinem Herzen", erklärte sie.

Dann sprang sie plötzlich auf. „Warte hier!" rief sie und rannte in Richtung „Vogelnest" davon. Kurze Zeit später kam sie außer Atem zurück und drückte Wilder Adler ihre geliebte Puppe Ida Mae in die Hand.

„Ich habe nichts richtig Wertvolles, was ich dir geben könnte, Wilder Adler. Aber Ida Mae hab' ich noch nie jemand anderem anvertraut. Ich komme ganz bestimmt zurück, und dann tauschen wir wieder."

Wilder Adler hielt die Puppe ungeschickt in der Hand, und plötzlich fiel Carrie auf, wie belanglos ihre Gabe wirken mußte. Sie ließ den Kopf hängen. „Ach, es ist nur eine dumme Puppe . . ."

Wilder Adler kniete sich vor sie hin, um ihr in die Augen sehen zu können. Er sagte lächelnd: „Ich fühle mich geehrt, daß du mir Ida Mae anvertraust, Carrie. Ich werde gut auf sie aufpassen, und wenn du im Frühling zurückkehrst, wird sie dich gemeinsam mit mir begrüßen. – Und jetzt mußt du gehen. Ich höre die Stimme deiner Mutter."

Zögernd machte sich Carrie auf den Weg. Dann drehte sie sich noch einmal um und machte das Zeichen für „Freund". Wilder Adler erwiderte es lächelnd.

*

Rachel Brown war mit jedem Tag schwächer geworden, und Elisabeth, Agnes und James waren sich einig, daß sie so bald wie möglich den Rückweg antreten sollten.

„Wir müssen sie unbedingt sicher in den Zug und zu ihrer Familie bringen. Es wäre schrecklich, wenn sie . . ."

Agnes bekam große Augen, als sie die Andeutung verstand. „Oh, du meine Güte! Geht es ihr so schlecht? Dann sollten wir uns wirklich beeilen. Und keine langen Pausen wie auf dem Hinweg, James!" drängte sie. „Ich kann meine alten Knochen auch zu Hause noch ausruhen."

Zwei volle Tage später war alles gepackt und bereit zum Aufbruch. Elisabeth war in dieser Zeit so beschäftigt gewesen, daß sie kaum an Wilder Adler gedacht hatte. Trotzdem stellte sie fest, daß sie jeden Neuankömmling nervös beobachtete und jedesmal erleichtert war, wenn es sich nicht um einen Sioux-Krieger handelte.

James versuchte sie zu beruhigen. „Keine Sorge, Elisabeth. Er hat mir versprochen, daß er sich hier nicht blicken läßt, außer wenn du es willst. Er mag nach den Maßstäben dieser Missionsstation ein Wilder sein, aber er ist ein Mann, dessen Wort man vertrauen kann."

Als der Wagen sich rumpelnd von der Missionsstation entfernte, kämpfte Carrie wieder mit den Tränen. Rachel umarmte sie zärtlich. „Wir sind schneller wieder hier, als du denkst, Kleines. Es wird dir bei Oma und Opa gefallen, glaub mir. Ich bin in St. Louis aufgewachsen, und ich werde dir zeigen, wo ich zur Schule gegangen bin. Vielleicht willst du dann sogar dableiben."

Carrie schrak sichtlich zusammen und schüttelte den Kopf, daß die Zöpfe nur so flogen. „Nein! Ich muß wieder zurückkommen. Ich hab's versprochen!"

Rachel seufzte matt. „Vielleicht hat Gott aber auch andere Pläne mit dir."

Carrie grinste breit. „Oh nein, ich glaube, ihm gefallen meine Pläne ziemlich gut!"

Rachel und Elisabeth mußten sich das Lachen verkneifen, und Elisabeth fragte: „Wieso bist du dir da so sicher?"

„Weil sie gut sind! Ich werde zurückkommen und Wilder Adler das alles mit Jesus erklären, so daß er ihn auch liebhaben kann. Wir haben uns versprochen, daß wir für immer Freunde sein werden. Sehen Sie?" Sie zog das Kreuz hervor. „Wilder Adler hat gesagt, ich soll das für ihn tragen, bis ich wiederkomme."

Rachel rief erschrocken aus: „Das hättest du nicht annehmen dürfen, Carrie!"

„Ach, das ist schon in Ordnung. Wir haben bloß getauscht. Ich habe ihm dafür Ida Mae dagelassen. Er paßt auf sie auf, und ich paß' auf das Kreuz auf. Er hat gesagt, daß es seiner Mama gehört hat."

Elisabeth hörte ungläubig zu und mußte feststellen, daß sie zwar vor ihrem Bruder davonlief, er aber trotzdem präsent war. Er begleitete sie in Gestalt einer schmuddeligen, alten Decke und eines um den Hals eines kleinen Mädchens hängenden Goldkreuzes.

*

Wilder Adler lugte vorsichtig über den Kamm des kleinen Hügels und winkte dann John Sturmwolke zu, ihm zu folgen. Die beiden Männer einigten sich auf das Ziel, legten an und schossen zwei junge, kräftige Hirsche. Wenig später luden sie gemeinsam die enthäuteten und ausgenommenen Kadaver auf das letzte der Packmulis.

Sie waren nun seit über zwei Wochen auf der Jagd, und alle Mulis waren voll beladen mit Fleisch. Während John den letzten Lederriemen festzog, sagte er grinsend: „Das wird ein Fest geben!"

Wilder Adler nickte und nahm das Muli am Halfter. Wenig später saßen die beiden Männer an einem prasselnden Lagerfeuer und brieten darin eine frische Keule.

John Sturmwolke brach das Schweigen. „Du bist sehr still in diesen Tagen, Wilder Adler."

Wilder Adler nahm einen Bissen Fleisch, um Zeit zu gewinnen. Dann sagte er: „Um uns herum ist weites, offenes Land. Es ist leer." Er machte eine ausladende Handbewegung. „Ich dachte, daß die Dunkelheit in meinem Herzen verschwinden würde, wenn ich hierherkomme. Ich dachte, daß die Jagd wie in den alten Zeiten mir das Licht zurückbringen würde. Aber diese Hügel sind leer. Meine Brüder sind nicht hier, und heute abend wird es kein Fest geben. Niemand wird am Feuer von seinen Erlebnissen auf der Jagd erzählen."

Sturmwolke warf ein: „Aber die Menschen in Santee . . ."

Wilder Adler schüttelte den Kopf. „Die Leute dort sind gute Menschen. Das weiß ich . . ." Er kämpfte mit den Worten. „. . . aber sie sind nicht meine Brüder. In meinem Volk mußte ich ein guter Jäger und Krieger sein, um als wahrer Mann zu gelten. Du, John Sturmwolke, bist so wie unsere heiligen Männer. Und Roter Flügel versucht, ein Farmer zu sein." Nachdenklich nahm er noch einen Bissen Fleisch. „Ich habe noch nicht herausgefunden, wie ich hier als Mann leben kann."

Er lehnte sich zurück und wartete auf Sturmwolkes Antwort. Dieser sandte ein Stoßgebet, in dem er um Weisheit bat, zum Himmel und sagte dann: „James und ich, wir beide haben unseren Platz in dieser neuen Welt gefunden, indem wir Gott um seine Wegweisung gebeten haben."

Wilder Adler dachte eine Weile nach. Dann sagte er: „Und welchen Gott soll ein Lakota um Rat bitten, John Sturmwolke?"

„Ein Lakota sollte den einzigen Gott bitten, der Antwort gibt – den Gott, der in seinem Wort sagt, daß er die ganze Welt geschaffen hat."

„Und dieser Gott – wie merke ich, ob er mir antwortet?"

John Sturmwolke sagte eindringlich. „Er hat versprochen, daß er antwortet, wenn wir zu ihm beten. Er hat viele Wege, wie er das macht. Er hat gesagt, wer sucht, der findet, und wer anklopft, dem wird aufgetan."

Einmal mehr erhob sich Bitterkeit und Zorn in Wilder Adler und versperrte ihm den Blick auf die Wahrheit. „Wenn dieser Gott die ganze Welt geschaffen hat, warum kümmert er sich dann nicht um sie? Warum läßt er zu, daß seine Kinder verletzt und getötet werden? Warum gestattet er ihnen, sich gegenseitig umzubringen?"

John Sturmwolke lehnte sich nach vorn. „Ich habe über diese Fragen schon viele Nächte lang nachgedacht. Alle Menschen fragen sich, warum Gott Leid und Böses zuläßt. Aber darauf gibt es keine einfache Antwort. Wir sollen Gott vertrauen und ihm folgen, auch wenn wir manches nicht verstehen. Er hat versprochen, seine Pläne zu einem guten Ende zu bringen, trotz allem. Und er hat gesagt, daß er am Ende über alles Böse richten wird." Er spürte, daß Wilder Adler mit dieser Antwort nicht zufrieden war und hob die Hand: „Hör mir zu, Wilder Adler! Hör es dir bis zum Ende an."

Wilder Adler kreuzte widerwillig die Arme vor der Brust, und John Sturmwolke redete weiter. „Mir scheint, daß dein eigenes Leben beweist, daß Gott böse Taten zum Guten benutzen kann, Wilder Adler. Es ist falsch, wenn die Regierung ihre Abmachungen mit den Lakota bricht. Es ist falsch, wenn die Soldaten Frauen und Kinder töten. Aber hat Gott diese falschen Dinge nicht dazu benutzt, um dich zu uns zu bringen? Hier hast du immer wieder gehört, daß Gott dich liebt und seinen einzigen Sohn für dich geopfert hat, damit du leben kannst. Wenn du daran glauben kannst, dann hast du alles Böse besiegt! Dann wirst du das ewige Leben haben. Die Soldaten können deinen Körper töten, aber deine Seele wird frei sein. Die Regierung kann ihre Versprechen brechen und dir dein Land wegnehmen, aber du wirst deine Heimat im Himmel haben. Das ist wahre Freiheit, Wilder Adler! Nichts, was Menschen dir antun können, wird deine Zukunft mit Gott verändern! Jesus Christus ist für dich am Kreuz gestorben, und er will dir helfen, ein Leben zu führen, das diesen Namen wirklich verdient. Er will dir helfen, ein wahrer Mann zu sein, egal, wo du bist."

Als Wilder Adler schwieg, fügte John Sturmwolke hinzu: „Wilder Adler, auch ich lerne immer noch Neues über Gott dazu. Viele Jahre lese ich nun schon in seinem Buch, und viele Jahre versuche ich schon, mit ihm zu leben. Trotzdem kann ich dir nicht alle deine Fragen beantworten. Wenn ich Gott ganz und gar verstehen würde, wäre er nicht Gott. Ein Mensch kann ihn gar nicht vollkommen verstehen. Du hast gesagt, daß du ein Loch in deinem Herzen fühlst. Öffne Gott dein Herz, Wilder Adler. Nur er kann das Loch füllen, und nur er kann die Dunkelheit durchdringen, weil er das Licht selbst ist. Er hat das für mich getan, und für James Roter Flügel und für viele andere mehr. Jeden Sonntag kommen viele Indianer in die Kirche, denen man ihr Land weggenommen hat und die von den Soldaten gefoltert und gequält worden sind. Doch sie leben nicht in der Dunkelheit! Sie sind keine besseren Menschen als du, Wilder Adler. Gott hat ihre Herzen neu gemacht, und sie gehören ihm. Und wo er ist, hat die Finsternis keinen Raum. Bitte Gott, daß er dir den Weg zeigt. Er wird dir antworten."

„Aber das bedeutet, daß ich die Vergangenheit hinter mir lassen muß."

„Es bedeutet, daß du den Blick nach vorn richten sollst."

John Sturmwolke hielt gespannt den Atem an. War der große Augenblick gekommen? Doch Wilder Adler erhob sich, murmelte etwas, daß er die Fußfesseln der Mulis überprüfen müßte und verschwand in der Dunkelheit.

Kapitel 30

Als sie in Lincoln ankamen, war Rachel Brown so geschwächt, daß James sie ins Hotel tragen mußte. Augusta wies ihm den Weg zu Sarahs ehemaligem Zimmer, und Rachel lächelte schwach und entschuldigte sich für die Umstände.

„Seien Sie nicht dumm, Mrs. Brown", schimpfte Augusta. „Sie ruhen sich jetzt schön aus, und wenn es Ihnen besser geht, setzen wir Sie in den Zug nach St. Louis. Ich telegrafiere Ihren Eltern, daß Sie noch ein bißchen hier bei uns bleiben. Und machen Sie sich keine Sorgen, ich werde es ihnen behutsam beibringen. Carrie kann auf dem Klappbett schlafen, dann ist sie gleich bei Ihnen."

Elisabeth lehnte sich an den Türrahmen und schmunzelte. „Ich hätte Sie wohl vor Tante Augusta warnen sollen. Aber eigentlich können Worte sie sowieso nicht beschreiben – man muß sie erleben!"

Rachel seufzte lächelnd. „Wenn man einen Mensch durch reine Willenskraft gesundmachen kann, wird Mrs. Hathaway mich in drei Tagen wieder auf die Beine gebracht haben, schätze ich."

Carrie kam herein, ihre kleine Kiste hinter sich herziehend. Mit sorgenvollem Gesicht sah sie ihre Mutter an. „Wird es dir bald wieder bessergehen?"

Rachel zwang sich zu einem strahlenden Lächeln. „Aber natürlich, mein Schatz!"

James erschien im Türrahmen. „Wenn Sie erlauben, nehme ich Carrie noch mit zum Stall. Dann kann sie mir helfen, die Pferde zu versorgen und ein bißchen auf Entdeckungsreise gehen." Er zwinkerte Carrie zu. „Es gibt da einen großartigen, verstaubten, alten Heuboden, und wer weiß, vielleicht hat unsere Stallkatze ja wieder irgendwo ein Nest mit kleinen Kätzchen versteckt!"

Rachel war erleichtert, sich ein wenig ausruhen zu können, ohne Carrie immerfort etwas vorspielen zu müssen. Noch ehe Elisabeth sich umgedreht hatte, war sie schon eingeschlafen. Sie hatte nicht einmal mehr die Energie gehabt, ihre Handschuhe auszuziehen.

Als Elisabeth in die Küche zurückkehrte, stellte sie fest, daß die beiden neuen Mädchen bereits alle ihre Sachen nach oben gebracht und das Abendessen zubereitet hatten.

Augusta nahm Elisabeth zur Seite und sagte: „Cora und Odessa waren ein echter Glücksgriff. Sie kochen beide fantastisch, und sie arbeiten sehr selbständig. Ihr Englisch ist noch nicht das beste, aber das wird schon noch. Die beiden sind Schwestern. Haben meine Anzeige an dem Tag gelesen, als sie aus dem Zug stiegen. Sie haben keine Angehörigen hier in Lincoln, und ich bin überrascht, wie fleißig sie sind. Ich möchte sie auf keinen Fall verlieren."

Gerade als Augusta den Satz beendet hatte, erschienen Cora und Odessa in der Tür. Die beleibtere von beiden blinzelte Elisabeth durch ihre dicken Brillengläser an und streckte ihr dann mit einem ungeschickten Knicks die Hand entgegen. „Cora Schlegelmilch", sagte sie lächelnd und entblößte dabei eine Reihe außer-

217

ordentlich schiefer Zähne. Odessa, ihre zaundürre Schwester, schien so schrecklich schüchtern zu sein, daß sie es lediglich schaffte, ihren Namen zu murmeln und die Hand auszustrecken.

Elisabeth ergriff ihre Hand mit einem knappen, herzlichen Händedruck, und dann standen sie etwas unschlüssig voreinander. Die beiden Schwestern starrten Elisabeth neugierig an, und als sie sie anlächelte, rafften sie kichernd ihre Röcke und verschwanden wieder an die Arbeit.

„Warte mit deinem Urteil, bis du ihre Klöße probiert hast", flüsterte Augusta. „Gestern war David Braddock mit John Cadman zum Essen hier, und der alte Knabe hat sich dreimal nachlegen lassen!" Augusta lachte. „Heute war er an der Hintertür und hat den Mädchen doppelte Bezahlung geboten, wenn sie als Köchinnen in seinem Hotel arbeiten!"

„Das Doppelte?" fragte Elisabeth ungläubig. „Und warum –"

„Warum sie noch hier sind?" unterbrach Augusta. „Cora hat Cadman bloß angeblinzelt und gesagt: ‚Haddawäi Hotel hat uns angestellt, bezahlen ist gut, wir mögen Misses Haddawäi, wir bleiben hier.'" Allerdings hat sie mir das sofort im Anschluß daran erzählt und gefragt, wie es mit einer kleinen Gehaltserhöhung aussieht – die ich ihr natürlich gern gegeben habe. Ich glaube nämlich, daß unsere Gäste demnächst mit Freuden das Doppelte für Speisen bezahlen werden, die Cora und Odessa zubereitet haben! Sogar David war schon ein paarmal hier, und Sarah kocht ja nun wirklich nicht schlecht! Andererseits", fügte sie gedankenvoll hinzu, „hängt sein Interesse am Hathaway-Hotel wohl eher mit den hier lebenden Personen zusammen . . ."

Elisabeth errötete ein wenig und erwiderte betont harmlos: „Ich dachte, er und seine Mutter wollten nur kurz bleiben."

„Du bist ja auch nur zwei Wochen fort gewesen, Elisabeth."

„Mir kommt es viel länger vor. Es ist nur ein paar Tagereisen weit weg, aber ein halbes Leben entfernt!"

Augusta rief Cora und Odessa ein paar Anweisungen zu und meinte dann: „Komm mit nach oben, Elisabeth, und erzähl mir alles!"

Elisabeth berichtete ihr von ihren Erlebnissen auf der Fahrt und in Santee, doch sie ließ ein kleines Detail aus: Sie sagte kein Wort über Wilder Adler. Sie beschrieb ausführlich die Schule und die Arbeit in Santee, drückte ihre Bewunderung für die Hingabe der Missionare und die Fortschritte der Schüler aus, lobte James' unendliche Geduld gegenüber den vielen Eigenarten von Agnes Bond und fragte Augusta nach ihrer Meinung zu Rachels Krankheit.

„Ich werde Dr. Gilbert gleich morgen nach ihr sehen lassen", beschloß Augusta. „Wir werden tun, was wir können, damit sie Weihnachten in St. Louis sein kann!"

Sie hatten es sich gerade mit der Zeitung bequem gemacht, als es an der Tür läutete. Es war David Braddock.

„Ich habe gesehen, daß James Callaways Wagen vor dem Mietstall steht. Sind sie zurück? Geht es Elisabeth gut?"

Elisabeth hatte ihn gehört und rief ihm zu: „Ja, mir geht es gut. Danke der Nachfrage, David!" Sie kam die Treppen hinunter und lehnte sich an die Wand gegenüber der Tür.

David räusperte sich nervös. „Mutter und ich . . . wir – nun, wir wollten dich zum Abendessen einladen, Elisabeth. Heute abend." Er wandte sich Augusta zu. „Und es wäre uns eine Ehre, wenn Sie ebenfalls erscheinen würden, Mrs. Hathaway."

Augusta lehnte ab. „Das tut mir leid, Mr. Braddock, aber ich habe einen kranken Gast, um den ich mich kümmern muß. Elisabeth hat Mrs. Brown und ihre kleine Tochter aus Santee mitgebracht. Sie wollen nach St. Louis. Aber das arme Ding ist völlig entkräftet. Ich habe beschlossen, sie bis Weihnachten wieder auf die Beine zu bringen."

Die Tür hinter David öffnete sich, und James Callaway trat ein, gefolgt von Carrie. Carrie sprudelte sofort begeistert hervor, daß sie tatsächlich im Heu ein Nest mit jungen Kätzchen entdeckt hatte und daß James ihr versprochen hatte, morgen mit ihr hinaus zu seiner Farm zu fahren.

James unterbrach ihren Redefluß. „Ich hoffe, das war in Ordnung. Ich dachte, es würde Carrie bestimmt gefallen." Als Carrie in Richtung Küche verschwand, fuhr er mit gesenkter Stimme fort: „Und es lenkt sie vielleicht ein bißchen von ihrer Mutter ab."

Elisabeths Augen leuchteten erfreut. „Das ist sehr nett von dir, James. Danke."

James nahm schnell den Hut ab. „Vermutlich würde es der Kleinen noch mehr Spaß machen, wenn du mitkommst, Elisabeth." Er sah Augusta an und fügte dann hastig hinzu: „Natürlich nur, wenn du hier abkömmlich bist."

„Ich komme sehr gern mit, James", sagte Elisabeth und warf David einen kühlen Blick zu. „Ich werde uns etwas zu essen mitnehmen."

Carrie kam mit der frohen Nachricht zurück, daß es ihrer Mutter besserging und sie vielleicht sogar zum Abendessen hinunterkommen würde. Mit einem Funkeln in den Augen rief Elisabeth die Kleine zu sich und sagte zu ihr: „Carrie, zeig doch Tante Augusta mal das schöne Kreuz, das Wilder Adler dir mitgegeben hat, ja?"

Bei der Erwähnung des Namens Wilder Adler blickte Augusta überrascht auf, und Elisabeth erklärte: „Es scheint eine Art Wunder zu sein, aber mein Bruder Wilder Adler lebt in Santee. Ich habe ihn zwar nicht gesehen, aber er hat Carrie dieses Kreuz mitgegeben. Ist das nicht unglaublich? Ich weiß noch, wie Mama mir davon erzählt hat. Mein Vater, Der den Wind reitet, hat es damals gesehen und sie deswegen mitgenommen. Und später muß es irgendwie an Wilder Adler weitergegeben worden sein. Und jetzt ist es hier, eine ewige Erinnerung an die Liebe und Einheit, die zwischen unseren Völkern herrschen sollte."

Jedes Wort war ein Pfeil in Davids Richtung, und jedes traf sein Ziel. David, der eben noch mit der Erkenntnis gerungen hatte, daß Elisabeth und James sich auf der Reise menschlich nähergekommen waren, erbleichte und starrte zu Boden, während Elisabeth weitersprach: „Ich hatte nicht den Mut, ihn zu treffen, aber ich werde im Frühjahr nach Santee zurückfahren, und wenn es ihm recht ist, möchte ich ihn kennenlernen. Ich denke, Familienmitglieder sollten zusammenhalten, nicht wahr, David?"

David lief dunkelrot an, sagte aber nichts. Elisabeth entschloß sich, noch einen Schritt weiterzugehen. „Vielen Dank für die Einladung zum Essen heute abend, aber ich fürchte, ich habe keine Zeit. Ich muß das Picknick für morgen vorbereiten, damit Carrie auch wirklich Spaß hat. Und du, James," fügte sie hinzu und faßte ihm wie selbstverständlich kurz auf den Arm, „wirst feststellen, daß ich noch mehr kann, als im Selbstmitleid zu baden! Und jetzt –" Sie drehte sich schwungvoll zu Carrie um, „laß uns mal sehen, was wir deiner Mama zum Abendessen kochen können. Sie soll essen, bis sie wieder rund und gesund ist!" Sie lächelte James an und verschwand mit Carrie in der Küche.

James und David schwiegen sich eine Weile an, ehe James sich verabschiedete. Auch David wandte sich zum Gehen, doch Augusta hielt ihn auf.

„Ich weiß nicht, was zwischen Ihnen beiden vorgefallen ist, Mr. Braddock", sagte sie. „Aber wenn Ihnen wirklich etwas an Elisabeth liegt, dann müssen Sie sich sehr in Geduld üben."

David setzte sich seinen feinen Seidenhut auf und erwiderte langsam: „Ich habe diese kalte Dusche eben verdient, Mrs. Hathaway. Ich kann nur hoffen, daß mich meine Dummheit nicht die Frau gekostet hat, die ich heiraten möchte." Er tippte sich an den Hut und ging hinaus.

James hatte sich mit lässiger Pose an die Tür des Mietstalls gelehnt und beobachtete unter der tief heruntergezogenen Hutkrempe hindurch, wie David in seine Kutsche stieg und davonfuhr. Kaum war er um die Ecke gebogen, riß James sich den Hut vom Kopf und schleuderte ihn mit einem lauten Freudenschrei in die Luft.

*

Elisabeth starrte den prächtigen Rosenstrauß ungläubig an und fragte sich, wo David die Blumen um diese Jahreszeit herbekommen hatte. Auf der kleinen Begleitkarte stand nur: „Bitte verzeih mir! D."

Elisabeth schüttelte den Kopf und legte die Karte beiseite, um nach Rachel zu sehen. Zu ihrer Freude war sie aufgestanden und hörte aufmerksam Carries begeisterten Schilderungen von ihrer kleinen Landpartie zu.

„Er hat sogar einen Hund, Mama. Er heißt Jack und ist riesengroß und sieht ganz wild aus, aber er ist ganz lieb. Er beißt gar nicht. Wir sind am Fluß spazierengegangen und haben unser Picknick unter einem großen Baum gemacht. Dann haben wir die Felder von Mr. Callaway angeguckt, und er hat Mrs. Baird – ach nein, ich soll sie ja Elisabeth nennen –, also, er hat Elisabeth und mir erklärt, was darauf im Frühjahr wachsen soll und so. Und dann hat er die letzten Rosen von seinem Busch abgemacht und sie Elisabeth und mir geschenkt. Guck!" Sie hielt eine kleine rosa Rose hoch.

Als Elisabeth hereinkam, bemerkte Rachel, daß sie eine ebensolche rosa Rose trug, festgesteckt an ihrem Kleid.

Es klopfte an der Tür, und diesmal hielt Mr. Millers Botenjunge einen großen Strauß Gänseblümchen hoch. Wieder stand auf der Karte: „ Bitte verzeih mir! D."

Als die Zeit zum Abendessen kam, fragte Rachel, ob sie in der Küche helfen könne. Augusta befahl: „Aber ganz bestimmt nicht! Ihre einzige Aufgabe, junge Dame, ist es, gesund zu werden, damit wir Sie rechtzeitig in den Zug nach St. Louis setzen können. Wenn ich höre, daß Sie auch nur einen Finger gerührt haben, sperre ich Sie in Ihrem Zimmer ein. Und jetzt hinaus!"

Gehorsam zog sich Rachel mit einem Buch in ihr Zimmer zurück und war bereits eingeschlafen, ehe sie auch nur die erste Seite aufgeschlagen hatte.

Elisabeth deckte gerade die Tische, als wieder ein Botenjunge vor der Tür stand, diesmal mit einer Schachtel Pralinen und einer weiteren Bitte um Verzeihung. Und schließlich stand David selbst vor der Hintertür, was erhebliches Aufsehen bei den Schlegelmilch-Schwestern verursachte.

„So ein feiner Herr an der Küchentür? Was ist das?" flüsterte Cora.

Odessa lugte über ihren Brillenrand und flüsterte zurück: „Er fragt nach Mrs. Bärt, der Herr. Ist ein schöner Herr!"

Cora runzelte die Stirn. „Das geht dir gar nix an, Odessa Schlegelmilch! Schneid jetzt den Kuchen, bevor Mrs. Haddawäi bös wird!"

David ging nervös im Flur auf und ab und wartete auf Elisabeths Erscheinen. Endlich kam sie mit einem voll beladenen Tablett aus dem Speisesaal. David nahm es ihr ab und reichte es an Cora weiter.

„Elisabeth, bitte verzeih mir!"

Elisabeth blieb kühl. „Das sagtest du bereits, David. Dreimal. Die Blumen sind übrigens wunderschön – vielen Dank. Ich habe einen Strauß in Rachels Zimmer und einen in den Speisesaal gestellt. Und danke auch für die Pralinen – Carrie wird sie lieben. Wenn du mich jetzt entschuldigen würdest, wir haben viel zu tun." Sie drehte sich lächelnd zu Cora und Odessa um. „Es hat sich anscheinend herumgesprochen, daß wir die besten Köchinnen der Stadt haben!"

Cora und Odessa sahen kurz von ihrer Arbeit auf und nickten nur.

David ließ sich nicht so leicht abweisen. „Bitte, Elisabeth, komm doch zum Essen. Sag, daß du mir vergibst. Ich war ein solcher Idiot! Es tut mir unendlich leid. Was kann ich noch sagen oder tun, damit du mir glaubst?" Er war ehrlich verzweifelt, und Elisabeth empfand plötzlich eine gewisse Ablehnung ihm gegenüber. Dieses demutsvolle Verhalten stand ihm nicht.

Aus dem Speisesaal rief jemand nach der Bedienung, und Elisabeth wandte sich zum Gehen. „Ich weiß nicht, David. Ich kann darüber jetzt nicht reden. Komm doch später noch einmal vorbei. Nein, besser morgen nach dem Mittagessen. Du kannst mich zum Nähkreis bringen." Ergeben antwortete er: „Ich werde da sein. Bitte geh nicht ohne mich los."

*

Als sie sich am nächsten Tag trafen, waren Elisabeths verletzte Gefühle bereits deutlich geheilt, was nicht zuletzt auch auf den Genuß der vorzüglichen Pralinen zurückzuführen war.

David entschuldigte sich abermals so wortreich, daß Elisabeth ihm schließlich ihren Arm entzog und sagte: „Meine Güte, David! Jetzt übertreib aber nicht. Du hast mich verletzt, nun ja, aber irgendwie war es vielleicht auch gut, daß das passiert ist. Jetzt ist jedenfalls alles ausgesprochen, und wir können ganz offen zueinander sein. Ich habe lange selbst nicht gewußt, daß ich Halbindianerin bin. Meine Mutter hat es mir erst ein Jahr vor ihrem Tod gesagt."

Mitfühlend sagte er: „Was muß das für ein Schock gewesen sein!"

„Ja, das war es – ein Schock! Es gab so vieles, was ich nicht verstanden habe. Ich habe immer noch nicht ganz die Bedeutung erfaßt, glaube ich." Sie hatten die Stufen zur Kirche erreicht, und Elisabeth hielt inne. „Ich war ein Feigling, daß ich Wilder Adler nicht treffen wollte. James hat mir das bewußtgemacht. Er hat es mir nicht gerade ins Gesicht gesagt, aber er findet, ich hätte ihn sehen sollen. Erst dann kann ich beurteilen, wo ich herkomme. Seit Kens Tod laufe ich vor meiner Vergangenheit davon. Ich habe einfach nicht den Mut gehabt, ihr ins Auge zu sehen."

Nachdenklich sagte David: „Manche Dinge muß man auch ruhenlassen, Elisabeth."

„Ja, manche. Aber dies hier nicht. Das wäre nicht gut für mich. Ich werde vermutlich den ganzen Winter damit hadern, aber irgendwie muß ich den Mut aufbringen, wieder nach Santee zu fahren und ihn zu treffen. Vielleicht wenn Rachel und Carrie zurückkommen." Ihr Blick bekam einen distanzierten Ausdruck. „Ich frage mich, wie er wohl ist."

„Bist du sicher, daß du das wissen willst? In den Zeitungen steht so viel über die Sioux, und es ist wenig Ehrenhaftes dabei."

Elisabeths Augen wurden schmal. „Weißt du, ich hatte früher einmal ein ganz genaues Bild davon, wie reiche Leute sind. Ich dachte, sie sind alle eingebildet und überaus zimperlich. Dann habe ich deine Mutter und dich kennengelernt, und ich habe meine Meinung geändert. James hat mir erzählt, daß Wilder Adler ihm das Leben gerettet hat. Er sagte, daß Wilder Adler in seinem Stamm sehr angesehen war und daß er ein vertrauenswürdiger Mann ist. Und Carrie behauptet, daß er ganz schrecklich nett ist und ihr sogar schon zweimal das Leben gerettet hat. Also schätze ich, ich warte, bis ich ihn kennengelernt habe, bevor ich mir von irgendwelchen Schreiberlingen erzählen lasse, wie die Indianer sind. Hoffentlich gesteht er mir dasselbe zu."

David lächelte nachsichtig. „Nun, das wirst du erst im Frühjahr erfahren. Was hast du bis dahin vor?"

Elisabeth stieg langsam die Stufen hoch. „Ich werde weiterhin die Hilfsaktionen für Santee leiten, und ich werde im Hotel mitarbeiten, soweit mich Augusta läßt."

David unterbrach sie. „Willst du nicht an Weihnachten nach Philadelphia kommen?"

Als Elisabeth nicht antwortete, fügte er hinzu: „Mutter wird das Haus hier bald schließen lassen, und dann kehren wir alle nach Philadelphia zurück. Tom auch. Wir haben einen Privatlehrer für ihn eingestellt. Sarah hat ihre Sache sehr gut gemacht, aber Mama möchte, daß sie noch eine Weile bei Mrs. Titus in die Lehre geht.

Ich vermute allerdings, der wahre Grund ist, daß Mama die beiden so liebgewonnen hat, daß sie sie nicht aus den Augen lassen möchte. Wir kommen erst im Frühjahr nach Lincoln zurück, und ich möchte nicht so lange von dir getrennt sein. Bitte, komm Weihnachten zu uns!"

„David, ich kann nicht einfach hier weg. Ich habe meine Aufgaben. Augusta braucht mich im Hotel."

„Augusta würde dich lieber heute als morgen zur Erholung fortschicken, das weißt du genau! Aber wenn das wirklich ein Problem ist, werde ich natürlich sofort eine Aushilfe einstellen, um dich zu ersetzen. Und die Fahrkarte nach Philadelphia werde ich auch bezahlen."

„Das wäre nicht angemessen. Die Leute würden reden."

„Nicht, wenn wir verlobt wären."

Elisabeth hatte nun die letzte Stufe erreicht und zog die Kirchentür auf. „Einen schönen Tag noch, David."

Kapitel 31

Der stürmische Wind riß die letzten Herbstblätter von den Bäumen und wirbelte sie an Rachels Fenster vorbei. Mit jedem Tag wurde sie schwächer. Dr. Gilbert kam täglich und verabreichte ihr Medikamente und Heiltränke, aber nichts schien zu helfen. Und je mehr Rachels Kraft nachließ, desto ängstlicher wurde Carrie.

Schließlich konnte Rachel sich nicht einmal mehr selbständig aufsetzen. Als Augusta und Elisabeth fragten, was man tun könnte, schüttelte Dr. Gilbert nur den Kopf. Carrie verfiel in stille Verzweiflung. Sie lehnte James' Angebote ab, mit ihm zur Farm hinauszufahren und saß stundenlang am Bett ihrer Mutter, las ihr vor und arbeitete an ihrer neuen Puppe.

In der Woche vor ihrer Abreise nach Philadelphia kamen Sarah und Tom zum Abschiedsessen ins Hotel. Augusta lächelte beide stolz an und befahl: "Daß ihr uns hier in Lincoln bloß nicht vergeßt!"

"Oh, Tante Augusta", sagte Sarah sanft. "Sag doch nicht so was! Wir werden euch so vermissen!" Sie sah Elisabeth an. "Ich hoffe, daß du Davids Einladung annimmst, Elisabeth. Er hat mir gesagt, daß er dich und Tante Augusta zu Weihnachten nach Philadelphia eingeladen hat. Bitte kommt doch!"

Augusta drehte sich erstaunt zu Elisabeth um. "Davon hast du mir ja kein Wort gesagt, Elisabeth!"

"Ich kann nicht nach Philadelphia fahren, Augusta. Das ist doch eine lächerliche Idee. Ich werde hier gebraucht!"

Augusta schnaubte. "Elisabeth Baird, ich werde mich oder das Hotel nicht von dir als Ausrede benutzen lassen, um eine freundliche Einladung ablehnen zu können! Natürlich wirst du nach Philadelphia fahren. Wir werden sogar beide fahren!" Sie wandte sich Sarah zu und sagte entschlossen: "Du kannst den Braddocks ausrichten, daß ich Elisabeth sehr gern nach Philadelphia begleiten werde!"

Früh am nächsten Morgen pochte David an der Tür und bat Elisabeth atemlos, die Neuigkeiten zu bestätigen. "Sarah sagt, daß Augusta von der Idee begeistert war. Aber ich möchte es aus deinem Mund hören, Elisabeth. Bitte sag, daß du nach Philadelphia kommen wirst! Ich verspreche dir, daß ich dich zu nichts drängen werde. Bitte komm!"

"Na gut, wir kommen. Aber denk an dein Versprechen – du wirst mich zu nichts drängen!"

Sein Gesichtsausdruck ließ sie an ein verwöhntes Kind denken, das wieder einmal seinen Willen durchgesetzt hatte. Erneut spürte sie eine Welle der Ablehnung in sich aufsteigen. Doch sie unterdrückte diese Regung und beschloß, sich auf das Weihnachtsfest in Philadelphia zu freuen.

*

"Ich will nach Hause, Elisabeth", sagte Rachel kläglich. "Ich will so schrecklich gern nach Hause!" Sie hielt den letzten Brief ihrer Eltern in den Händen und weinte. Elisabeth hielt ihre Hand und sagte ihr zum tausendsten Mal, daß es ihr bald bessergehen würde und sie nach Hause fahren könnte.

Rachel setzte sich mühsam auf und sah Elisabeth fest an. „Ich sterbe."

Elisabeth wollte widersprechen, aber Rachel hob abwehrend die Hand. „Bitte versuch mir nichts vorzumachen. Wir wissen doch beide, daß es mit mir zu Ende geht. Dr. Gilbert kann nichts mehr machen. Wahrscheinlich ist bei dem Unfall damals doch in meinem Inneren mehr kaputtgegangen, als ich dachte. Es geht einfach nicht mehr." Sie lächelte wehmütig, als sie hinzufügte: „Ich bin froh, daß ich noch die Gelegenheit hatte, etwas Sinnvolles mit meinem Leben anzufangen. Aber ich wünschte, Carrie könnte ihre Großeltern noch kennenlernen, bevor..." Sie seufzte. „Ach, ich wünschte, ich könnte zu Hause sterben."

Elisabeth richtete sich auf. „Rachel, ich bringe dich nach Hause."

Rachel sah sie mit großen Augen an. „Aber wie denn? Ich bin zu schwach."

„Du bist stärker, als du morgen oder nächste Woche sein wirst. Ich bringe dich nach Hause – gleich morgen früh."

Rachels Augen leuchteten hoffnungsfroh. „Meinst du das im Ernst? Ich glaube, ich könnte es schaffen, bis zum Zug zu laufen. Wir müssen nicht umsteigen, und meine Eltern könnten uns in St. Louis abholen."

„Wir fahren", beschloß Elisabeth. „Ich sage Augusta Bescheid, und dann fangen wir an zu packen. Der Zug fährt früh am Morgen. Wenn es noch Fahrkarten gibt, fahren wir mit."

*

Es gab noch Fahrkarten, und so half Elisabeth Rachel am Donnerstag morgen in den Zug. Augusta stand winkend und gegen Tränen ankämpfend am Bahnsteig, als der Zug abfuhr, und Carrie lehnte sich mit wehenden Zöpfen aus dem Fenster und winkte zurück. Hinter ihr erschien Elisabeths besorgtes Gesicht im Fenster, und sie faltete die Hände und blickte zum Himmel auf, um Augusta daran zu erinnern, daß sie für sie beten solle. Augusta nickte ihr zu und winkte, bis der Zug außer Sicht war.

Die Schlegelmilch-Schwestern hatten schon Tee bereitgestellt und empfingen Augusta mit mitleidigen Blicken.

„Wenn man Sorgen hat, muß man Süßes essen und Tee trinken und beten. Das hilft", erklärte Cora. „Der Elisabeth wird es gut gehen. Dem Carrie-Mädchen wird es bei Oma und Opa auch gut gehen. Und die Rachel wird bei ihrem Gott sein. Ihr wird es am allergutesten gehen!"

*

Elisabeth blieb länger in St. Louis, als erwartet. In einem Brief an Charity schrieb sie:

„Ich weiß eigentlich nicht, warum ich noch hier bin, außer weil Rachel meine Anwesenheit zu schätzen scheint und Carrie sich freut, jemanden zu haben, mit dem sie über Santee reden kann und der sie versteht. Solange ich den beiden eine Hilfe bin, werde ich hierbleiben. Jeden Tag bin ich aufs Neue erstaunt über Rachels großen Glauben und ihre Fähigkeit, diese schreckliche Krankheit zu akzeptieren. Sie scheint Gott wirklich bedingungslos zu vertrauen. Es beschämt mich, Charity. Ich bin so wütend auf Gott gewesen wegen dem, was er mir angetan hat. Aber jetzt fange ich an, mit Rachels Augen zu sehen – daß Gott vielleicht manche Dinge zuläßt, damit wir ihm vertrauen lernen. Das sagt Rachel jedenfalls, und ich kann ihr ansehen, daß sie ihre Krankheit wirklich in diesem Sinne akzeptiert hat, als etwas, das Gott zu einem bestimmten Zweck geschehen läßt. Immer wieder liest sie mir Römer 8, 28 vor. Kennst Du die Stelle? Wenn ich so vor ihr stehe, heil und gesund, würde ich mich nie trauen, Rachel diese Stelle vorzulesen, aber wenn sie es tut, bekommen die Worte plötzlich eine Bedeutung und Schönheit, die ich gar nicht erklären kann ... „Wir wissen aber, daß denen, die Gott lieben, alle Dinge zum Besten dienen, denen, die nach dem Vorsatz berufen sind." – Stell Dir nur vor, Charity: Sie hat den Tod vor Augen, und sie weiß, daß sie Carrie nicht aufwachsen sehen wird – und trotzdem gibt sie all das an Gott ab und sagt ohne jede Bitterkeit: „Der ewige Gott ist meine Zuflucht."

Wenn ich doch nur auch so glauben könnte!

Bitte berichte den Kindern von Rachels Krankheit und betet für sie. Vielleicht tut Gott ja doch noch ein Wunder. Und wenn Wilder Adler noch in Santee ist – und ich bete, daß er noch da ist –, dann sag ihm bitte, wieviel es Carrie bedeutet, sein Kreuz bei sich zu haben. Und richte ihm aus, daß seine Schwester ihm Grüße sendet und ihm Frieden wünscht."

*

Wenig später starb Rachel Brown. Sie wurde im Familiengrab der Browns in St. Louis beerdigt, wie sie es sich gewünscht hatte. Sie hatte lange genug gelebt, um zu sehen, wie zwischen Carrie und ihren Großeltern ein starkes Band der Zuneigung entstanden war. Und sie hatte lange genug gelebt, um Elisabeth etwas von ihrem großen Glauben weiterzugeben.

„Lieber James,
heute haben wir Rachel beerdigt. Carrie ist sehr verzweifelt, aber ich denke, sie wird bei ihren lieben Großeltern viel Trost finden. Sie lieben sie wirklich sehr und werden ihr ein wunderbares Heim bieten.

Es gibt hier nichts mehr für mich zu tun, also werde ich bald nach Hause kommen. Rachel hat mir ihre Bibel vermacht. Ich kann mir vorstellen, wie Du jetzt lächelst und hoffst, daß ich vielleicht endlich darin lese. Ja, das werde ich tun!

Ich wollte Dir schreiben, weil Du Dich so sehr um mich gekümmert hast. Ich hatte den Eindruck, daß es Dir wirklich nur um das Wohlergehen der Person Elisabeth geht und um nichts anderes. Dir scheint etwas daran zu liegen, daß ich Frieden und Glück empfinde, und ich weiß das mehr zu schätzen, als ich sagen kann.

Ich habe immer noch viele Fragen, aber das Zusammensein mit Rachel hat viel von der Bitterkeit ausgelöscht, die ich in mir trug. Mir ist klar geworden, daß viele Leute viel Schlimmeres erleben als ich. Vielleicht bin ich ja jetzt bereit, den Frieden zu finden, den Du kennst. Bete bitte für mich!

Die Braddocks haben uns über Weihnachten nach Philadelphia eingeladen, so daß ich nur kurz in Lincoln sein werde, wenn ich zurückkomme. Bitte paß in dieser Zeit auf Joseph auf. Er ist recht gebrechlich geworden, und ich weiß, daß er Deine Freundschaft genauso schätzt wie ich.

Wenn Du eine Möglichkeit siehst, vor unserer Abreise in die Stadt zu kommen, würde ich Dich sehr gern sehen. Wenn es nicht geht, habe ich dafür natürlich Verständnis.
Für immer Deine Freundin
Elisabeth
P.S. Psalm 55, 23 – ich werde das ausprobieren!"

James Callaway sah sich absolut in der Lage, vor Elisabeths Abreise in die Stadt zu kommen. Tatsächlich stand er sogar schon am ersten Abend nach Elisabeths Rückkehr aus St. Louis vor der Tür des Hotels, und er sah sich gezwungen, mehrere Tage zu bleiben, um Besorgungen zu machen und Joseph Gesellschaft zu leisten. Er zog die Schlegelmilch-Schwestern so lange auf, bis sie ihn in der Küche duldeten und ihm heimlich Gebäck und andere Leckerbissen zusteckten.

Elisabeth neckte ihn lachend: „Du mußt aufpassen, James. Die beiden haben ein Auge auf dich geworfen! Am Ende mußt du noch eine von ihnen heiraten."

Augusta kam herein und ließ sich auf einen Sessel fallen. „Wer heiratet wen? Kaum lasse ich euch einmal kurz allein, schon wird vom Heiraten gesprochen. Zustände sind das . . ." Wie üblich wartete sie nicht auf Antwort, sondern redete gleich weiter: „Ich habe Mr. Sweet von der Bank vertraulich von meinen Neubauplänen berichtet, und er hat mir praktisch einen Kredit versprochen. Wenn wir also in Philadelphia sind, werde ich mich mit diesem Architekten treffen, den David erwähnt hat. Ich will ein richtiges Prachtstück haben, das mindestens tausend Jahre hält!"

James fragte abrupt: „Wann reisen Sie denn ab?"

„Wir haben Fahrkarten für den Zug am Montag morgen. Meine Güte!" Sie sprang auf. „Ich muß das schwarze Kostüm noch vom Schneider holen!"

„Das kann ich doch für dich machen", bot Elisabeth an.

James ergriff seinen Hut. „Ich begleite dich, Elisabeth." Er bemerkte Augustas hochgezogene Augenbrauen und fügte hastig hinzu: „Ich habe ein paar Fragen wegen der Farm."

Elisabeth und James gingen die vier Blocks zur Schneiderei schweigend nebeneinander her. Elisabeth wartete auf das, was James sie bezüglich der Farm fragen wollte, und James rang mit dem, was ihm auf der Seele lag. Schließlich erreichten sie den Laden. Während sie auf die Rückgabe des Kostüms warteten, strich Elisabeth verträumt über den korallenroten Kaliko-Stoff, der auf dem Schneidetisch lag.

„Der ist gerade reingekommen, Mrs. Baird", sagte das Mädchen eifrig. „Soll ich Ihnen ein paar Meter abschneiden?"

„Nein, Gladys. Er ist wunderschön, aber das geht nicht, danke."

Als sie wieder zurückgingen, meinte James: „Ich schätze, das ewige Schwarz ist einem mit der Zeit lästig, oder?"

Elisabeth nickte. „Ich fühle mich schuldig, weil ich mich wieder modisch kleiden möchte, aber ich kann nichts daran ändern. Manchmal kommt es mir so vor, als würden die schwarzen Kleider die Trauerzeit nur verlängern. Es gibt Momente, da vergesse ich den Schmerz fast. Dann öffne ich meinen Kleiderschrank und sehe all diese schwarzen Sachen, und dann fällt es mir blitzartig wieder ein." Sie seufzte und wies mit dem Kopf über die Schulter zur Schneiderei zurück. „Das war ein wunderbarer Stoff." Dann lächelte sie. „Aber na ja, ich habe ja noch viele Jahre Zeit, die neuesten Farben der Mode zu tragen. Augusta trägt aus eigener Wahl Schwarz. Vielleicht sollte ich einfach so tun, als ob Schwarz auch mich besonders vorteilhaft kleidet."

James grinste. „Es ist schön zu sehen, wie zuversichtlich du mit dieser Sache umgehst."

„Ich lerne dazu!"

Sie hatten schon fast den Mietstall erreicht, ehe James wieder ansetzte, etwas zu sagen: „Hast du die neue Stute gesehen, die Joseph gestern von der Farm geholt hat?"

„Nein. Ist es die Fuchsstute, von der du dachtest, sie wäre ein untaugliches Vieh?"

James nickte. „Jawohl, und ich hatte unrecht. Joseph hat sie richtig eingeschätzt, wie immer. Sie wird sich vor der alten Kutsche einfach wunderbar machen, so elegant, wie sie aussieht."

„James, wir sind gleich da. Was wolltest du mich wegen der Farm fragen?"

James räusperte sich ausführlich und begann dann unsicher: „Nun ja, Elisabeth, es –" Impulsiv ergriff er Elisabeths Hand und zog sie in den Mietstall. „Es ist etwas Persönliches", stieß er hervor. „Ich möchte nicht, daß es jemand mithört."

Elisabeth setzte sich auf einen Heuballen und beobachtete James, der ruhelos wie ein wildes Tier in einem Käfig vor ihr auf und ab ging. Mehrmals blieb er stehen und öffnete den Mund, doch dann schloß er ihn wieder und setzte sein nervöses Umherwandern fort.

„Du meine Güte, James! Was ist denn los? Du weißt doch, daß ich mit so ziemlich allem einverstanden bin, was du draußen auf der Farm vorhast!"

„Es geht nicht um etwas, was ich auf der Farm vorhabe, Elisabeth." Er ließ sich neben ihr auf den Heuballen fallen und flüsterte: „Es geht darum, mit wem ich es vorhabe!"

Elisabeth starrte ihn verständnislos an.

„Elisabeth, würdest du bitte mit mir beten?"

Noch verwirrter nickte Elisabeth. James betete inbrünstig, und Elisabeth hörte zu, doch ihre Gedanken schweiften ab, und sie überlegte, warum er so aufgeregt war.

Plötzlich stellte sie fest, daß James aufgehört hatte zu reden.

„Elisabeth, hast du gehört? Ich . . . ich habe dich gefragt, ob du meine Frau werden willst." Er sah sie mit seinen graugrünen Augen durchdringend an.

„Was? Ich . . . aber – oh, James, ich habe nicht richtig zugehört."

„Na ja, du fährst morgen nach Philadelphia, und ich mache mir Sorgen darüber, was dort passieren könnte. Ich weiß, du hast gesagt, daß du vor allem hinfährst, um Sarah und Tom zu sehen, aber David Braddock hat seine eigenen Vorstellungen von diesem Besuch, Elisabeth. Ich wollte eigentlich noch nichts sagen, bis mir die Farm ganz gehört." Er sprang auf und begann wieder hin- und herzulaufen. „Aber wenn ich jetzt nicht damit rausrücke, werde ich dich ganz sicher verlieren. Du sollst einfach wissen, was ich empfinde –"

Elisabeth sah ihn ungläubig an. „James, ich hatte ja keine Ahnung . . ."

Er setzte sich wieder neben sie. „Elisabeth, ich habe dir auf dem Weg nach Santee gesagt, daß ein Teil von mir, den keine andere Frau kennt, dir gehört. Ich wollte mich dir nicht aufdrängen." Er lachte nervös. „Ich schätze, daß ist eine ziemlich unromantische Art, dir das zu sagen, aber . . . Elisabeth, ich liebe dich. Ich bin nicht reich wie David Braddock, und ich werde nie ein Mann sein, zu dem alle aufschauen." James nahm allen Mut zusammen und sah ihr in die Augen. „Elisabeth, alles, was ich draußen auf der Farm geschafft habe, habe ich für dich getan. Es wird nie ein Prachtanwesen sein, wie es das der Braddocks ist, aber es wird ein gutes Zuhause. Wir könnten dort leben, Gott dienen und eine Familie gründen . . . zusammen." Er holte tief Luft. „Ich möchte dich halten, wenn du weinst, und dich all die schrecklichen Dinge vergessen machen, die dir geschehen sind. Ich will derjenige sein, mit dem du dich berätst, wenn du wütend auf Gott bist, und ich möchte mit dir gemeinsam lachen. Ich will deine Kinder im Arm halten und wissen, daß du und ich sie gemeinsam in die Welt gesetzt haben. Ich will hören, wie unsere Kinder dich Mama nennen, und ich will an deiner Seite sein, wenn dein Haar grau wird."

James hielt inne und stellte fest, daß er viel mehr preisgegeben hatte, als er vorgehabt hatte. Er schloß etwas weniger leidenschaftlich: „Du mußt jetzt nichts sagen. Ich werde das Thema nicht wieder aufbringen. Ich weiß nur, daß ich es dir sagen mußte, bevor du fährst, denn ich könnte es nicht ertragen, dich zu verlieren, nur weil ich so ein Feigling war."

Elisabeth sah ihn erstaunt an. „Du hast mir gerade einen Heiratsantrag gemacht, und trotzdem erwartest du, daß ich nach Philadelphia fahre?"

James nickte. „Ich will sogar, daß du fährst."

„Das verstehe ich nicht."

„Ich will, daß du hinfährst und eine wunderbare Weihnachtszeit mit David Braddock verbringst."

„Und was, wenn ich nicht zurückkomme? David hat mir ebenfalls einen Antrag gemacht, weißt du."

James sah zu Boden. „Ich dachte mir, daß er das irgendwann tun würde." Er sah Elisabeth ruhig an. „Aber du hast nicht Ja gesagt. Sonst hättest du niemals zugelassen, daß ich all das sage, was ich eben von mir gegeben habe."

„Ich habe gar nichts gesagt. Aber was –"

Er unterbrach sie. „Was, wenn du nicht zu mir zurückkommst?" Seine Stimme zitterte und verriet den inneren Aufruhr. „Nun, es ist doch so: Selbst wenn du jetzt sagen würdest, daß du mich heiratest, würde ich wollen, daß du nach Philadelphia fährst."

233

Als Elisabeth ihn ratlos anblickte, versuchte James zu erklären: „Das Farmerleben ist wahrhaftig kein Zuckerschlecken. Ich möchte nicht, daß du eines Tages am Fenster stehst und dir wünschst, du wärst anderswo . . . mit dem Nachnamen Braddock. David Braddock hat da ein wirklich fantastisches Haus gebaut. Ich schätze, wenn du es willst, gehört es dir." Wieder holte James tief Luft. „Aber er wird dir niemals mit all seinen Millionen auch nur einen Bruchteil der Liebe geben können, die ich bereit bin, dir zu geben. Er wird nie an den verzierten Fenstern seines Prachthauses stehen und bei deinem Anblick überschäumen vor Freude, so wie es mir jedesmal geht, wenn du auf die Farm hinauskommst. Er hat Gott nicht so sehr um dich gebeten wie ich." Er schloß die Augen und schluckte.

„Elisabeth, fahr nach Philadelphia. Sieh dir alles genau an, und verbringe viel Zeit mit David. Ich will, daß du ganz genau weißt, wie er lebt und was für ein Leben dich dort erwarten würde. Ich werde hier sein und auf deine Antwort warten. In der Bibel steht, daß Gott uns die Wünsche unseres Herzens erfüllen will, wenn wir ihm vertrauen. Ich glaube, daß Gott mir den Wunsch ins Herz gelegt hat, dich zu heiraten. Aber wenn er nicht will, daß wir zusammen sind, dann muß ich dich gehen lassen. Ich weiß, wie die Orte aussehen, an die Gott nicht mitgeht, und ich will niemals dorthin zurückkehren."

Er ergriff wieder ihre Hand, und sie reichte sie ihm gern. Verwundert stellte sie fest, daß seine Hand zitterte wie die eines Greises. „Gott sei mit dir, Lizzie." Er sah sie an und fügte hinzu: „Komm zu mir zurück."

Bevor Elisabeth etwas sagen konnte, war er aufgesprungen und hinausgeeilt. Elisabeth saß noch lange bewegungslos auf dem Heuballen, bevor sie ins Hotel zurückging.

Augusta sah sie stirnrunzelnd an. „Wo ist denn James?"

Tonlos anwortete Elisabeth: „Er mußte auf die Farm zurück, schätze ich. Er wünscht uns jedenfalls eine schöne Weihnachtszeit in Philadelphia."

Sie zog sich in ihr Zimmer zurück und blätterte in der abgenutzten Bibel ihrer Mutter, während sie über James' seltsamen Heiratsantrag nachdachte und sich danach sehnte, einen Glauben zu haben, der solches Vertrauen ermöglichte.

Kapitel 32

Salomon Gelber Falke und Justin Gefleckter Bär rupften gerade im Garten Unkraut, als Wilder Adler und James Sturmwolke von ihrem Jagdausflug zurückkamen. Die Jungen ließen ihre Körbe fallen und rannten in die Siedlung, um die Neuigkeiten bekanntzugeben.

Als Wilder Adler und Sturmwolke die Hütte der Riggs erreicht hatten, war bereits die Hälfte der Bewohner von Santee dort versammelt, um die Jäger und ihre Beute zu bestaunen.

Während sie das Fleisch verteilten, schweiften Wilder Adlers Blicke über die Menge und blieben schließlich an Charity hängen. Sie las die Frage in seinen Augen und sagte: „Sie sind in Lincoln, Wilder Adler. Rachel hat uns geschrieben, daß sie sich dort ausruhen wird, bevor sie nach St. Louis weiterfahren. Elisabeth ist bei ihr und sorgt für sie."

Wilder Adler hatte für James und Martha Roter Flügel ein ganzes Reh zurückbehalten. Er brachte es zu ihrem Haus, und während Martha ihnen ein herzhaftes Abendessen zubereitete, arbeiteten Wilder Adler und James Seite an Seite auf dem Kürbisfeld. Als sie schließlich die gesamte Ernte auf den Wagen geladen und zur Kühlgrube gebracht hatten, betrachtete James die Vorräte voller Zufriedenheit.

„War die Jagd gut?" fragte er dann.

„Ja, das war sie." Wilder Adler schirrte die Pferde ab und brachte sie auf die Koppel. Er betrachtete die friedlich grasende Herde und stellte fest: „Thomas Gelber Falke ist gekommen. Hat er viele Ponys von dir gekauft?"

James nickte. „Ja, das hat er. Er war sehr angetan von unseren Tieren, Wilder Adler. Er sagt, sie sind ausgezeichnet ausgebildet, von jemandem, der viel davon versteht. Ich danke dir für deine Hilfe."

Ein lautes Wiehern hallte durch die Luft, und aus einer der halboffenen Stalltüren lugte ein lackschwarzer Pferdekopf hervor. Erstaunt blickte Wilder Adler zu dem wunderschönen Tier. „Thomas Gelber Falke hat deine Pferde gelobt und trotzdem das beste von ihnen nicht gekauft?"

James lächelte. „Die schwarze Stute habe ich für dich aufgehoben, Wilder Adler. Wenn sie im Frühjahr fohlt, hast du einen Grundstock für eine neue Herde. Ich kann nur hoffen, daß du sie nicht dazu benutzen wirst, uns zu verlassen."

Wilder Adler strich der Stute mit den Fingern durch die schwarze Mähne und sagte lange Zeit nichts. Dann sprach er bedächtig: „Höre mich, Roter Flügel, denn dies ist nicht die Zeit zum Lügen. Als ich herkam, haßte ich den Weißen Mann für alles, was er meinem Volk angetan hatte. Aber jetzt folge ich einem anderen Weg. Ich weiß noch nicht, wohin er mich führen wird, aber ich weiß, daß ich nicht mehr zurückkann. Es ist kein Haß mehr in meinem Herzen." Er wandte sich James Roter Flügel zu und sagte ernst: „Ich versuche zu lernen, wie man hier als wahrer Mensch lebt. Es ist schwierig. Ich danke dir für die Stute. Und jetzt mußt du mir sagen, was ich tun soll."

Wilder Adler blieb den ganzen Herbst in Santee. Durch Martha hörte er von Rachel Browns schlechtem Zustand, und jeden Sonntag saß er mit über die Brust gekreuzten Armen in der Kirchenbank und wünschte sich, daß Carries blaue Augen ihn anlächeln würden.

Er raufte mit den Jungen und ging weiterhin zum Unterricht. Sein Englisch wurde immer besser, und als der Frost nachließ, begann er in der erst einmal vorläufig, zur Erstellung des Missionsblatts, eingerichteten Druckerei die Kunst des Buchstabensetzens zu erlernen.

Die Lektüre der verschiedenen Artikel bot immer neue Herausforderungen, die er im Gespräch mit James Roter Flügel und John Sturmwolke erörterte. „John Sturmwolke, heute habe ich gelesen, wie ein weißer Mann fragt, warum die Indianer nicht den Boden bestellen und so leben wie die Weißen. Ich frage, warum gehen die Weißen nicht auf die Jagd und leben wie wir?"

„Sei vorsichtig, mein Freund", warnte John lachend. „Wenn du in diesen Fragen zu kompetent wirst, wird dich Reverend Riggs bald zu den Verhandlungen im Osten mitnehmen, um mehr Geld für uns herauszuschlagen!"

Wilder Adler schnaubte abfällig. „Ich glaube nicht, daß Reverend Riggs mit einem Wilden reisen würde." Bei dem Gedanken mußte er lachen.

James lachte mit ihm. Doch am Abend sagte er nachdenklich zu seiner Frau: „Die Schule braucht wirklich mehr Geld. Der Anblick von Wilder Adler – ein richtiger wilder Lakota, der ein zivilisiertes Leben führt – würde das Ansehen unserer Arbeit erheblich steigern! Er hat außerdem ein echtes Talent zu reden. Wenn er den Kindern Geschichten erzählt, sind sie wie verzaubert. Gott könnte solch eine Begabung sehr gut nutzen!"

Martha schüttelte den Kopf. „Wilder Adler hat einen weiten Weg zurückgelegt, seit er hergekommen ist. Aber er hat sich noch nicht bekehrt, und vielleicht wird er das auch nie tun. Er kann einfach nicht damit leben, daß es nur einen Weg zum Himmel geben soll und daß dieser Weg nicht zuerst von einem Lakota beschritten wurde."

„Wir müssen ihn ja auch nicht bekehren. Gott wird das tun."

Sie ließen es dabei bewenden, aber für sich betete jeder von ihnen noch eindringlicher um die Rettung der Seele von Wilder Adler.

Der Herbst ging in den Winter über, und schließlich erreichte sie die Nachricht von Rachels immer schwächerem Gesundheitszustand. Wilder Adler machte sich große Sorgen und wünschte sich den Frühling herbei. Obwohl er absolut in der Lage gewesen wäre, Carrie zu schreiben, tat er es nicht. Irgendwie hatte er das Gefühl, daß diese Art der Kommunikation für sie beide unangemessen wäre. Trotzdem verband sie eine tiefe Freundschaft. Wilder Adler trug Carrie in seinen Gedanken mit sich, und Carrie betete oft für ihn.

Die Kinder in Santee wurden immer aufgeregter, je näher das Weihnachtsfest heranrückte. Martha Roter Flügel gründete diverse Komitees für die anfallenden Arbeiten, von denen sie eines „Allgemeine Organisation" nannte.

Ihr Mann zog sie damit auf: „Allgemeine Organisation klingt nach allen unangenehmen Aufgaben, die übriggeblieben sind, weil sie keiner tun wollte!"

Martha lächelte weise. „In Santee bekommt eben jeder Gelegenheit, seine Talente – oder auch fehlenden Talente – einzubringen!"

Der Weihnachtsmorgen dämmerte klar und kalt herauf. Vormittags begann es zu schneien, und die Kinder fürchteten, daß ihre Familien nicht zum Fest kommen könnten. Doch während die Schneedecke dichter wurde, kamen mehr und mehr Gäste an. Charity besorgte von irgendwoher Decken und Kissen, weil alle diese Menschen zweifellos in der Mission übernachten würden.

Als die Feier beginnen sollte, heulte ein gefährlicher Eiswind um das Hauptgebäude und rüttelte drohend an den Läden.

„Natürlich findet die Feier statt", beruhigte Charity ihre aufgebrachten Schützlinge. „Es sind ja fast alle da, und der Sturm wird sicher nicht lange anhalten."

Weit weg in St. Louis saß Carrie mit ihren Großeltern in der Kirche und kämpfte mit den Tränen. Sie lehnte sich an ihre Großmutter und fragte sich, ob Wilder Adler wohl irgendwann lernen würde, Jesus zu lieben. Allein der Gedanke an ihn ließ sie erneut aufschluchzen, und ihre Großmutter hielt sie fest im Arm und flüsterte ihr leise Trostworte zu.

Wenn sie in Santee gewesen wäre, hätte Carrie sich an diesem Abend sehr gefreut. Denn gerade als das Programm begann, trat eine einsame Gestalt leise durch die Kirchentür ein. Da er keinen Sitzplatz fand, blieb Wilder Adler mit eisverkrusteten Mokassins im Eingangsbereich stehen. Wie James Callaway es einmal ausgedrückt hatte, war Wilder Adler vielleicht ein Heide, aber dennoch ein Mann, auf dessen Wort Verlaß war. Er hatte sich durch brusthohe Schneeverwehungen gekämpft, um das Versprechen zu halten, das er Carrie gegeben hatte. Wilder Adler nahm am Weihnachtsgottesdienst in Santee teil.

Die kleine Kirche war mit immergrünen Zweigen und Kerzen geschmückt, und vorne am Altar stand ein Tannenbaum, den die Kinder mit kleinen Geschenken, Nüssen und bunten Beeren dekoriert hatten. Wilder Adler starrte den geschmückten Weihnachtsbaum mit kaum verhohlener Begeisterung an.

Nach dem ersten Lied stand John Sturmwolke auf, um die Predigt zu halten. Der Raum wurde so still, daß er hätte flüstern können, und trotzdem hätte man jedes Wort verstanden.

„Wir sind sehr froh, daß Sie alle heute abend gekommen sind, um unseren Herrn Jesus Christus zu ehren. Die Botschaft von der Geburt Jesu ist völlig anders als alle anderen Geburtsnachrichten.

Der Apostel Paulus faßt den Zweck des Kommens Jesu wie folgt zusammen: ‚Jesus Christus kam auf die Welt, um die Sünder zu erretten'. Diesen Aspekt des Kommens Christi dürfen wir bei aller Freude auf keinen Fall übersehen. Jesus Christus ist zu dem Zweck auf die Erde gekommen, um uns vor dem Tod zu erretten.

Die Botschaft des Weihnachtsfestes geht sehr weit zurück, bis in die Zeit, wo Gott einen Mann und eine Frau schuf und ihnen einen wunderbaren Garten bereitstellte, in dem sie leben sollten. Doch die beiden haben gegen Gott rebelliert. Sie empfanden Schuld und versuchten, sich vor Gott zu verbergen. Gott hatte sie gewarnt, daß die Strafe für die Sünde der Tod sein würde. Sie erlebten dies nun schon dadurch, daß sie von Gott getrennt waren. Doch Gott liebte sie noch immer. Er gab ihnen Kleidung aus Tierfellen. Und von da an lebten sie so, wie auch wir es heute tun. Sie arbeiteten hart, um sich ihr Brot zu verdienen, sie litten Schmerzen und mußten irgendwann sterben, so wie wir. Und wir alle sind fehlerhaft und sündig. Das müssen wir uns bewußt machen, wenn wir die volle Bedeutung von Weihnachten begreifen wollen.

Die meisten Leute fühlen sich abgeschreckt, wenn sie hören, daß Gott sagt, kein Mensch wäre gerecht und alle Menschen wären Sünder. Die meisten Menschen finden es ungerecht, wenn Gott sagt, daß all unsere sogenannten guten Taten in seinen Augen wie schmutzige Lumpen sind. Er sagt, daß kein menschliches Wesen aus eigener Kraft annehmbar wird.

Das möchte keiner hören, weil wir tief in uns drin glauben, daß Gott uns schon annehmen wird, wenn wir uns nur gut genug verhalten. Doch Gott sagt dazu Nein. Die Botschaft von Weihnachten ist, daß Gott Nein zu uns sagt. Er muß das tun, zu unserem eigenen Besten. Er muß das Opfer bringen, das uns von unseren Sünden erlösen kann.

Und so kam der ewige, allmächtige Gott als nacktes, armes Baby in Betlehem zur Welt. Ich verstehe es nicht vollkommen, aber es ist wahr, weil Gott es sagt. Er kam zur Welt, um auf ihr zu leben und zu leiden und am Kreuz zu sterben. Warum?

Weil der Tod der Sünde Sold ist. Auf Sünde steht die Todesstrafe. Einer mußte dafür büßen, und so wurde Jesus Christus ans Kreuz genagelt, damit wir von der Todesstrafe freigesprochen werden konnten.

Die Botschaft von Weihnachten kann man nur begreifen, wenn man die Hintergründe davon kennt. Die Menschheit ist seit Adam und Eva der Sünde verfallen. Gott ist in Gestalt seines Sohnes Jesus Christus von seinem Thron herabgestiegen, um an seinem eigenen menschlichen Körper die Strafe für unsere Sünden auf sich zu nehmen und für uns zu sterben. Er hat uns zum Tode Verurteilten damit die bedingungslose Begnadigung angeboten, obwohl wir bereits für schuldig befunden und verurteilt waren. Wir müssen nur seine ausgestreckte Hand ergreifen, dann können wir leben."

Pastor Sturmwolke hielt einen Moment inne und sah sich die Gesichter der Menge an. Dann hob er seine Bibel hoch und sprach weiter: „Seht ihr, wir müssen uns darüber klarwerden, daß wir alle verdammte, elende, verurteilte Sünder sind. Und der heilige Gott sagt, daß wir die Ewigkeit in der Hölle verbringen werden, getrennt von ihm in unendlicher Verzweiflung, wenn wir nicht das Geschenk der Freiheit annehmen, das er uns durch den Opfertod seines Sohnes Jesus Christus angeboten hat.

Die Botschaft von Weihnachten ist der beste Grund zum Feiern, wenn man ihre wahre Bedeutung erkannt hat. Gott hat die Sünde besiegt, und er hat uns einen Weg eröffnet, Vergebung zu erlangen.

Die Frage, die ich heute stellen will, lautet: Was bedeutet Weihnachten für dich? Weißt du, wer Jesus Christus ist? Hast du verstanden, warum der Herr des Himmels sich so erniedrigt hat, als sterblicher Mensch auf die Erde zu kommen und sich ans Kreuz nageln zu lassen?

Er hat es getan, weil es ohne ihn und ohne dieses Opfer keine Hoffnung für dich gibt. Die Botschaft von Weihnachten ist eine Botschaft der Hoffnung! Sie ist das Friedensangebot Gottes für jeden, der sich von der Sünde abwenden und an Jesus als seinen Retter glauben will."

Er schloß seine Bibel und stieg von der Kanzel herab. Dann neigte er den Kopf und sagte: „Laßt uns beten."

Als John Sturmwolke mit seiner Weihnachtspredigt begonnen hatte, hielt Wilder Adler in charakteristischer Weise die Arme vor der Brust gekreuzt, als wollte er sagen: Ich bin hier, aber ich stimme nicht mit dem überein, was du sagst. Doch als die Worte über die Köpfe der Versammelten hinweg zu ihm drangen, geschah etwas, das außerhalb menschlichen Vorstellungsvermögens liegt. John Sturmwolke sagte später, daß er förmlich habe sehen können, wie Wilder Adlers Herz erlöst wurde von der Last, die auf ihm ruhte. John Sturmwolke sandte Pfeile in seine Richtung, die mit dem Blut Christi getränkt waren, und jeder einzelne von ihnen fand sein Ziel. Geleitet vom Heiligen Geist sprengten sie die Fesseln der Bitterkeit, die sich um Wilder Adlers Herz gelegt hatten.

Am Ende des Gottesdienstes erhielt jeder Gast ein Geschenk, das die Schulkinder angefertigt hatten. Wilder Adler starrte Charity verwundert an, als sie ihm ein in braunes Papier gewickeltes Päckchen in die Hand drückte. Um das aufgeregte Geschnatter der Kinder zu übertönen, beugte sie sich vor und sagte ihm ins Ohr: „Carrie hat mir gesagt, daß ich Ihnen das geben soll, wenn Sie Ihr Versprechen halten."

Wilder Adler wickelte das Geschenk aus und fand darin ein kleines Kreuz aus Pappe. Darauf hatte Carrie in Schönschrift geschrieben: „Jesus liebt Wilder Adler".

Wilder Adler verließ hastig die Kirche. Er kämpfte sich durch den Schnee zurück zur Farm von Roter Flügel, in dessen Scheune er ein kleines Feuer entzündete, für das er zuvor sorgfältig eine Grube ausgehoben hatte, damit nicht Funken die Scheune in Brand setzen konnten. Die schwarze Stute hob neugierig den Kopf über die Boxentür und wieherte leise. Wilder Adler klopfte ihr den Hals, als er an ihr vorbeiging, und stieg die Leiter zum Heuboden hoch, wo er seine paar Habseligkeiten aufbewahrte. Er holte die in weiße Rehhäute eingewickelte Bibel hervor, aus der seine Eltern in seiner Kindheit so oft am Lagerfeuer sitzend vorgelesen hatten. Dann stieg er die Leiter wieder hinunter und setzte sich vor das wärmende Feuer.

Langsam blätterte er die dünnen Seiten um und suchte nach den Markierungen, die Die durchs Feuer geht angebracht hatte. Sie hatte dazu die Farbe benutzt, die eigentlich der Kriegsbemalung seines Vaters diente. Und Wilder Adler las: Er las in den Psalmen, in denen Männer ganz offen zu Gott redeten, ihn um Hilfe anflehten, von seinen Wundern berichteten und ihren Zorn laut hinausschrien. Fasziniert las er immer weiter, bis er schließlich auf eines der Evangelien stieß und die komplette Geschichte dieses Jesus las, den Carrie ihm so dringend nahebringen wollte. Er hatte die Geschichte schon oft in der Kirche gehört. Aber in dieser Nacht an diesem kleinen Feuer war es so, als hörte er sie zum ersten Mal. Er war verwirrt, als die Menschen Jesus zu hassen begannen, er war zornig, als sie ihn töteten, und er war überglücklich, als Jesus von den Toten auferstand. Wilder Adler las die ganze Nacht hindurch.

James und Martha Roter Flügel übernachteten in der Mission und machten sich große Sorgen um Wilder Adler. Sie fragten sich, warum er die Kirche so schnell verlassen hatte, und fürchteten, daß er nun endgültig genug hatte von den Bräuchen des Weißen Mannes und in die Berge zurückgekehrt war.

Aber Wilder Adler tat genau das Gegenteil. Er las und dachte nach und glaubte. Und er las noch mehr. Als er aufsah, war es Morgen. Das Feuer war ausgegangen, und die schwarze Stute schnaubte und mahnte stampfend die morgendliche Fütterung an.

Wilder Adler erhob sich steifbeinig und versorgte die Tiere. Es schien ihm, als glänzte der Schnee weißer denn je, und ein altes Lied der Lakota kam ihm in den Sinn. Überrascht stellte er fest, daß die Erinnerung ihm keinen Schmerz mehr brachte. Er sah nun ohne Bitterkeit auf die vergangenen Zeiten zurück, und er dachte voller Freude an Die durchs Feuer geht und Der den Wind reitet, seine Eltern.

In dieser Nacht entdeckte Wilder Adler die Wahrheit, die Carrie Brown so sorgfältig auf ein kleines Pappkreuz geschrieben hatte: „Jesus liebt Wilder Adler."

Diese kurze Botschaft füllte das Loch im Herzen des Lakota-Kriegers und vertrieb den Zorn und die Bitterkeit aus seinem Leben.

Kapitel 33

Augusta und Elisabeth wurden von Sarah Biddle am Bahnhof von Philadelphia erwartet. Das gesamte Bahnhofsgebäude präsentierte sich in festlich weihnachtlichem Glanze.

Sarah war inzwischen 17 Jahre alt und wirkte sehr erwachsen. Ihre blauen Augen leuchteten geschmeichelt auf, als Augusta ihre äußere Erscheinung, die schneeweiße Bluse und den gestärkten Leinenrock, lobte. Tom dagegen begrüßte Augusta und Elisabeth so begeistert, daß sich alle Umstehenden lächelnd nach ihnen umdrehten.

„Tom! Beruhige dich doch!" mahnte Sarah, doch ihr Lächeln sprach eine andere Sprache. „Was sollen denn die Leute denken?"

Tom war nicht um eine Antwort verlegen. „Na, sie werden denken, daß wir Tante Augusta und Elisabeth sehr lieb haben!"

Sarah lachte. „Und damit hätten sie recht!" Sie überraschte Elisabeth und Augusta mit einer herzlichen Umarmung und sagte dann ernst: „Ich bin so froh, daß ihr gekommen seid! Mr. Braddock hat uns keine Sekunde in Ruhe gelassen, damit im Haus auch ja alles blitzt und blinkt, wenn ihr ankommt!"

Sie durchquerten das Bahnhofsgebäude, und beim Anblick der von vier stattlichen Schimmeln gezogenen vornehmen Kutsche blieben sie, geblendet von der Pracht, einen Moment wie gebannt stehen.

Die Ankunft am Braddock-Anwesen rief einigen Aufruhr hervor. Abigail ließ ihre Koffer nach oben bringen und geleitete sie zum Tee in das elegante Speisezimmer. Elisabeth sah sich voller Bewunderung um. Bei ihrem letzten Besuch hatte sie nur einen Teil des Hauses gesehen, und jetzt stellte sie fest, daß der großartige Landsitz in Lincoln im Vergleich mit diesem herrlichen Anwesen wahrhaftig nur eine Art Sommerhaus war.

Als Abigail ihnen schließlich ihre Zimmer zeigte und sie allein ließ, damit sie sich frischmachen konnten, bemerkte Elisabeth, daß Augusta und sie einen eigenen kleinen Flügel des Hauses bewohnten. Sie hatten sogar einen eigenen, sehr eleganten Salon. Neben Elisabeths Zimmer befand sich eine kleine Dienstbotenkammer.

Wenige Augenblicke später tauchte das Dienstmädchen auf, stellte sich ihnen als Grace vor und fragte Elisabeth, ob sie ihr beim Auspacken behilflich sein könne. Elisabeth murmelte etwas Unverständliches und floh aus dem Zimmer, um Abigail zu suchen.

Abigail war gerade damit beschäftigt, den Köchen Anweisungen für das Abendessen zu geben.

„Was ist denn, Liebes?" fragte sie Elisabeth freundlich.

„Mrs. Braddock, ich kann nicht . . . ich meine . . ." stotterte Elisabeth. „Ich will sagen, ich brauche Grace eigentlich nicht. Ich bin einfach nicht gewohnt, daß mir jemand jeden Handgriff abnimmt. Ich weiß, Sie wollen nur unser Bestes, und ich hoffe, Sie können mir mein rüdes Benehmen vergeben, aber ich kann meine Sachen wirklich allein auspacken. Ich komme mir sonst so albern vor. Könnte Grace nicht einfach das tun, was sie sonst auch macht, wenn Sie keine Gäste haben?" Elisabeth lief dunkelrot an, und die ganze Angelegenheit wurde ihr immer unangenehmer.

Abigail tätschelte ihr die Hand. „Ich habe David gleich gesagt, daß das eine lächerliche Idee ist. Aber manchmal will er einfach nicht auf mich hören. Er versteht nicht, daß man es mit der Höflichkeit auch übertreiben kann."

„Ich hoffe, er wird nicht böse sein?"

„Natürlich nicht!" lächelte Abigail. „Er wird nur grummeln, wenn ich schadenfroh sage: ‚Ich habe es dir ja gleich gesagt!' Darauf freue ich mich schon diebisch!" Sie wandte sich dem Küchenjungen zu und sagte: „Jenson, bitte richten Sie doch Grace aus, daß unsere Gäste ihre Dienste doch nicht benötigen. Sagen Sie ihr, daß die beiden Damen aus dem unabhängigen Westen kommen und es gewohnt sind, für sich selbst zu sorgen."

David befand sich bei einem geschäftlichen Treffen und war deshalb bisher noch nicht aufgetaucht. Elisabeth und Augusta aßen mit Abigail zu Abend und stellten erfreut fest, daß sie auch hier in Philadelphia genauso nett und zuvorkommend war, wie sie sie von Lincoln her kannten. Sie war eine angenehme und besonders aufmerksame Gastgeberin, schickte mit freundlicher

Selbstverständlichkeit die Angestellten hin und her, nahm stets das richtige Besteck für die entsprechende Speise und war unterhaltsam im Gespräch bei Tisch.

Sarah beherrschte ihre Doppelrolle als Freundin der Gäste und Haushälterin mit überraschender Gelassenheit. Sie war aufgeschlossen und familiär, wenn es angebracht war, und hielt sich in Anwesenheit der anderen Angestellten dennoch diskret im Hintergrund.

An diesem ersten Abend zogen sich Augusta und Elisabeth früh in ihre Räume zurück. Elisabeth hörte Hufschläge auf dem Pflaster vor dem Fenster des Salons und schaute unauffällig hinaus. Gerade stieg David aus einer vorgefahrenen Kutsche.

Plötzlich bemerkte Elisabeth, daß Augusta in der Tür stand und sie beobachtete. Sie trat ein und ließ sich in einen Sessel fallen. „Er ist sicher enttäuscht, daß du dich schon zurückgezogen hast, Elisabeth."

Elisabeth setzte sich ebenfalls und seufzte. „Ich bin froh, daß ich ihm heute nicht begegnet bin. Das ganze hier ist ein bißchen zu . . . überwältigend. Ich habe Heimweh. Und wenn ich nur an die Bälle und Abendessen denke, die Abigail wegen uns geplant hat, bekomme ich einen Knoten im Bauch. Ich habe doch nicht die geringste Ahnung von einem solchen Lebensstil!"

„Sei einfach du selbst", schlug Augusta vor. „Vermutlich wirst du ein paar Fehler machen, aber wenn du dabei ehrlich bleibst, werden die, die es wert sind, dich trotzdem mögen und akzeptieren. Und die, die die Augenbrauen hochziehen und den Kopf schütteln, haben es eben nicht besser verdient!"

„Ich möchte bloß nichts Peinliches anstellen und David vor seinen Freunden und Bekannten blamieren."

„David wird schon damit klarkommen, Liebes", sagte Augusta ruhig. Dann fügte sie hinzu: „Ich bin froh, daß du allmählich wieder beginnst zu leben."

Elisabeth seufzte wieder. „Ich versuche es zumindest."

Es klopfte leise an der Tür. Augusta öffnete und kam mit einem riesigen Strauß Rosen zurück. „Das war schon wieder ein anderer Diener. Wie viele haben die denn von der Sorte?"

Elisabeth nahm die Karte und las sie laut vor: „Ein herzlicher Willkommensgruß an die Damen aus Lincoln. D." Sie grinste Augusta an. „Vermutlich hat David ebenfalls einen persönlichen Diener. Da ich mein Dienstmädchen weggeschickt habe, werde ich wohl die schreckliche Aufgabe, mein Bett aufzudecken, selbst übernehmen müssen. Da fange ich wohl am besten gleich an!" Lachend warf sie die Karte auf den kleinen Beistelltisch und verschwand in ihrem Zimmer.

*

Die Weihnachtszeit in Philadelphia war eine Sinfonie aus Düften, herrlichen Speisen und Leckereien, und das Anwesen der Braddocks erstrahlte in seiner ganzen Pracht. Kränze aus Stechpalmenzweigen und riesige rote Seidenschleifen zierten jede Ecke, jedes Geländer und jeden Durchgang des Hauses. Ein paar Tage vor Heiligabend wurde eine fast drei Meter hohe Blautanne in den großen Salon gebracht und aufgestellt. Elisabeth, Sarah, Augusta und Abigail verbrachten einen ganzen Tag damit, Papierschmuck zu schneiden und Schleifen und getrocknete Rosen an den Baum zu binden.

Schließlich brachte Tom ihnen noch einen selbstgebastelten stattlichen Engel aus Goldfolie, der auf die Baumspitze gesetzt werden sollte. „Der eine Flügel hält nicht richtig, aber er ist doch trotzdem ganz gut, oder?" fragte er besorgt.

David war gerade hereingekommen, um den Baum zu bewundern. Er hob Tom auf seine Schultern, damit er den Engel selbst auf seinen Platz setzen konnte. „Er ist mehr als gut, Tom", sagte er. „Das ist der schönste Engel, den wir je hatten. Warte nur, bis du den Baum am Weihnachtsmorgen siehst! Wir werden auf jeden Ast eine Kerze setzen."

„Gibt es auch Geschenke?"

„Tom!" rief Sarah entrüstet.

David lachte nur. „Darauf kannst du wetten! Mutter und ich können es dieses Jahr kaum erwarten. Es wird eine wundervolle Bescherung geben!"

Augusta und Elisabeth begleiteten die Braddocks zu scheinbar unzähligen Bällen, Opernaufführungen, Konzerten und Gottesdiensten. Morgens schliefen sie viel länger als üblich, um sich von den abendlichen Strapazen zu erholen. Dann frühstückten sie und verbrachten den Vormittag mit Briefeschreiben und Lesen. David hatte veranlaßt, daß Augusta die Lincolner Tageszeitung zugeschickt wurde.

„Der liebe Junge!" hatte Augusta diese Aufmerksamkeit kommentiert und stürzte sich jeden Tag begierig auf das Blättchen, um über die Geschehnisse in Lincoln auf dem laufenden zu bleiben.

Augusta verbrachte die meisten Nachmittage mit David in der Bibliothek, wo sie das neue Hotel planten. Während sie redeten, ging Elisabeth zwischen den Regalen kostbarer Bücher umher, strich zärtlich mit der Hand über die Einbände und wußte gar nicht, wo sie mit dem Lesen anfangen sollte.

David war charmant und aufmerksam, ohne Elisabeth zu bedrängen. Er brachte seine Ideen für das neue Hotel mit Respekt und echtem Interesse vor und erörterte ausführlich jedes Für und Wider mit Augusta. Das neue Haus sollte 62 Zimmer haben und von oben bis unten erstklassig ausgestattet werden.

Augusta hatte auch Pläne für Josephs Mietstall. „Natürlich werden wir den auch verlagern. Ich will Joseph direkt neben mir haben, wie immer. Ich habe genug Grund gekauft, um ihm den besten Stall der Stadt hinzusetzen."

Sie hatte sich sogar schon Anzeigen ausgedacht, die für ihr neues Hotel und Josephs Mietstall in der Zeitung erscheinen sollten.

Elisabeth las die Entwürfe durch und meinte: „Was soll dieser Zusatz bedeuten, daß Joseph auch ausgesuchte Saddlebred-Pferde zum Verkauf anbietet? Das wird ihm nicht gefallen. Er hat doch gar keine so edlen Tiere!"

David erklärte: „Nun ja, Augusta hat da ebenfalls schon Pläne gemacht, Elisabeth. Nächstes Frühjahr werde ich meinen Zuchthengst nach Lincoln mitbringen, und dann . . ." David errötete, als er merkte, in welche Richtung das Gespräch steuerte, und brach ab.

„Dann mußt du den Hengst hinaus auf die Farm von James Callaway bringen, David. Joseph hat seine besten Stuten bei ihm." Elisabeth lächelte. „Entschuldige, wenn ich so offen über private Dinge rede, aber wir Westler sind nicht so fein geschliffen wie die Damen hier in der Stadt."

David lachte herzlich, und Elisabeth beschloß, daß sie ihn sehr gern mochte. Inzwischen freute sie sich wieder darauf, wenn er nachmittags von seinen geschäftlichen Terminen zurückkam, und ganz besonders genoß sie die abendlichen Treffen mit ihm und Augusta in der Bibliothek, die gewöhnlich in eine angeregte Unterhaltung über die verschiedensten politischen oder gesellschaftlichen Themen mündeten.

Eines Nachmittags, als Augusta und Abigail zu einem gemeinsamen Einkaufsbummel außer Haus waren, betrat David die Bibliothek und fand Elisabeth in ein Buch versunken vor. Er lächelte erfreut und setzte sich in einen Sessel ihr gegenüber. „Ich hoffe, der Ball heute abend bei den Grants wird dir gefallen, Elisabeth!"

Elisabeth legte das Buch zur Seite und schaute mit einem leisen Seufzer aus dem Fenster. „Oh, das wird er bestimmt."

„Das klingt nicht sehr begeistert. Magst du keine gesellschaftlichen Veranstaltungen?"

„Ach, ich glaube, ich habe nur ein wenig Heimweh", sagte Elisabeth und zwang sich zu einem Lächeln. „Ich höre mich an wie eine dumme Göre, nicht wahr? Es tut mir leid. Die Zeit bei euch war bisher einfach wunderbar, und ich danke dir sehr dafür, daß du dir soviel Mühe gemacht hast. Es ist nur . . ." Sie zögerte. „ . . . es ist nur alles ein bißchen zu großartig für mich, das ist alles. Wir Pioniere passen einfach nicht in die feine Gesellschaft von Philadelphia . . . Schon gar nicht Augusta mit ihrer lauten Stimme und ihren eigenwilligen Ansichten!" Elisabeth mußte lachen. „Gestern abend habe ich schon befürchtet, daß Rebecca Braxton in Ohnmacht fallen würde, als Augusta eine politische Debatte mit den Männern begann! Ich bin sicher, daß man so etwas hier als Dame von Rang einfach nicht tut, oder?"

David lächelte sie warm an. „Vielleicht sollte man das ändern."

Elisabeth erwiderte sein Lächeln. „Vielleicht. Aber Augusta wird ganz bestimmt nicht diejenige sein, die deine Freunde davon überzeugt." Sie erhob sich und trat ans Fenster.

„Aber da ist doch noch etwas, Elisabeth. Hat irgend jemand dir das Gefühl gegeben, du wärst nicht willkommen?"

Elisabeth schüttelte den Kopf. „Oh nein! Alle waren sehr nett zu mir, wirklich." Sie wandte sich zu ihm um. „Vor allem, wenn sie davon hörten, daß ich Witwe bin und mein Mann am Little Big Horn ums Leben gekommen ist." Sie lächelte wehmütig. „Ich schätze, daß verleiht meinem etwas schäbigen Auftreten etwas Romantisches."

„Du bist alles andere als schäbig, Elisabeth."

Wieder lächelte sie. „Wenn man mich mit Rebecca Braxton oder einem anderen von deinen eleganten Freunden vergleicht, bin ich es schon, David. Wenn eine von diesen Damen verwitwet wäre, würde sie die neueste Pariser Mode in Schwarz tragen. Ich will damit nicht sagen, daß sie leichtfertig wären. Sie sind einfach nur ... anders. Das macht sie natürlich nicht besser als mich, aber sehen wir doch den Tatsachen ins Auge: Ich bin nicht gerade besonders chic."

David trat näher an sie heran. „Es ist mir vollkommen egal, ob du chic bist oder nicht. Für mich bist du wunderschön. Du hast viel durchgemacht, und du verdienst alles Gute, was dir auf deinem Weg durchs Leben begegnet."

Elisabeth sah lange Zeit schweigend aus dem Fenster. Als David ihren Namen sagte, schrak sie zusammen. Er streckte die Hand aus und drehte ihr Gesicht sanft zu sich herum. „Wo warst du eben? Woran denkst du?"

„Ich habe versucht mir vorzustellen, was meine Mutter zu dem Leben sagen würde, das ich in den letzten Wochen hier gehabt habe. Sie würde sich vermutlich fragen, was all diese feinen Leute tun, um die Welt ein bißchen besser zu machen. Und kannst du dir vorstellen, wie James Callaway sich bei einem dieser Diners ausmachen würde?"

Das Thema James paßte David überhaupt nicht, doch er beschloß, großzügig zu sein. „James würde vielleicht nicht hierher passen, aber er ist ein guter Kerl. Wahrscheinlich würden das die Leute schließlich auch erkennen und ihn mögen."

„Ja, vermutlich", stimmte Elisabeth zu.

Es klopfte leise an der Tür, und ein Bediensteter teilte ihnen mit, daß das Abendessen angerichtet sei.

Nach dem Hauptgericht erhob sich Elisabeth plötzlich und sagte: „Ich hoffe, Sie sind mir nicht böse, Mrs. Braddock, aber ich fürchte, ich fühle mich heute abend einem gesellschaftlichen Ereignis wie dem Ball der Grants nicht gewachsen. Ich würde mich gern zurückziehen, wenn Sie mich entschuldigen."

Sie zog sich auf ihr Zimmer zurück und starrte den ganzen Abend auf die goldenen Lichtkegel, die die Straßenlaternen auf das Pflaster warfen.

Es war der Tag vor Heiligabend, und Elisabeth sehnte sich nach den schmalen Straßen Lincolns. Sie lächelte bei dem Gedanken an Agnes Bonds wackligen Sopran, der sich wie bei jeder Christvesper mit bebendem Vibrato durch das Solo in der Kirche kämpfen würde. Sie schloß die Augen und stellte sich den Anblick der von Kerzenschein erhellten kleinen Kirche und den Duft der Tannenzweige vor. Die Menschen würden sich auf den engen Bänken drängen, und wenn es geschneit hatte, würde sich der Duft der Zweige mit dem Geruch von feuchter Wolle und Leder mischen.

Pastor Copland würde auf die Kanzel steigen und die Geschichte von den Hirten und den Engeln erzählen. Und vielleicht hätte ein großgewachsener rothaariger Farmer den Weg in die Stadt gefunden und würde sich in die hinterste Bank gezwängt haben.

*

Der Weihnachtsmorgen begann mit dem lauten Freudenschrei einer Jungenstimme und einem mahnenden „Psssst!", das vermutlich von Sarah stammte.

Elisabeth sprang aus dem Bett, zog sich einen Morgenmantel über und rannte zur Tür. Sie sah auf den Flur hinaus und winkte Sarah zu, mit Tom hereinzukommen. Mit funkelnden Augen überreichte sie jedem der beiden ein liebevoll eingepacktes Geschenk.

„Das ist für euch. Es ist nichts Großartiges."

Tom hatte sein Päckchen bereits aufgerissen und begutachtete ein Bündel großer Federn.

„James Callaway hat mir hoch und heilig versprochen, daß es echte Adlerfedern sind, Tom!" sagte Elisabeth, und der Junge blickte glücklich auf seinen neuen Schatz.

Sarah befühlte andächtig eine kleine, bestickte Geldbörse. „Die Kinder in Santee haben das gemacht, Sarah. Ich dachte, das könnte dir gefallen." Sie sah Sarah zweifelnd an. „Wenn ich dich allerdings so ansehe, hätte etwas Eleganteres wohl besser zu dir gepaßt."

„Nein, sie ist wunderschön, Elisabeth. Vielen Dank!" sagte Sarah ehrlich und fädelte die Börse auf ihren eleganten Gürtel.

„Siehst du, paßt genau!"

Dann lächelten sich Sarah und Tom an, und der Junge fragte ungeduldig: „Kann ich es jetzt holen, Sarah?" Sarah nickte, und schon war er aus der Tür verschwunden.

Als er zurückkam, hatte er ein Päckchen dabei, in dem eine neue Bibel enthalten war. Elisabeth mußte lachen, als sie darin blätterte. „Nun, da will mir wohl jemand etwas sagen! Das ist die dritte Bibel, die ich innerhalb eines Jahres bekomme!" Sie sah Sarah und Tom an und fügte eilig hinzu: „Aber das hier ist die erste, die wirklich nur mir allein gehört. Ich danke euch. Und frohe Weihnachten euch beiden!"

Ihre kleine Feier zu dritt war vorüber, und Sarah eilte nach unten, um sich der Planung ihres ersten offiziellen Weihnachtsfrühstücks zu widmen. Tom folgte ihr in die Küche, und bald hatte er eine Zeitung zu einem Hut gefaltet, an der er die Adlerfedern stecken konnte. Als die Braddocks und ihre Gäste zum Frühstück erschienen, rannte er johlend draußen im Garten herum und spielte Indianer.

In den nächsten Stunden wurden mit angemessener Feierlichkeit Geschenke ausgetauscht. Die friedvolle Stimmung geriet ein wenig ins Wanken, als Elisabeth ihr Geschenk von David und Abigail auspackte.

Abigail sagte schnell: „Ich hoffe, Sie finden das nicht zu persönlich, Elisabeth, aber ..." Unsicher brach sie ab und beobachtete, wie Elisabeth die elegante schwarze Seidenrobe in Händen hielt. Das Kleid war einfach atemberaubend, und ihre Augen strahlten vor Freude. Es war das schönste Kleid, das sie je gesehen hatte. Doch dann kamen ihr die Tränen, als sie daran dachte, warum das Kleid schwarz sein mußte. Gleichzeitig bemerkte sie, daß diese Tränen zum ersten Mal keine Bitterkeit mehr zum Anlaß hatten und daß die Zeit tatsächlich begonnen hatte, ihre Wunden zu heilen.

Als alle ihre Geschenke geöffnet hatten und das Frühstück serviert war, läutete es an der Tür. David ging selbst hin, da er seinem Butler frei gegeben hatte, und kam mit einem flachen Paket zurück.

„Es ist für dich, Elisabeth."

Elisabeth schaute auf den Absender und entschuldigte sich, die anderen erstaunt am Tisch zurücklassend. Sie ging in die Bibliothek und riß vorsichtig das Papier auf.

Als David nach einer ganzen Weile hereinkam, um nach ihr zu sehen, saß sie abwesend am Fenster. Auf ihrem Schoß lag ein kleiner Stoffhaufen. Es war korallenroter Kaliko-Stoff.

Kapitel 34

An Heiligabend ritt ein halberfrorener Farmer nach Lincoln herein und stieg vor Josephs Mietstall steifbeinig vom Pferd. Er schob die Tür auf, führte sein Pferd in den Stall, sattelte es ab und rieb es sorgfältig trocken, bevor er an die Tür von Josephs Kammer klopfte.

Als niemand antwortete, betrat James das Zimmer, ging zum Ofen herüber und fachte das Feuer neu an. Er zog sich die Stiefel aus, setzte sich auf einen Stuhl und streckte die Füße aus, um sie am Ofen zu wärmen. Als seine Socken getrocknet waren, zog er die Stiefel wieder an und ging in den Stall hinaus, um die Eisschicht auf den Tränkeimern der Pferde zu entfernen.

Als er fertig war, tönte eine vertraute Stimme von der Tür her: „He, bist du der neue Stallbursche?"

James drehte sich um und lächelte Joseph an. „Hallo, alter Freund. Frohe Weihnachten!"

Joseph schüttelte sich. „Wünsch' ich dir auch. Puh, ist das kalt! Ich hab' den Rauch vom Ofen gesehen und mich gefragt, wer das sein könnte. Ich hab' Asa Green frei gegeben, weil ich sowieso nicht viel Kundschaft erwarte."

James nahm eine Mistgabel von der Wand und begann, die Ställe auszumisten. „Ich wollte bloß mal nach dem rechten sehen", sagte er und wandte Joseph den Rücken zu. Betont beiläufig fragte Joseph: „Gibt's was Neues?"

„Sie hat nicht geschrieben, wenn du das meinst. Ich schätze, das bedeutet zumindest, daß sie sich nicht offiziell verlobt haben. Jedenfalls noch nicht."

James' innere Anspannung lockerte sich ein wenig, und er grinste Joseph an. „Okay, ich gestehe, daß ich es nicht mehr ausgehalten habe da draußen ... allein mit meinen Gedanken."

„Du mußt auf den Herrn vertrauen, Sohn."

„Ich versuch's ja. Ich kenne die richtigen Verse, und ich lese sie immer wieder ... besonders nachts, weil ich sowieso nicht schlafen kann." Er holte tief Luft und stocherte mit der Gabel im Stroh herum. „Aber es ist wirklich schwer. Was das Vieh und die Farm und alles angeht, habe ich keine Probleme damit, ihm zu vertrauen. Aber Elisabeth ... wie kann ich darauf vertrauen, daß er sie zu mir zurückbringt, nachdem sie das prachtvolle Leben dort in Philadelphia miterlebt hat ..." Er schüttelte den Kopf. „Welche Frau wünscht sich das nicht? Wie kann ich das erwarten?"

„Welche Frau wünscht sich nicht so einen guten Mann wie dich, mit dem sie ihr Leben teilen kann, Junge?" erwiderte Joseph. „Vertrau auf den Herrn, und verlaß dich nicht auf deinen Verstand!"

„Ich versuch's, Joseph."

Joseph lächelte weise. „Du mußt das so sehen: Du bekommst gerade eine Chance, deinen Glauben zu beweisen. Der Herr läßt dich ein wenig reifen, während du wartest."

„Mann, dann mache ich aber einen qualvollen Reifeprozeß durch! Seit sie weg ist, habe ich nichts richtiges mehr gegessen. Und dabei habe ich so große Reden geschwungen, daß ich will, daß sie fährt und so weiter!"

„Und jetzt?"

„Jetzt wünschte ich, ich könnte die Zeit zurückdrehen und einen Idioten aus mir machen, indem ich sie anflehe, bei mir zu bleiben!"

Joseph lachte herzlich. „Dich hat's aber wirklich erwischt, mein Junge!"

James lächelte. „Das kann man wohl sagen."

„Komm, laß uns das Damebrett hervorkramen und ein paar Spiele machen. Du kannst mir auch weiter die Ohren abschwatzen, solange du mich ab und zu gewinnen läßt."

Die beiden Männer zogen sich in Josephs Kammer zurück und spielten Dame, bis der Hunger sie vom Spiel hochtrieb. Joseph machte ihnen ein Abendessen mit Käsebroten und Bohnen.

Als die Kirchenglocken läuteten und den baldigen Beginn der Christvesper ankündigten, sah James auf und fragte. „Gehst du heute in die Kirche, Joseph?"

„Darauf kannst du wetten."

„Was dagegen, wenn ich mitkomme?"

„In meine Gemeinde? Warum gehst du nicht rüber in den Gottesdienst in der weißen Kirche?"

„Soll das heißen, daß ich in deiner Kirche nicht willkommen wäre?"

Joseph schüttelte den Kopf. „Natürlich nicht, James. Es ist nur ... nicht üblich, das ist alles. Ehrlich gesagt war noch nie ein Weißer in unserem Gottesdienst, wenn du Joe Heiner nicht mitrechnest, den Totengräber. Der hat mal den armen Keefer Douglas abgeholt, Gott hab ihn selig. Ist einfach mitten im Abendmahl tot umgefallen. Das war ein ganz schöner Aufruhr, kann ich dir sagen!"

Die beiden Männer brachen in herzliches Gelächter aus, bis James sich wieder beruhigte und sagte: „Weißt du, es ist so: Ich habe das Gefühl, daß ich heute unbedingt in die Kirche gehen sollte. Und wenn Lizzie und Mrs. Hathaway hier wären, würde ich mich gleich neben sie in die Bank drüben in der Kirche setzen. Aber sie sind nun mal nicht hier, und ich bin in die Stadt gekommen, weil ich nicht allein sein wollte!"

„Dann komm mit mir, Sohn!" Joseph schlug James kräftig auf den Rücken und schüttelte lachend den Kopf. „Da werden sich einige gewaltig die Hälse verdrehen heute abend. Ich kann's kaum erwarten, das Gesicht von Reverend Fields zu sehen!"

Der Gottesdienst in der Kirche war genau so, wie Elisabeth sich ihn am Fenster in Philadelphia vorgestellt hatte. Kerzen brannten überall, Tannenzweige verströmten ihren angenehmen Duft, und Agnes Bonds Stimme tastete sich unsicher durch die Strophen ihres Solos. Nur Elisabeths Vorstellung von James, der sich in die letzte Bank setzte, bewahrheitete sich nicht. James saß neben Joseph Freeman auf einer engen Bank im Gottesdienstgebäude der schwarzen Gemeinde ein paar Blocks weiter. Der Chor sang die Kirchenlieder mit einer Inbrunst und Rhythmik, wie James es noch nie zuvor gehört hatte. Gefangen von ihrer mitreißenden Fröhlichkeit starrte er die Sänger fasziniert an, und umgekehrt hielten diese ebenfalls ein Auge auf den hochgewachsenen Weißen gerichtet, den Joseph da mitgebracht hatte und der offensichtlich etwas unbeholfen, aber aufgeschlossen der ungewohnten Form des Gottesdienstes zu folgen versuchte.

Bevor Reverend Fields mit seiner Weihnachtspredigt begann, bat er die Gemeinde, aufzustehen und mit ihm zu beten. James schloß die Augen und betete für seine Lizzie. Um ihn herum ertönten leise Rufe: „Ja, Herr" – „Amen!". James hörte die Stimmen und fühlte sich in seiner Einsamkeit getröstet.

*

Das Weihnachtsfest des Jahres 1877 war für drei Menschen von besonderer Bedeutung:

James Callaway erfuhr, daß die Gemeinschaft der Gläubigen über die künstlichen Grenzen hinausreichen konnte, die die Menschen errichtet hatten.

Elisabeth Baird stellte fest, daß ein unbearbeitetes Stück korallenroter Kaliko-Stoff ihr mehr bedeutete als ein kostbares Seidenkleid.

Und einem Lakota-Krieger namens Wilder Adler wurde klar, daß das, was Carrie Brown ihm zu sagen versucht hatte, die Wahrheit war: Jesus liebte ihn.

Kapitel 35

David Braddock hielt sein Wort. In der gesamten Zeit ihres Aufenthaltes in Philadelphia versuchte er nie, Elisabeth zu irgend etwas zu drängen. Klugerweise widerstand er der Verlockung, ihr einen kostbaren Ring zu schenken, und wartete auch mit jeder weiteren Andeutung, bis seine Gäste ihre Koffer wieder gepackt hatten und bereit zur Abreise waren.

Erst als Sarah und Tom sich verabschiedet hatten und mit Augusta hinausgingen, ergriff er Elisabeths Hand und führte sie in die Bibliothek. Elisabeth trug das elegante schwarze Seidenkleid, das Abigail für sie hatte anfertigen lassen.

„Du siehst wunderschön aus, Elisabeth. Ich werde dich vermissen."

„Danke, David."

„Wirst du mich auch vermissen?"

„Abigail sagte, ihr würdet recht bald wieder nach Lincoln zurückkommen."

„Wirst du mich vermissen?"

„Wir werden in Kontakt bleiben. Du schreibst mir doch, oder?"

„Danach habe ich nicht gefragt, Elisabeth. Wirst du mich vermissen?"

Elisabeth senkte den Blick und flüsterte: „Ja, das werde ich."

Aus seiner Stimme klang Erleichterung. „Ich habe dir versprochen, dich nicht zu drängen."

„Ja, das hast du. Und bitte steh auch zu diesem Versprechen."

„Ich wollte nur, daß du eins weißt: Ich habe mich in dieser Zeit zurückgehalten, weil ich dir dieses Versprechen gegeben habe – nicht, weil sich irgend etwas an meinen Gefühlen für dich geändert hat. Sie sind noch immer gleich, Elisabeth. Ich wünsche mir von ganzem Herzen, daß du meine Frau wirst."

Elisabeth errötete und holte scharf Luft, als David schnell fortfuhr: „Darf ich dir einen Abschiedskuß geben?"

Sie hob den Blick, begegnete Davids dunklen Augen und ertappte sich bei dem Wunsch, sie wären graugrün. Schnell küßte sie ihn auf die Wange.

„Leb wohl, David!" sagte sie und floh aus der Tür.

*

Elisabeth und Augusta hatten beschlossen, unterwegs ein paar Tage in St. Louis Station zu machen, ehe sie nach Lincoln zurückkehrten. David Braddock hatte Augusta einen dort ansässigen Architekten empfohlen, der sich auf Hotelbauten spezialisiert hatte, und Elisabeth brannte darauf, Carrie wiederzusehen.

Sie mieteten sich im Château-Hotel ein, und gleich am nächsten Tag hatte Augusta ein Treffen mit dem Architekten Davisson Kennedy. Elisabeth bestellte trotz der Kälte eine offene Kutsche und bewunderte auf dem Weg zu Carries Großeltern die prachtvollen Gebäude der Stadt.

Als sich die Tür des bescheidenen Häuschens öffnete, in dem Carrie mit ihren Großeltern lebte, strahlten zwei große, blaue Augen Elisabeth an. Carrie trat hinter ihrer Großmutter hervor und streckte Elisabeth artig die Hand entgegen.

„Danke, daß du gekommen bist, Elisabeth." Sie wandte sich zu ihrer Großmutter um und erklärte: „Mrs. Baird hat mir erlaubt, du zu sagen, Großmama. Das gilt doch immer noch, oder?"

Lucy Jennings lächelte Elisabeth freundlich an. „Vielen Dank, daß Sie sich die Zeit genommen haben, Carrie zu besuchen, Mrs. Baird. Sie hat von nichts anderem geredet, seit Sie Ihr Kommen angekündigt haben!"

Carrie verlor keine Zeit mit überflüssiger Konversation und platzte heraus: „Es ist so, Elisabeth: Gott hat meine Mama zu sich geholt, und deshalb kann ich jetzt nicht nach Santee zurück. Ich muß erst die Schule beenden, bevor ich zurückfahren kann." Sie nahm die Kette mit dem goldenen Kreuz von ihrem Hals und hielt es Elisabeth hin. „Das wird aber noch eine Weile dauern, und ich habe Wilder Adler versprochen, daß ich ihm das hier im Frühling zurückbringe. Kannst du das für mich machen? Ich habe es doch versprochen, und meine Mama hat gesagt, Versprechen muß man immer halten."

Elisabeth befühlte das Kreuz unsicher und sagte dann: „Das stimmt, Carrie. Wir müssen unsere Versprechen einhalten."

„Also, Wilder Adler hat meine Puppe Ida Mae. Du kannst ihm sagen, daß er sie behalten soll. Ida Mae ist eine Präriepuppe, es würde ihr hier in St. Louis nicht gefallen. Ich schätze, wenn ich Wilder Adler ausrichten lasse, daß er Ida Mae für mich aufheben soll, dann wird er wissen, daß ich mein Versprechen wirklich halten und zurückkommen werde. Aber ich finde, ich kann so etwas Wertvolles wie das Kreuz nicht einfach so lange behalten, oder?"

Elisabeth dachte einen Moment darüber nach. „Ich denke, daß Wilder Adler es verstehen würde, wenn du es behältst. Aber wenn du es ihm lieber zurückgeben willst, bringe ich es ihm. Ich habe

Charity schon geschrieben, daß ich im Frühling wiederkommen und mehr Kleidung für die Kinder mitbringen werde. Sobald das Wetter besser wird, fahre ich nach Santee."

„Und wirst du dann auch Wilder Adler treffen?"

„Ja, Carrie, das werde ich – wenn er mich sehen will!"

„Ist er wirklich dein Bruder, Elisabeth?"

„Ja, ich denke schon." Dann fiel ihr etwas ein. „Bist du denn ganz sicher, daß ich die Frau in dem Medaillon bin?"

„Ganz sicher."

„Hat er dir gesagt, daß er den Mann getötet hat, dem er es abgenommen hat? Meinen Ehemann?"

„Ja. Und er hat gesagt, daß er deswegen sehr traurig ist."

Elisabeth atmete tief ein und sah Carries Großmutter an, die wortlos dabeistand und von dem Gesagten sichtlich betroffen war.

„Was für ein Mensch ist Wilder Adler?" fragte Elisabeth vorsichtig.

„Na ja, zuerst war er ziemlich böse – nein, das stimmt nicht, er war bloß sehr ernst und sehr still, und alle Großen haben gedacht, er wäre böse. Aber ich habe gewußt, daß er nett ist."

„Woher wußtest du das denn?"

„Oh, ich weiß nicht." Carrie hob die Schultern. „Ich bin einfach zu ihm hingegangen und hab' Hallo gesagt, und da haben seine Augen gelächelt. Er hat nicht richtig gelächelt, verstehst du, aber innen drin, da hat er's getan, das konnte ich sehen. Und da wußte ich, daß er nett ist. Er war bloß ganz furchtbar allein. Manchmal kriegen Leute Angst, wenn man still ist, besonders bei Indianern. Reverend Riggs hat gesagt, daß die Weißen immer Angst vor einem Indianer haben werden, solange er wie ein Indianer aussieht. Deshalb schneiden sich alle in Santee die Haare ab und tragen normale Kleidung. Nur Wilder Adler nicht. Er hat immer noch seine Indianersachen an. Aber er ist richtig schön, Elisabeth, genau wie du. Er trägt Federn in den Haaren, und vorne an seinem Hemd hat er ganz viele Perlen und Haarlocken. Aber er hat mir gesagt, daß das keine Skalps sind, sondern einfach Haarlocken von Leuten, die er gern hat. Sogar welche von seinen Lieblingspferden."

„Was hat er dir noch erzählt?"

„Puh, eine Menge Sachen. Kannst du zum Essen bleiben?"

Elisabeth zögerte, doch Lucy Jennings wiederholte bestätigend die Einladung ihrer Enkelin, nicht zuletzt um den Rest dieser ungewöhnlichen Geschichte zu erfahren. „Bitte, Mrs. Baird, bleiben Sie. Sie würden uns eine große Freude machen."

Carrie plapperte den ganzen Nachmittag auf Elisabeth ein und erzählte ihr alles, was ihr im Zusammenhang mit Wilder Adler einfiel. Elisabeth saugte jedes Detail auf wie ein Schwamm und stellte Frage auf Frage, bis die kleine Carrie vollkommen erschöpft war. Schließlich sagte Elisabeth bewegt: „Carrie, ich weiß nicht, wie ich dir je für das Geschenk danken kann, das du mir heute gemacht hast. Vielleicht verstehst du das noch nicht, aber eines Tages wirst du es begreifen. Als meine Mama und mein Mann letztes Jahr starben, dachte ich, ich wäre ganz allein auf der Welt. Ich wußte, daß es irgendwo einen Bruder namens Wilder Adler gab, doch ich dachte, ich würde ihm nie begegnen. Du hast mir meinen Bruder zurückgegeben, Carrie." Sie hielt inne und fragte dann: „Findest du, daß wir einander ähnlich sind?"

Carrie dachte angestrengt nach. „Ich glaube, daß er ziemlich durcheinander ist wegen allem." Ihr Gesicht hellte sich auf. „Aber im Frühling wird er okay sein. Ich habe so für ihn gebetet, und wenn er erst Jesus kennenlernt, kommt alles in Ordnung. Dann wird er so sein wie du. Du kennst doch Jesus, Elisabeth, oder?" Sie sah Elisabeth an.

Ihre Großmutter schimpfte: „Carrie, was für eine Frage!"

Carrie ließ sich nicht beirren. „Aber Großmama, wenn sie Jesus nicht kennt, dann muß sie mit uns mitgehen und Mr. Moody predigen hören! Du hast doch alle möglichen Leute eingeladen, mitzugehen. Da kannst du doch Elisabeth auch fragen."

Lucy Jennings lachte und schüttelte entschuldigend den Kopf. „Walter und ich haben geholfen, eine Predigtreihe zu organisieren. Haben Sie Mr. Moody schon einmal gehört, Mrs. Baird?"

Als Elisabeth verneinte, erklärte Lucy schnell: „Er ist ein sehr begabter Evangelist, und bisher kommt die Predigtreihe ganz wunderbar an. Gott hat uns wirklich sehr gesegnet. Walter und ich haben es oft bereut, daß wir in unserer Jugend nicht in die Mission gegangen sind, und obwohl es uns überrascht hat, war Rachels Hingabe immer eine große Freude für uns. Und jetzt haben wir die Gelegenheit, dem Herrn hier in unserer Heimatstadt zu dienen. Wenn Sie Interesse daran haben, würde ich Sie sehr gern einladen, uns heute abend zu begleiten."

Elisabeth nahm die Einladung dankbar an. „Ich komme sehr gern mit, Mrs. Jennings. Vielen Dank. Ich bin sicher, daß Augusta auch mitkommen möchte. Sie ist immer für Neues zu haben. Ist das der Mr. Moody, der auch auf der Hundertjahrfeier in Philadelphia gesprochen hat? Der, dem sogar Präsident Grant zugehört hat?"

„Genau der. Er ist wirklich ein sehr begabter Redner, und er hat nichts für diese Hysterie übrig, die bei manchen anderen religiösen Veranstaltungen um sich greift. Nie stellt er sich und sein großes Redetalent vor die Botschaft, die er vermitteln will. Ich denke, es wird Ihnen sehr gefallen. Er strahlt eine Wärme und Freude aus ... nun, Sie werden ja sehen. Die Veranstaltung beginnt um acht, aber wir werden schon um sieben dort sein und Ihnen Plätze freihalten."

Carrie unterbrach sie: „Und du vergißt auch ganz bestimmt nicht, Wilder Adler das Kreuz zurückzugeben, Elisabeth?"

Elisabeth ging vor ihr in die Hocke und preßte sich das Kettchen mit dem Kreuz ans Herz. „Ich vergesse es nicht, Carrie. Ich verspreche dir, daß ich Wilder Adler als allererstes das Kreuz geben werde, wenn er mich sehen will. Und wenn er mich nicht treffen will, gebe ich es Charity."

„Er wird dich sehen wollen, Elisabeth."

„Wie kannst du da so sicher sein?"

Carrie schaute Elisabeth an, als sei sie schwer von Begriff. „Weil du seine Schwester bist! Ihr seid verwandt! Und Familien gehören zusammen!"

*

Als Elisabeth und Augusta das Lagerhaus, in dem Mr. Moody sprechen sollte, erreichten, waren sie überrascht von der Menschenmenge.

„So viele Leute auf einem Haufen habe ich seit der Hundertjahrfeier nicht mehr gesehen!" rief Augusta.

Das erst halbfertiggestellte Lagerhaus schien Elisabeth größer als der Hauptbahnhof zu sein. Der von Mr. Moodys Begleiter Ira Sankey geleitete Chor erfüllte den Raum mit bekannten Hymnen, während die Besucher hereinströmten und die Bankreihen füllten. Als genug Gäste da waren, wandte Mr. Sankey sich dem Publikum zu, und gemeinsam sangen sie einige Lieder aus kleinen Liederbüchern, die auf den Sitzen gelegen hatten.

Um genau 20 Uhr trat Mr. Moody auf die Kanzel und begann zu sprechen. Er war nicht sehr groß, kräftig gebaut und trug einen dichten, schwarzen Bart. Augusta lehnte sich zu Elisabeth herüber und sagte: „Er sieht aus wie ein Geschäftsmann. Ganz anders, als ich dachte."

„Freunde", begann Mr. Moody. „Der Titel meiner Predigt heute abend lautet ganz einfach ‚Das Evangelium'. Ich lese aus 1. Korinther 15, Vers eins: ‚Ich erinnere euch aber, liebe Brüder, an das Evangelium, das ich euch verkündigt habe, welches ihr auch angenommen habt, in welchem ihr auch stehet.' Ich glaube, daß es kein Wort gibt, das so häufig falsch verstanden wird wie das Wort ‚Evangelium'. Wir haben es von frühester Kindheit an so oft gehört und hören es noch immer fast jeden Tag, und doch denke ich, daß es viele Menschen gibt — und gerade unter den Christen! -, die nicht wirklich wissen, was dieses Wort bedeutet: Es heißt ‚Die gute Nachricht'.

Als der Engel den Hirten die Ankunft Jesu verkündete, sagte er da: ‚Fürchtet euch nicht, aber ich bringe euch schlechte Nachrichten'? Nein! Oder: ‚Ich bringe euch traurige Neuigkeiten'? Nein! Er sagte: ‚Fürchtet euch nicht! Siehe, ich verkündige euch große Freude, die allem Volk widerfahren wird'!"

Moody sprach einfach, aber voller Leidenschaft, und Elisabeth hörte zu und sehnte sich danach, endlich wieder so etwas wie Freude zu empfinden.

„Bevor der Herr mich ansprach und ich mich bekehrte, habe ich den Tod als schreckliches Ungeheuer angesehen. Er warf finstere Schatten auf meinen Weg."

Elisabeth dachte daran, wie sie die Nachricht von Kens Tod erhalten hatte und dann erfahren mußte, daß ihre Mutter ebenfalls gestorben war. Ja, für sie war der Tod ebenfalls ein schreckliches Ungeheuer.

Moddy fuhr fort: „Ich fühlte mich wie ein Feigling. Für mich hatte der Tod eiskalte Hände, die nach den Fäden meines Lebens griffen. Aber das hat sich nun verändert. Das Grab hat seinen Schrecken für mich verloren."

Elisabeth wünschte sich, daß sie das auch von sich behaupten könnte.

„Wenn ich einmal in den Himmel auffahre, kann ich aus vollem Herzen rufen: ‚Tod, wo ist dein Stachel?' Dieser letzte Feind ist überwunden worden, und ich kann ihm, dem niedergezwungenen Gegner, nun wie ein Sieger gegenübertreten. Alles, was der Tod von mir noch bekommen kann, ist mein ‚alter Adam', und um den ist es nicht sehr schade. Ich werde einst einen geheiligten Körper erhalten, der weit besser sein wird als dieser hier. Das Evangelium hat den Feind zu einem Freund gemacht. Was für eine wundervolle Aussicht, in die Arme Jesu sinken zu dürfen, wenn ich einmal sterbe! ‚Sterben ist mein Gewinn', sagt Paulus, und mit Recht, finde ich!"

Während Elisabeth zuhörte, wie Moody von seiner veränderten Sicht des Todes erzählte, erinnerte sie sich daran, daß Augusta ihr erzählt hatte, der Gesichtsausdruck ihrer Mutter sei auf dem Totenbett voller Liebe und Freude gewesen. Augusta hatte gesagt, es sei derselbe Ausdruck gewesen, den Jessies Gesicht immer dann gehabt hatte, wenn sie von Der den Wind reitet erzählt hatte.

Moody redete weiter. „Ein anderer schrecklicher Widersacher war für mich die Sünde. Das Evangelium sagt, daß Jesus die Sünde überwunden hat. Aus Liebe zu mir hat er alle meine Sünden auf sich genommen und ins äußerste Meer geworfen."

Elisabeth dachte an James Callaway und die Freude, die in seinen Augen geleuchtet hatte, als er ihr erzählte, wie er die überwältigende Macht der Vergebung kennengelernt hatte. James sah Gott als seinen Freund an, und Elisabeth sehnte sich nach dieser Beziehung zu Gott. Stand ihre Sünde ihr im Weg? Ich bin so wütend auf Gott gewesen. So rebellisch. So bitter. Elisabeth begann zu begreifen, daß sie an ihrem Zorn und der Bitterkeit festgehalten hatte und daß sie so im Laufe der Zeit tatsächlich zur Sünde geworden waren.

„Und noch ein Feind hat mir große Sorgen gemacht: das Gericht! Wenn ich an den schrecklichen Tag dachte, an dem ich vor Gott stehen und seinen Richtspruch über mich vernehmen würde, war ich nicht sicher, wie dieser lauten würde: ‚Hebe dich hinweg, Verdammter'? Oder: ‚Geh ein in die Herrlichkeit des Herrn'? Das Evangelium sagt mir, daß diese Angelegenheit bereits geklärt ist. Es gibt keine Verdammnis für die, welche in Christus Jesus sind. Ich werde nicht wegen meiner Sünden verurteilt werden. Jesus hat das für mich übernommen. Er ist an meiner Statt verurteilt und bestraft worden, und ich werde freigesprochen. Begnadigt."

Moodys ehrliche Botschaft traf Elisabeth mitten ins Herz. Sie wollte ebenfalls diese Feinde besiegen, die ihr Inneres beherrschten. Sie wollte den Frieden kennenlernen, den sie bei ihrer Mutter und bei James Callaway gesehen hatte, den Frieden, von dem auch Mr. Moody sprach. Sie wollte sicher sein, daß sie zu Gott gehörte. Und das bedeutete, daß sie den Zorn und die Bitterkeit loslassen mußte.

„Willst du heute abend gerettet werden? Willst du von den Sünden der Vergangenheit befreit werden, die dich von Gott trennen, und willst du die Macht der Versuchungen brechen, die noch vor dir liegen? Dann gründe dich auf den Fels, der das wahre Fundament des Lebens ist. Laß den Tod, das Grab und das Gericht kommen! Der Sieg ist des Herrn, und mit ihm auch dein!"

Sieg! Elisabeth ließ das Wort auf der Zunge zergehen. Ja, Gott, ich will siegen. Ich will, daß dieser Kampf in meinem Inneren endlich aufhört, und ich brauche dabei deine Hilfe. Ich möchte dich kennenlernen, und ich möchte sicher sein, daß du mir beistehst, so wie du Mama und James beigestanden hast. Obwohl sie sich fragte, ob das wohl richtig war, hielt Elisabeth Gott auch ihren Zorn und ihre Bitterkeit hin und bat ihn, sich ihrer anzunehmen. Dann wendete sie ihre Aufmerksamkeit wieder dem Evangelisten zu, der Gottes Antwort auf ihr unausgesprochenes Gebet zu kennen schien:

„Das Evangelium ist für alle da. Reisen Sie mit mir zu der Szene im Evangelium, wo die Jünger in Jerusalem Abschied von Jesus nehmen. Golgatha mit seinen Schrecken liegt hinter ihm; auch Gethsemane und Pilatus' Gerichtssaal. Er hat den Tod überwunden und wird bald seinen Platz zur Rechten des Vaters einnehmen. Die Stunde des Abschieds ist gekommen. Denkt er in diesen letzten Minuten an sich selbst?

Nein. Er denkt an uns. An Sie. Haben Sie gedacht, daß er nur jene im Sinn hatte, die ihn begleiteten? Nein! Er hat schon damals an Sie gedacht. Er hat auch seiner Feinde gedacht, die ihn beschimpft, verraten und getötet hatten. Und dann gibt er den Jüngern ihren abschließenden Auftrag: Gehet hin in alle Welt und predigt das Evangelium aller Kreatur. Ich kann mir vorstellen, wie Petrus nachfragt: ‚Herr, meinst du wirklich jede Kreatur?' Und Jesus sagt: ‚Ja, Petrus!' – ‚Heißt das, daß wir hingehen und deinen Mördern predigen sollen?' – ‚Ja, Petrus. Geh hin und such den Mann, der mir ins Gesicht gespuckt hat. Sag ihm, daß ich ihm vergebe, und predige ihm das Evangelium. Geh und such den Mann, der mir die Dornenkrone auf den Kopf gesetzt hat. Sag ihm, daß eine wahrhaftige Krone im Himmel auf ihn wartet, wenn er sich erretten läßt. Diese Krone wird keine Dornen haben, und er wird sie in Ewigkeit tragen im Königreich seines Erlösers. Finde den Mann, der mir ins Gesicht geschlagen hat. Sag ihm, daß ich ihm ein Zepter in die Hand geben will, wenn er das Geschenk der Gnade annimmt, und daß er alle Nationen der Erde regieren wird. Such den Soldaten, der mir seinen Speer in die Seite gestoßen hat. Berichte ihm, daß es einen anderen Weg zu meinem Herzen gibt, daß ich ihm gern vergeben und ihn zu einem Diener des Kreuzes machen will, über dem das Banner der Liebe weht ...'"

Während Moody sein farbenprächtiges Bild weiter ausmalte, sah Elisabeth den Soldaten Ken, ihren geliebten Mann, vor sich und ihren Bruder Wilder Adler, der ihn tötete. Die ganze atemberaubende Bedeutung des Wortes Vergebung überwältigte sie, und zum ersten Mal verstand sie wirklich, was es bedeutete, daß Jesus seinen Peinigern so großzügig vergeben hatte. Als Moody zum Ende kam, strömten Elisabeth die Tränen über die Wangen, und Augusta ergriff tröstend ihre Hand.

„Ich danke Gott von ganzem Herzen, daß ich das Evangelium weitergeben darf!" schloß Moody. „Ich danke Gott für die Formulierung ‚alle', wenn er sagt: ‚Denn also hat Gott die Welt geliebt, daß er seinen eingeborenen Sohn gab, auf daß alle, die an ihn glauben, nicht verloren werden, sondern das ewige Leben haben'. Bei ihm gibt es keine Vorurteile, keine Unmöglichkeiten. Jeder ist willkommen, seine Verheißungen gelten für alle Menschen."

Bei diesen Worten entschwand aus Elisabeths Herzen der letzte Zweifel, und statt dessen fühlte sie, wie eine Welle des Friedens und der Freude sie durchflutete. Endlich konnte sie glauben und das Angebot Gottes annehmen, das Wasser des Lebens zu trinken und nie mehr durstig zu werden.

*

Als die Veranstaltung vorüber war und Elisabeth und Augusta auf dem Weg zurück ins Hotel waren, sah Elisabeth zum klaren, sternenübersäten Nachthimmel empor und spürte eine solche Freude in sich, daß sie meinte, bersten zu müssen. Sie versuchte, Augusta ihre Empfindungen zu beschreiben, fand aber nicht die richtigen Worte.

„Ich bin einfach so . . . glücklich, Augusta. Ich habe keine Bitterkeit und keinen Zorn mehr in mir, und ich habe das Gefühl, als ob Gott jetzt wirklich mein Freund ist. Es ist wieder schön zu leben! Ich kann es kaum erwarten, nach Hause zu kommen und James davon zu erzählen!"

Im selben Moment, als sie sich den Namen James aussprechen hörte, hielt sie abrupt inne und sah Augusta erstaunt an.

„Was ist denn, Liebes?" fragte Augusta.

„Ich habe nur gerade etwas bemerkt. Es war die ganze Zeit da, aber ich wollte es nicht sehen."

„Was denn?"

„Aber jetzt denke ich, daß es gut ist, Augusta. Irgendwie scheint es jetzt in Ordnung zu sein."

„Aber was denn um Himmels willen, Elisabeth?"

„Daß ich James liebe„, sagte Elisabeth mit einem breiten, glücklichen Lächeln. „Ich liebe James Callaway!"

Am Morgen nach ihrer Bekehrung rief Elisabeth Carries Großmutter an und fragte sie nach der Adresse einer guten Schneiderei. Lucy Jennings empfahl ihr eine, und Elisabeth fuhr mit dem korallenroten Kaliko-Stoff in der Tasche dorthin und überredete die junge Frau, trotz voller Auftragsbücher ihr so schnell wie möglich ein Kleid daraus zu fertigen. Dann schickte sie ein Telegramm an Joseph Freeman, in dem sie ihre baldige Rückkehr nach Lincoln ankündigte.

*

Als der Zug auf dem Bahnsteig in Lincoln einfuhr, zwang sich Elisabeth, nicht aus dem Fenster zu sehen. Sorgfältig arrangierte sie die Rüschen und Falten ihres korallenroten Kaliko-Kleides und klopfte sich den Reisestaub ab. Während Augusta ausstieg und Elisabeth sich bückte, um ihre Tasche aufzunehmen, schoben sich zwei Stiefelspitzen in ihr Blickfeld. Sie waren zerkratzt und ungeputzt.

Elisabeth richtete sich auf und ließ dabei ihren Blick von den abgetragenen Stiefeln über die ausgeblichene Jeans gleiten, tastete sich mit den Augen die Reihe der hellen Hornknöpfe an dem Flanellhemd hinauf zum markigen Kinn, dann den entschlossenen Mund und die gerade Nase entlang und blieb schließlich an den graugrünen Augen hängen. Sie wartete, doch James sagte nichts. Seine Augen blickten ernst und zurückhaltend, und in ihnen flackerte etwas wie eine Frage.

Elisabeth stieg aus dem Zug, stellte sich auf die Zehenspitzen, berührte leise seine breite Brust und flüsterte James ins Ohr: „Du magst nicht reich sein, und vielleicht bist du nur ein einfacher Farmer, aber du bist mein James. Du liebst mich, und du liebst meinen Herrn, und das ist alles, was ich je brauchen werde. Ich bin nach Hause gekommen, James."

Und zum Entsetzen der Umstehenden küßte sie James auf den Mund.

Aus seinen Augen verschwand die unausgesprochene Frage, und in seinem Blick lag der Ausdruck unfaßbaren Glückes, als er Elisabeth in seine Arme schloß und ihr ebenfalls etwas zuflüsterte, das nur für seine Lizzie bestimmt war.

Kapitel 36

Die Nachricht von Rachel Browns Tod erreichte Santee erst lange nach Weihnachten. Charity teilte es James und Martha Roter Flügel mit, die es John Sturmwolke sagten und dabei ihre tiefe Besorgnis wegen Wilder Adler ausdrückten.

„Was wird er jetzt tun, John? Er scheint zum Glauben gekommen zu sein, aber dies ist ein schwerer Verlust für ihn. Er wird die kleine Carrie nie wiedersehen. Ich glaube wirklich, daß Gott weiß, was das Beste für uns ist ... aber in all meiner menschlichen Schwäche gerate ich manchmal in Zweifel. Es will mir scheinen, als ob Gott Wilder Adler zuerst ein wenig Freude hätte schenken sollen, bevor er ihn auf diese Weise prüft, oder?"

„Kannst du mir ein Pferd leihen?" fragte John. „Ich werde ihn suchen und es ihm schonend beibringen. Er ist den Fluß entlang Richtung Norden geritten. Bete für mich, daß ich die richtigen Worte finde!"

John hatte keine Schwierigkeiten, Wilder Adler zu finden. Sie ritten eine Weile schweigend nebeneinander her, bis Wilder Adler sagte: „Du mußt mir sagen, was du auf dem Herzen hast, John Sturmwolke. Ich weiß, daß du schlechte Nachrichten bringst. Du versuchst mich glauben zu machen, daß du nur einen Ausritt machst, aber das Pferd schwitzt, du hältst die Zügel fest umklammert, und es ist eins von James Roter Flügels schnellsten Pferden."

John sandte ein Stoßgebet zum Himmel und sagte: „Rachel Brown ist kurz vor Weihnachten gestorben, Wilder Adler."

Wilder Adler brachte die schwarze Stute unvermittelt zum Stehen und fragte leise: „Was wird jetzt aus Roter Vogel?"

„Sie wird bei ihren Großeltern in St. Louis bleiben. Ich habe gehört, daß sie gute Leute sind und Carrie sehr lieben. Sie wird ein gutes Zuhause haben."

Wilder Adler sah zum Horizont und atmete tief ein. John Sturmwolke beobachtete ihn genau und versuchte, ihm Trost zu spenden. „Rachel war sehr froh, daß sie es bis nach Hause geschafft hat, Wilder Adler. Sie sagen, sie wäre so sanft von uns gegangen wie der Schnee im Frühling. Es tut mir leid, daß ich dir diese schlechten Nachrichten bringen muß. Ich weiß nicht, warum Gott solche Dinge geschehen läßt. Manchmal gibt es darauf einfach keine Antwort, außer, daß er gesagt hat, alle Dinge müßten uns zum Besten dienen. Ich weiß nicht, ob dir das hilft, aber ich glaube ganz fest daran."

Die beiden Männer saßen von ihren Pferden ab und gingen nebeneinander her. Die schwarze Stute stupste Wilder Adler sanft an der Schulter, und er kraulte sie am Kopf, während er zu reden begann: „Als ich ein kleiner Junge war, starb mein Vater. Wie es bei unserem Volk üblich ist, schnitt ich mir die Haare ab und stimmte den Totengesang an. In mir war eine Leere, die niemand füllen konnte. Als ich ein junger Mann war, wurde Die durchs Feuer geht von uns genommen. Ich dachte, daß auch sie tot sei. Und wieder schnitt ich mein Haar ab und zerschnitt mir die Arme, und die Leere in mir wuchs. Als ich ein Mann war, wurde mein Volk in alle Himmelsrichtungen zerstreut. Es gab nichts anderes mehr für mich zu tun, als hierher zu kommen. Die Leere in meinem Inneren füllte sich mit Bitterkeit und Zorn." Wilder Adler sah John Sturmwolke an, und ein leichtes Lächeln erschien auf seinen Lippen. „Ich war voller Bitterkeit und Zorn, doch Carrie Brown legte ihre Hand in meine und wurde meine Freundin. Rachel Brown sagte mir, daß Gott mich liebt. Nun sind sie beide fort. Ich werde um sie trauern, doch ich fühle mich nicht mehr leer, John Sturmwolke." Seine Augen glänzten. „Du hast gesagt, daß die Kinder Gottes einander im Himmel wiedersehen werden. Ich werde Rachel und Roter Vogel wiedersehen. Und ich werde meinem Vater und meiner Mutter wiederbegegnen."

John Sturmwolke räusperte sich verlegen. „Ich bin voller guter Ratschläge für dich hierhergekommen, Wilder Adler. Ich habe gedacht, ich müßte dich ermutigen, damit du die Bitterkeit und den Zorn überwindest, die du in dir trägst. Doch wenn ich dich ansehe, dann sehe ich wirklich eine neue Kreatur, so wie Gott es in seinem Wort beschrieben hat."

Wilder Adler nickte. „Ja, so ist es. Ich fühle etwas Neues in mir."

Geschmeidig sprang er auf den Rücken der schwarzen Stute. „Komm, laß uns ein Rennen nach Hause reiten. Du wirst staunen, wie diese kleine Stute laufen kann!"

*

Elisabeth verbrachte die ersten beiden Januarwochen mit dem Schreiben einiger Briefe, die für sie von größter Wichtigkeit waren. Mit vielen Gebeten sandte sie sie ab und wartete voller Unruhe auf Antwort.

Der erste war der schwierigste gewesen.

„Lieber David,

Zweideutigkeit liegt mir nicht, und deshalb will ich ganz offen zu Dir sein. James Callaway hat mich gebeten, seine Frau zu werden. Tatsächlich hat er mir bereits einen Antrag gemacht, bevor Augusta und ich nach Philadelphia aufgebrochen sind, doch er wollte keine Antwort, bevor ich nicht das Weihnachtsfest mit Dir verbracht hatte. Er wollte, daß ich ganz genau wußte, wie ein Leben an Deiner Seite aussehen würde und was ich aufgeben würde, wenn ich mich für ihn entschied.

David, bitte glaub mir, wenn ich Dir sage, daß ich nicht voreingenommen zu Dir gekommen bin. Ich habe Dich nicht hingehalten, um Dich mit jemand anderem zu vergleichen, doch ich mußte mich entscheiden.

Ich denke, Dir wird nicht an einer detaillierten Beschreibung der Vorgänge gelegen sein, die zu meiner Entscheidung für James geführt haben. Es würde Dir wehtun, und außerdem glaube ich, daß ich es mit meinen beschränkten Möglichkeiten ohnehin nicht angemessen beschreiben könnte.

Nur soviel: Zum ersten Mal seit langer Zeit bin ich wieder glücklich, und ich weiß, daß meine Entscheidung richtig war. Du hast nichts Falsches getan – im Gegenteil, ich werde Dich und auch Deine Mutter immer in lieber Erinnerung behalten, und ich bin euch für eure Freundlichkeit sehr dankbar.

Vielleicht ist es naiv von mir, aber ich hoffe, daß wir trotzdem Freunde bleiben können. David, ich wünsche Dir alles Glück der Welt. Wenn dieser Brief Dir großen Kummer macht, dann tut es mir sehr leid. Aber ich bin wirklich überzeugt, daß ich mit meiner Wahl Gottes Willen befolge und daß er auch mit Dir noch etwas anderes vorhat. Ich bete, daß er Dir seine Pläne für Dein Leben bald enthüllt und Dich in eine Zukunft voller Glück und Zufriedenheit führt.

In tiefer Freundschaft,
Elisabeth"

*

„Liebe Sarah,

dieser Brief hat mir sehr auf der Seele gelegen, weil ich fürchte, daß ich Dir damit wehtun werde. Aber ich bete, daß Gott für mich zu Deinem Herzen sprechen wird und daß unsere Freundschaft trotzdem weiter Bestand hat.

Sarah, gerade Du weißt ja, wie verwirrt und unglücklich ich in dem vergangenen Jahr gewesen bin. Der Tod von Ken und meiner Mutter hat mich völlig aus der Bahn geworfen, und Gott hat über ein Jahr gebraucht, um mich endlich auf den sicheren Felsen seiner Liebe zu ziehen.

Als Augusta und ich in St. Louis Station gemacht haben, um die arme kleine Carrie zu besuchen, haben wir ein fröhliches Kind vorgefunden, das Jesus einfach voll und ganz vertraute. Dann haben wir eine Predigt von Mr. Moody angehört, einem bekannten Evangelisten, und während dieses Abends haben endlich all die Dinge, die meine Mutter mich gelehrt hat, zusammengepaßt und einen Sinn für mich ergeben.

James Callaway hat mir oft gesagt, mein Kernproblem sei, daß ich versuchte, den Glauben meiner Mutter nachzuahmen, statt eine eigene Beziehung zu Gott aufzubauen. Das stimmte. Ich war sozusagen ein Enkelkind Gottes, und das geht nicht.

An diesem Abend mit Mr. Moody habe ich es endlich begriffen, und jetzt verstehe ich auch erst, wovon meine Mutter immer geredet hat. Natürlich hat mein kindlicher Glaube noch längst nicht eine solche Tiefe wie ihrer, aber ich denke, er ist jetzt echt und ehrlich. Jeden Tag bemerke ich kleine Veränderungen in mir und meinem Leben. Und endlich empfinde ich echten Frieden.

Gott hat nicht alle „Warums" beantwortet, aber ich kann jetzt akzeptieren, daß ich darauf vertrauen muß, daß mir all das zum Besten dient – auch wenn ich es nicht verstehe. James sagt, jetzt hätte ich endlich verstanden, was der ‚Friede, der alle Vernunft übersteigt' ist.

Jetzt habe ich James schon zweimal erwähnt und kann mich wohl nicht länger davor versteckt halten. Sarah, Du weißt, daß ich Dich wirklich wie eine Schwester liebe und daß ich Dir niemals wehtun möchte. Dennoch muß ich es jetzt wohl tun, und meine Hand zittert dabei.

James hat um meine Hand angehalten, und ich habe eingewilligt.

Ich hätte Dir das gern persönlich mitgeteilt und nicht auf diese Art und Weise, doch wir werden so bald wie möglich mit einer neuen Hilfslieferung nach Santee aufbrechen. Die Kinder dort leiden große Not.

Sarah, kannst Du mir vergeben? Ich weiß, daß ich Dir wehgetan habe. Leise hoffe ich, daß Deine Gefühle für James nicht so tief sind, wie ich fürchte, so daß Du bald darüber hinwegkommen kannst. Ich bete jedenfalls, daß uns diese Neuigkeiten nicht voneinander entfernen werden. Bitte schreib mir bald zurück. Ich brauche Deine Antwort!

Deine Schwester
Elisabeth"

*

„Liebe Charity,

die Frauen von Lincoln arbeiten fieberhaft an einer neuen Hilfslieferung für euch. Sobald das Wetter besser wird, brechen wir auf. Ich freue mich schon auf ein Wiedersehen mit Dir. So vieles ist geschehen, seit wir letzten Herbst in Santee waren!

Das Großartigste ist, daß ich endlich eine persönliche Beziehung zu Gott aufgenommen habe. Die Einzelheiten erzähle ich Dir dann, wenn wir uns sehen, aber ich glaube jetzt zu verstehen, was Dein Antrieb war, in die Mission zu gehen. Mir hat der Glaube so viel Trost und Hoffnung gebracht, wie ich es nie für möglich gehalten habe.

Die andere Neuigkeit ist, daß James Callaway und ich heiraten werden! Es wird einen ganzen Tag dauern, Dir die ganze Geschichte zu erzählen!

Übrigens habe ich Deine Mutter in letzter Zeit richtig schätzen gelernt. Sie ist mir eine wahre Freundin geworden. Wirklich! Wer hätte das gedacht, nicht wahr? Wie unglaublich Gott doch manchmal in unserem Leben wirkt!

Als letztes möchte ich Dich noch um einen Gefallen bitten: Charity, könntest Du Wilder Adler fragen, ob er bereit ist, seine Schwester kennenzulernen? Ich weiß nicht, wie man so etwas richtig vorbereitet oder wie man das arrangieren kann. Vielleicht könnte Pastor Sturmwolke uns behilflich sein? Ich habe einen Brief an Wilder Adler beigelegt. Bitte frag Pastor Sturmwolke, ob er ihn lesen und meinem Bruder geben kann, wenn er ihn für geeignet hält.

Voller Hoffnung erwarte ich Deine Antwort!

In Liebe,

Elisabeth"

*

„Mein Bruder Wilder Adler,

seit geraumer Zeit sitze ich nun schon vor diesem Blatt und habe bisher nicht viel mehr zustandegebracht als die einleitenden Worte. Und wieder muß ich aufhören, weil meine Hände so zittern, und Gott um seine Hilfe und Leitung bitten. Es ist fast zu komisch, um wahr zu sein: Ich sitze hier und schreibe einen Brief an meinen indianischen Bruder, den ich nie kennenlernen durfte. Ganz sicher bestätigt das die Aussage der Bibel, daß Gott Wunder tut!

Ich schreibe in der Hoffnung, daß er noch ein weiteres Wunder tun wird, das uns beide betrifft. Sobald das Wetter es erlaubt, werde ich nach Santee kommen. Ich werde Kleidung für die Kinder bringen, doch der eigentliche Grund für mein Kommen bist DU. Ich hoffe, daß wir uns endlich begegnen werden.

Als ich im Herbst in Santee war und erfuhr, daß Du dort lebst, konnte ich mit dieser überwältigenden Neuigkeit einfach nicht umgehen. In meiner Selbstsucht habe ich noch nicht einmal überlegt, wie das für Dich gewesen sein muß. Falls Du mir meine

Schwäche vergeben kannst, würde ich mich unsagbar freuen, wenn wir uns kennenlernen könnten.

Ich werde vermutlich vor Angst und Aufregung kein Wort hervorbringen, deswegen möchte ich Dir jetzt schon mitteilen, daß ich keine Vorbehalte und keine ablehnenden Gefühle gegen Dich hege, Wilder Adler. Gott hat mich dazu befähigt, die Dinge hinter mir zu lassen, die geschehen sind. Ich versuche jetzt, mich nach dem vorgesteckten Ziel auszustrecken, und ich würde gern bei Dir damit beginnen. Bitte teil mir über Charity Bond mit, ob es möglich sein wird.

Wenn Du mich nicht sehen willst, habe ich dafür vollstes Verständnis. Du hast Dir unsere Verwandtschaft nicht ausgesucht, und wenn Du nichts damit zu tun haben willst, akzeptiere ich das. Du bist mir nichts schuldig. Geh in Frieden. Ich werde immer für Dich beten.

Deine Schwester
Elisabeth"

Beinahe umgehend erhielt Elisabeth ein Telegramm von Charity, in dem sie ihr mitteilte, daß Wilder Adler einem Treffen mit ihr zugestimmt hatte. Und nach einigen Wochen kam ein Brief von Sarah. Elisabeth zog sich in ihr Zimmer zurück und öffnete ihn mit zitternden Händen.

„Liebste Elisabeth,
natürlich hat mich Dein Brief überrascht, und ich muß zugeben, daß ich auch ein wenig schockiert war von der Mitteilung eurer Verlobung. Aber Elisabeth – wie konntest Du nur fürchten, daß ich irgend etwas anderes als Freude empfinden würde? Ich gebe zu, ich habe mich zu James hingezogen gefühlt. Kein Wunder, denn er ist ja schließlich ein sehr attraktiver Mann, nicht wahr?

Aber die Arbeit für die Braddocks hier in Philadelphia hat mir ganz neue Möglichkeiten und Perspektiven eröffnet. Ich denke, Du hattest recht: Meine Gefühle für James waren wohl eher oberflächlicher Natur. Du kannst also unbesorgt sein: Ich danke Gott von ganzem Herzen, daß er die zwei Menschen zusammengeführt hat, die mir mit am meisten bedeuten!

Elisabeth, nichts wird sich je zwischen uns stellen können – jedenfalls nicht, wenn ich es verhindern kann. Ich weiß, es gibt Menschen, die sich durch Neid und Mißgunst ihre Freundschaften zerstören lassen, aber bitte denk das nicht von mir. Ich wünsche Dir und James nur das Beste. Es freut mich so sehr, daß Du wieder lächeln kannst und daß Du wieder lebst, anstatt das Leben nur zu ertragen, wie Joseph einmal sagte!

Es tut mir leid, daß ich so lange für diese Antwort gebraucht habe, denn Du hast Dir sicher deswegen Sorgen gemacht. Aber ich mußte erst eine Weile über alles nachdenken, damit ich Dir auch wirklich ehrlich und mit ganzem Herzen antworten konnte, was ich fühle – und nicht, was ich fühlen sollte! Also: alles, was ich in diesem Brief geschrieben habe, kommt aus tiefstem Herzen. Wenn ich sage, daß ich gleich nach Dir und James der glücklichste Mensch auf eurer Hochzeit sein werde, dann ist das genau das, was ich fühle.

Ich nehme an, daß Du David ebenfalls geschrieben hast, obwohl er darüber natürlich nicht mit mir gesprochen hat. Nur ist er in letzter Zeit ein wenig abwesend. Mrs. Braddock sagte gestern zu mir: „David hat eine Enttäuschung erlitten, und wir müssen besonders nett zu ihm sein. Bestimmt ist er bald wieder ganz der Alte!"

Sie scheint sich wirklich für Dich zu freuen, Elisabeth, und sie will im Frühling nach Lincoln kommen. Eine Einladung zu eurer Hochzeit wäre ihr sicher sehr willkommen!

Sie ist eine so liebenswerte Frau und wünscht Dir nur das Beste. Ist das nicht wunderbar?

In Liebe,
Deine Herzensschwester
Sarah"

Kapitel 37

Es war ein lauer Frühlingsabend in Santee. Elisabeth, James und Agnes Bond waren am späten Nachmittag angekommen, und während Agnes und Charity auf der Veranda vor dem „Vogelnest" Socken stopften und Knöpfe annähten, schaute Elisabeth nervös dem davonreitenden James nach. Er wollte Wilder Adler mitteilen, daß Elisabeth angekommen war. Charity hatte Elisabeth bereits gesagt, daß Wilder Adler und Pastor Sturmwolke früh am nächsten Morgen zur Kirche kommen wollten.

Während die Umrisse von James immer kleiner wurden und schließlich am Horizont verschwanden, ließ Elisabeth sich auf die Stufen vor der Veranda nieder. Sie sah sich auf dem Missionsgelände um und versuchte sich ihren Bruder vorzustellen, wie er mit den Jungen raufte oder den Wasserwagen fuhr. Sie stöberte in ihren Erinnerungen und versuchte alle Geschichten hervorzukramen, die ihre Mutter ihr von Wilder Adler erzählt hatte. Schließlich konnte sie nicht mehr stillsitzen und sprang auf. Sie ging hinunter zum Bach und erinnerte sich daran, daß Carrie ihr einmal erzählt hatte, wie Wilder Adler sie hier vor einer Klapperschlange gerettet hatte. Sie versuchte sich auszumalen, was sie sagen würde, wenn er jetzt vor ihr stünde, doch die Worte verließen sie. Sie setzte sich ans Ufer und lauschte dem leisen Murmeln des Wassers.

Schließlich ging sie zurück zum „Vogelnest", wo Agnes und Charity immer noch beim Stopfen und Flicken waren. Sie schauten auf, als Elisabeth sich zu ihnen gesellte und Nadel und Faden zur Hand nahm, um zu helfen. Sie arbeiteten eine ganze Weile schweigend, bis Charity schließlich aufstand, ihre Bibel holte und den 23. Psalm vorlas: „Der Herr ist mein Hirte, mir wird nichts mangeln ..."

Als der Psalm zu Ende war, sagte Charity: „Elisabeth, ich weiß einfach nicht, was ich sagen soll, um dir zu helfen. Aber ich werde für dich beten, das verspreche ich dir!" Damit stand sie auf und wandte sich an ihre Mutter: „Mama, ich denke, wir sollten Elisabeth ein bißchen Zeit lassen, um allein zu sein."

Agnes legte ihre Stopfsachen in den Nähkorb, und sie ließen Elisabeth allein auf der Veranda zurück, wo sie eine Weile die tanzenden Schatten beobachtete, die sich im fahlen Schein der Lampe auf den Wänden abzeichneten. Dann zog sie sich ebenfalls zurück.

Sie warf sich die ganze Nacht ruhelos im Bett hin und her und betete. Beim ersten Tageslicht kleidete sie sich an und eilte in die Küche, wo James schon mit einer dampfenden Tasse starken Kaffees auf sie wartete.

Als Elisabeth den ersten Schluck trank, bebte die Tasse bedenklich in ihrer Hand. James nahm sie ihr vorsichtig ab, stellte sie auf den Tisch und ergriff Elisabeths Hände. „Wilder Adler ist genauso aufgeregt wie du, Lizzie. Es wird gut laufen. Komm, laß uns beten."

Er wartete darauf, daß Elisabeth anfing, doch sie sah ihn nur mit feuchten Augen an und stammelte: „Ich fürchte, Gott wird meine Gedanken lesen müssen. Ich finde einfach nicht die passenden Worte."

„Dann laß uns nur einfach unsere Herzen für Gott öffnen und ein paar Minuten auf ihn hören." Er faltete die Hände und schwieg eine Weile. Elisabeth kam es endlos vor, bis er ihren Arm sanft drückte und „Amen" sagte.

Mit weichen Knien stand Elisabeth auf, und James legte den Arm um sie, während sie langsam zur Kirche hinübergingen. Wilder Adler und John Sturmwolke waren bereits angekommen, und ihre Pferde grasten in der Nähe der Eingangstür.

Elisabeth holte tief Luft und trat ein. Die beiden Männer hatten eine Lampe angezündet, und warmes Licht erhellte die Bankreihen.

Wilder Adler saß in der vordersten Bank, dieselbe, in der Carrie Brown ihre Hand in seine gelegt hatte. Als er Elisabeths Schritte hörte, stand er auf und drehte sich herum. Er war bereits kurz nach Mitternacht aufgestanden, um sich auf diese Begegnung vorzubereiten, und er hatte jedes Stück Kleidung und Schmuck angelegt, das er aufbewahrt hatte. Sein glänzendes Haar war in zwei Zöpfe geflochten, die er mit Federn und getrockneten Beeren geschmückt hatte. An jedem Ohr hing ein kostbarer Goldring, und die fünf Adlerfedern, die er sich im Kampf verdient hatte, hingen zusammengebündelt an seinem Rücken herunter. Dazu trug er ein fransenbesetztes Lederhemd sowie eine von Prärieblume kunstvoll bestickte Hose und Mokkasins.

Er stand auf und ging auf Elisabeth zu, doch als er ihr Zögern bemerkte, hielt er inne und stand abwartend im Gang vor der Kanzel. John Sturmwolke und James standen schweigend im Eingang und wagten kaum zu atmen.

Elisabeth sah ihren prachtvoll herausgeputzten Bruder mit einer Mischung aus Staunen und Unsicherheit an. Sie schaute ihm ins Gesicht und stellte fest, daß es ihr seltsam vertraut vorkam. Denn Wilder Adlers Gesichtszüge waren den ihren so ähnlich, wie die eines Mannes denen einer Frau nur ähnlich sein können. Jetzt, wo sie sich gegenüberstanden, fiel auch James die erstaunliche Ähnlichkeit der Halbgeschwister ins Auge.

Wilder Adler starrte seine Schwester an und sah die Augen seines Vaters in ihrem Gesicht. Er hieß die Erinnerung an Der den Wind reitet lächelnd willkommen.

Elisabeth hatte das Gefühl, sie müsse nun etwas Bedeutendes sagen, das sie noch ihren Kindern und Kindeskindern erzählen konnten, wenn sie an diesen Tag zurückdachten. Doch Wilder Adler sah sie so eindringlich an, daß ihr alle sorgfältig zurechtgelegten Worte mit einem Male entfallen waren.

Als sie die Spannung nicht mehr ertragen konnte, sagte Elisabeth schließlich leise: „Ich wünschte, Carrie Brown wäre jetzt hier, Wilder Adler. Sie wüßte sicher, was zu sagen und zu tun ist!" Da fiel ihr etwas ein. Sie griff in ihre Tasche und zog das kleine Goldkreuz hervor. Mit bebender Hand hielt sie es Wilder Adler hin. „Sie sendet dir das hier zurück."

Als Wilder Adler das Kreuz in ihrer Hand sah, zog er langsam das Medaillon unter seinem Hemd hervor. Er nahm es sich ab und machte einen Schritt auf Elisabeth zu. „Dies hier hat einen langen Weg voller Leid zurückgelegt. Ich gebe es dir zurück, meine Schwester, in der Hoffnung, daß es von nun an einen Pfad der Freude zwischen uns beiden bereiten wird."

Elisabeth öffnete ihre Hand, und Wilder Adler nahm das Kreuz und legte statt dessen das Medaillon hinein. Als er dabei Elisabeths eiskalte Hand berührte, sagte er ruhig: „Die Hände von Die durchs Feuer geht waren auch so kalt, als sie vor langer Zeit meine Wunden versorgte." Sein Blick suchte Elisabeths Augen, und er fuhr fort: „Wenn ich dich anblicke, sehe ich das Gesicht unseres Vaters, Der den Wind reitet. Er wäre sicher sehr glücklich gewesen, wenn er dich gesehen hätte, Elisabeth Baird. Ich wünschte, daß unsere Eltern jetzt beide hier wären und sehen könnten, daß Gott unsere Reise zu einem guten Ende gebracht hat."

Wilder Adler hatte lange über dieses Treffen nachgedacht. Er hatte Gott gebeten, ihm einen Weg zu zeigen, wie er die unzähligen Hindernisse zwischen ihm und seiner Schwester überbrücken konnte. Das Gebet hatte ihn zuversichtlich gemacht, doch er hatte keine Weisung erhalten, was er sagen oder tun sollte, wenn sie sich gegenüberstanden.

Doch der Gott der Gnade war an diesem Frühlingsmorgen mit ihnen in der kleinen Kirche in Santee. Ein Beweis dafür war das, was Wilder Adler tat, nachdem er das Kreuz aus Elisabeths Hand genommen hatte. John Sturmwolke sagte später, daß in diesem Moment der letzte Zweifel, den er noch an Wilder Adlers Bekehrung gehabt hatte, ausgelöscht worden sei.

Wilder Adler, der Lakota-Krieger, der von klein auf dazu erzogen worden war, niemals vor anderen Menschen Gefühle oder gar Schwäche zu zeigen – der große Jäger, der schon als Kleinkind gelernt hatte, in jeder noch so schwierigen Situation die Beherrschung zu bewahren, kniete sich vor einer weißen Frau auf den Boden und sagte mit bewegter Stimme: „Ich trete heute mit einem schweren Herzen vor dich, meine Schwester. Ich weiß, daß ich Dinge getan habe, die dir Schmerzen bereitet haben. Ich bitte dich zu verstehen, daß ich all das getan habe, um mein Volk zu verteidigen. Doch trotzdem ist mein Herz schwer von dem Wissen, daß ich Traurigkeit über meine Schwester gebracht habe. Wir haben denselben irdischen Vater, wir beide wurden von derselben Mutter geliebt. Doch größer noch als das ist unsere Verwandtschaft durch den Vater Gott. Tankee – meine Schwester, ich bitte dich, mir zu vergeben."

Elisabeth kannte die sozialen Gepflogenheiten der Lakota zu wenig, um vollkommen zu begreifen, was hier geschah. James erklärte ihr später, wie groß die Bedeutung dieser Geste von Wilder

Adler war. Doch das mußte sie gar nicht wissen, um das Richtige zu tun.

Sie kniete sich ebenfalls hin und nahm ihm das Kreuz aus der Hand, um es ihm um den Hals zu legen. Dann sagte sie leise: „Wilder Adler, mein Bruder, es war mein Volk, das deinem die größeren Schmerzen bereitet hat. Auch mein Herz ist schwer. Wir sind Blutsverwandte und Geschwister im Herrn. Bitte, mein Bruder, vergib auch du uns."

Es gab noch viel zu sagen, aber das würde warten müssen. Weder Wilder Adler noch Elisabeth waren in der Lage zu sprechen. Die morgendlichen Strahlen der Sonne fielen durch die Fenster in die kleine Kirche und beleuchteten eine Szene, die weder John Sturmwolke noch James Callaway je in ihrem Leben wieder vergessen würden.

Ein Lakota-Krieger und seine weiße Halbschwester knieten vor der Kanzel auf dem harten Bretterboden und hielten sich an den Händen, während beiden die Tränen die Wangen hinunterströmten.

*

Aber die auf den Herrn harren, bekommen neue Kraft,
daß sie auffahren mit Flügeln wie Adler,
daß sie laufen und nicht matt werden,
daß sie wandeln und nicht müde werden.
Jesaja 40, 31